网络文学名家名作导读丛书

六道与《汉天子》

第五辑

禹建湘 著

肖惊鸿 主编

作家出版社

网络文学名家名作导读丛书

主　　编：肖惊鸿

第五辑编委：肖惊鸿　马　季　汤　俏　乌兰其木格
　　　　　　禹建湘　陈　海　马艳霞　段仁利
　　　　　　王丽楠　孙晓龙

序

20世纪90年代以来，文学与这个伟大的时代一道，经历了巨大的发展变化，其中一个标志性的现象，就是网络文学的兴起。以通俗大众文学之魂，托互联网与媒介新革命之体，网络文学如同一个婴儿，转眼已成为青年。网络作家们朝气勃发，具有汪洋恣肆的创造力，架构了种种可能的和不可能的世界。科技与商业裹挟着巨大变革中释放的青春、激情和梦想奔腾向前。时至今日，作者是有的，作者群体大到过千万人；作品是有的，作品总量已逾两千万部；读者就更多了，读者群体数以亿计。

网络文学是新生事物，也是一片充满活力的文化热土，是中国特色社会主义文学生机勃勃的组成部分。习近平总书记高度重视包括网络文学在内的网络文艺的发展，勉励广大网络作家加强精品创作，以充沛的正能量满足人民群众特别是青年一代对美好精神文化生活的新期待。

所以，这套《网络文学名家名作导读丛书》生逢其时，它将有助于探索网络文学艺术规律，凸显网络文学的艺术价值和社会价值，推动网络文学的主流化、精品化，同时，它也是精确的导航，通过这套丛书，我们将能够比较清晰地认识网络文学的重要作家和重要作品，比较准确地把握网络文学的发展历程和发展前景。

这套书的入选作者是目前公认的网络文学名家，入选作品是经过一段时间检验的代表作，而导读部分由目前活跃的网络文学评论家群体担纲。预计这套丛书的体量将达到 10 辑至 20 辑、全套 50 册至 100 册。无疑，这是一项浩大的工程，但也是值得耐心地、持续地做下去的工作。网络文学必须证明自己不是即时的快消品，它需要沉淀、甄别、整理，需要积累经验，逐步形成自身的传统谱系，需要展开自身的经典化过程。这套丛书就是向着经典化做出的努力。

这套丛书的主编肖惊鸿长期从事网络文学相关的研究和组织工作，她的眼光和能力值得信赖。尽管网络文学的理论建设近年来已经取得重大进展，但是，将理论落实为面对作品的、具体的分析和判断，实际上仍然是艰巨的课题，也是网络文学理论评论工作的薄弱环节。希望肖惊鸿和其他评论家们深入学习贯彻习近平新时代中国特色社会主义思想，以习近平总书记关于文艺工作和网络文艺的重要论述为指导，自觉运用历史的、人民的、艺术的、美学的观点评判和鉴赏作品，向现在的读者，也向未来的读者交出一份令人信服的答卷。

李敬泽

2019 年 3 月 7 日

于北京

目录

导读

第一章	大神之路：时光流逝如花	\3
第二章	对话六道：如何华丽转身	\8
第三章	汉天子刘秀的"努力"人生	\17
第四章	揭秘《汉天子》中要Q的点	\34
第五章	历史叙事中的"升级打怪"	\44
第六章	行销天下，汉天子在传唱	\55

选文

第一章	祸起刘秀	\59
第二章	仗义相救	\65
第三章	拜为主公	\71
第四章	亦师亦友	\77
第五章	再次遇险	\83
第六章	参加义军	\88
第七章	箭在弦上	\93
第八章	说服大哥	\98
第九章	技惊四座	\103
第十章	初次相见	\109
第十一章	麻烦上门	\114
第十二章	李氏为辅	\119

第十三章	行进汉中	\125
第十四章	围而歼之	\130
第十五章	又遇一敌	\135
第十六章	首战告捷	\140
第十七章	明修栈道	\146
第十八章	暗度陈仓	\152
第十九章	再次营救	\158
第二十章	去往郡城	\164
第二十一章	蛮军来袭	\170
第二十二章	明犯汉者	\175
第二十三章	事情诡异	\181
第二十四章	兄弟会合	\187
第二十五章	事出反常	\192
第二十六章	刚愎自用	\198
第二十七章	谢绝重礼	\203
第二十八章	贸然深入	\209
第二十九章	惨遭埋伏	\214
第三十章	一败涂地	\219
第三十一章	身陷绝境	\225
第三十二章	福缘深厚	\230
第三十三章	仗义相救	\235
第三十四章	擒贼擒王	\240
第三十五章	屠杀报复	\245
第三十六章	兄弟重逢	\250
第三十七章	帅才之能	\255
第三十八章	中流砥柱	\261
第三十九章	及时赶到	\266
第四十章	勾心斗角	\272
第四十一章	功败垂成	\278
第四十二章	危机缓解	\284

第四十三章	落花有意	\290
第四十四章	意气用事	\296
第四十五章	喜讯传来	\301
第四十六章	骑兵来袭	\306
第四十七章	骑枪之下	\312
第四十八章	刺客突现	\318
第四十九章	捉拿刺客	\324
第五十章	牵扯进来	\330
第五十一章	再次相助	\335
第五十二章	非我族类	\341
第五十三章	通风报信	\346
第五十四章	随机应变	\351
第五十五章	自鸣得意	\357
第五十六章	无功而返	\362
第五十七章	说服众人	\367
第五十八章	拦路打劫	\372
第五十九章	求战为虚	\377
第六十章	接头为实	\383
第六十一章	明争暗斗	\388
第六十二章	恨意种子	\394
第六十三章	厚此薄彼	\400

导读

第一章
大神之路：时光流逝如花

六道，原名谢景龙，红薯网签约作家，1980年生人，黑龙江佳木斯人，现居大连。曾荣获逐浪网2007年最受欢迎作家；2017年2月，在第二届网文之王评选中位列百强大神。个人作品有：《坏蛋是怎样炼成的》（已完结）、《销魂》（未全本）、《奇门药典录》（已完结）、《唐寅在异界》（已完结）、《坏蛋是怎样炼成的2》（已完结）、《叛逆的旅途》（已完结）、《凤鬼传说》（已完结）、《汉天子》（已完结）等。六道行文天马行空，思维构架强大。六道笔下的故事情节大多光怪陆离，结局往往出人意料，是玄幻小说的典型代表作家。

在众多读者心里，六道不仅仅是一个名字，更是黑道巅峰作品的象征。2004年，在那个网络小说还不太丰富的年代，坏蛋的出现，无疑是一场新鲜的话题，给众多网络读者带来了耳目一新的阅读体验。六道的《坏蛋是怎样炼成的》从上传第一天起，就在网络上掀起了一股黑道旋风，迅速风靡了整个网络。而六道笔下那颠覆了传统、强劲有力的故事更是席卷各大网站，牵引了无数少男少女的心。无数个夜晚费心写下的文字、无数个白天精心设计的情节让人津津乐道，众口相传，成为绝对的流行经典。六道逐渐由此积累人气，为以后的创作之路埋下了植根于人心的种子。

回顾六道的创作历程，他坦言：经历过了太多的风风雨雨，有欢笑，有挫折，有喜悦，也有痛苦。从一个初入社会青涩的少年到一个娶妻生子、事业有成的男人，其中玲珑只有六道可知。时间不断冲刷着，磨平了岁月的棱角，短短几年可以改变一个人的生活面貌，但对六道来说，一直没有改变的，就是那份对于创作最初的热情，以及对于千万读者那份温暖和喜爱的感恩。铁血柔情，六道深情回应："我所得到的一切都是书友们给予的，我无以为报，只有尽我所能，将作品写好，给大家带来欢乐！"

这一路走来的路程，满是鲜花与荆棘。其中有期待、有惊喜也有苦涩，但带给我们更多的还是感动——一份持之以恒、不断输出精彩作品的感动。

● 2003年末，六道开始写作，从此开启了他的艺术创作生涯。诞生于六道笔下的第一部小说是《圣道霸强》，但是在创作过程中，不断推敲摸索，天马行空的艺术创造力赋予了六道一个崭新的人物形象和题材。六道脑海中又诞生了另一个故事……于是，《圣道霸强》的故事便先被搁置了起来。

● 2004年，《坏蛋是怎样炼成的》诞生了，《坏蛋》是首发于逐浪小说网的一部都市生活题材小说。这本书无疑可以被称作网络都市黑道题材的鼻祖，它的诞生在网络上掀起了一股六道的旋风。小说讲述了主人公谢文东由原本文弱、本分、听话、成绩优秀但被人欺负的好学生逐步"成长"为杀人不眨眼的黑社会老大的故事。从字面意思去理解这本小说可能显得过于粗俗，但其实这本小说是现实的一个折射，当今的社会是一个弱肉强食的社会，保护自己的唯一办法只有一个，那就是变成"坏蛋"。只有自我强大，才可以在这个复杂的世界中生存下去。谢文东以征服为自己的最高价值原则，这种征服的过程使得谢文东体验到一种"普通人无法经历的快感"。文中谢文东的人生法则是："要记住，你是坏蛋！同情心只会让你软弱！黑道就是个弱肉强食的世界，胜者王，败者寇，谁强谁就是道理，谁赢谁就是天王，如果不是这样，那黑道也就不叫黑道了。但所谓的白道又与之有何分别？这也是千百年来永不改变的道理！正义是什么，没有人能说得清，现今你可能觉得不对没有做，也许以后回过头再看却是正确的，到时连后悔的机会也没有，而且也不会有人感谢你，同情你。为了发展，如果还想要强大，就必须要放弃一些东西，那就是良心和所谓的正义！"这就是谢文东的人生哲学，而我们在小说中感受到的不仅不是作者对这种哲学的批判，相反是对之的认同和欣赏。除了栩栩如生地撰写了谢文东这样一个角色之外，还给予了万千读者一种身临其境体验非凡人生的机会，从深处剖析社会黑暗面，并以勇敢无畏的精神和超强的毅力借谢文东这一角色冲破黑暗，羽化重生。《坏蛋是怎样炼成的》经过几年的辛苦逐渐成就了六道黑道老大的地位，也为六道积累了不少名气。

● 2005年，在《坏蛋》的创作结束后，六道又开始写《明月何时照我还》（未全本）、《坏坏小王爷》（未全本），但是以上点击率都不是很好，刚出道的六道在创作初期并不是那么顺利。《坏蛋是怎样炼成的》最初在起点中文网发表，后被逐浪网编辑许翼挖到逐浪后才出现转机，六道开始转战逐浪，此外六道开始的笔名不叫六道，而叫无机。只不过有些许遗憾，无机的笔名已经被别人注册，因此六道只能暂别心头好，不过小编认为六道这个名字同样精彩。与此同时，六道的《销魂》、《坏蛋与恶魔》、《奇门药典录》也先后问世，但有点令人惋惜的是《销魂》以及《坏蛋与恶魔》都没有全本。一夜小寒霜满天，落叶飞花彩云间。混乱时空，虚幻年代；荡气回肠，英才辈出；铁血故事，也许就在你我身边。《销魂》是一部非常具有虚幻色彩的都市作品，小编感觉还是很有看点，期待未来的某天这部小说能够完结。《坏蛋与恶魔》在某种程度上类似于坏蛋的续集，但是并没有给读者留下深刻的印象，似乎读者并未领六道这份情。

● 2006年下半年《坏蛋是怎样炼成的2》开始在逐浪网发表。这位"黑道"人物又开始引起了无数"坏蛋"心中的热潮，收到了很多好评，现已完结。

● 2010年，《唐寅在异界》开始在逐浪网连载，是六道笔下奇幻小说的再一创作。唐寅，一个杀手，意外之间穿越到一个战乱时代——异界，在这里有昊天帝国和莫非斯联邦那样的帝国，有神秘莫测的灵武高手，而唐寅却穿着一个风国士兵的黑衣，走上了王者之路。而他，碰巧遇见了五百年前的灵武高手严烈的尸体，严烈用死亡献祭将自己与唐寅融为一体，此后，唐寅不再是唐寅，而是严烈与唐寅。在这里，他可以肆无忌惮地挥舞手中的武器；在这里，为了生存，他别无选择走上那条属于他自己的王者之路。他的名字叫唐寅，他的一切，只是存在于传说中……

● 2013年，《叛逆的征途》在红薯网上开始连载。虽然书题中含有征途，但却不是战争题材，依然是六道最擅长的都市黑道题材。"叛逆，是极端的冲动。机会主义，是极端的理性。"本书描写的就是一个叛逆的机会主义者。在当代的大潮流中，他不愿随波逐流，选择了逆流而上。这是他的征途，他只知道从现在开始，不知道到何时结束。该书一出场便受到网友一致追捧和喜爱，连续获得各项荣誉和记录。

2014-04-01 获得月票榜（2014-03-31）第二名
2014-03-01 获得月票榜（2014-02-28）第三名
2014-02-01 获得月票榜（2014-01-31）第二名
2014-01-18 累积鲜花十八万朵
2014-01-18 累积点击率一百一十六万
2014-01-01 获得月票榜（2013-12-31）第二名
2013-12-01 获得月票榜（2013-11-30）第二名
2013-11-30 累积点击率一百零八万
2013-11-01 获得月票榜（2013-10-31）第二名
2013-10-31 获得评分榜第一名
2013-10-31 获得月鲜花榜第二名
2013-10-28 累积点击率八十三万
2013-10-15 累积点击率七十三万
2013-10-01 获得月票榜（2013-9-30）第一名
2013-9-30 累积获得鲜花十万朵
2013-9-29 累积获得六十万点击

2013-9-17 获得了红薯网征文大赛第一名
2013-9-09 累积获得四十三万点击
2013-9-01 获得月票榜（2013-8-30）第一名

  这些荣誉显然都是对六道成绩的肯定，从出道至此，十年经历显然让六道成长了不少，在玄幻的灵虚也是越来越如鱼得水，"江湖大哥"当得也是越来越顺手，成全了多少少男少女心中的英雄梦。不仅有热血的故事情节，还有异于常人的经历以及惊心动魄的武大传奇，六道在自己的创作道路上从未间断，属于他的传奇还在继续。

  ● 2017年，六道开始创作《汉天子》，也就是我们本篇文章的主人公，就要正式浮出水面了。从2018年5月11日开始在红薯网上进行连载，截至目前，最后一次更新在2020年2月3日，这是一部对于六道来说非常特殊的创作。《汉天子》打破了六道以往固有的写作题材以及创作风格，是一本纯粹的历史小说，是对汉光武帝刘秀的历史性呈现。

接下来，我们看六道是怎样对自己这次崭新的创作进行评价的，让我们和六道一起来了解这本书的诞生。

第二章
对话六道：如何华丽转身

问：过去您的作品像《坏蛋是怎样炼成的》《销魂》《奇门药典录》等，大多是都市文、玄幻文，这次为什么尝试《汉天子》这样的历史题材小说呢？

答：我本人对汉代的历史很感兴趣。"明犯强汉者，虽远必诛。"我想知道，为什么偏偏在汉代，能有人说出如此豪气冲天的话，汉代的国力究竟强在哪里？"国恒以弱丧，而汉以强亡。"我想知道，为什么强大的大汉皇朝，在国力如此强盛的情况下，最终会走向灭亡。写《汉天子》的本身，我自己也在琢磨这段历史。我最开始知道刘秀还是在儿时，听评书《刘秀走国》，才知道这位光武皇帝。当时就听得很入迷，对于里面的人物，现在还记忆犹新，像岑彭岑君然、吴汉吴子颜、马武马子张等等。儿时的向往、对汉代历史的好奇，以及写一本从未写过的历史题材的小说，做次自我突破，这都是我写《汉天子》的原因。

问：就目前来看，涉及东汉历史的文学作品相较西汉和三国来说总体较少，您是怎样看待东汉这段历史的？

答：我也很奇怪，东汉这段历史，无论在小说中还是在影视作品当中，提及的次数都很少，就我个人来看，这或许和刘秀的出身有关系。刘秀被定义为地主阶层，那么他就不是农民起义军领袖，关于他的话题，自然也很少了。

问：通过写这段历史，您想要表达的主题是什么呢？

答：东汉初年，天下大乱，群雄并起，这个时期，涌现出一大批的英雄豪杰，或独霸一方，或忠君报国，满腔热血。他们在历史长河中，曾留下过浓墨重彩的一笔，他们的勇武和忠贞，被后世数个朝代所铭记，他们的谋略与处世之道，也值得后人去学习。到了现代，他们不该像现在这样默默无闻，他们的名字，他们的事迹，应该被人们所知晓。我希望东汉初年的这些英雄豪杰、历史人物，能像东汉末年，三国时期的人物一样，被世人所熟知，当然，我一个人的影响力很有限，如果能让更多的书友对这段历史产生兴趣，《汉天子》这本书就是有意义的。

问：汉代有"三祖五宗"者，各个堪称皇帝典范，为什么选择写光武帝刘秀？

答：因为刘秀是个好皇帝啊！刘秀刚刚建立东汉皇朝的时候，因为连年战争，全国人口已由六千万下降到不足两千万，刘秀在位三十三年，将不到两千万的人口恢复到三千四百万，几乎是把全国的人口翻了一倍。能让百姓安居乐业，繁衍生息，那他就是个好皇帝。

问：刘秀身上有没有什么特质是最突出的呢？

答：刘秀身上有很多热点，最被人熟知的自然是他的运气。像昆阳之战，刘秀以不到两万的兵马，大败王莽的四十三万大军。在史书里记载，此战天降陨石，砸入莽军大营，加上骤降大雨，洪水泛滥，淹没莽营，导致莽军全军覆没。史书看起来都像是玄幻小说了！史书中这么记录，自然是加强了刘秀的"受命于天"，但同时也大大埋没了刘秀自身的能力和努力。昆阳之战，是不是真的有天降陨石、洪水泛滥这些自然现象，我也不知道，也不敢和史书去叫板，但我认为，即便有这些自然现象，也不可能成为刘秀战胜的主因。在《汉天子》中，我也把昆阳之战着重描写了一番，只是个人的观点。

我认为刘秀身上最大的特质，也最应被人们学习的特质是——努力！在史书当中，先后提到过三次刘秀的努力。人的一生，很难会事事顺遂，刘秀也一样，他也受过挫折，经历过艰难险阻，但刘秀总能越过困难，遇难成祥，这不仅仅是运气，更有他个人的一再努力。努力！努力！再努力一点！困难终究会过去！

问：网友们多用"位面之子"来形容刘秀，觉得刘秀身上似乎永远都自带着主角光环，作战时通常能以少胜多、运气爆棚，那您相信刘秀人生经历中的"幸运"都是巧合吗？

答：现在对刘秀的了解，都是通过史书，但史书所记载的内容，未必是真实可信的。我总感觉，史书没有如实地反映刘秀，而是神话了刘秀，但这又恰恰埋没了刘秀自身的才华。史书神化刘秀，这倒可以理解，毕竟是开国皇帝，需要以神奇的事件来证明他是真命天子，需要用神化来证明他的皇权受命于天，当时的人们也非常相信这些。

可是刘秀能成为东汉的开国皇帝，不是通过神力，也不是通过幸运，而是通过他自身的努力，从而一步一步登上权力最高点。一将成名万骨枯。每个开国皇帝的御座之下，都堆积着累累白骨。从刘秀在建武元年（公元二十五年）称帝，到建武十二年（公元三十六年）统一全国，足足用了十二年才完成这场统一战争。没有神在帮他，全是靠着刘秀自己和麾下无数将士，一个县、一个郡、一个州打下来的。

当然了，刘秀从一个农民，最终坐上皇位，的确是有运气的成分，但这绝对不是主因。

问：确实，刘秀在《汉书》中最突出的标签就是"努力"，刘秀经常以这个词教育臣下，而刘秀自己也是这两个字的实践者，有志者事竟成、克己奉公、披荆斩棘、疾风知劲草、得陇望蜀等等都是他的名言。这次写作《汉天子》是否有刻意突出他的这一特质？

答：我觉得不用刻意去突出什么，因为刘秀自身确确实实是个非常努力的人。刘縯（刘秀的兄长）活着的时候，他为了大哥的反莽事业努力；刘縯遇害后，他为了自己的生存努力；他称帝后，为了统一全国，结束军阀割据而努力；他这一生，一直在努力。努力！功成名就也不倦怠！也是刘秀能成功的关键。

我们做事，不是说只要付出努力，就一定能获得成功，但不付出努力，绝对不会成功。一件事，哪怕只有百分之一的希望，努力了，它就有希望，不努力，连百分之一的希望都没有。天道酬勤。付出了，无论成功与否，都会有所收获。

同时，刘秀是个聪明的人，这一点毋庸置疑，他见解独到，善于用人，也善于驭人。"飞鸟尽，良弓藏；狡兔死，走狗烹。"这似乎成了历代开国皇帝必做之事，但在刘秀这里，从未有过。杀功臣，是想让自家的江山能坐得稳固，刘秀不杀功臣，还善待功臣，重用功臣，这既是因为刘秀性情和善，也能从中看出他有无与伦比的自信。刘秀的手下，不是没有人发生叛变，像邓奉、彭宠、庞萌等等，这些人都背叛了刘秀，起兵造反。他不怕手下大臣造反，即便造了他的反，他也能将其平灭，这就是刘秀的自信。

刘秀也是个心胸开阔的人，也是个性子偏柔和的人，刘秀知道自己性情偏软，所以他启用了一大批酷吏，以此来弥补自身的不足。所以，刘秀还是个很能认清楚自己的人。刘秀识人识己，心胸宽阔，胸怀大志，又肯付出努力，这样的人又岂会不成功？

问： 王莽建立的新朝虽然只延续了十五年，就是这短短的时间把汉朝分为了西汉与东汉两个阶段。而王莽篡位称帝后推行的一系列改革很有社会主义思想，因此被网友称为"穿越者"。但他的改革在当时败得一塌糊涂，您在创作小说时是否有考虑这方面的写作意义？

答： 说王莽推行的是社会主义改革，这是对王莽的误解（我认为这就是一种说笑式的调侃，不必当回事）。王莽所推行的改革，就是在恢复祖制。像均田、废除奴隶等等，其实这些政策都是王莽参照古籍而来，并非他的首创。生产力决定生产关系。王莽推行的改革，看起来都很好，但完全推行不下去，缺乏实施改革的基础，反而还造成农民田地大量流失，集中在贵族阶级手中。农民无田可种，还要缴纳各种各样的苛捐杂税，吃不饱饭，要卖儿卖女，日子过不下去，这便有了绿林、赤眉等等大大小小数以百计的起义军揭竿而起。在《汉天子》中，当然不会把王莽往"穿越者"这方面写。我觉得，小说可以虚构，可以戏说，但也不能糟蹋历史。

问： "龙渊"是小说中的关键人物之一，这一人物形象对小说主人公刘秀的刻画有什么帮助呢？

答： 加入龙渊这个虚构角色，有几方面的考量。刘秀从一位地地道道的农民，突然之间，变成一位百战百胜的起义军领袖，说实话，这个转变是有点大的。打仗不是儿戏，不是拍电影、电视剧，上去随便比划几下就打赢了，两军对垒，那就是在拼命，是把脑袋别在裤腰带上，徘徊在鬼门关外。史书中并没有记载刘秀为什么会有这么大的转变，他领兵打仗的本事究竟从何而来，他冲锋陷阵的武力又是跟谁学的。加入龙渊这个角色，其实就是在弥补这方面的不足和不合理。

问：那么众多与"龙渊"相关虚构情节的设置还有其他深意吗？

答：我想，在当时，刘秀的身边会有很多个"龙渊"在教导他，辅佐他。名字能记录在史书里，被后人所知的，只有那么几个，而大多数人，他们都是默默无闻，他们的名字，也不被人知晓，最终被彻底埋葬在历史的长河当中。龙渊并不是一个人，而是许许多多无名氏的代表。

问：首次尝试写作像《汉天子》这样的历史类小说，在创作过程中有什么不一样的感触吗？

答：古人的智慧，不次于现代人，古人的谋略，甚至更胜过现代人。写得越多，了解得越多，就越觉得羞愧，自己的文化底蕴还远远不够啊！

问：过去您更多是把历史映射在玄幻文里，像《唐寅在异界》《风鬼传说》这两部小说都是披着玄幻的外衣写中华历史。披上玄幻外衣的历史和真正的历史小说在您眼中有什么区别和联系呢？

答：披着玄幻外衣的历史小说，就是架空类小说。写架空类小说，可以更自由，更灵活，更随心所欲地发挥。虚构的人物，我可以按照自己构想的故事路线走，我可以把各种各样矛盾激烈或者有趣的情节，加入到小说当中。

可写真正的历史题材小说时，这些就不行了，最直接的感觉，就是创作大大受限。这个人，没有称帝，你不能写成他称帝了；这个人打仗打输了，你不能写成他打赢了。每个历史人物，他的人生轨迹都是固定的，小的细节可以虚构、戏说，但大的事件，是不能改的，一旦做出改动，就会引发一系列的连锁反应，那就是在改历史了。对于历史，我很尊敬，我没有能力去把它发扬光大，也绝不会去给它抹黑。

问：之前您有提到自己写文章习惯"天马行空"，但历史类小说要求以史实为基础和依据，那这次在实际创作过程中有没有受到"史实"的限制呢？

答：历史的主框架肯定是不能改变的，不能虚构和戏说，但在细节上还是可以自己进行发挥的。史书中，不会记录一个人性格怎样，但通过他做过的事，大致可以分析出这个人的性格特点。小说，就是由各种各样的人物组成，把人物的性格写明确了，写出特点，很多情节也就顺理成章地自然展开。

问：作为历史题材的小说，在进行文学创作的时候一方面要以史实为基础，另一方面作者通常也会进行想象创作，兼具文学与艺术上的真实。您在写作《汉天子》的过程中是如何处理"史实"与"文学真实"之间的关系呢？

答：史书中，刘秀过于被神化，我写《汉天子》时，就是把他变成个有血有肉的普通人。以昆阳之战为例，在史书中记载，昆阳之战中，刘秀获胜的主因是天降陨石，洪水泛滥，我在写《汉天子》时，着重写了双方的强弱对比，交战中，莽军犯下哪些错误，刘秀又做对了哪些事。不到两万人，打败了四十三万人，这本身就是个传奇，就如同神话一般，不用戏说，也不用虚构，事件的本身就已经足够吸引人了。像这样的例子，在刘秀的一生中还有许多。

问：这部作品中您觉得哪部分是自己最满意的？

答：开头和结尾我都比较满意。开头的情节，是为刘秀的转变和成长做铺垫。结尾的情节，是英雄不死，英雄没有落幕。

问：您在《汉天子》这类的历史小说写作过程中，可创新的突破点是什么？

答：为刘秀加入成长的情节，在书中加入少许的玄学元素，这些不知道算不算是创新。我比较满意的是，保留了历史大事件的真实性，虚构部分的情节，融入到真实的历史事件当中，不突兀，看起来合情合理，我觉得这算是自我突破。

问：从《坏蛋是怎样炼成的》到《销魂》《奇门药典录》《汉天子》，从都市文、玄幻文到历史文，这么多作品中您最喜欢的是哪一类型？

答：像《坏蛋是怎样炼成的》的现代题材、《唐寅在异界》的玄幻题材，都是我比较喜欢的。其实无论是《坏蛋是怎样炼成的》《唐寅在异界》还是《汉天子》，这些小说，只是时代背景不同，但骨子里或者说小说的核心，都是一样的——军事题材。我喜欢军事，喜欢驰骋沙场的豪迈，快意恩仇的爽快。

问：都市文、玄幻文、历史文，可以看到您已经写过很多不同类型、题材的小说。在您写作不同类型的小说时，心中会有不同类型的理想粉丝吗？

答：这倒是没有想过，我所想的，就是尽量讲好一个故事，让书友们喜欢。至于书友们喜欢什么样的类型，我没有考虑过，我觉得只要写得好，什么样的类型都无所谓。书友们反应平平，那只能说明我没有写好，是笔者的问题，而不是书友的问题，是我在讲这个故事的时候，并没能和书友达成共鸣。书友都是一样的书友，我真的没觉得有什么不同。能让一些以前不太了解这段历史的书友，通过《汉天子》这本小说，变得有所了解了，这是让我最高兴的事。我也没考虑过，历史类题材的小说该面对什么样的读者。我写的是小说，不是讲解文献，不是研究历史报告，也不太会生涩难懂，就是给书友们放松、娱乐的。

问：这次《汉天子》连载采取的是"日更"模式。"日更"是网络小说的特点，"不更就掉粉儿"是网文界的通则。网络作家中有著名的"勤更"作家，比如唐家三少；也有著名的"懒更"作家，比如七十二编。更新的速度能体现一个作家的个性及其与粉丝的关系，您在更新速度和粉丝关系维系方面有什么体会呢？

答：我的更新速度一般，不是爆发型作者，但我会坚持日更，不断更，这是对书友们的负责，也是对自己的鞭策。说句玩笑，刘秀作为天子都那么努力了，我这个网络写手还有什么资格懒惰？书友的支持，肯定是作者最大的动力，作者的创作源泉，就来自于此。

问：在《汉天子》连载更新的过程中会有粉丝的评论反馈，粉丝的评论对您的写作情绪或者情节安排有影响吗？

答：我也是网络老写手了，心态还算平和。对于书友们提出的建议，我肯定会吸取接受。被书友批评，也是一种自我检讨。我觉得无论是赞是贬，既然书友肯花时间留言，评论你的书，就说明书友是有在认真看。做出批评，那也肯定是有你写得不好、不尽如人意的地方，虚心接受，以后加以注意。

问：作家和粉丝的关系总是紧密联系的，在创作之外您与粉丝之间是怎样的关系？

答：朋友关系！在现实中，也会有书友到我这里来玩，一起吃饭喝酒聊天。在网络上，有时候我会在QQ群里、公众号、微博做一些活动，像《坏蛋》签名书的抽奖，还有T恤、玩偶等一些小礼物。在开新书的时候，我也会去群里问问书友们的意见，书友们的建议会给我不少启发。写一本书，作为作者的我，只是个执笔的人，而这个虚幻的梦，是我和书友们一起在做的。

问：《汉天子》在网上连载完后是否会考虑线下的出版推广活动？

答：《汉天子》是有考虑出版，至于活动，等出版定下来再说吧！

问：《汉天子》之后下一部想要创作什么类型、题材或者主题的小说？

答：下一部，我打算写玄幻类的小说。《汉天子》的结尾，就给下一部小说的开头做了铺垫。

问：这些年来，网络小说的商业机制不断发展完善，有很多具体的制度，如订阅、投票、打赏、评奖等。对此您体验到了什么变化吗？

答：盗版少了，与书友的互动多了。

问：最后，请您谈一下《汉天子》的完本感言吧！

答：我写过都市文，写过玄幻文，还从未写过历史类题材的小说。在我的认知里，历史类小说总是要以史实作为基础和依据，感觉写起来太受限制。而我写文时，又习惯了天马行空的胡诌八扯，所以虽对历史很感兴趣，但一直不敢轻易去尝试。我更多的是把历史映射在玄幻文里，像《唐寅在异界》《风鬼传说》这两部小说，都是披着玄幻的外皮，实则是对中华历史的描写。

这次的新书尝试历史文，也算是一次自我突破吧！新书《汉天子》写的是东汉的开国皇帝刘秀。涉及东汉历史的文学作品，既没有前面的西汉多，更远远比不上后面的三国。夹在"明犯强汉者，虽远必诛"的西汉与"滚滚长江东逝水，浪花淘尽英雄"的三国之间，东汉似乎没什么存在感。这或许是因为刘秀复辟汉室江山太过于顺利，仅仅用了三年的时间,他就完成了从农民到皇帝的蜕变,让人感觉没什么可写的,而在刘秀的那些对手当中,好像也缺少像项羽、曹操那种举世无双的大人物。

不过刘秀登基真的那么容易吗?

王夫之曾写过,光武之得天下,较高帝而尤难矣!秦皇、汉武在毛泽东看来是略输文采,唐宗、宋祖是稍逊文治武功,成吉思汗,就只是个武夫而已,但他对刘秀的评价是,中国历史上最会用人、最有学问、最会打仗的皇帝。在《汉书》当中,刘秀最常说的话是:努力!他的一生都在努力。

刘秀的登基并不容易,九死一生,大起大落,登基之后,他接手的是一个四分五裂、千疮百孔的烂摊子,刘秀整整用了十二年的时间才彻底剿灭地方割据,完成了对中国的大一统。与他的先祖刘邦相比,刘秀没有信奉鸟尽弓藏那一套,他帝位稳固后,未曾杀过一名开国功臣,与所有功高盖主的大臣们都能融洽相处。这不仅是个人修养和道德的问题,其中更蕴藏着刘秀高超的处世和驭人之道。

与他的后世刘备相比,刘秀从未满足过现状,偏居一隅。一直在致力于统一天下,和刘备一样,他也经历过失败,遭遇过挫折,每逢这个时候,他不会哭鼻子,更不会去摔孩子,他总会和身边的人说两个字:努力!

再努力一点!这就是刘秀。

疾风知劲草的刘秀!

第三章

汉天子刘秀的"努力"人生

纵观刘秀一生,是一部白手起家的创业史!他的一生仿佛像开了挂一样,仅用三年时间便从一个放牛的布衣摇身一变,成为身披龙袍的开朝皇帝,十二年便实现全国统一的千秋伟业。是不是历史给了我们错误的打开方式?在西汉末年那个分崩离析的年代,刘秀,家道中落,既不是义军首领也不是手握兵权的将军,那么他究竟是怎样一步一步走向成功的呢?

一、揭竿而起,初建政权

故事的开端还要从一句谶语说起。书中如此描述:他(刘歆)慢慢滚动书简,很快,他的手停了下来,目光直勾勾地落在书简上,颤声念道:"刘秀发兵捕不道,四夷云集龙斗野,四七之际火为主。"这句话的意思就是,在将来,会有一个名叫刘秀的人推翻新莽政权,登基为帝。开篇刘歆打的如意算盘为全书乃至刘秀的一生埋下了伏笔。

让我们反转目光,看一看此时我们的主人公刘秀正在干什么。

"在围观的百姓当中,有一名穿着粗制布衣布裤的青年,他看起来也就二十岁左右的样子,身材修长,七尺开外,相貌也生得极好,浓密的眉毛斜飞入鬓,下面一对虎目炯炯有神,容貌俊秀,又不失男儿的阳刚之气。虽说青年穿着普通,一副干农活的打扮,但他身上却流露出与其穿着不相符的儒雅之气。"此番描述真是个妥妥的俊美男,这位布衣青年就是刘秀,字文叔。由此我们的主人公登场喽!他正在看布告，布告上悬赏之人正是龙渊，说到这里，龙渊也是本文中的一个重要人物，后面小编会详细和大家介绍。让我们先跟进六道的步伐。刘歆派的杀手此时此刻俨然就在刘秀身边，突然，大哥的出现无疑是让小白刘秀躲过一劫。"被他唤做大哥的汉子，三十岁左右的年纪，身材魁梧，虎背蜂腰，向脸上看，浓眉大眼，鼻直口方，相貌堂堂，带着一股粗犷之气。"这名魁梧壮汉叫刘縯，字伯升，是刘秀的亲大哥。兄弟两人谈论起当今王莽的暴政，刘縯义愤填膺地说道："莽贼无道，倒行逆施，天下大乱，民不聊生，当下绿林、赤眉揭竿而起，推翻莽贼暴政，指日可待！"刘秀和刘縯都是汉高祖刘邦的后世子孙，算是根正苗红的汉室宗亲，这是很重要的一点。推翻新莽政权，匡扶汉室江山，当然是他二人心中的愿望。

　　刘歆这老贼贼心不改，随后又派了杀手，定要取尽天底下所有刘秀的性命才肯罢休，但这一次刘秀又被自己的大哥救下，是不是很惊喜呢？随后在家宴中，刘縯说道："今年，南蛮已经不只是在边境作乱，而是已攻入益州，烧杀抢掠，无恶不作，益州百姓，死伤无数。王莽派廉丹、史熊，出兵十万，前往益州，迎击蛮军，另外，王莽还要组织十万的义军，配合廉丹、史熊，一并进入益州作战，我打算参加义军。"刘秀得知大哥想要参军，心中盘算也悄然升起，不顾叔父的劝阻，与龙渊一起跟着大哥参加义军！年轻人的小小理想埋下了种子，就要生根发芽……

　　视线转到县衙外，刘秀跟随刘縯一行人报名参军。刘秀的大哥确实有一些真材实料，因其力大无穷，在军中立下了威名，此时，无人不识刘伯升。一人得道，鸡犬升天，这为后来刘秀、刘縯兄弟俩在义军中占有一席之地打下了基础。刘縯很快在军中谋得官职，有了自己的装备和兄弟，这便是一切的开始。刘秀、刘縯兄弟俩迎来了他们参军后的首战，由刘縯亲自率领、布置战术。一千人的队伍，分散开来，按照事先计划好的路线，向蛮兵的所在地云集过去。首战尝到甜头后，刘縯等人又想进乾尤山消灭藏匿在山中的蛮兵，谁知这次估计错误，仗还没开始打，就遭遇敌兵毒针埋伏，损失不小，为冲出重围，义军被迫溃散成好几队。刘秀也是误打误撞地进入到蛮人的大本营，不仅凭勇气与智慧救下了两名士兵和一众女子,又生擒了他们的族长歇桑,挟歇桑以控制他们的将军歇图。将军歇图其实是族长歇桑的亲儿子!不救老子的儿子不是好儿子,不救老子的人不足以当族长。刘秀正是把握住了这一点,轻而易举地震慑住了蛮军的两万精兵。当时的场面颇为精彩,小编带各位瞧上一瞧:说时迟,那时快,刘秀和歇桑已策马奔到众人近前。呆站在原地的蛮兵们根本不敢阻拦,人们如同潮水一般向两旁退让,给刘秀的胯下马让出一条人肉通道。刘秀带着歇桑,冲到蛮军本阵近前,并没有停下来,而是直接往里闯,同时他不停地喊喝道:"歇桑在此,谁敢妄动?歇桑在此,谁敢妄动?"这一下,不仅仅那一千蛮兵看清楚歇桑了,蛮军本阵的上万人,也都看清楚歇桑被汉中军的兵卒挟持。顷刻之间,蛮军本阵就如同炸了营似的,人们六神无主,但又不知该如何是好,只能站在原地哇哇地怪叫。且看小机灵鬼刘秀是如何与蛮军大将歇图谈判的:歇图千算万算就是漏算了他的老父亲,无奈只得说道:"我军可先退兵十里,你放了我父亲,之后我们会离开汉中,返回属地。"刘秀说道:"五十里。""什么?""你们退兵五十里,我再放人!""不行!"五十里,这一退一进,少说也得花费一天的工夫,他可没有那么多时间浪费在这上面。歇图伸出两根手指,说道:"二十里,我军最多可退兵二十里!""七十里!""什么?""八十里!""你……"

"一百里!"刘秀坐地起价的本事可是一流,直到最后歇图毫无还嘴之力。能在蛮军当中如此来去自由,恐怕普天之下,也只有他刘秀了。当然,他完全倚仗着歇桑这枚免死金牌。歇图那副恨不得把他生吞活剥但又拿他无可奈何的样子,让刘秀感觉既有趣,又十分有成就感。蛮军绕过汉中城,一路向南行进,这是他们老家的方向。汉中郡的危机暂时消除,我们"位面之子"的本领果然名不虚传。

乾尤山之战,汉中军损失惨重,原本一万多人的大军,最后逃出乾尤山的,已不足两千人。在这次战斗中,刘缜的将帅之才初步显现,凭借一己之力冲破重重蛮军包围,杀出一条生路。冲出重围后,算到郡城内兵力不够,忙赶回城中支援。不到五千人的守军,将两万之众的蛮军死死抵挡在城外,而且连续坚守了三天,这不得不说是个奇迹。

面对汉军的死守，蛮军的攻城计划不得不暂时搁浅。外面战火连天，民不聊生，可是太守府内却是歌舞升平，原来是太守王珣宴请刘缜和冯升，以庆祝今日攻退蛮军。汉中郡乃国之要害，地理位置得天独厚，如果失去了这块宝地，恐怕难以抵挡蛮军的入侵。但此时此刻的汉中郡却由这样一位昏庸无道的太守看守，真是汉中百姓的不幸。只见那桌上的饭菜之奢华让人咋舌，天上飞的，地下跑的，海中游的，山珍海味，应有尽有。要知道现在的汉中郡，到处都是流民，到处都有饥肠辘辘的百姓，差点就人吃人了。而太守府这里，奢华的程度简直比太平盛世还要太平盛世。饭局没过多久，王珣又让人叫来歌舞伎助兴，音乐动听，绕梁三日，舞蹈惊艳，但这顿饭吃下来，却让刘缜有些食不知味。朱门酒肉臭，路有冻死骨，莫过于此！莽贼无道，百官昏庸，这样的朝廷，又岂能让百姓们不思汉？终有一日，我刘缜必推翻莽贼暴政，光复大汉江山！莽朝积民怨已久，莽朝的覆灭已是板上钉钉迟早的事了。

到了这里，我们的正规军终于出现了。有一支骑兵悄悄摸入蛮军后方，这支精锐部队正是由廉丹亲自率领的京师军的主力骑兵，足足有一万骑之多。一万骑兵对阵一万步兵，别说蛮军还不太会排兵布阵，即便他们精于布阵，这场仗也不会有任何的悬念，只能是一边倒的碾压。双方的战力相差太过悬殊，已经不是靠布阵所能弥补的了。人人都以为京师军的主力正在益州的南方作战，谁都没想到，廉丹竟然带着一万骑兵，神不知鬼不觉地折回到益州北部的汉中，杀了蛮军一个措手不及。这一场狭路相逢的短兵相接，一万多蛮军连反抗之力都没有，几乎是被廉丹一战全歼，最终逃掉的，只有歇图和百余名心腹以及护卫。这场仗，也让歇图等人见识到了汉人正规军的真实战斗力，以前与他们交锋的，只是地方军和义军，与京师军相比，那些军队用乌合之众来形容毫不为过。廉丹要的是绝对的服从、绝对的听从指挥。试探过刘缜和冯升以后，发现这二人并非能为己所用之辈，便让刘缜与冯升去攻打藏于竹山的绿林军，顺便派出张庭一部，明面上是为了辅助刘缜和冯升去打败绿林军，其实是要连同义军一同消灭。

因刘秀反应机敏，将廉丹派义军攻打绿林军的意图识破。此时的刘秀已然不是当初的放牛娃。在刘𬙂眼中，小弟虽然不像二弟那么老实巴交，但也是个很本分的人，可现在的小弟，精明得好像修炼成精的老狐狸，而且身手也变得十分了得。如果把一个人比喻成深度的话，刘𬙂可能是一口井，或者是一条江河，而刘秀则更像是深不可测的大海。在与绿林军谈判的过程中，刘秀更是不动声色地做出了最佳判断。就在那个夜晚，刘𬙂说出了深藏于心却从未说出口的话："莽贼篡汉，天下大乱，尸殍遍野，民不聊生，当今天下，民心思汉，我，刘𬙂，身为汉室宗亲，自当挑起重任，救黎民于水火！"箭在弦上，不得不发。

在去新野的路上又遇见了刘歆派来的杀手刺杀，恰逢龙孛、龙准二人搭救。从店小二嘴里得知了整件事情的来龙去脉。"刘秀发兵捕不道，四夷云集龙斗野，四七之际火为主！"龙孛在说出这句话时，眼睛是眨也不眨地看着刘秀，心中可谓惊涛骇浪，久久不能平静。这句谶语的意思很直白，将来能成为皇帝的人，就是刘秀。此时的刘秀还不相信这番话，却不承想几年后的这句话竟会成为事实。除莽乃是民心所向，新莽时代不久矣。

刘秀的二姐夫邓晨愿意追随刘氏兄弟，邓家是新野世家之一，与阴家交好。但是这邓家里也有"异心"的，邓终就是其中一个。在这个时候，邓终就已经表现出不甘于人下的一面，他的心目当中，自己的大哥并不比刘𬙂差，既然如此，那又为何要尊刘𬙂为主呢？他的这种心思，为很多人的将来都埋下了祸根。在阴家家宴中，蔡少公却点破了《赤伏符》中的玄机：未来的江山不会姓王，而是姓刘，能做皇帝的人，名叫刘秀。他说完这句话，现场静得鸦雀无声。这个预测太震撼了！这么说来，新莽朝廷是真的长久不了了？王莽的皇位是真的要坐到头了？邓终小心翼翼地问道："蔡公所言之刘秀，可是国师公？"（他说的国师公，也就是原名刘歆，后来又改了名字的国师刘秀。）此时的刘秀仰面而笑，以开玩笑的口吻反问道："元鹏又怎知不是我这个刘秀乎？"这一句话也是文中埋下的伏笔，皆为后面的故事做好了铺垫。

若想要起义，钱财、人、兵器缺一不可。钱财人力倒还好说，只是这兵器是大问题。刘秀一路走来有无数贵人相助，此次又遇上了精通锻造武器的张童。初次见面，张童听闻了刘氏兄弟的一番大事，便愿为刘秀效犬马之劳，并送予刘公子一副袖箭，这袖箭的威力是十步之下，劲可透骨。还应允日夜开工，短时间内赶工出五千支矛头，大批量填充武器库支持刘氏兄弟的谋反。刘秀刘缜两兄弟分头行动，齐头并进。愿意追随的人越来越多，各行各业各种本领的人才都有，武器也有了眉目，钱粮之事也已经有几位世家相助。起义的准备初具规模。

　　刘秀本打算等春陵、宛城、新野三地都做好充足的准备，然后再共同起事。宛城这边可直取郡城，春陵和新野随后增援，如此，起事的初期，他们就能出其不意、攻其不备地给予南阳郡府最致命的一击，使得南阳郡各地群龙无首，接下来的战事便容易许多。可是现在，前期谋略的所有计划都泡汤了，可以说春陵、宛城、新野没有一个地方完成了准备，但受局势所迫，他们没有办法，只能硬着头皮仓促起事。这与原计划相去甚远。刘秀等人抵达春陵之后，刘缜在春陵已不再是偷偷摸摸地招兵买马，而是大张旗鼓地招兵买马。反正事情已经暴露，索性就把柱天都部的旗号打出来。连日来，前往春陵投靠刘缜的人数激增，其中有一部分人是新加入的，还有一部分人是从白山那里分批抽调过来的。另外，白山打造的武器以及囤积的辎重也源源不断地运送至春陵，刘缜、刘秀于春陵的起事，已经是箭在弦上。

　　为了联合宗亲，得到刘氏宗亲的支持，刘秀想到了一个妙招，那就是他们都身着汉朝的官服，这一举动立马在刘氏宗亲乃至整个春陵都引起了不小的轰动。在刘氏宗亲当中，相当于起到了催化剂的作用。此事就如同一只无形的大手，把刘氏宗亲们纷纷推到了刘缜的身边，让人们终于下定决心，决定跟着刘缜一起干，这也为春陵起义军奠定了坚实的基础。事情仅仅过了三天，以刘缜为首的柱天都部在春陵的人数就已多达三千之众。当然，刘缜和刘秀两兄弟也都没有忘记马武一部，派人去往益州，召马武一部赶到南阳，与他们合兵。

　　地皇三年（公元二十二年），十月。早上，刘缜、刘秀兄弟于春陵村外的空地，召集全部将士。目前柱天都部的人数已达三千余众，人数可不少，放眼望去，黑压压、密匝匝的好大一片。此时的刘缜，已然换上武将的盔甲，头顶银盔，身披银甲，背后大红的披风，整个人看上去，威风凛凛，器宇轩昂。他手握着剑柄，一步步地走上事先搭建好的高台。刘缜于高台的正中央站定，环视台下的众人，振声说道："莽贼无道，篡汉施虐，专治朝政，滥杀栋梁，饕餮放横，伤化虐民，祖宗蒙羞，受辱至今，天下分崩，民不聊生，于是人心叛离，天下兵起，当此之时，非常之人，行非常之事，立非常之功！今，我等，以柱天都部为名，以光复汉室为己任，以高祖大业为宏志，诛杀莽贼，匡扶汉室，立纲陈纪，救济斯民！"三千余众的呐喊声，声浪直冲云霄，回音久久不散。刘缜回手将肋下的佩剑抽了出来，向外一挥，大喝道："兵发蔡阳！"这一天，刘缜、刘秀兄弟正式在舂陵起义，也正是从这天开始，刘氏兄弟开启了一场波澜壮阔的传奇经历。

二、好事多磨，登顶帝位

政权建立后，刘秀兄弟的首战是蔡阳。起义初期，队伍里没有统一的军装，也没有统一的盔甲，人们穿什么的都有。虽说没有军装、盔甲，但手中都有武器，即便是普通的兵卒，也都人手一杆长矛。队伍中，能骑马的人可谓屈指可数，算上刘缜，都不到五个人，就连刘秀，都没有战马可骑，而是骑着一头牛。当时那个年代，可作战用的马匹实在太昂贵了，起码不是刘家二兄弟能消费得起的。刘秀骑牛起兵反莽，后来也被传为了一段佳话。

起义顺应民心，开始便接连收复了蔡阳、邓县、襄乡、铜陵，在南阳也算是有了根基。在起义的过程中，刘秀的军事才能也开始显现出来。与刘稷同时各自率领三百将士分别攻打邓县、襄乡，三日内攻下邓县不说，刘稷攻打后还剩两百兵力，折损了一百多将士。但刘秀打完仗后，非但自己的兵力未减，还从原先的三百将士变成了两千。不仅如此，佯装县兵攻入城门、与朝阳县衙大牢里关着的绿林军合作，都展现出刘秀异于常人的聪明才智。朝阳之战，刘秀一部是大获全胜，全歼了朝阳县兵、山都县兵、和成要塞军。如此一来，他们由临时攻占朝阳城，变成了长久占领，而且朝阳县内，已再无抵抗之力。最最关键的一点，随着山都县兵与和成要塞军的覆灭，刘秀一部可趁此机会向西推进，直取山都县，将邓县势力范围、朝阳县势力范围、山都县势力范围连成一片，于南阳的西南部奠定一片己方稳固的根据地。

自起兵造反以来，柱天都部的所有仗都打得太顺了，顺风顺水，势如破竹。在刘縯和麾下众将的心里，似乎只要出兵就打胜仗已经成了再正常不过的事，别说吃败仗，就算是战事打得不顺利，都属反常之事了。在这种骄躁的心理之下，他们哪还能听得进严光的劝说？刘縯缓缓开口说道："子陵休要再危言耸听！能做到'举世皆浊我独清，众人皆醉我独醒'者，只有屈大夫一人，后来效仿者，皆多为哗众取宠之辈！"刘縯此时的骄傲在日后的确付出了惨烈的代价。

王莽已经暗自调动十万京师军前往南阳，准备收服柱天都部。该来的还是来了，在行军的路上，刘縯操之过急，不听劝阻。全军遭到了莽军的暗算，刹那间，这十余里的道路，俨然已成了修罗场、阎罗殿，到处都是尸体，到处都有散落的物资。刘秀的二姐刘元及其三个儿女也都死于这场战乱，刘秀为了救出小妹伯姬，本就没有痊愈的身体又添重伤。而柱天都部这一战死伤惨重，可谓得到了血的教训。将近三万人的将士、家眷，最后逃回到棘阳的，只剩下三千来人，两万余众，都死在了官兵手里。自柱天都部成立以来，就从没打过败仗，可是这第一场败仗，便把柱天都部打回了原形，让柱天都部败得彻底，败得一塌糊涂，败得险些全军覆没。

刘伯姬哭得几近昏厥，她泪流满面地问刘縯："大哥，我们为何会败？为何会败得这么惨？"刘縯回答不上来，柱天都部的大多数人都回答不上来这个问题。他们的心里也抱着同样的疑问。是啊，己方为何会败？又为何会败得如此之惨？刘秀倒是能回答这个问题。自柱天都部起兵反莽以来，连战连捷，锐不可当，先取蔡阳，后取新野，无论大仗小仗，都打得顺风顺水，根本不知败为何物。在这种情况下，柱天军上下自然而然产生了普遍的轻敌心理。这是不知己。另一方面，柱天都部根本没有完善的情报系统，对新莽朝廷的动向，对南阳郡府的动向，完全是两眼一抹黑，什么都不知道。新莽朝廷十万大军的异动，这么大的事，柱天都部这边完全是毫不知情，如此闭塞的打仗，简直是匪夷所思。既不知己，也不知彼，这是柱天都部战败的主因。至于为何会败得这么惨，主要就在于缺乏凝聚力、向心力。突然遭遇变故，柱天都部的将士完全是各自为政，根本没有抱成一团。人们首先想到的是自保，都想着先带着自己家人逃出虎口，根本没想过把己方的力量集中起来，合力对抗伏兵。柱天军上下合计近三万人之多，倘若真能抱成一团，就算不敌十万京师军，但伤亡远不会像现在这么大，输得这么惨。可以说小长安聚之战，把柱天都部自身的种种问题集中引发了出来，输得一败涂地，元气大伤，几乎全军覆没，并不难理解。

　　正是这场惨败，让春陵军陷入了不得不与绿林军结盟的地步。不管这支军队的内部到底有多么别扭，总之，在反莽的问题上，他们的意见高度统一，在对阵莽军时，他们也的的确确是一家，合力对外。在与绿林军洽谈的时候，刘縯想起自己的同族兄弟刘玄，意欲将刘玄留在自己部内，免得刘玄遭受不必要的苦楚。刘玄的年纪比刘秀大，比刘縯小，介于他俩中间，与他二人的关系都很密切。他依稀记得自己在平林见到刘玄的时候，他明明受了绿林军的欺凌，夫人受到绿林军轻薄，但他却跪地主动提出加入绿林军。这样的刘玄，早已经不是刘秀所认识的那个刘玄，不再是那个为了报杀弟之仇，敢于广招门客，找仇人拼命的刘玄。看似懦弱，实则能隐忍到极点，心计和城府深不可测。倘若大哥的身边多了这么一个人……刘秀暗暗摇头，觉得隐患太大。后来事实证明刘秀此时的担忧是对的，刘縯的性命最后都搭在了刘玄手上。

　　在与京师军一战中，刘縯等人失望地发现，自己结盟的拥有三万大军的绿林军不过是空有一个数字，却没有真材实料的战斗力，还不如柱天都部五千人的战力水平。此时的绿林军已然准备撤出南阳，派刘玄前来通知刘縯等人。但是，南阳就是柱天军的底线。刘縯等人坚决不撤退。刘玄急了，他之所以能被提升为将军，皆因有柱天军的存在，如果柱天军没了，他还做什么将军？他大声说道："大将军，莽军来势汹汹，且有十万之众，我军当避其锋芒，切不可意气用事啊！"刘縯看着满脸焦急的刘玄，意味深长地说道："阿玄，我们的根基就在南阳，所以，绿林军可以不在乎，可以随时撤离南阳，但我们不行，我们不能丢下所有的亲人、宗亲不管，任凭莽军宰割，而独自逃走。"

在南阳决战中，刘秀偷袭蓝乡成功，让莽军陷入慌乱。反观汉军这边，士气大涨、气势如虹，一扫连日来的萎靡不振。再加上甄阜自断后路，这场战役大获全胜。此战，汉军大获全胜，连破梁丘赐军和甄阜军两座大营。十万莽军，阵亡三四万之众，其中起码有两万人是被黄淳水淹死的。其余的莽军，则是悉数向汉军投降了。另外，交战当中，梁丘赐被王常砍杀，甄阜也在莽军的北营被汉军生擒活捉。汉军在黄淳水的胜利，意义重大。其一，歼灭甄阜、梁丘赐的十万大军，南阳境内已再无能威胁到汉军的势力，彻底奠定了汉军在南阳的主导地位。其二，此战无疑又是一记对新莽朝廷的重拳，让本就已病入膏肓的新莽朝廷愈加摇摇欲坠。其三，汉军通过这一战，在全国范围内，彻底打出了自己的名号，名声大振，成为继赤眉军之后，又一大破莽军的起义军。黄淳水之战后，汉军方面光是接收降兵就有数万之众，各地前来投奔者，不计其数。一时间，汉军的实力突飞猛进，声势浩大。南阳各县，亦纷纷倒戈，竞相归顺汉军。

此时绿林军和柱天军的处境暂时安全。但对于绿林军来说，若要继续走下去，他们还缺一个汉军之主、真命天子，且正统非常重要。然而刘縯、刘秀兄弟二人，又不能为自己所用。所以这件事也还在绿林军的谋划中，尚未做出决定。直到在南阳与莽军大战后，绿林军首领王匡此时不得不考虑自己的利益，自己最优秀的精兵良将都在王常的手里，而王常现在显然是和刘家兄弟二人一伙，自己的势力即将被削弱，他感到了强烈的危机感。就在此时，他不得不铤而走险破目前之危局——推举刘玄为帝！绿林系大力扶植刘玄，不是因为刘玄多有能力，恰恰因为他胆小无能，才要立他这个傀儡做皇帝，以后也更容易掌控在自己手中。这便是绿林系众人的算计。无论立谁做皇帝，他们的目的都只有一个，就是牢牢握住汉军的大权。

当时的刘縯和刘秀正在前线打仗，刘稷、刘嘉也都在前线奋勇杀敌，剩下的刘氏宗亲当中，还比较善战的就是刘赐、刘信。刘赐是刘玄的亲叔叔，刘信是刘玄的堂兄弟，他二人又怎会强烈反对刘玄做皇帝？其他那些刘氏宗亲，像刘祉、刘庆、刘歙等人，大多是公子哥、文弱书生，没有那么硬的骨头，也架不住绿林军的吓唬。就这么背着刘縯、刘秀，这刘玄就意外地被推向了风口浪尖。待刘縯、刘秀、刘稷等人回来时，轮到他们的已经不是商量，而是同意也得同意，不同意也得同意。刘縯为顾全宗亲全族的安全，签字同意。刘秀签字时，幽幽说道："选一位明主，能带着你们飞黄腾达，选一庸人，只会把你们带入深渊，万劫不复，死无葬身之地！"此时，根本没有人把刘秀的话当回事，只以为他是心有不甘，在说气话，可谁能想到，他今日所言，日后竟一语成谶。

绿林军本来想为自己立一个傀儡，谁想这才是他们真正的劲敌。刘玄的脑袋都是蒙的，恐怕连他自己都想不明白，这个被绿林系和柱天系争来争去的帝位，最后怎么就落到自己的头上了？但是这人慢慢地便会适应，再加上刘玄虽然胆小懦弱，也只是因为寄人篱下，被形势所逼才会这样。前面我们了解过的刘玄心思城府极深，在后期这位更始帝也会一步一步地走向腹黑。初登大宝的刘玄还是怯生生的，不过他很快便适应了山呼万岁的那种高高在上的感觉。毕竟称帝了，自然是一一册封诸将及宗室，为列侯者百余人。刘玄将刘縯封为大司徒，刘秀为太常偏将军。刘玄心里十分清楚，刘縯是个潜在的对手，而且能力超过自己，所以他借着其弟刘秀在昆阳大战的机会，神速铲除了刘縯，这也是后话了。刘秀太常偏将军这一职位，在将军中的地位属实较低，其他刘玄册封的名单在这里我们就不细细琢磨了，通过这次封赏，可以看出刘玄是一脚把刘氏宗亲给狠狠踩了下去，显然已经和绿林系走到了一起。就这样，更始帝的时代开始了。

此时此刻，刘玄在南阳称帝的事，很快便传遍了全国，全国上下，一片哗然。当时各地的起义军有很多，像赤眉、铜马、青犊等等大大小小的起义军，有数十支之多，而敢于推出个皇帝，公开和王莽叫板的，南阳起义军还是第一个。此事自然也传到了长安王莽的耳朵里。听闻此事，王莽震惊、震怒，同时也大骇。他急调大司空王邑、大司马王寻去往洛阳，接管太师王匡、国将哀章麾下的十多万京师军。同时征调各郡的兵马，让各郡的都尉亲自率领，于洛阳集合。新莽朝廷的连番大动作，汉军这边也有所耳闻。在刘秀看来，这是意料之中的事情，一山不容二虎、一国不存二主的道理很清楚。王莽要想继续坐着他的皇帝宝座，就必须得彻底消灭绿林军。百足之虫，死而不僵，王莽朝廷虽已千疮百孔、病入膏肓，但朝廷毕竟还是朝廷。

王莽将压箱底的宝贝——四十万大军全都押上了，世人瞩目的世纪之战即将到来，这一战直接决定着新王朝的命运。无论让谁看来，此战的局势都很明朗，双方兵力相差太过悬殊，此战似乎并没多大的悬念。但刘秀却凭借不足两万的兵力打赢了这场仗！谁能想到，这号称百万之众的莽军，都没能进到南阳，只是在路过颍川的时候，便被进入颍川的汉军一举全歼。这仗打的，实在是匪夷所思，不可思议！刘秀也在此战役中一举成名，竟真成了名满天下的汉军名将。当今天下，所有的名头都是虚的，谁手里掌控了兵权，谁才能真正掌握到权力。而现在汉军的兵权，几乎都在刘縯、刘秀两兄弟的手里。往日一同并肩作战的将帅，无不对刘秀动了杀心。此时，长安发生了一件惊天动地的大事，国师刘秀（刘歆）谋反，但以失败告终。刘玄想要立阴丽华为妃子未遂以后，便对刘縯也起了杀心，与朱鲔等人合伙构陷刘縯，为国杀敌的刘縯与刘稷最终竟然以谋反罪被刘玄杀死。说起来都可笑，刘縯在舂陵起兵，高举着反莽的大旗，在南阳连战连捷，惊动长安的王莽。王莽曾公告天下，悬赏刘縯的首级，只要有人能杀掉刘縯，无论出身高低贵贱，皆奖励食邑五万户，黄金十万斤，赐上公爵位。这么重的奖赏，普天之下也没人能杀掉刘縯，可到最后，杀掉刘縯的人，却是他所效忠的更始皇帝刘玄。

刘縯的死对刘秀来说无疑是一个巨大的打击。刘秀痛苦道：树无根，得死。人无心，难活。刘縯是刘秀的大哥，一直以来，更是刘秀赖以前行的精神支持和心灵力量。刘縯的遇害，是件很可悲的事，但对于刘秀而言，却未尝不是件好事。如果刘縯不死的话，中国历史上恐怕不会出现东汉皇朝，汉室江山也未必能再延续两百年，刘秀本身也没有坐上皇位的可能性。刘秀明白自己此时此刻能够做的只有远离政治，装傻充愚。为了不受更始帝的猜忌，他急忙返回宛城向刘玄谢罪，对大哥刘縯部将不私下接触，虽然昆阳之功首推刘秀，但他不表昆阳之功，并且表示兄长犯上，自己也有过错。更始帝本因刘縯一向不服皇威，故而杀之，见刘秀如此谦恭，反而有些自愧，毕竟刘秀两兄弟立有大功，故刘秀不但未获罪，反而得封武信侯。刘秀回到宛城并受封武信侯后不久，便在宛城迎娶了他思慕多年的新野豪门千金——阴丽华。随后每日醉酒声色，仍表现出一副兄死无动于衷的态度，暂时洗清了自己。

更始元年十月，更始帝刘玄遣刘秀行大司马事北渡黄河，镇慰河北州郡。路上，刘秀的至交邓禹杖策北渡，追赶上刘秀，对刘秀言刘玄必败，天下之乱方起，劝刘秀："延揽英雄，务悦民心，立高祖之业，救万民之命，以公而虑，天下不足定也！"邓禹的话，正合刘秀的心意。刘秀到河北后不久，西汉赵缪王之子刘林即拥戴一个叫做王郎的人在邯郸称帝，而西汉在河北的另一王室广阳王之子刘接也起兵响应刘林。一时间，刘秀的处境颇为艰难，甚至有南返逃离河北之心，幸得上谷、渔阳两郡的支持，尤其是上谷太守耿况之子、少年英雄耿弇，一身豪气，对刘秀言道："渔阳、上谷的突骑足有万骑，发此两郡兵马，邯郸根本不足虑。"刘秀高兴地指着耿弇道："是我北道主人也。"不久刘秀率军在更始帝派来的尚书令谢躬和真定王刘杨的协助下，攻破了邯郸，击杀了王郎等人。值得一提的是，为了促成和真定王刘杨的联盟，刘秀亲赴真定王府，以隆重的礼仪迎娶了刘杨的外甥女——郭圣通，此时距刘秀在宛城迎娶阴丽华尚不足一年。

见刘秀在河北日益壮大，更始帝极为不安，他遣使至河北，封刘秀为萧王，令其交出兵马，回长安领受封赏，同时令尚书令谢躬就地监视刘秀的动向，并安排自己的心腹谢躬做幽州牧，接管了幽州的兵马。刘秀以河北未平为由，拒不领命，史称此时刘秀"自是始贰于更始"。不久，刘秀授意手下悍将吴汉将谢躬击杀，其兵马也为刘秀所收编，而更始帝派到河北的幽州牧苗曾与上谷等地的太守韦顺、蔡允等也被吴汉、耿弇等人所收斩。自此，刘秀与更始政权公开决裂。刘秀发幽州十郡突骑与占据河北州郡的铜马、尤来等农民军激战，经过激战，迫降了数十万铜马农民军，并将其中的精壮之人编入军中，实力大增，当时关中的人都称河北的刘秀为"铜马帝"。公元二十五年六月，已经是"跨州据土，带甲百万"的刘秀在众将拥戴下，于河北鄗城（今河北省邢台市柏乡县固城店镇）的千秋亭即皇帝位，建元建武。为表重兴汉室之意，刘秀建国仍然使用"汉"的国号，史称后汉，刘秀是为汉世祖光武皇帝。

三、得陇望蜀，一统天下

建武元年（公元二十五年）十月，刘秀定都洛阳。此时的长安，极度混乱，赤眉军拥立傀儡小皇帝刘盆子建立了建世政权，拥兵三十万众，进逼关中，更始遣诸将与赤眉大军交战，均大败而归，死伤甚重，三辅震动！不久，更始向赤眉请降，获封为长沙王，后为赤眉缢杀。刘秀闻绿林、赤眉两大起义军发生了火并，也派邓禹西入关中，以观时变。此间，三辅大饥，人相食，黄金一斤易豆五升。城郭皆空，白骨蔽野，赤眉数十万大军拥在长安，不日粮草即告匮乏，只得撤出长安西走陇右以补充粮草，结果为割据陇右的隗嚣所败，恰是严冬，"逢大雪，坑谷皆满，士多冻死"，赤眉数十万大军只得东归再次折回长安，并击败了进驻那里的邓禹军，迫使其退出长安，但此时的赤眉军也遭受了极大的消耗。见邓禹的西征军不力，刘秀遣冯异前往关中，代替邓禹指挥西征大军。冯异到后，邓禹联合冯异部与赤眉再战，结果再次大败，冯异只率少数人弃马步行才得脱身归营，而邓禹则败走宜阳。冯异收拢归散的部下，坚壁清野，待机再战。不久，冯异军与赤眉再次大战于崤底，双方均倾众而出，一直大战到太阳偏西。在此之前，冯异提前选精壮之士换上与赤眉军一样的装束，伏于道路两侧，此时见双方皆已力衰，伏兵杀出，赤眉大军惊溃大败，被冯异迫降者八万余人。

崤底之战，使得赤眉军再遭重创，加之粮草已尽，不得已再次转向东南方，力图补充粮草和人马，摆脱困境。早在崤底之战前，刘秀鉴于关中大饥人相食，而隗嚣的重兵又陈于西方的局面，料赤眉必向东或南方向运动，遂遣破奸将军侯进等屯新安（今河南渑池东），建威大将军耿弇屯宜阳（今河南宜阳西），在东、南两个方向堵截赤眉东归或南下之路。不久，刘秀得知冯异在崤底大破赤眉，而赤眉军主力十多万众南下走宜阳，刘秀乃亲自引大军驰援宜阳一线，与耿弇等人会合，共同阻击赤眉南下。刘秀亲率六军，于宜阳前线将大军摆开阵势，大司马吴汉精兵于最前，中军在其后，骁骑兵和带甲武士分陈于左右两侧。赤眉大军兵士疲敝，粮草缺乏，士气低落到了极点，自崤底失败后一路从关中折向南，至宜阳，正迎面撞上刘秀布下的重兵，兵困粮乏的赤眉军根本无力再战，而后面又有冯异的大军，再回关中已无可能。在已陷入绝境的情况下，尚有十几万兵马的赤眉大军无奈在宜阳被迫请降，并向刘秀呈上了得自更始帝之处的传国玉玺和更始的七尺宝剑。赤眉降后，上缴的兵器和甲胄堆放在宜阳的城西，与旁边的熊耳山一样高。至此，起自新莽天凤五年，纵横山东十余年的赤眉军被刘秀扼杀在了血泊之中。

在与赤眉军于关中激战的同时，刘秀在关东一线亦派遣以虎牙将军盖延为首的诸将对梁王刘永进行了东征。刘永，西汉梁孝王刘武的八世孙，其家世代为梁王，据梁地，故在梁地素有威名，声望极大。王莽摄政之时，其父梁王刘立因结连平帝外家卫氏，被王莽所杀。更始帝立，刘永复被册封为梁王，据旧地。后更始政乱，刘永遂据国起兵，以其弟刘防为辅国大将军，招揽沛人周建等豪杰为其将帅，攻下齐阴、山阴、沛、楚、淮阳、汝南等二十八城，并遣使拜董宪为翼汉大将军（后又封海西王）、张步辅汉大将军（后又封齐王），与共连兵，遂专据东方。更始败亡之后，刘永自称天子，在睢阳登基。对于刘秀来说，近在东方睢阳的刘永是对其威胁最大的军事集团，刘永所在的睢阳距洛阳近在咫尺，时刻威胁着京师洛阳的安全。自建武二年始，刘秀先后派虎牙将军盖延和建威大将军耿弇分别平定了割据睢阳的刘永和青州的张步，特别是耿弇与齐王张步的战斗，极为惨烈，"城中沟堑皆满，八九十里僵尸相属"。此间，刘秀还亲征海西王董宪，大获全胜。到建武六年初，关东基本上为刘秀所定。

自建武元年（公元二十五年）至建武六年（公元三十年）初，经过近六年的东征西讨，刘秀已经基本上控制了除陇右和巴蜀之外的广大中原之地，基本上统一了中国的东方，与西北陇右的隗嚣、西南巴蜀的公孙述形成了鼎足之势。建武五年（公元二十九年）四月，光武帝至长安，告隗嚣将派建威大将军耿弇等七将军从陇西攻蜀。隗嚣反对，并派大将王元率兵据陇坻（今陕西陇县西北），伐木塞道阻止汉军进攻。四月，汉军沿渭北平原翻越陇山佯攻陇坻，结果大败。王元跟踪追击，幸马武率精骑断后，使汉军得以撤回。刘秀留耿弇守漆县（今陕西彬县），冯异守栒邑（今陕西旬邑东北），祭遵守汧县（今陕西陇县南），另调吴汉由洛阳西进，在长安集结兵力。隗嚣乘胜派行巡攻栒邑，王元取汧县，均被击败。时割据河西的窦融已归附刘秀，进攻金城（今甘肃兰州市西北），击破助隗嚣的羌族豪强何封等部，隗嚣腹背受敌。隗嚣大将马援也在隗嚣反汉时归附于汉。光武帝给其精骑五千，招降隗嚣部属和羌族豪长，从内部分化瓦解隗嚣。隗嚣上书刘秀表示亲善，企图以此作为缓兵之计，未遂，即派使向公孙述称臣。建武六年（公元三十年）春，公孙述立隗嚣为朔宁王，出兵援陇。秋，嚣亲率步骑三万进攻安定郡（郡治高平，今宁夏固原），进至阴架（今甘肃泾川东）。另派部队进攻汧县，企图夺取关中，被冯异、祭遵分别击败。次年春，来歙率军两千，秘密从番须、回中，袭占略阳，威胁嚣所据冀县。隗嚣集中精锐反攻略阳，数月未克。闰四月，刘秀利用隗嚣顿兵坚城、士卒疲惫之机，进兵高平第一城，窦融也率河西步骑数万前来会师。汉军分路挺进陇山，招降瓦亭守将牛邯等隗嚣大将十三人。属县十六、军队十余万皆降，略阳围解。隗嚣率残部逃奔西城。汉军占领天水郡。适值农民军余部复起，京师骚动，光武帝赶回洛阳。

同年十一月，岑彭水灌西城时，隗嚣部将王元、行巡、周宗率蜀援军五千人赶到，从高地反击，汉军措手不及，王元等突入西城，迎隗嚣入冀。时汉军补给困难，粮食已尽，各部被迫出陇西。隗嚣收拾残部，一时又夺占陇西数郡。九年正月，隗嚣死。部众拥立其少子隗纯为王。建武七年（公元三十一年）八月，耿弇、寇恂攻破高平第一城。十月，来歙、盖延攻破落门，王元只身逃奔公孙述处，隗纯等投降。此战，历时四年，陇西始平定。平陇战后，刘秀即从南、北两个方向，对益州的公孙述展开攻势。建武十一年（公元三十五年）三月，大司马吴汉率荆州兵六万，马五千匹，于荆门与岑彭会合，沿长江西上入蜀；来歙、盖延率诸军自陇西南下攻河池入蜀。南线岑彭军溯江西上，攻克荆门，俘程讯，斩任满，田戎退守江州（今四川重庆市北嘉陵江北岸），彭遂由三峡长驱直入江关。沿途郡县降服，大军直迫江州。同年六月，北路来歙军大败王元、环安军，攻破下辨、河池，挺进蜀中。公孙述派人刺杀来歙，刘秀乃派将军刘尚继续率军南下。江州城固粮多，不易攻破，岑彭遂留兵围困，自率主力直指垫江（今四川合川），攻破平曲（今四川合川东）。公孙述令其将延岑、吕鲔、王元、公孙恢率军拒守广汉（郡治梓潼，今属四川）、资中（今四川资阳），另派侯丹率两万人拒守黄石（今四川涪陵东北横石滩）。岑彭留臧宫于平曲拒蜀兵主力延岑，而自率军折回江州，溯江西上，袭破黄石，倍道兼程两千余里，迂回岷江中游，占领武阳（今四川彭山东），进击广都（今四川成都市南，岷江东北岸）。公孙述派人刺杀岑彭。刘秀命吴汉率兵三万赶到前线，接替岑彭指挥。

　　建武十二年（公元三十六年）一月，吴汉败蜀军于鱼腹津（今四川眉山之岷江渡口），进围武阳，歼灭蜀援军五千余人。西上再破广都，逼近成都。吴汉求胜心切，率两万步骑进攻成都，兵败。吴汉随即改变战术，趁夜秘撤到锦江南岸与副将刘尚合兵，并力对敌，转败为胜。此后，吴汉根据刘秀敌疲再攻的战术，与蜀军战于成都、广都之间，歼灭公孙述大量有生力量，兵临成都城下。十一月，臧宫攻克繁（今四川彭县西北）、郫（今四川郫县）与吴汉会师，合围成都。公孙述招募五千敢死士交延岑指挥，准备决战。延岑在市桥（今四川成都市南郊）大败吴汉。吴汉隐蔽精锐，示弱诱敌。公孙述贸然出击，蜀军大败，公孙述重伤死（参见广都、成都之战）。延岑见大势已去，率成都守军降。

　　自建武元年至建武十二年（公元三十六年），刘秀登基后用了十二年的时间终于克定天下，使得自新莽末年以来四分五裂、战火连年的古老中国再次归于一统。

　　到这里，小说已经完结，但我们的故事还在继续……

第四章
揭秘《汉天子》中要Q的点

一、穿越者王莽 VS 位面之子刘秀

在拥有史上最高气运的男主角登场之前,我们得先多花一些篇幅来介绍另一位充满神秘色彩的人物——王莽,以及他所建立的时代,正是本篇小说的历史背景。

王莽出生于西汉末年,此时距离西汉的开国已经过去了一百五十年。自从汉高祖斩白蛇而赋大风以来,先有文景之治,国库中的粮食和铜钱堆积如山;后有武帝的赫赫武功,卫青、霍去病等人生生把匈奴打残,一半匈奴往西方迁徙,所引起的连锁反应波及半个欧洲;武帝虽然消耗光了西汉的积蓄,但是后续的昭帝、宣帝依然英明神武,陈汤更是斩杀北匈奴单于,喊出"明犯强汉者,虽远必诛!"这一振聋发聩的口号。看起来,帝国仿佛可以千秋万载,永世不朽。

但帝国崩溃的主因早已经种下。外戚专权,王子王孙、达官贵人们如饥似渴地兼并土地,贫者愈贫,富者愈富。繁花似锦的盛世背后,农民纷纷破产,沦为佃农、流民和奴隶。宣帝的太子(元帝)忧心于逐渐沸腾的民意,于是放弃了"汉家自有法度,霸王道杂之"的祖训,转向纯以怀仁的儒教治国,以经取士。虽然这一转变有效地缓解了社会矛盾,使西汉得以延续,但"自是以后,汉无刚正之士,遂举社稷以奉人"。从此,汉朝的官吏再也不是刚直不阿、文武双全的真君子,而是一大群皓首穷经的公务员了。

历史除了必然性,还有如同开玩笑般的偶然。也许是天意希望西

汉早点崩溃，所以命运女神不惜提起裙子，在西汉的屁股上狠狠踹了一脚。

公元前五十四年，元帝（这时候还是太子）的爱妃去世。哀痛之余，太子把自己的其他姬妾全都赶走，从此累觉不爱。宣帝和皇后当然对此忧心忡忡，为了让儿子振作起来，皇后从自己宫里挑选了五位出身和地位都低下的宫女给太子，让太子选一个来聊以排解寂寞。太子当时正在心烦，看都没看就随便选了一个。没想到，一夜风流之后，这个名叫王政君的宫女居然就怀了孕，次年就为帝国生下了嫡皇孙。汉宣帝老来得孙，喜出望外，对孙子千娇百宠。宣帝去世后，元帝即位，王氏一门鸡犬升天，一跃而成为西汉末年最强大的外戚家族。五年之后，王氏家族又新生了一个小男孩，起名叫做王莽。

王莽出生时，王氏已经成了首屈一指的外戚家族。他的姑姑是皇后，他的叔父们轮流当大司马（全国军队总司令），族里最差的也是将军或者侯爷。王莽的父亲和兄长去世得很早，所幸叔叔们都对他非常照顾。

但真正争气的还是王莽自己。王莽推行惠政以笼络人心：如大封宗室、功臣后裔，捐私产以救济贫民，扩充京师太学，增加五经博士名额，于郡国县邑广置学校等。后来他广结名士和将相大臣，深得人心，凡是来投奔他的，不论地方远近，出身贵贱，他一概收用，让他们做官。为了收买人心，他把从自己封邑里收来的钱和粮，都拿出来赠送给宾客，而自己家里却过着十分俭朴的生活，朝野上下皆赞王莽。王氏子弟大多骄奢淫逸，独王莽为人恭俭，雅好儒术，礼贤下士，故声誉日隆。

西汉后期由于土地兼并，灾荒频发，经济凋敝，所以人心浮动，阶级矛盾尖锐，人民起义不断。王莽篡汉正是适应了当时整个社会的人心思变、社会思治这一实际情况而产生的。王莽利用"汉德已衰，新圣将兴"之说，假托符命以新圣人自居，取得国人之拥护。汉哀帝死后，王莽官居大司马，以太后名义执掌军政大权，立汉平帝，并把自己的女儿嫁给汉平帝做皇后，渐渐在朝中大权独揽。公元五年（元始五年）十二月，汉平帝死后，王莽指使同党向太皇太后王政君上书，要求让他代天子临朝。王政君无奈，只好顺从这一要求，由王莽摄政，称为"摄皇帝"。

公元六年，王莽改年号为居摄元年。三月，王莽立年仅两岁的刘婴为皇太子，号称"孺子婴"，以效仿周公摄政旧事，为代汉做准备。此后数年间，关于王莽代汉称帝的符命图谶频繁出现。公元八年（居摄三年），梓潼人哀章制作铜匮，内藏《天帝行玺金匮图》与《赤帝行玺某传予黄帝金策书》，伪托汉高祖遗命，令王莽称帝。于是王莽便到高帝祠庙接受铜匮，然后戴上王冠觐见太皇太后，坐在未央宫前殿，即天子位，定国号为"新"。至此，西汉灭亡，王莽达到了他托古改制、篡汉自立的政治野心。

王莽篡汉自立为皇帝后，为了缓和尖锐的阶级矛盾，先后颁发了一系列诏令，从政治、经济、文化各方面着手进行改制，这在历史上叫做"王莽改制"。然而他的许多改革政策远超当时人们的思想层面，其手笔仿佛出自于后世人之手。如推行了土地国有化，不让百姓私自买卖；实行专卖制度，酒、铁、盐这些东西都收为国有，由国家统一管理贩卖；而自然资源，如山川、煤矿等全部为国家所有，私人开采不仅要登记办理营业执照，并且还要征税。一个封建社会里出现王莽这种思想是不正常的，所以后世很多人认为王莽是一个穿越者。这些改革措施触及了大地主、商人的利益，加剧了统治阶级内部矛盾；而制度本身的弊病，给人民带来了更大的灾难。有人调侃道，穿越者王莽因为逆天而行，不顺应历史潮流，一意孤行地试图改变历史走向，所以被维持时空秩序的位面之子刘秀给强行干掉了！

那么刘秀又为什么会被称为位面之子呢？我们先来说说位面之子，它是指在某个位面（独立宇宙）被赋予特殊意义而诞生的生命，集结了所有气运，仿佛受到上天眷顾一样，干什么都会成功，如"开挂"一般的存在！刘秀在刘玄称更始帝后，成为更始帝的部下，由于更始帝以汉为国号，反对王莽的统治，王莽就发各州郡精兵共四十二万扑向昆阳和宛城一线，力图一举扑灭新生的更始政权。而此时刘秀仅有九千人守昆阳，战况危急，于是刘秀率领十三个人到周边去搬救兵，调集了一万七千精兵驰援昆阳。由于王邑和王勋轻敌，加上攻城乏力，被刘秀打个措手不及，王莽军大乱，城内的人看到城外刘秀取胜，也杀出城外，里应外合打得王莽军溃不成军，纷纷夺路逃命，互相践踏，积尸遍野。此时突然大风飞瓦，暴雨如注，滍水暴涨，王莽军万余人涉水被淹死，滍水为之不流。最终，刘秀以两万人大败王莽四十万军队。又如刘秀在逃跑的时候，前面明明有大河挡住去路，可刘秀跑到岸边的时候，河水刚好结冰，等刘秀带着手下安全通过之后，河水方融化，阻隔追兵于岸边。这些事情并不是凭空捏造出来的，都在《后汉书》中有着非常详细的记载。所以，我们用刘秀是位面之子来解释种种有光环加持的异象。

二、养牛种田的刘秀凭借什么建立东汉，光武中兴？

刘秀在当时可是我们现在清华北大一样的"高材生"，他考中了太学，学习的科目是《尚书》。勤奋学习、刻苦钻研的他完成了由"乡巴佬"向"知识分子"的转变，成了太学中的佼佼者。在念书时，他还租了一头驴，搞运输、拉客，生意还非常火爆。最后，他还成立了一个小型的物流公司，固定的资产已经达到了几十头牛跟驴，试问有这样的经济头脑还会为日后的生活发愁吗？回家后时逢旱灾，全国粮食收成都不佳，普通百姓民不聊生，吃不上饭，而刘秀靠自己一双勤劳的手自力更生，种地的收成很是不错。小日子本倒安稳，但刘秀被自己的亲哥哥坑去参军了。

大哥刘縯桀骜不驯，且豪爽侠义。在王莽篡位之后，刘縯散尽家财，召集了一批人起兵，欲行大事。可是家中还有一大堆人，大哥将钱全都捐献给了自己的事业，那其他的家人吃什么呢？去喝西北风吗？想要二次创业，对于刘秀来说也是一件难事，那个时候兵少将寡，武器装备也不行，在创业初期更没有马，他们只能骑着牛上阵。因此大家也将刘秀称为牛背上的开国皇帝。在历史上记载，刘秀是经过十分成熟的考虑之后，才跟随起兵的，沉稳的性格在这里就有彰显。同时，起事离不开自家宗亲们的支持，可是刘氏宗亲们的意见都不统一，有些人反对，有些人畏惧，有些人恐慌，有些人作壁上观，如此的一盘散沙，统一不了思想，对于己方的起事十分不利。刘秀考虑的这些事，刘縯从来就没想过，通过这一点也能看得出来，刘秀是极具政治天赋的，而刘縯根本就不知政治为何物。这也揭示了为什么一开始名声更盛、门客众多，到后来还是义军头领的大哥刘縯却没有成就伟业。一统天下不仅要有雄心壮志、豪情万丈、忠肝义胆的英雄精神，还要有运筹帷幄、仔细筹备的缜密心思。

在事业刚刚出现转机的时候，大哥刘縯又被刘玄给杀害了，为了能够斩草除根，刘玄派刘秀去河北地区巡视。这河北地区帮派林立，根本就不听刘秀的，甚至还有很多人想取刘秀的人头，可是谁又能够想到，刘秀凭借着自己的绝技扭转了局面。偌大的河北地区，仅仅有两个郡是支持刘秀的，但是刘秀通过迎娶郭圣通的方式，以真定王女婿的身份，慢慢地扩大自己的势力，在短短的一年时间内便将人马发展到了十万人。这寥寥几笔，当然无法诠释出他其中经历的各种挫折，但此时刘秀面临的局面跟汉高祖刘邦一样，就是如何赢得人心。如今的他尚未坐拥天下，手里更是没有任何的赏封可以收买人心，虽说是十万人马，但却是一盘散沙。他究竟做了什么呢？在赤眉军的分支铜马军因为战败被收编之后，刘秀并不像其他君王一样将手下败将杀死，而是加以重用，并且还为领头的画了一张大饼，将其封为侯。这点小恩小惠当然不足以收买人心，尤其是没有含金量的官爵。可是刘秀最大的绝杀就是宽广的胸怀，他让投降的将领们各自回军营，依旧率领着旧部作战。并且刘秀经常一个人骑着马到铜马军的各个军营去巡视，遇到下属就与他们非常亲切地聊天，这样的行为举止让士兵们非常感动，铜马军的将领都赞扬他说：刘秀能对我们如此坦诚，我们又怎能不为他效力呢？于是大家纷纷尊称他为铜马帝。

在处理郑达、魏充、何文、何普、沈忠五人，强取豪夺，囤积粮食，为谋私利，哄抬粮价一事上，刘秀身穿汉朝官府，监斩他们五人，受到百姓爱戴。并借此机会，向百姓发放钱粮，安抚百姓以安民心。书中写道："人人都视我等流民如草芥，只有刘将军，不仅把我们当人看，还为了我们，不惜以命相搏，就凭这一点，我们就跟定刘将军了，哪怕是上刀山、下火海，粉身碎骨，我等也心甘情愿！""刘将军，你就收下我们吧！"后面的流民纷纷抬起头来，眼巴巴地看着刘秀。唐群正色说道："如果刘将军不肯收下我等，我等便于此长跪不起！"刘秀的威望逐渐在百姓心中建立起来，群众基础越来越牢靠。

　　刘秀心胸宽广，以德服人。在刘秀的麾下有一员大将名叫冯异。每当大家在讨论谁功劳最大的时候，他都会跑到远处的大树下面休息，从不参加此类话题，因此大家也把他称为大树将军。有一次因为邓禹、邓弘在关中的战事受阻，于是刘秀便派他前去支援，他进入关中地区后横扫千里，将阻碍势力一一铲除，同时还用粮饷救济了当时流离失所的灾民们，让百姓们感激不已，关中民众们都纷纷将其称为咸阳王，但是这个称号却让他忐忑不安，于是他请求离开关中地区以避嫌疑，刘秀却对他说道，你名义上是臣子，实际上你的功绩恩同再造，有什么可害怕的呢？汉高祖刘邦靠知人善用，从项羽手中夺得了天下，而他的后世子孙刘秀，能够从一介草民登上高位，靠的则是宽广的胸怀。

　　刘秀还是一个刚正不阿的大丈夫，面对叶清秋父亲叶公的谢礼，朱云的眼珠子都快瞪出来了，这一辈子也没见过那么多的龙币啊，刘秀虽也有些吃惊，不过他做事是个有底线的人，该是自己的，他不会推托出去，而不是自己的，他也不会起太多的贪念。叶阗看着刘秀，不得不对眼前这个少年人刮目相看。如果他只嘴巴上说给酬劳，刘秀推托不要，那还相对容易做到，可现在他已把这么多的钱都摆在他面前了，只要他点下头，随时可以带走，他还能推托拒绝，这可就不是常人所能做到的了，这需要具备极强的自控能力。六道笔下的刘秀简直是活灵活现，一块世间罕有的璞玉。

　　刘秀也是一位痴情帝王。我们都知道帝王的感情大多是不专一的，因为他们有太大的权力，所以爱情也变得渺小了。刘秀在登基之前还是一个落魄的世家子弟，在其年少时，有幸窥得当时因美貌而广为人知的阴丽华，一见便为之倾心。刘秀曾有言，娶妻当娶阴丽华。经过多番努力，刘秀终于如愿娶得阴丽华为妻。两人在婚后一直相敬如宾，非常的恩爱。但在这二人喜结连理之前，差一点这阴丽华便不是刘秀的妻了。当时恰逢乱世，天下战乱四起，刘秀临危受命去镇压起义的农民军。就这样，两人分离。时间如流水一般过去，刘秀一直没有回来，阴丽华已经做好了刘秀战死的心理准备，但万万没想到，有一天刘秀派人来接其去洛阳团圆。两人时隔多年再相见，两两无言，这些年早已物是人非。刘秀已经登基为帝，君临天下，同时他的身边也有了其他的女人和子嗣。为了弥补阴丽华多年的委屈，光武帝刘秀准备立她为后，阴丽华知道这消息后执意不肯。她认为自己无才无能，不能担起皇后这个重任。无奈之下，刘秀立为其诞下长子的郭圣通为后，长子刘疆为太子。为表示自己对阴丽华的愧意，刘秀大肆册封阴氏族人。阴丽华在之后的日子里，一直陪伴在刘秀的身边，跟着他四处征战，为支持刘秀贡献出了自己的力量，成为他的人生倚仗。两人相互扶持，一同见证了东汉这一帝国的崛起。等到天下安定，刘秀废黜前皇后，改立阴丽华为后。阴丽华和刘秀一起携手走过三十多年，一直非常和睦，两人的故事也流传至今。

刘秀位面之子身份的优越性不可小觑，不过抛开刘秀的气运不谈，他本人确是一位非常优秀的不世之才。身处一个群龙无首的时代，没有权力中心，谁也不服谁。唯独刘秀英勇无畏、用兵如神，凭借个人不懈努力，在乱世统一的历史进程中，不断把握机遇，得以建立自己的政权。而靠武力征服顶多算是以暴易暴，只有具备闪光的人格魅力，才有做领导的资格。刘秀所到之处，众人折服的原因不仅在于他能够施以仁政，善待所有的开国功臣，同时他励精图治，发展经济，改善民生。如此神文圣武、内外兼修，必使天下归心。

三、贯穿整个东汉历史的"谶"语到底为何物？

首先，谶是指将要应验的预言、预兆。在中国历史发展进程中，出现过一种奇特的学说——谶纬之学。这是在古代儒学基础上发展起来的一种神秘的学说，所以有人称其为神秘的儒学。这种学说，有时是以古代经学的只言片语，预言时事；有时是以民间流传的谶言、童谣揣测未来。它盛行于西汉后期，像一根神秘的线一样将中国历史上一些重要的历史事件、重要的历史人物用"谶"的方式联系起来。所以在某种程度上，我们可以这样认为，中国古代的历史，是一部受到谶语影响的历史。

刘秀对谶语更是十分喜爱,是一位典型的谶纬之学的爱好者。也难怪汉光武帝对谶语如此着迷,因为他的一生,从起兵到得天下,都和谶语有绕不开的关系。在书中关于刘秀的谶语有很多,例如:

刘秀发兵捕不道,四夷云集龙斗野,四七之际火为主。

刘氏复起,李氏为辅。

刘秀发兵捕不道,卯金修德为天子。

历史上还有很多有意思的谶语故事,比较有名的像:隋唐时期的"桃李子,得天下",隋朝之后果然是李唐的天下。还有东汉末年的"千里草,何青青。十日卜,不得生"。有一种说法是,董卓当年军费不足,于是就打起了汉皇陵的主意,大肆盗取汉王室各个皇帝的陵墓。在盗取吕后陵墓时,得到了一卷黄绢,上面写着就是这句话,暗指董卓暴盛当权,却又迅速败亡,落个"不得生"的结局,这在后来也快速地应验了。

有时脑洞大开的时候回想,这些谶语,会不会是一些人穿越后为古人留下的?当然这也只是一个大胆的假想罢了。当年王莽取代汉朝,就是用谶书的预言来作为理论的依据。而也是谶书预言了王莽的败亡和刘秀的胜利。就有了成于谶书、败于谶书的说法。其实谶书不过是个幌子而已,是统治者用来欺骗百姓,从而进行思想统治的一种工具罢了。在当今时代,我们探讨谶语还是仅做一些娱乐性的了解和思考就够了,供茶余饭后之娱。毕竟我们还是应该相信科学的。

四、这么优秀的汉光武帝刘秀,为什么知名度却不高?

皇帝也跟明星一样,做点大事件(开疆拓土、筑长城、挖运河之类),"搞点大新闻"(焚书坑儒、杀功臣等),才会有知名度。汉光武帝性格太低调(闷骚),行事太缺乏话题性,以至于默默无闻。

其他杰出帝王都是雄心勃勃、豪情万丈。看到秦始皇的排场,项羽说:"彼可取而代也!"刘邦说:"大丈夫当如是也!"刘秀却是个爱好干农活的忠厚青年("性勤于稼穑,而兄伯升好侠养士,常非笑光武事田业,比之高祖兄仲。"),这实在有点"屌丝"。

其他皇帝都好大喜功,好开拓疆土。秦始皇、汉高祖、汉武帝都对匈奴大打出手,唐太宗也征高丽、灭突厥。这些都是极具话题性的大事件,小说家、影视剧编剧都爱写。爱国青年想起"封狼居胥",想起"明犯强汉者,虽远必诛",也会热血澎湃。而光武皇帝就太让人"失望"了。建武二十七年,将领们请求趁匈奴分裂、遭遇天灾人祸之际,派兵远征北匈奴。刘秀却讲了一堆以柔克刚、以德服人的大道理,拒绝了将领们的请求。刘秀还教育太子刘庄不要擅动兵戈。窦宪征匈奴之前,东汉都没有大规模用兵。缺少对外军功,让刘秀失去了提高知名度的机会。

刘秀军事能力很"碉堡",但是对手都是些虾兵蟹将,少了曝光度。刘邦VS项羽,刘备VS曹操(孙权),李世民VS王世充(李密、窦建德),都是巴西足球VS德国足球级别的精彩对决。而刘秀VS刘玄(王郎、刘盆子、刘永、彭宠、张步、公孙述等),大概相当于巴西足球VS中国足球,太没悬念以至于没多少人关注。

不少开国皇帝都杀过功臣。像刘邦杀韩信、彭越,朱元璋搞功臣大屠杀,都是大家"津津乐道"的话题,给这些皇帝增加了不少知名度。可是我们老实厚道的刘秀同学,居然一个功臣也没杀过。"云台二十八将"除了战死之外,都得以善终。

刘秀的儿子们也"不争气",没给老爸增加点知名度。玄武门之变、九王夺嫡之类的,都是多精彩的历史故事呀,不知道被作家、编剧们写了多少遍。刘秀的儿子们,却很是和睦、谦逊。大儿子刘疆居然"孔融让梨",主动把太子之位让给了弟弟刘庄。

我们的刘秀同学,是一位兢兢业业、恪尽职守的劳模皇帝。他不大兴土木,不穷兵黩武,不搞绯闻,不贪名不贪利,只是一心一意"为人民服务"。他每天孜孜不倦地处理烦琐的政务,最大的业余爱好,是与文武大臣们一起研究儒学经典(够闷骚的)。他没有干过让我们民族自豪感爆棚的大事,却依然是一位值得我们崇敬的皇帝。

刘秀的知名度低,除了自身原因外,跟整个东汉王朝的黯淡无光也有一定的关系。东汉政治制度继承西汉,并没有进行改革创新。文化思想上,儒家一统天下。老套的制度、保守的思想,让东汉历史很是乏味。

第五章
历史叙事中的"升级打怪"

叙事是人类特有的一种能力,能将我们对世界的认知与生活经历组织成故事。历史叙事就是把过去发生的事件记录下来,成为我们在现实中可以讨论、总结的话题。它的意义在于积累知识、传承文化,延伸人类文明的轨迹。历史叙事中的历史事实是客观存在的,不能任意篡改、涂抹以致毁灭历史这条底线,这就需要叙述者用全方位的视角对历史进行还原,来保证其真实性。但历史资源毕竟有限,史学家们也不会事无巨细地记载,导致华夏大地诞生的古之圣贤、王侯将相、风流才子等太多的历史传奇人物,只是记载了轻轻一笔。这不正好留给我们很大的发挥空间吗?

六道选择汉光武帝刘秀为叙事核心,以史为纲,并在历史空白处加入幻想、游戏等天马行空的想象成分,将零碎的历史事件粘连成动人心弦、恢宏大气的小说,记录了一介布衣从一名菜鸟最终一统天下、建立光武中兴伟业的传奇成长史。通常,此类描写主角成长历程的网络小说都会把升级打怪这一主旨发挥到极致。主角从最开始的一个废柴,在挑战、磨难与欲望中不断努力,过五关斩六将收获各种秘宝并且征服各色美人,一步步走上人生巅峰。为了使读者随着主角一路爽到底,有些作者淡化甚至去掉了努力,大开金手指来超额满足读者的期待。然而历史小说是不允许乱开金手指来作弊升级的,其创作没有捷径可言,需要作者扎扎实实地在细节上下功夫。这就显示出六道深厚的写作功力了!六道为刘秀成长过程中的升级打怪制定了专属策略,给予刘秀及书迷们名将荟萃的成就感、沙场冲锋的畅快感与脱胎换骨的优越感，同样使人爽到尖叫！《汉天子》散发着独特魅力——精彩的剧情既不枯燥，也激发了读者了解历史的欲望，而六道撤去浮华、冷静客观的文字表达也使小说有嚼劲，更具回味的价值。

一、名将荟萃的成就感

刘秀从来都不是一个人在战斗，他有一支战斗天团，其中包括载入史册的云台二十八将。神马东东？许多人第一感觉就是没听过，好像东汉开国史只捧红了刘秀一人。同样，一介布衣变身为九五至尊的刘邦身边有运筹帷幄的张良、安邦定国的萧何还有战无不胜的韩信。汉末三国时期，跟随刘备建立蜀汉政权的五虎上将等等都是经久不衰的人物IP。而刘秀麾下助其一统天下、重兴汉室江山的众多大将一直都寂寂无名，可能风头都给天生自带主角光环的刘秀遮盖了吧。但能成就一番勋业，这些贤才良将功不可没。

刘秀称帝之后便对他的忠臣名将论功行赏，共享荣华富贵。他一共分封了云台二十八将，上应二十八星宿，但后来又追加了四个。谁能上云台名录，如何评定排序是非常烦琐复杂的，既要考虑功劳大小，又要考虑政权平衡，这项工作最后在他儿子刘庄的手上完成。最后的排序为东方青龙：角木蛟邓禹、亢金龙吴汉、氐土貉贾复、房日兔耿弇、心月狐寇恂、尾火虎岑彭、箕水豹冯异；北方玄武：斗木獬朱祐、牛金牛祭遵、女土蝠景丹、虚日鼠盖延、危月燕坚镡、室火猪耿纯、壁水貐臧宫；西方白虎：奎木狼马武、娄金狗刘隆、胃土雉马成、昴日鸡王梁、毕月乌陈俊、觜火猴傅俊、参水猿杜茂；南方朱雀：井木犴铫期、鬼金羊王霸、柳土獐任光、星日马李忠、张月鹿万脩、翼火蛇邳彤、轸水蚓刘植。后补位的四人则是横野大将军山桑侯王常、大司空固始侯李通、大司空安丰侯窦融、太傅宣德侯卓茂。这样的论功行赏，经受住了历史的考验，一直受到好评，当然对后世也有示范作用。而战功虽显赫但和皇室有亲戚关系的都没被列入，如刘秀的表兄来歙；伏波将军马援有大功，可女儿是刘秀的儿媳，为避嫌也未将其列入。有了亲属关系，效忠于刘秀更是分内之事！

给力的队友如此之多，战斗天团无限的升级进化简直不要太爽！如何将众多良才一一征服，源于刘秀的自信、聪慧与能力。而这些大将屈服称臣的过程甚至其光辉事迹却在史料中记载简单，作者六道就看准这一点，非常照顾刘秀的小伙伴们。他取历史真实与艺术虚构相结合的手法，为这些配角注入不同的灵魂、精准定位其风格，把原本陌生、模糊的人物变得鲜活起来。比如吴汉作战凶狠凌厉，既不给敌人活路，有时候也不给自己活路，但他的做法又的确能大大调动全军将士的斗志。盖延作战偏向稳重，一步一步地稳扎稳打，未必能迅速战胜敌军，但敌军想要钻他的空子，那也是比登天还难。而岑彭的作战则十分飘逸，是那种行云流水又神鬼莫测的飘逸。另一技巧则是丰富细节、增添戏份，然后又层层去揭示人物的关系，巧妙布下一条条线索，配合刘秀打天下。这般讲述历史的来龙去脉，宛若演绎了一部有生命力的故事，甚是精彩！我们以固始侯李通为例，看看六道怎样开启刘秀与李通的君臣缘。

刘秀初识李通时两人年纪相仿，二十岁左右的样子。六道以刘秀的视角描写出李通穿着普通的白色布衣，却生得眉清目秀，面如冠玉。李通虽出生于名门望族，倒不是个纨绔子弟，与刘秀也是聊得甚欢，两人甚是投脾气。李家是南阳郡的名门望族，世代经商，家财万贯。到了李守这一辈，弃商从政，在长安任宗师一职，就是专门处理宗室事务的官员。后来也不知道为什么，李守突然辞官不干了，回到宛县老家，继续干起经商的家族老本行。李家是因家大业大而出名，李通则因乐善好施而出名，刘秀之所以听说过李通，正是因为李通在宛城组织了长达一个月的施粥，救济灾民。参加义军的人，大多和刘縯一样，是抱着发笔横财的心理来的，不过李家自身就已经十分有钱，李通此番前来参加义军其中原来有个玄机："刘氏复兴，李氏为辅！"李通的父亲李守，是位玄学大师，他从图谶上得到这么一句话。刘縯的横空出世，让李通敏锐地意识到，李家要辅佐的刘氏很可能就是刘縯和刘秀这一脉。

而刘秀完全"拿下"李通，还需一个机缘。六道为二人安排了"患难见真情"的桥段：刘秀刘縯兄弟迎来了他们参军后的首战，由刘縯亲自率领、布置战术，向蛮兵的所在地云集过去。就是此次战役，为日后李通辅助刘秀做好了积极的铺垫工作。行军前，刘秀说道："次元，我的身手比你好一些，甲胄你还是穿着吧！"李通急声说道："这怎么能行，这件甲胄可是刘大人留给你的！"说白了，这就是保命的护身符！刘秀淡然一笑，说道："不管它是留给谁的，总之，现在你比我更需要它！"李通闻言，深受感动，自己与文叔只是萍水相逢，但他却善待自己到如此地步，这份恩情，自己当如何回报？刘秀在危难关头，愿意为了兄弟让出护人性命的甲胄，在那个危险动乱的年代，项上人头随时可能不保，没什么比生命安全更加重要。日后李通能对刘秀那么忠心耿耿，无论遇到多大的艰难险阻，都不离不弃，其忠诚的种子就是在此时此刻种下的。

以上所举，只是《汉天子》诸多就君臣缘这一细节所制定的独特相遇中的精彩一例。六道没有图省事而重复化、脸谱化，他遵照史料所提供的真相为每一个英雄人物扩写故事，充分展开其性格命运的描写。这些描写往往不是说明式的刻板介绍，也极少通过心理活动侧面反映，多靠人物本身的行动直接表现，使每一个个体都有血有肉，仿佛伸手可触。尽管这些将士有着英勇卓越、舍生取义的共性，但细细品读，会发现惹眼的个性却是千差万别。然而历史的空间是有限的，一些未被记载的缺失片段无法对应史实，细节只能靠创作探索。因此，六道也安插了虚构的人物与情节，弥补逻辑漏洞。

在访谈里，六道说，史书中并没有记载刘秀领兵打仗的本事究竟从何而来，冲锋陷阵的武力又是跟谁学的，只凭读过几日《尚书》就能从一位地地道道的农民变成一位百战百胜的起义军领袖吗？这显然是不合理的，得有人教一些立身的基本技能才行。于是刘秀在种地过程中遇上了他人生中第一个门客——龙忠伯。二人是这样碰面的：只见一匹白马，正向自家的田地这边飞奔过来，距离较远时，他没看到马上有人，等快到近前，他方看到在马背上趴有一人。随着马儿越来越近，速度也渐渐慢了下来。等到刘秀近前时，趴在马背上的那人似乎再坚持不住，直接从马上翻了下来。刘秀吓了一跳，急忙跑上前去，将那人搀扶起来。他定睛一瞧，越看越觉得此人的样貌很眼熟，当刘秀看到这人额角的斜疤时，心中猛然一动，这不正是城门口通缉令上的罪犯吗！便不由自主地脱口说道："你是龙渊？"还没等刘秀反应过来，他忽觉得自己的脖颈一凉，只见那名汉子手中不知何时已多出一把寒芒四射的匕首，正死死抵在他的喉咙处。两人的相识并不和谐友好……不过也不打紧，随后追兵询问刘秀有无注意到逃犯龙渊时，刘秀凭借自己的沉着冷静帮助龙渊逃过一劫，日后还收留了他。龙渊自然是滴水之恩当涌泉相报。

通过刘秀救他的过程，龙渊判断刘秀日后必成大器，虽说他年纪轻轻，但做事果敢，处变不惊，有心计又有城府，最最关键的一点，他是汉室后裔。在反王莽这件事上，刘氏子弟才是正统。汉室后裔这个身份，是其他人远远无法相比的。从这里我们开始慢慢感觉出这个小白刘秀并非那么简单。遇事不慌，在危急关头大脑保持高速运行，这在现在也是少有的。两人的缘分算是结下了。为了让他早日恢复身体，刘秀每日认真做饭送给龙渊。面对一个才认识几天的陌生人，尤其在这个饥荒的战乱年代，龙渊很久没有被人如此亲切和睦地对待过了。这里刘秀的魅力再次展现了出来，他的与众不同慢慢浮出水面。刘秀与龙渊二人亦师亦友，龙渊教刘秀练武，刘秀颇有天赋又努力勤勉，时过数月，其中增益自是不言而喻。

这不正是为刘秀开启的"金手指"吗？"龙渊"是一个合理化的设定，使刘秀练就了一身本领，日后作为刘秀的心腹近臣一直在战斗天团中发光发热。明明是最先追随刘秀的，战斗力也过硬，但龙渊从未单独领兵打仗，仅在己方阵营做辅助任务，也没有任何职位头衔。有读者心疼龙渊，甚至恳请六道赏赐一些俸禄，照顾照顾这个小人物。而小编认为，这足以可见六道的细心与严谨。如果仅凭对龙渊的喜爱就让他干出一番事业并为其封官加爵，反倒有违史实。从另一角度来说，像"龙渊"这样被历史遗忘的角色数不胜数，龙渊并不是一个人，而是许许多多无名氏的代表，他们一起推动历史前进。

二、沙场冲锋的畅快感

海明威曾说:"战争是文学中最重大的主题之一,当然也是最难真实描写的。"军事题材小说不仅仅寄托着作家对战术及打斗场面的想象,同时也包含着作者对历史的认识和感受。我们先来说前者,历史的魅力在于细节。从叙事策略上讲,军事题材小说中战争场面的描写或者对某次战争行动的叙述其实都是对战争本身的模仿。为了使读者拥有淋漓尽致的战场体验,六道层层铺垫战术,并将打斗画面描写得很有质感,热血豪迈且令人拍案叫绝。虽无亲身经历,但六道模仿影视艺术、模仿自然,用文字为我们编织起纵横交织的结构与惊心动魄的情节,并将战场贯穿于整部作品之中,既为我们解答历史如何上演等真实细节的困惑,又使我们在阅读中始终保持着意犹未尽的感觉。

譬如,我们可以从刘秀的成名之战——昆阳之战,来看作者的想象与叙事能力。以刘秀为首的骑兵先是打了昆阳守军一个出其不意、攻其不备,首战告捷拿下了昆阳县。以王邑、王寻为首的这四十多万莽军,现已成为牵动天下大势的关键。新莽朝廷能不能继续维持下去,南阳刘氏能不能崛起,并对王莽取而代之,可以说全天下人的目光焦点,都在这四十多万莽军身上。随着莽军进入颍川,人们的焦点也自然而然地落在颍川。而颍川的焦点,现在则是在阳关。世人瞩目的世纪之战即将到来,王莽的压箱底宝贝四十万大军全都押上了,这一战直接决定着新王朝的命运。让我们走进六道的战场去看看,战事吃紧,此刻拼的不仅是战场上的表现,还有对双方意志力的考验。刘秀激起了王凤骨子里的血性,让王凤放弃了撤回南阳的打算,接下来他们面临的问题就是如何来打这一仗。对于汉军而言,这一战要么打赢,要么就是死,不想死,就必须得打赢这一仗,别无他法。现在局势已经逼得他们没有退路可走,王凤也只能豁出去了,那种出身于草莽,脑袋别在裤腰带上,亡命之徒的狠劲,也再次展现出来。刘秀成功说服了准备撤离昆阳的王凤和王常,原本已经准备打道回府的汉军,也接到了王凤和王常的命令,加固城防,囤积粮草,要在昆阳这里,与莽军死战到底。

传给莽营这个假消息,刘秀所用的是攻心之计。莽军兵力虽多,但内部并不和,京师军和地方军之间矛盾重重。莽军在昆阳打了这么久,久攻不下,内部矛盾肯定已进一步激化,现在又听说宛城沦陷,汉军主力即将到来的消息,将会更进一步让莽军内部矛盾变得尖锐。合则分之,分则破之!刘秀自己编出的这个消息,可谓一箭双雕,等于是给苦苦坚守的王凤一部打了一针强心剂,也等于是给久攻不下的王邑一部当头一棒,让敌我双方此消彼长。通过刘秀的这个战术,不难看出来,他不仅仅是名出色的军事天才,也是一名极为出色的政治天才。将兵者诡道也,兵家的虚虚实实,真真假假,被他运用得炉火纯青。没有谁一生下来就会打仗,就会揣摩敌我双方的心理,也没有谁生下来就是了不起的军事家、政治家。刘秀能在昆阳之战中表现得光彩夺目,完全是取决于前期的积累和自身的努力。王凤一部收到刘秀的信,听说宛城已经被攻下,禁不住呜呜地放声大哭起来。将士们本来已经绝望了,被四十多万莽军围困,看不到一丝一毫的曙光,而刘秀的这封书信,无疑是点燃了人们心中的那团希望之火,让人们在黎明之前的黑夜里,终于看到天边的一线光芒。两天的激战下来,莽军依旧是毫无建树。第三天,也就是刘秀和昆阳约定与莽军决战的那一天。这天,天亮的时间要比平日里晚一些,即便天亮了,天空也是阴沉沉的,乌云密布,天降大雾。周围的众人低头看着沙盘,面色一个比一个凝重。没有什么从南阳来的主力大军,这一战,己方全部的兵力,就是自己这边的三千来人,再加上昆阳的一万来人。两边的兵力合计不足两万,而对手是四十多万的莽军,由古至今,历朝历代,还从未有过兵力相差如此悬殊还能取胜的战例。但他是刘秀,他就一定能打赢这场仗!

一万京师军的战阵,战力不容小觑,不过现在刘秀和他手底下的汉军将士,已经完全打疯了。人们就像不要命似的,疯狂往前冲杀,就连平日里十分冷静的刘秀,现在都突进莽军的人群里,手中的赤霄剑挥舞开来,连续砍杀周围的敌军。只一会儿的工夫,死在赤霄剑下的莽军兵卒,没有一百也得有几十号人之多。身为主将的刘秀都尚且如此,奋不顾身地浴血杀敌,下面的将士们,个个都红了眼睛,就连尹尊和宗佻，都是身先士卒，铆足了全力往前杀敌。一人必死，十人不能挡；百人必死，千人不能挡；千人必死，万人不能挡；万人必死，横行天下！——《白虎通·三军》。现在的情况就是这样，刘秀本身就已抱定了必死之决心，麾下的三千将士，也都豁出了性命。三千汉军战一万京师军，场面上，完全看不到汉军的劣势，反倒是把京师军的战阵冲击得连连后退。眼瞅着己方的将士把上万人的莽军逼得节节败退，刘秀热血沸腾，冲着左右大喊道："一鼓作气，杀退莽军！"刘秀带领的一干将士们冲破层层莽军来到莽军营地的中心，又遇到莽军训练的野兽军队，莽营内的战场上，巨毋霸驱使的野兽大军，已经把汉军的阵型冲得大乱，那些豺狼、老虎在汉军中肆意攻击，可偏偏在这个时候，突然间乌云滚滚，雷声大作，不得不说，实乃天命使然。野兽怕什么？雷声！巨大的声响，会让世界上的所有动物，包括人类在内，都产生极大的恐惧感。而这种恐惧感，就像是烙印在基因里似的。刘秀深吸口气，大声喊喝道："高祖显灵，天道相助，大汉必兴！杀——"汉军气贯长虹，越杀越勇，斩杀了王邑和王寻。

听说王邑和王寻都已被汉军所杀，西营、北营和南营的莽军也都乱了套。莽军将士们谁还愿意继续留在营地里等死，纷纷从营帐中跑出来，四散奔逃。都没用上半个时辰，偌大的莽军连营，到处都是人仰马翻，到处都是相互拥挤，惊慌失措的人群，在逃命的时候，许多兵卒被撞翻倒地，惊慌的人群从他们身上踩踏过去，再也没能站起来。昆阳之战，让全国的各州各郡各县都震惊了。无论让谁看来，此战的局势都很明朗，莽军有好几十万将士，号称百万大军，而南阳汉军还不到十万人，双方兵力相差太过悬殊，此战似乎并没多大的悬念。可谁能想到，这号称百万之众的莽军，都没能进到南阳，只是在路过颍川的时候，便被进入颍川的汉军一举全歼。这仗打的，实在是匪夷所思，不可思议！

以这场战争为例，六道把当时的自然条件如电闪雷鸣、暴雨如注作为"擂鼓"，使汉军背水一战的高涨士气合理化，同时，恐惧感骤增的莽军也将注定自乱阵脚、功败垂成。如此手笔，弱化了刘秀在史书中被神化了的刘秀的气运，其足智多谋、哪怕只有百分之一的希望也努力不放弃的品格是我们应当学习的榜样。我们再将视野放大来看，六道以多个战争的移动广阔涵盖了重要历史事件，通过地图的切换与扩张，彰显了东汉王朝疆域的"升级"经略。《汉天子》一书共一千二百多个章节，囊括刘秀三步走完帝王之路。从菜鸟刘秀开始，六道花大篇幅将刘秀变强的一些过程穿插入需要交代的故事背景中。如刘秀和龙渊初出茅庐偷跑出小树林，和大哥从春陵去益州打外族，就像一场场真实的旅行，种种鲜活的介绍非常有带入感。所以刚开始情节推进缓慢，直到第一百五十一章才做好准备工作，起兵南阳。而后也加快了进程，三年登基帝位，十二年统一全国，节奏合理，情节到位。说起地图升级，我们必须要吐槽一些小说一味追求"爽感"，使主角战绩全胜不败，抑或回避、虚化某些历史状况，久而久之读者便会索然无味、毫无期待。六道则在这方面保持了一种非常冷静的姿态，例如小说对小长安败战的描写，作者是还原历史的，并引以为戒。这倒帮助我们了解了历史，使得类似特定环境中的叙事更具审美价值和普遍意义，值得捕捉和深入思考。

三、脱胎换骨的优越感

其实，六道在小说中仍埋藏了一些奇幻有趣的设定，不仅没有削弱小说的可读性，反而使我们在了解历史的同时能感受到虚构文学所带来的新鲜感、满足感与愉悦感。譬如刘秀服食金液的情节，令小编念念不忘，我们来一睹为快吧！

在刘縯等人想进乾尤山消灭藏匿在山中的蛮兵前，不料遭遇敌兵毒针埋伏，义军溃散成好几队，刘秀误打误撞地进入到蛮人的大本营。刘秀拼命地跑啊，忽然看到河面一片骇人的景象，小说中写道：远远望去，湖水呈诡异的暗红色。当刘秀和马严跑到湖泊的近前，定睛再看，二人差点当场吐出来。湖水为何是暗红色的？那完全是被人血染红的。湖水当中漂浮的尸块以及人类的毛发、内脏都清晰可见，整座湖泊，散发着令人作呕的腐臭气味。更骇人的是，岸边这里的地面上，几乎铺了一层的白骨。那不是长时间因为腐化而成的白骨，全是新鲜的人骨，上面能看到血丝、血肉以及被利器劈斩的断口。一瞬间，刘秀和马严都明白过来，这么多的蛮子藏在乾尤山内，连日来他们吃的究竟是什么！难怪汉中郡的百姓经常被蛮子劫持，下落不明，原来他们都被蛮子填了肚腹。

刘秀眼见这番场景，想必此时的腹中已经是翻江倒海，但是为了保全性命，也只能一猛子扎进湖泊里，腐烂的恶臭和腥味令人阵阵作呕。可能是位面之子的气运发挥了作用，刘秀意外地来到了一个山洞，这个山洞更加证实了，这个刘秀不是一般的秀，好运爆棚。在山洞里，刘秀意外地发现了一瓶神药，一瓶可能经历了至少百年的神药。"然九丹中，金液为上。服金液者，入口则身色紫金，立生羽翼，升天为仙官矣。——《九丹金液经》"，当时只是口渴，他忍不住咕噜一声再次吞了口唾沫。已经整晚一口水都没喝过，现在他感觉自己的嗓子眼都快冒烟了。他又低头嗅嗅玉瓶里的液体，的确很香，这种香气并不浓烈，却有浸人心脾之感。他忍不住稍稍舔了一点，甜丝丝的，并无异味。刘秀再不犹豫，一仰头，将玉瓶中的液体喝了个精光。

他把玩着手中空空如也的小玉瓶，感觉嗓子舒服了很多。可是接下来却出现了令人意想不到的情况，就在他准备把小玉瓶放回到石桌上时，突然间，他的体内如同着了火似的，从嗓子眼到肚腹，好像都在燃烧。性情那么坚忍的刘秀，此时也忍不住痛叫一声，小玉瓶脱手落地，摔了个粉碎，他跟跟跄跄地倒退了几步，倚靠住洞壁，双手捂住肚子，浑身上下灼疼得直打战。他眼前的一切都开始变得模糊，而且天旋地转，刘秀再坚持不住，身子倚靠着洞壁，慢慢滑坐到地上。一股滚烫的热流从他肚腹当中汹涌而出，奔向他的全身，他忍不住哇的一声吐出口血水。可怕的是，他吐出的都是黑色的液体，而且腥臭异常。刘秀在地上都坐不住了，侧身摔倒，身子蜷缩成一团。他暗暗苦笑，自己逃过了蛮人的伏击，逃过了蛮人的追杀，甚至都逃出了蛮人的老巢，结果却因误服了不知几百年前的毒药而毙命，这简直太讽刺了。以为刘秀就这样挂了？当然不可能，我们的位面之子当然不可能这样轻而易举地挂掉。

再次醒来的时候刘秀已经脱胎换骨。全身上下无比舒适通透，感觉自己体内仿佛有用不完的力气。他站起身形，走到山洞中央的石桌近前，低头看了看这张石桌，估计起码得有两三百斤重，刘秀抓住石桌的两边，用力向上一抬，就听呼的一声，这张石桌竟然被他硬生生地抬了起来。刘秀喝的这瓶金液，只能算是瓶九丹金液的赝品，或者说是不成功的半成品。但即便如此，其功效也可谓妙不可言，对人能起到伐骨洗髓、脱胎换骨的效果，现在刘秀的体质便已大大异于常人。我们的主人公要打开开挂模式啦！

除了自身的脱胎换骨，能从内而外地散发着紫色帝王之气的刘秀一路还有道家众仙友的庇护。如许汐泠师门需一两年的时间才能精心炼制出来的道家丹药，更有师从仙人、能看到大气运的郭悠然伴之左右，引领刘秀遁入玄门做道家弟子，放下一切潜心修炼。不难看出，作者在多处糅入了中国本土的道教修炼文化，这些显见的修真元素是作者为小说剧情铺设的隐秘根基，暗含对中华传统文化的认同。道家文化的一个核心理念就是学道修行，求得"真我"、"本我"的修炼方式及过程。如果能摆脱一切功名利禄的束缚，则会达到身与心的绝对自由。这是古人对于生命自由的梦幻追求，它能摆脱外界与自身的束缚，达到与道合一、生命永恒的不懈追求，归根结底仍是出于对死亡的畏惧。

第六章
行销天下，汉天子在传唱

"西汉末年，王莽篡位，天下大乱，有一布衣，拔剑乱世中。他运筹帷幄，辗转征伐九万里，剑锋所指，敢令八百诸侯。他东征西讨，荡平割据军阀，克定天下。他以柔治天下，励精图治，天下英才，尽归其麾下。他叫刘秀，东汉第一个皇帝。"跟着六道看完刘秀的一生，只能用回味无穷来形容这种感受。刘秀是中国历史上的一位有作为的开明君主，面对断壁残垣、江山破碎的社会状况，他勤于国政，改革开拓，终于使东汉王朝在一片焦土废墟中恢复和发展。其实即使去掉那些玄乎奇迹的事情发生，刘秀也是当之无愧的明君。他凭自己的力量重新统一了中国，还在之后管理国家中展现了自己超凡的治国之才。连对历史上有名的皇帝一个个点评后都觉得不太行的毛主席，对于刘秀的才能也是连连称赞，说他是最有学问、最会打仗、最会用人的皇帝。

我们平常所不太关注的汉光武帝就这样真的被六道用一个个文字打造得鲜活具体，那个风度翩翩、聪慧过人、文武双全，建立盛世伟业的刘秀就这样呈现在大家面前，恍惚间，还有点觉得不太真实。因为六道笔下的刘秀过于真实，在拜读的过程中我曾一度好似亲临那些场景一般。于柔软处细腻却不做作，于热血处喷薄却不血腥。这大概是小编对六道《汉天子》这本书最好的评价。他总能抓住人物细节，且我们知道写历史本就不易，因为历史就是非常之烦琐，与普通的都市言情小说或者像之前六道所擅长写的都市黑道这样题材的小说所不同。这种历史类小说有无数条生命线，无数个明线暗线，交织在一起形成一个巨大的故事网。每一个细节的把握,每一处伏笔的安排,都对一个作家有着极高的要求。而这些地方六道恰恰都做得很好,这个故事他写得真的很成功,因为他真正把刘秀给写活了。不仅是刘秀,六道笔下的每一个人物都鲜活而有力量,不管是正派还是反派,在六道笔下,他们都把自己的人物本色发挥到了极致。

自《汉天子》在红薯网连载以来,就受到广泛的社会读者追捧,长期霸占榜单之首,小编持续关注这一佳作,记录着小说获得的各项荣誉。红薯网实行的"优秀VIP作品"月度评选制度,即"红票"制度,由全体读者参与投票。《汉天子》上架前三个月,均获得男生红票榜新书榜第一名,随后每月都将男生红票榜大神榜收入囊中,粉丝热情也只增不减,足以证明本书的实力。各位读者还不快去"悦"读!

选文

第一章
祸起刘歆

公元二十年，地皇元年。

长安，奉车光禄大夫刘歆府邸。

密室。

狭窄又阴暗的空间里，一坐一站有两个人，坐着的这位是个老者，须发斑白，满脸的褶皱，他正是当今皇帝王莽的至交密友，被王莽一手提拔起来的骑都尉、奉车光禄大夫刘歆。

在王莽的新朝，刘歆可是个大人物，不仅位高权重，而且还是当时最有名的大文豪。

此时刘歆坐在椅子上，眼睛眨也不眨地看着站在他面前的黑衣人，语气阴森森地问道："我让你查的事情都查清楚了？"

"属下已查清楚。"黑衣人低垂着头，躬身说道。

"说。"

"在全国登录在籍者，总共有五人名叫刘秀。"说话时，黑衣人也是低着头，整个人仿佛融入到黑暗当中。

"有五个刘秀。"刘歆眼中闪出一道骇人的精光。过了片刻，他沉声问道："他们的身份都调查清楚了？"

"是的，大人，属下已查清。"说话之间，黑衣人从怀中掏出一张绢帛，躬着身形，递交给刘歆。

刘歆接过来，把绢帛展开，上面记录着密密麻麻的字迹。他把绢帛向烛台近前凑了凑，定睛细看。

青州东莱郡，黄县，刘秀，三十七岁，桂香居酒馆掌柜，一妻二妾，膝下子女五人。

雍州河内郡，临县，刘秀，四十九岁，鳏夫，卧病在榻。

荆州南阳郡，蔡阳县，刘秀，二十岁，务农。

并州……

刘歆眯缝着眼睛，从头到尾看了一遍，而后他把绢帛一点点地叠好，揣入怀中，面无表情地说道："记住，这里面记录的人，一个都不能活。"

黑衣人躬身应道："属下知道该怎么做了。"

刘歆看了他一眼，冷笑出声，问道："你的做法就是去直接杀掉他们？"

黑衣人沉默片刻，说道："还请大人明示。"

"全国各地，突然之间死了这么多个刘秀，你认为不会引人怀疑吗？"

黑衣人默然。

刘歆继续说道："王莽眼线，遍布天下，稍有风吹草动，必会让他有所察觉。你做事，也要动动脑子，这些个刘秀，可以是被匪盗杀死，可以被流民暴民杀死，也可以是出了意外，被水淹死或者被火烧死，明白我的意思吗？"

黑衣人愣了片刻，点头应道："属下明白了。"

"去做事吧。"

"大人，属下告退！"黑衣人躬着身子，倒退了几步，紧接着身形一晃，人已消失不见。

黑衣人离开后，密室里只剩下刘歆一个人，他慢慢站起身形，走到密室的里端。

在靠近墙壁的地方，他站定，提腿在一块方砖上连跺了三下脚，紧接着，就听咔的一声轻响，旁边的一块方砖翘起。

刘歆蹲下身形，把翘起的方砖掀开，从里面取出一只木盒，打开这只木盒，里面放着一块锦缎，把锦缎再打开，其中包裹的是一卷竹简。

因为年代久远的关系，制成竹简的竹片已经变成黑褐色，不过书简上的字迹仍清晰可见，上书三个字——赤伏符。

《赤伏符》是一本图谶，也就是记载着预言的书。至于它究竟是由何人所著，又是在什么年代著成的，早已无从查证。

　　刘歆是从一个名叫疆华的太学生手中得到的这本书。

　　他小心翼翼地把《赤伏符》从木匣子里捧出来，颤巍巍地走到烛台前，将书简轻轻地放在桌案上。

　　而后，他慢慢滚动书简，很快，他的手停了下来，目光直勾勾地落在书简上，颤声念道："刘秀发兵捕不道，四夷云集龙斗野，四七之际火为主。"

　　这句话的意思就是，在将来，会有一个名叫刘秀的人推翻新莽政权，登基为帝。

　　念完这句话，刘歆的双手抖得更加厉害。

　　在王莽还没有篡位的时候，刘歆和王莽就已是至交好友，那时的王莽便在朝堂上连连举荐刘歆。

　　王莽做了皇帝之后，更是对刘歆大加提拔，让刘歆成为朝堂上的大红人。

　　不过此时刘歆诛杀天下名叫刘秀的人，可不是在帮王莽清除隐患，他若真有这份善念的话，早就把《赤伏符》献给王莽了，又哪会自己偷偷藏起来？

　　恰恰相反，他现在已经改名叫了刘秀。

　　《赤伏符》上记得清楚，将来刘秀会做皇帝，刘歆要自己变成这个刘秀，他不允许天下间还有其他的刘秀存在，成为他谋取皇位的绊脚石。

　　而刘歆的改名倒也很名正言顺，刘歆向王莽提出，他的名字和汉哀帝刘欣的名字重音了，出于避讳，他才改名为刘秀。

　　对此，王莽还觉得刘歆做得很得体，哪里知道，刘歆改名叫刘秀，只是为了符合图谶中的语言，要抢他王莽屁股底下的那张龙椅，要坐上那至高无上的皇位。

　　新莽政权不得人心，朝纲混乱，再加上近些年天灾不断，民不聊生，叛乱四起，北有赤眉军作乱，南有绿林军作乱。在刘歆看来，王莽的皇位也快坐到头了，而自己谋取皇位的机会已近在咫尺，在这个节骨眼上，天下只能有他一个刘秀。

荆州，南阳郡，蔡阳县，县城集市。

"让开、让开！"两名衙役一边大声嚷嚷着，一边横冲直撞地往前走着。

正所谓民不与官斗，集市上的百姓们招惹不起衙役，吓得纷纷向两旁退避。

两名衙役穿过集市，来到城门附近，将一张白布告示悬挂在城墙上，而后两名衙役分别站于告示的两旁。

附近的百姓们纷纷围拢过来，一个个踮着脚尖，伸长了脖子，好奇地看着告示中的内容。

在围观的百姓当中，有一名穿着粗制布衣布裤的青年，他看起来也就二十岁左右的样子，身材修长，七尺开外，相貌也生得极好，浓密的眉毛斜飞入鬓，下面一对虎目炯炯有神，容貌俊秀，又不失男儿的阳刚之气。

虽说青年穿着普通，一副干农活的打扮，但他身上却流露出与其穿着不相符的儒雅之气。

和周围的人一样，布衣青年也好奇地看着刚刚张贴出来的告示。

告示是一份缉捕文书，上面还有被缉捕之人的画像。

看画像，此人相貌平平，比较特别的是，额角有一道醒目的斜疤。

向下看，有详细的介绍。犯人名叫龙渊，年纪不详，籍贯也不详，不过悬赏却高达五千金，其罪名是行刺天子。

看着交头接耳的百姓们，站于告示旁的一名衙役清了清喉咙，大声唱吟道："逆贼龙渊，趁陛下出游之际，欲图谋不轨，实属大逆不道，十恶不赦，凡检举此贼者，可领赏五千金！"

"五千赏金啊？"很多不识字的百姓听闻五千金这三个字，皆瞪大眼睛，咋舌不已。

"你还是别想了，人家都敢行刺天子，还能被你检举了？"

"说的也是，可是五千金……"

人们交头接耳，议论纷纷。

那名布衣青年目不转睛地看着告示中的画像，心中不由得暗暗感叹：大丈夫，当如是！

就在他心中感慨万千之际，在他的背后无声无息地走过来一人。

这人中等个头，体型粗壮，衣着很普通，短衣长裤，裤腿挽起好高，下面穿着草鞋，头顶戴着草帽，看样子，和进城赶集的农民没什么区别。

他低垂着头，状似随意地走到布衣青年的背后，他的双手放在身前，右手不留痕迹地摸入左衣袖的袖口内。

在他的左衣袖里，暗藏着的是一把锋利的匕首。

就在他将袖口内的匕首一点点抽出来的时候，在其身后突然有人大声喊道："阿秀！"

这突如其来的一嗓子，把那人吓了一跳，抽出一半的匕首立刻塞回到袖口当中，然后若无其事地看着告示。

恰好这时，那名布衣青年转回身形，他并没有看到身后之人收刀的动作，只当他和自己一样，是围观告示的路人。

布衣青年的目光越过他，看向呼唤自己的人。看清楚来人，他喜形于色，快步走了过去，又惊又喜地说道："大哥！"

被他唤做大哥的汉子，三十岁左右的年纪，身材魁梧，虎背蜂腰，向脸上看，浓眉大眼，鼻直方，相貌堂堂，带着一股粗犷之气。

"大哥，你怎么在城里？"

"我进城见了几个朋友。"

布衣青年名叫刘秀，字文叔。魁梧大汉名叫刘縯，字伯升，是刘秀的亲大哥。

看眼刘秀空空的双手，刘縯问道："又来集市卖粮了？"

刘秀含笑点点头，又特意拍拍腰间鼓鼓的钱袋，说道："价钱还不错！"

刘縯摇摇头，颇感无奈地说道："眼下天灾人祸，大多数人都已经吃不饱饭了，你倒好，竟然还有余粮拿到集市来卖钱。"

别看刘秀身上带着书生的儒雅之气，可他却是个地地道道的农民。

但他身上的儒雅之气也不是凭空来的，相对于其他的农民而言，刘秀算是农民中的高材生。

他在长安上过三年太学，学的是《尚书》。用现在的话讲，就是上过全国顶尖级的学府，学的是尚书系。

按理说，上过太学的，出来之后都能在朝廷里谋个一官半职。

可惜的是，刘秀没有赶上好时代，当今的朝廷是王莽建立的新朝。

王莽称帝后，大大放宽了太学的入学标准，导致太学生数量激增，原本毕业之后，朝廷都能给太学生分配工作，可现在已没有这样优厚的待遇了。

只有那些有权有势有背景的太学生才能在朝廷中谋个官职，像刘秀这种没家世、没背景又没门路的三无太学生，毕业之后也只能回家种地。

不过刘秀的三年太学也没有白念，他的种地技术的确是好。

眼下南阳郡大旱，别人家的庄稼都枯死了，而他种的庄稼，每季都能有不错的收成，不仅能自给自足，还能有余粮拿到集市卖钱。

如果按照这个势头发展下去的话，刘秀将来很有可能会成为全国最顶级最有专业素养的农民，但时代的大潮并没有让他在这条专业农夫的大道上一直走下去，而是让他走上了一条只能进、不能退的艰险之路。

第二章
仗义相救

听闻大哥以"天灾人祸"来形容时局，刘秀下意识地向左右看了看，好在附近的人都在围观告示，没人注意他俩这边。

他拉着刘縯的衣袖，快步向城外走去。出了城门，见四周无人，他方放刘縯的衣袖，提醒道："大哥，小心祸从口出！"

什么叫做天灾人祸？这话等于是在抨击当今的朝政、当今的天子，这可是杀头的重罪！

对于刘秀的提醒，刘縯不以为然，义愤填膺地说道："莽贼无道，倒行逆施，天下大乱，民不聊生，当下绿林、赤眉揭竿而起，推翻莽贼暴政，指日可待！"

刘秀和刘縯都是汉高祖刘邦的后世子孙，算是根正苗红的汉室宗亲。推翻新莽政权，匡扶汉室江山，当然是他二人心中的愿望。

只不过刘秀生性谨慎，从不会把如此大逆不道的话讲出来，而刘縯的性格则截然相反，桀骜不驯，且豪爽侠义。

他早就想效仿绿林、赤眉，高举匡扶汉室的大旗，推翻新莽暴政，但苦于没有财力做支持。

兄弟俩离开蔡阳县城，回往自家所在的舂陵村。

刘秀九岁的时候父亲便过世了，一直被寄养在叔父刘良家。他上有两个哥哥、两个姐姐，下有一个妹妹。

大哥刘縯、二哥刘仲都已成家立业。大姐刘黄住在外公家，二姐刘元嫁到新野的邓家，小妹刘伯姬和刘秀一样，也寄居在叔父刘良家里。

回到村中，刘縯甩头说道："阿秀，走，到大哥家里坐坐！"

刘秀说道："大哥，地里还有很多的农活没干呢，我得下地干活！"

听闻他的话，刘縯禁不住轻轻叹了口气，心中既感无奈，又感可悲：小弟可是太学生啊！现在却只能在家务农，一身的才学无处施展。

莽贼昏庸无道至此，这样的朝廷，又岂能长久？

机会！他现在急需一个机会，一个能改变自己、能改变家人命运的机会！

刘縯向刘秀点点头，叮嘱道："阿秀，地种得差不多就行了，别让自己太劳累了，你的手……"是用来拿笔杆子的，而不是用来拿锄头的。

后面的半句话，他没有说出口。

父亲病故，身为家中长子，无法照顾好弟弟、妹妹们，这让刘縯也是耿耿于怀。

大哥心中的想法，刘秀都懂，他冲着大哥乐呵呵地说道："大哥，我知道了，你回去吧！"

目送着大哥走远，刘秀去到自家的田地里，又是锄草，又是翻地。

他正忙碌着，远处隐隐传来急促的马蹄声。

刘秀下意识地放下手中的锄头，直起身形，举目循声望去。

只见一匹白马，正向自家的田地这边飞奔过来，距离较远时，他没看到马上有人，等快到近前，他方看到在马背上趴有一人。

随着马儿越来越近，速度也渐渐慢了下来。等到刘秀近前时，趴在马背上的那人似乎再也坚持不住，直接从马上翻了下来。

刘秀吓了一跳，急忙跑上前去，将那人搀扶起来。

他定睛一瞧，越看越觉得此人的样貌很眼熟，当刘秀看到这人额角的斜疤时，心中猛然一动，不由自主地脱口说道："你是龙渊？"

这人的长相，和县城城内张贴的画像几乎一模一样。

从马背上摔落下来的汉子本已处于半昏迷的状态，听闻刘秀说出"龙渊"二字，他身子突地一震，眼睛顿时睁开，两道电光直直射在刘秀的脸上。

还没等刘秀反应过来，他忽觉得自己的脖颈一凉，只见那名汉子手中不知何时已多出一把寒芒四射的匕首，正死死抵在他的喉咙处。

"你是何人，为何知道我的名字？"那人的语气之冰冷，仿佛能冻死一头大象。

刘秀表现得很镇定，他正色说道："现在县城已经张贴出缉拿你的告示了，我刚从县城回来！"

这名汉子，正是因行刺王莽而被朝廷通缉的龙渊。他凝视着刘秀，冷声问道："你要拿我送官？"

刘秀摆手说道："壮士不要误会，你刺杀篡汉贼子，我又怎会拿你去送官？"

听闻这话，龙渊的眼眸明显闪烁了一下，下意识地重新打量起刘秀。

要知道王莽可是当今的皇上，敢说他是篡汉贼子，这可是大不敬之罪，是要满门抄斩的，这绝非普通百姓能说出口的话！

他紧锁眉头，问道："你是何人？"

"在下刘秀。"

"刘秀……"龙渊对这个名字没什么印象。

刘秀又补充道："先父济阳县县令刘钦，先祖乃长沙定王刘发。"

啊，原来是刘氏子孙，汉室宗亲，难怪他会说王莽是篡汉贼子！

清楚了刘秀的身份，龙渊暗暗松了口气，他拿着匕首的手无力地垂落下去，喘息着说道："后面有莽兵在追我，麻烦你小兄弟，给我口水喝，我马上就走。"

他话音刚落，就听远方已隐隐约约传来轰隆隆密集又急促的马蹄声。

龙渊心头一震，不敢再耽搁，他紧咬牙关，站起身形，把匕首插到后腰，迈步向一旁的马儿走去。

刘秀眼珠转了转，在极短的时间里，他心中已然做出了决定。

龙渊正往马儿那边走着，刘秀一个箭步到了他身后，趁着龙渊还没反应过来，他一把将龙渊别在后腰的匕首抢了过来。龙渊大吃一惊，下意识地说道："你……"

他只说出个"你"字，刘秀已果断地将匕首挥出。

他这一刀，并没有挥向龙渊，而是一刀划在马臀上。

67

马儿吃痛,吁溜溜嘶叫一声,四蹄如飞,顺着乡间的小道飞奔出去。

龙渊见状,脸色顿变,厉声质问道:"你怎么把我的马放跑了?"

以他现在的状态,若无马儿代步,无论如何也甩不掉后面的追兵。

刘秀望着马儿绝尘而去的背影,扭转回头,正色说道:"我看你现在的状态,恐怕也跑不了多远,我帮你躲起来!"

龙渊像看怪物似的看着刘秀。这个地方,一马平川,自己又能往哪里躲?

"你能帮我躲到哪?若是让莽兵看到你和我在一起,莽兵为了邀功,定会视你我为同党……"

不等他把话说完,刘秀已把匕首还给龙渊,甩头说道:"过来帮忙!"说着话,他看也没看龙渊,提起锄头,快步走到一块空地,奋力地刨了起来。

龙渊愣了片刻才反应过来,诧异道:"你要把我埋在地里?"

"难道还有其他更好的办法吗?"刘秀一边快速刨地,一边转头反问道。

龙渊眉头紧锁地瞪着刘秀,后方传来的马蹄声已越来越清晰,远远望去,尘土飞扬,仿佛刮来一面飓风。由不得他再多想,也只能死马当活马医了。

他踉跄着走到刘秀身旁,跪伏在地,用匕首帮着刘秀一起挖坑。

田地早被刘秀犁过,土质松软,挖起坑来也快,而且只是用来藏人,并不需要挖得太深。

时间不长,两人挖出一个一人多长的浅坑,刘秀让龙渊躺进去,然后手脚并用,把土坑填平。

为了防止龙渊被闷死,刘秀在他鼻孔处还特意留了个小孔。

刘秀刚把龙渊埋好,追捕龙渊的官兵距离他已只剩下几十米的距离。刘秀以锄头拄地,故作惊讶状,呆呆地看着这一队风驰电掣般奔来的骑兵。

跑来的这队骑兵,不同于刘秀以往见过的官兵,个个都是黑盔、黑甲,头顶黑缨,手持长枪,肋下佩刀,胯下的也都是黑马,奔跑中,真如同一片移动中的乌云。

这队骑兵跑到刘秀近前后，相继停了下来。

刘秀下意识地吞了口唾沫，他这个表现，倒也十分符合一个平头百姓见到大队官兵的心理。

一名黑甲骑兵催马出列，先是来到刘秀的近前，然后举目环视了一圈，最后才把目光落在刘秀身上。

大致打量他一番，黑甲骑兵冷声问道："你在这里做什么？"

刘秀低头看了看自己手中的锄头，结结巴巴道："耕……耕地啊……"

"刚才，你有没有看到一人骑着白马从这里经过？"

刘秀结结巴巴地说道："没有！啊，有、有看到！"

"到底是有还是没有？"黑甲骑兵的语气更加阴冷。

"有有有，是……是往那边跑了！"说着话，刘秀手指着一侧的田间小路。

黑甲骑兵顺着他手指的方向望去，还想继续发问，另有一名黑甲骑兵急声说道："地上有血迹！"

听闻他的话音，众骑兵纷纷向他手指的方向看去。

果然，在不远处的地面上有几点鲜红的血珠，而且很明显，那是刚刚滴落在地的新鲜血液。

血迹所在的方向和刘秀手指的方向一致，说明龙渊的确是向那边跑了！

于刘秀近前的那名黑甲骑兵突然一提缰绳，战马向前走了两步，刘秀与他的距离很近，险些被马头撞上，不由自主地连退了好几步，脚后跟刚好踩到龙渊的身上，他脚下一软，身子失去平衡，一屁股坐到地上。

黑甲骑兵们可不知刘秀是被埋在土下的龙渊绊倒的，只认为他是被同伴吓倒的，不约而同地嗤笑出声。

其中一名黑甲骑兵召唤道："只是个乡下小子，吓唬他作甚？走了，我们可没那么多的闲工夫在这里瞎耽搁！"

催马撞向刘秀的那名黑甲骑兵，坐在马上，面带鄙夷之色，居高临下地看了刘秀一眼，哼笑一声，拨转马头，从田地里出来。

这一队骑兵，在刘秀面前轰隆隆地飞驰而去。

如果他们再走慢点便会发现，刘秀身旁的泥土在微微颤动着，如果他们再仔细留心点，定能发现从泥土缝隙中露出的衣角。

没有如果，像刘秀这样的乡下小子，他们平日里都不会多看上一眼，更不会想到，他会有那么大的胆子，竟敢窝藏被朝廷缉拿的要犯。

第三章
拜为主公

望着那队骑兵渐行渐远的背影,直至完全在视野中消失,刘秀一改刚才的惊慌懦弱之状,跑回到田地中,双手并用,挖着泥土,把龙渊从地里拽了出来。

龙渊出来之后,连续咳嗽起来,吐出好几口黑泥,他本就苍白的脸色,此时看起来更白了,白到已毫无血色,近乎于透明。

刘秀看着他,问道:"你……你是不是受伤了?"在龙渊身上,他敏锐地嗅到一股浓烈的血腥味。

龙渊嗓音沙哑地问道:"有水吗?"

刘秀急忙起身,走到一旁,从木桶里盛出一瓢清水,递给龙渊。

后者接过来,看都不看,咕咚咚地把一瓢水全部灌进肚子里。喝完之后,他又咳了两声,精神总算好了一些。

此时,他方有心情仔细打量起刘秀。

刘秀身高七尺三寸,也就是一米七五左右,身材匀称,体型偏瘦,向脸上看,龙眉凤目,鼻梁高挺,英朗俊秀,是一个很标致的年轻人。

打量了刘秀一会儿,龙渊向他点点头,正色道:"这次多谢恩公出手相助,救命之恩,不敢言谢,只要龙某还活着,将来必报今日之恩。"

刘秀根本不在乎什么报恩不报恩的,他之所以肯冒着杀头的风险搭救龙渊,完全是因为龙渊做了一件他想做但又不敢做,也没有能力去做的事——行刺王莽!

他关切地问道:"你打算去哪?"

龙渊深吸口气,说道:"先找一深山老林,躲过这阵风头之后再谋打算。"说着话，龙渊咬着牙站起身形，不过他人是站起来了，但一条腿却在不停地打颤。

刘秀跟着起身，伸手搀扶住摇摇欲坠的龙渊，说道："依你现在的状态，恐怕走不出两三里，就算没被官兵抓到，自己也先倒下了。"

龙渊默然。刘秀说的是事实，他现在不仅体力透支，而且伤势严重，失血过多，若是不能及时找到一处安全的容身之所休养，怕是会有性命之忧。

刘秀眨了眨眼睛，沉吟片刻，伸手搀住龙渊的胳膊，向旁努努嘴，说道："走吧，我带你去一处能藏身的地方！"

龙渊面色一正，说道："万万不可，你若收留我，一旦走漏风声，你，还有你的家人，都难逃一死！"

刘秀说道："放心吧，我带你去的地方很隐蔽，是一间猎户遗弃在山里的小木屋，那里很安全，平日里也没什么人会去！"

龙渊看了刘秀一眼，问道："恩公为何如此帮我？"

刘秀说道："莽贼无道，天怒人怨，但普天之下，敢于对莽贼出手者寥寥，我很佩服龙兄的勇气和胆识！"

龙渊说道："恩公过奖了，我的所作所为，并非为天下苍生，只为一己私怨罢了。"

"龙兄与莽贼有仇？"

龙渊沉默片刻方说道："渊出自于广戚侯府。"

闻言，刘秀先是一怔，紧接着露出恍然大悟的表情。

难怪龙渊说与王莽有私怨，难怪龙渊敢于去行刺王莽，原来他是广戚侯府的人。

平帝刘衎病故后，由于没有子嗣，当时已然大权在握的王莽决定立一傀儡，选来选去，便选中了广戚侯刘显的儿子。

当时刘显的儿子只有四岁，被王莽接到长安，立为皇太子，王莽称其为孺子。

王莽把孺子豢养。

孺子在皇宫里做了三年的皇太子，却变成了一个六畜不知，连话都讲不清楚的傻子。

期间刘显曾多次上疏朝廷，提出到长安探望自己的儿子，但都被王莽拒绝。

后来王莽干脆找了个由头，灭了刘显满门。刘显一家死绝，只剩下个小傻子任他摆布，王莽这才大感放心。

可以说广戚侯与王莽有不共戴天之仇。

刘秀搀扶着龙渊，一边说着话，一边前行，足足走出了七八里路，才来到一片山林。在山林里又走了大半个时辰，龙渊终于看到了刘秀所说的那间小木屋。

小木屋不大，就是猎户为了方便打猎，在山林中建造的临时住所。看得出来，已经有好些年没人住了，屋子里面结了好多的蜘蛛网。

刘秀先是简单清理了一下，然后把龙渊扶进来，让他坐在草甸子上。他问道："你的伤怎么样？"

龙渊苦笑着把外衣脱掉，在他的身上，缠着一圈圈的布条，把这些布条拆掉，好几条狰狞的伤口显露出来。

他身上至少有七八处伤，其中既有刺伤，也有划伤，有些伤口，两边的皮肉都翻了起来，即便是看，都让人觉得不寒而栗。

刘秀吞了口唾沫，暗暗咋舌，很难想象，一个人受了这么多又这么重的伤，竟然还能咬牙坚持，这得需要多强的意志力啊！

他急声说道："山中有不少草药，我去帮你采些来。"

说着话，他起身要出去。

"恩公！"龙渊摇了摇头，把他叫住，有气无力地说道，"我身上有金疮药，恩公可以帮我打些清水吗？"

刘秀应了一声好，提着木屋里的一只木桶，快步走了出去。

也就过了不到一刻钟的时间，刘秀提着一大桶清水回到木屋。

他先是帮着龙渊清洗一番伤口，又帮着他在伤口上涂抹金疮药，最后把自己的内衬脱下来，撕成条状，帮着龙渊把伤口包扎好。

这一番处理下来，寻常人根本挺不住，但龙渊却由始至终都是一声没吭。

不是龙渊不知道疼，而是他的意志力太惊人了，帮他清洗伤口的时候，刘秀明明看到他伤口周围的肌肉都在痉挛、颤抖，但看他的脸，却是一点表情都没有，只有豆大的汗珠子一个劲地向下滴淌。

总算帮他处理完伤口，龙渊松了口气，刘秀更是长出口气。

龙渊看着刘秀，再次道谢。

"龙兄不用客气。"刘秀问道，"还有什么需要我帮忙的？"

龙渊感觉自己已经麻烦刘秀太多了，不好意思再开口相求，他嘴上没说话，身体倒很诚实，肚子咕噜噜地叫了起来。

顿时间，龙渊苍白的脸色泛起不自然的红润。

刘秀恍然大悟，轻轻拍下自己的脑袋，龙渊一路被人追捕，恐怕也没机会吃上一顿像样的饭，现在自然是饥肠辘辘。

他说道："你在这里等我，我回家给你弄些吃的来。"

"这……"龙渊一脸的难为情。

要知道现在可是天灾不断，不是旱，就是涝，还不时地闹蝗灾，家家户户的收成都不怎么样，这时候谁若是分出粮食送人，等于是冒着自己要饿肚子的风险。

看出他在担心什么，刘秀对他一笑，说道："放心吧，我家地里的收成还不错，不差你这一口饭吃。"

说着话，他站起身形，向四周看了看，说道："这里很安全，平时也没什么人过来，你尽管安心待在这里！"

龙渊看着刘秀，似乎想说什么，但最终还是把到嘴边的话咽了回去，他向刘秀一笑，说道："多谢恩公。"

刘秀没有在小木屋里多待，又交代了几句，转身离去。

他一路快行，回到家里，以最快的速度熬了一碗肉羹，又做了一盆粟饭和一盘菜，而后装进篮子里，马不停蹄地回到山中的小木屋。

龙渊原本正躺在草席子上睡觉，听闻外面传来脚步声，他立刻睁开眼睛，与此同时，将放在一旁的匕首拿了起来。

随着房门打开，看到刘秀从外面进来，他紧绷的神经才算松缓下来。

刘秀走到他近前，放下篮子，含笑说道："快吃吧，还热乎呢！"

平日里，刘秀给人的印象很柔和、很低调，不太爱说话。可事实上，刘秀的个性是沉稳，并非内向，他既爱交友，也识大义。

龙渊掀开篮子上的布单，定睛一看，又有粥，又有菜，还有肉羹。他面露惊讶之色，说道："恩公，这……"

刘秀笑道："这些都是我做的，尝尝我的手艺怎么样？"

他不说现在的粮食有多难得，肉类又有多昂贵，只问自己做饭的手艺如何，他这种施恩不言恩的体贴，让龙渊深受感动。

龙渊猛然站起身形，刘秀被他这突如其来的举动吓了一跳，还没搞明白怎么回事，龙渊突然又屈膝跪地，向前叩首。

他这个大礼立刻让刘秀慌了手脚，急忙伸手要搀他起来。

龙渊跪在地上没动，依旧保持着叩首的姿势，哽咽着说道："渊本是广戚侯府一家奴，当年君侯不嫌渊卑微，将渊收留于府内。君侯一家蒙冤遇害，渊本应一死，于九泉之下追随君侯，奈何侯府满门大仇未报，渊，不能死……"

说到这里，龙渊已泣不成声，伏地恸哭，断断续续地说道："只要渊还有一息尚存，渊，必杀莽贼，以告慰君侯在天之灵……"

刘秀在帮他清洗伤口的时候，他疼得浑身直哆嗦，可硬是能一声不吭，就这样一个铁骨铮铮的汉子，此时却哭成了泪人，像个孩子一样，这让刘秀的心里也是五味杂陈。

他拉着龙渊的胳膊，说道："龙兄快起来说话！"

龙渊微微抬头，擦了擦脸上的泪痕，紧接着，脑袋又叩在地上，深吸口气，正色说道："恩公对渊有救命之恩，又以上宾之礼待渊，渊愿奉恩公为主公，从今往后，渊必誓死追随恩公！"

刘秀闻言怔住了，他没想到，龙渊竟要奉自己为主公，要追随自己。

愣了一会儿他才反应过来，连忙摆手，说道："我……我只是一个乡下村夫，又……又有什么好值得追随的？"

龙渊抹了抹脸上的泪水，正色说道："渊能看得出来，恩公将来必是能成大事之人！"

通过刘秀救他的过程可以判断出来，虽说他年纪轻轻，但做事果敢，处变不惊，有心计又有城府，最最关键的一点，他是汉室后裔。

在反王莽这件事上，刘氏子弟才是正统。汉室后裔这个身份，是其他人远远无法相比的。

"这……"刘秀刚有些犹豫,龙渊斩钉截铁地说道:"如果主公不应,渊便在此长跪不起。"

见龙渊态度坚决,跪在地上真没有丝毫要起身的意思,而且他身上的伤口已然渗出血丝,刘秀忙说道:"我答应你就是,龙兄快快请起。"

听闻这话,龙渊这才在刘秀的搀扶下,坐回到草席子上。

刘秀颇感无奈地看着龙渊,说道:"虽说你以前是广戚侯府的家奴,但现在广戚侯府已经没了,你也不再是任何人的家奴,你要追随我,就做我的门客吧。"

还没等龙渊接话,刘秀又颇感无奈地苦笑道:"不过,做我的门客会很辛苦,我一没权,二没势,三没钱,我能给你的,恐怕也只有这么一口饭了。"

龙渊正色说道:"主公,如此足矣。"

刘秀沉默片刻,问道:"你名叫龙渊,字是什么?"

龙渊闻言,垂下头,小声说道:"我们是家奴……并没有字。"

"你们?"刘秀很细心,立刻听出了话外之音,他好奇地问道,"你还有同伴?"

龙渊点点头,说道:"在行刺王莽的时候,我们折损了七人,后来为了掩护我逃走,又牺牲了三人,现在算上我在内,我们只剩下三人。"

刘秀问道:"另外的两人在哪?"

"摆脱追兵的时候我们失散了。"稍顿,龙渊又道,"等我伤势好了之后,我就去找他俩,龙准和龙孛也一定愿意追随主公。"

刘秀笑了,心思转了转,问道:"你们三人,谁的年龄最大?"

"是属下!属下二十五,龙准和龙孛都是二十三岁。"

刘秀琢磨片刻,说道:"我送你个字吧,叫'忠伯'如何?"

"忠伯。"龙渊念叨了两声,又一次跪地叩首,说道,"谢主公赐字!"

第四章
亦师亦友

龙渊投靠了刘秀，两人之间的关系也无形中亲近了许多。龙渊问道："主公以后有什么打算？"

刘秀没有立刻回话，沉默了一会儿，幽幽说道："若有机会，当除莽贼，光复汉室！"

这话他以前从未对人说过。在他家里，最常嚷嚷"除莽贼，光复汉室"的就是他大哥刘縯。

表面上，刘秀从未附和过他大哥的言论，但是在他内心里，光复汉室早已成为他最大的愿望。

龙渊闻言，面露喜色，一字一顿地说道："主公有如此大志，忠伯必誓死追随主公，鞍前马后，不离不弃！"

刘秀笑了，过了片刻，他眼睛晶亮地问道："忠伯，你敢去刺杀王莽，武艺一定很厉害吧？"

龙渊老脸一红，不好意思地垂下头，说道："属下惭愧。"如果他的身手足够厉害的话，现在王莽的脑袋已经在他的手里了。

其实龙渊还是太过自谦了。王莽不是普通人，而是当今天子，身边的护卫数不胜数，试问普天之下，又有谁能靠近王莽的左右？

刘秀拍了拍龙渊的胳膊，笑赞道："我看你比荆轲还厉害！"

"啊？"龙渊没反应过来，茫然不解地看着刘秀。

"荆轲战死在了秦王宫，而你却成功跑了出来！"

龙渊老脸一红，苦笑道："主公有所不知，我们是趁着王莽巡视蓝田县的时候才抓住机会，出手行刺的。"和荆轲深入秦王宫行刺根本没有可比性。

"那你能成功逃出来也很厉害了!"刘秀兴致勃勃地问道,"忠伯,等你伤好了,教我练武如何?"

龙渊精神一振,正色道:"主公愿学,属下自当倾囊相授。"稍顿,他试探性地问道,"主公以前有学过武艺?"

刘秀搀扶他来山中小木屋的时候,他能感觉得出来,别看刘秀身材修长单薄,好似一副弱不禁风的样子,但他的力气很大,身体的肌肉也很结实。

"是有学过一些,但只略识皮毛而已。"刘秀跟他大哥刘縯学过一些武艺,但疏于练习,谈不上有多精通。

龙渊让他把所学的武艺练一遍。

刘秀也不矫情,在小木屋里,虎虎生风地打了一套刘縯传授给他的拳法。

龙渊看后,面带微笑,说道:"看得出来,主公并未常常练拳。"

见刘秀面露窘态,龙渊又接话道:"不过如此也好,便于我帮主公打根基。"

听闻这话,刘秀的脸上露出喜色,走到龙渊近前,盘膝而坐,边把竹筐里的饭菜取出来,边说道:"我们边吃边聊。"

龙渊应道:"好!"他刚要去拿粟饭,刘秀把肉羹塞进他手里,说道:"你有伤在身,吃肉羹,有助于你伤势的恢复。"

"主公你吃。"龙渊把这碗肉羹推到刘秀面前。

"你现在比我更需要它。"说话之间,刘秀再次把肉羹推回到龙渊面前。

看着这碗被他二人推来推去的肉羹,龙渊眼圈湿红,说实话,他从小到大,还从未被人如此礼遇过,即便是在广戚侯府的时候。

他在心里暗暗发誓,这辈子,他是跟定刘秀这位主公了。

两人吃完饭,坐在木屋里聊武艺,聊时局,一直到傍晚,天都快黑下来,刘秀才别过龙渊,离开小木屋,回往自家。

现在刘秀是住在叔父刘良家里。他没有走正门,而是从后门进去的。他和小妹刘伯姬也是住在后院。

刚进到院子里，厢房门打开，刘伯姬走出来，狐疑地看着刘秀，问道："三哥，你怎么才回来，这么晚你去哪了？"

刘伯姬比刘秀小三岁，生得亭亭玉立，娇媚可人，长长的睫毛，忽闪忽闪的仿佛小扇子，黑溜溜的眼睛，晶亮得仿佛黑曜石。

刘秀心情不错，面带微笑，随口回了一句："去探望位朋友。"

刘伯姬追问道："哪位朋友？我认不认识？"

"你不认识。"刘秀不能把龙渊的事告诉妹妹，万一小姑娘嘴快说了出去，那会给整个家族惹来灭顶之灾。

刘伯姬撇了撇嘴角，突然问道："三哥是不是看上了哪家的姑娘，晚上偷偷跑去私会了？"

刘秀被小妹的话逗乐了，他走到刘伯姬近前，推着她走进厢房，说道："回去做你的女红，不该你操心的事，别问那么多。"

刘伯姬在刘秀推搡下，愤愤不平地回到自己的房间。

哥哥有了心上人，刚开始时，妹妹通常都会很不开心，觉得自己的哥哥要被别人抢走了。刘伯姬现在正处于这个年龄段。

翌日，刘秀比往常起来的更早一些，除了带耕地用的农具外，还额外多带了一把斧头，然后他琢磨了一会儿，又下到地窖，取出一筐粟和两块腊肉。

走出自家的宅子，他直奔山林中的小木屋。

小木屋里有猎户留下的炊具，在里面生火做饭不成问题，附近还有一条小溪，取水也很方便。

刘秀和龙渊先是做好早饭，而后由龙渊指导刘秀练武。

两人走进山林中，在一处缓坡，龙渊停下脚步，拍了拍一棵有成人半个腰粗细的树木，感觉挺结实的。他先是用匕首在树干上划出一圈印记，然后提醒刘秀道："注意看我的步法和手法！"

说话之间，他在树旁跨出一步，顺势挥出一刀，刀锋正中他刚才划的那条印记上。紧接着，他又踏出一步，匕首再次挥出，依旧是砍中那条环形印记。

他围着树绕了一圈，刚好踏出了七步，同时也挥出了七刀，这七刀，没有一刀偏离树干上的印记。

他以同样的步法和刀法又围着树木绕了三圈，方停下脚步，擦了擦额头的虚汗，气喘吁吁地问道："主公都记下了吗？"

这是他平日里最常做的练习，绕个百八十圈，一点问题没有，但现在他有伤在身，只转了四圈，人已累得浑身是汗。

刘秀看得认真，冲着龙渊点了点。龙渊倒退几步，说道："主公，你来试试。"

深吸了口气，刘秀提着斧子，走到树木近前，按照龙渊传授他的方法，踏出一步，挥出一斧。

龙渊在旁看着，时不时地上前，纠正刘秀的动作。

刘秀倒真的很有习武的天赋，被龙渊纠正了几次之后，再做起来，已有模有样，就是速度缓慢。

龙渊在附近找了一块石头，坐了下来，边看着刘秀练习，他边讲解道："光练臂力，不练脚力，那只能算半个残废，同样地，光练脚力，不练臂力，也是半个残废。与人对战时，身体大多时候都处于高速运动当中，这就要求我们在高速运动时，出招必须得又快又准。如果一招攻击不到敌人的要害，哪怕只出现毫厘之差，接下来，死的就很可能是我们自己。

"主公现在刚刚开始练习，可以不要求速度，只求动作规范，等过段时间，在一炷香的时间里，主公需要完成五十转，三百五十击。"

……

接下来的一段时间，刘秀除了照常下地干农活外，只要有时间，就跑进树林里和龙渊练武。

龙渊恢复得很快，只大半个月的时间，身上的伤势已痊愈大半。

刘秀练武的进步也同样迅猛，让龙渊都为之惊讶不已。

在这不到一个月的时间里，刘秀竟然已经把他教的步法和击术练得滚瓜烂熟。

龙渊原本以为要等两三个月，他才能要求刘秀在一炷香的时间完成五十转，三百五十击，可现在还不到一个月，刘秀就已经做到了。

一个月后，龙渊不再要求刘秀速度，而是要求他的力道，规定在一天的时间里，要以盘旋走打的方式，砍折一棵树。

前两天，刘秀并没能做到，可是到了第三天，刘秀还真把一棵半人多粗的树砍折了。虽然他用了三个多时辰，总共挥出几千斧，连他自己都记不清了。

通过教导刘秀练武，龙渊对刘秀也有了更进一步的了解：刘秀身上有股子韧劲，不服输，不气馁，只要定下了目标，哪怕再苦再累，他也会咬牙完成。

他也注意到，这几天刘秀手掌上的水泡倍增，他通常是咬破了水泡，挤出脓水，然后像没事人一样继续挥斧练习。

这种毅力和忍耐，可不是每个人身上都具备的。

通过这一点，龙渊也更加确定，刘秀必然是个能成大事的人，这也更加坚定了他追随刘秀的决心。

又过了半个月，龙渊身上的伤势已彻底痊愈。

这天早上，刘秀还和往常一样，早早来到小木屋。

此时，龙渊已经做好饭，见刘秀进来，他躬身施礼，说道："主公！"

刘秀看眼已经摆好的粟饭和小菜，他笑问道："忠伯，今天的饭菜怎么做得这么早？"

每天早上，他们都是先出去练习一会儿，然后再回来做饭、吃饭。

龙渊正色说道："主公，现在属下的伤势已经痊愈，打算去一趟蓝田县。"

刘秀闻言一惊，问道："忠伯你要走？"

"不，主公，我是去蓝田县找龙准和龙孛。"

"你确定龙准和龙孛一定在蓝田县？"

龙渊缓缓摇头，说道："属下并不能确定，不过就算他二人不在，属下也会在约定好的地方留下记号，让他们来蔡阳县找属下。"

刘秀点了点头，琢磨片刻，他又问道："此行需几日？"

龙渊在心里默算了下时间，说道："多则一个月，少则半个月。"

刘秀眉头紧锁，不无担忧地说道："可是你的画像还在，此行凶险，不如这样吧，我跟你一起去，也能帮你做个掩护！"

"万万使不得！"龙渊吓了一跳，他急忙摆手说道，"属下一人，无牵无挂，即便遇敌，也有信心能做到来去自如。"

如果带上刘秀一同前往蓝田县，万一遇到官府追捕，他还得分心去照顾刘秀，到时两人谁都跑不掉。

刘秀明白，以自己现在的这点本事，跟在龙渊身边，就是他的拖累，可他又实在不放心让龙渊独自一人去蓝田县冒险。

龙渊含笑说道："主公放心，属下业已做了准备。"

说着话，龙渊把缠在头上的布带解开，取下来。刘秀定睛一看，眼睛顿时瞪得好大。

第五章
再次遇险

龙渊的额角，原本有一道醒目的斜疤，这也是他脸上最明显的特征，而现在，那道斜疤上又多了一条与之交叉的疤痕，变成了"X"形。

刘秀下意识地问道："你什么时候又在头上划了一道疤？"他记得自己刚救下龙渊的时候，他头上还没有这道新疤。

龙渊正色道："主公对属下有救命之恩，属下绝不能牵连主公，添上这道疤，可以更好地隐藏属下的身份。"

刘秀暗暗佩服，龙渊可真是个精细的人！即便如此，他还是不厌其烦地叮嘱道："此行凶险，忠伯可务必要多加小心。"

龙渊拱手，一躬到地，动容道："让主公如此牵挂，是属下之过。"

刘秀扶着他的胳膊，让他起身，然后问道："你一直教我练斧，难道，以后我就要用斧子做武器？"

他可不想拿着一把斧头去与人对战，他心目当中的偶像是荆轲那样的大英雄，他理想中的武器自然是剑。

龙渊说道："斧头重，用斧头做练习，适合增强臂力，等主公练熟了斧子，便可改用刀剑，当主公用刀剑也能轻松斩断树木时，"说到这里，他笑了笑，将匕首从后腰抽出，递到刘秀面前，说道，"主公便可以改用匕首了。"

刘秀惊讶道："匕首也能斩断树木？"

龙渊正色道："劲足，叶片亦可伤人。"

刘秀叹了口气，说道："恐怕当年的荆轲也做不到叶片伤人的地步吧？"

龙渊但笑未语。

吃过早饭，龙渊向刘秀辞行去往蓝田县，寻找龙准和龙孛。

刘秀继续留在春陵老家，他的生活几乎没什么改变，依旧是种种地，练练武，日子过得简单又充实。

这天中午，刘秀在地里干完农活，正准备回家吃午饭，他走出不远，迎面来了两个人。

两人都是三十岁左右的年纪，中等身材，相貌平平，穿着有些邋遢，布衣麻裤，还打着不少的补丁，也看不出来有多久没洗过了，脏得黑中透亮。

现在的流民很多，看到这两个人，刘秀也没太关注。就在双方要擦肩而过的时候，一名汉子突然开口说道："刘秀！"

听闻对方一口叫出自己的名字，刘秀不由得一怔，下意识地停下脚步，问道："我们认识吗？"

两名汉子先是对视了一眼，而后目光深邃地看着刘秀，其中一人皮笑肉不笑地说道："听说你手里的粮食很多，经常拿到集市去卖，我们哥俩可好几天没吃上一顿像样的饭了，刘秀，把你的粮食分给我们一些如何啊？"

刘秀闻言差点当场笑出来，气笑的。他见过厚颜无耻的人，但像此人这么不要脸的，他还真是第一次见到。

他说道："我家里是有一些粮食，但也勉强只够自用，并没有多余的粮食可以拿来送人。"

听刘秀一口拒绝，两名汉子脸色同是一沉，说话的那人扬起眉毛，问道："这么说来，你是想眼睁睁看着我们哥俩被活活饿死喽？"

刘秀皱着眉头说道："两位年轻力壮，又有手有脚，无论是给人做长工还是做短工，即便吃不饱，也不至于饿死吧！"

说着话，他摇摇头，感觉这两人实在不可理喻，不愿再与之多言，想继续往前走。

说话的那名汉子眼中寒芒一闪，突然之间，他的右手向后一抹，掌中立刻多出一把明晃晃的匕首，对准刘秀的后心，默不作声地狠狠刺了过去。

刘秀可不是毫无防范，忽听背后恶风不善，他立刻意识到不好，身子横着闪了出去。

沙！匕首的锋芒在他肋下掠过，将他的衣侧挑开一条口子。

见这名汉子一刀不中，另名汉子立刻冲上前来，他的手中也同样多出一把匕首，匕首在空中划出一道亮光，直奔刘秀的脖颈而去。

对方的出招太快了，快到刘秀完全看不清楚，只是本能地意识到不好，条件反射地向后仰身。

沙！匕首的寒芒几乎是贴着他的喉咙掠过，那一瞬间，袭来的刺骨寒气让刘秀脖颈处的皮肤都泛起一层鸡皮疙瘩。

他脸色顿变，惊道："你们……"

不给他说话的机会，两名大汉各持匕首，再次向刘秀攻来。他二人的出招又快又狠，刀刀都是攻向刘秀的要害。

若是一个多月前，刘秀在他二人面前恐怕连一个回合都走不过去，而此时的刘秀经过龙渊的指点，身手已非从前能比。

看着两把匕首上下翻飞地向自己袭来，刘秀脚下一个滑步，仿佛陀螺似的，横移出去好远。

见状，两名大汉暗暗皱眉，心中禁不住嘀咕一声邪门！根据他们的调查，刘秀只是个种地的乡下小子，怎么他的身法这么快，又这么诡异？

眼瞅着刘秀闪出去好远，一名大汉持刀追击过去，另一名大汉则是快速戴上一只鹿皮手套，从后腰解下一个皮囊，打开皮囊的封口，他戴着鹿皮手套的手伸了进去。

然后他冲着正向刘秀发起抢攻的同伴招呼了一声。

那名大汉突然放弃了进攻，向下弯腰，也就在这时，后面的大汉将手从皮囊里抽出来，在他的手上，抓着一条红白相间的花蛇。

他手臂向外一扬，花蛇飞出，直奔刘秀而去。

两名大汉配合娴熟，前者刚弯下腰，后者便扔出了花蛇。

刘秀根本没看清楚飞向自己的是什么东西，不过一个多月来的练习，让他的身体本能反应地向旁旋转，并顺势抡出一锄头。

啪！

85

锄头不偏不倚，正打在那条飞向他的花蛇蛇头，花蛇落地，红白相间的身子顿时蜷成了一团。

看清楚落地的是一条蛇，刘秀心头一颤，脸色也变了。

两名大汉暗暗咬牙，蹲下去的大汉重新站起，继续持刀抢攻刘秀。另一名大汉则抢步来到花蛇近前，将其从地上捡起，塞回到皮囊当中，而后他摘下鹿皮手套，大喝一声，和同伴一并夹击刘秀。

就在刘秀被他二人的抢攻逼得连连后退之时，猛然间，就听乡间的小路上传来一声大吼："住手！"

这一嗓子，如同晴空炸雷似的，即便距离好远，都震得人心脏漏跳两拍。

听闻话音，刘秀和两名大汉不约而同地循声望去，只见乡间小路上快步跑来三人。

为首的一位，身材魁梧，体型健硕，古铜色的皮肤泛着光泽，浓眉虎目，鼻直口方，一脸的络腮胡须，透着粗犷豪迈之气。

来者不是旁人，正是刘秀的大哥，刘縯。跟在刘縯身后的，是他的两位至交好友，张平和朱云。

见大哥来了，刘秀惊喜交加，大声呼喊道："大哥——"

看到有两个歹人在夹击自家的小弟，而且两人还都动了刀子，刘縯怒发冲冠，眼珠子瞪得如铜铃一般，须发皆张，活像要吃人似的。

张平和朱云也都把随身携带的短剑抽了出来，杀气腾腾地直奔刘秀这边跑来。

见状，那两名大汉心头暗惊，看来今天已没机会再取刘秀的性命了。

他二人对视一眼，二话不说，舍弃刘秀，转身就跑。

刘縯和张平、朱云哪会放他二人离开，随后便追。不过这两人脚力了得，跑得飞快，只一会儿的工夫，已然跑出好远。刘縯三人追出一段，见双方的距离非但没有拉近，反而越来越远，最后三人也只好放弃追击。

他们折回到刘秀近前，上下打量他一番，刘縯关切地问道："阿秀，你没事吧？"

刘秀摇摇头，喘息着说道："大哥，我没事！"

张平和朱云气急败坏地问道："阿秀，到底怎么回事？那两人是谁？"

刘秀也不认识那两名大汉，他摇头说道："我不认识他俩，但他俩好像认识我，不仅能一口叫出我的名字，还知道我经常去集市里卖粮。"

听闻这话，刘縯眉头紧锁，听起来，应该是附近的人，可是在自己印象中，从没见过这两个人。

刘秀继续说道："他俩向我要粮食，我说没有，他俩就突然向我动了刀子！"

刘縯眉头皱得更紧，如果对方是要粮食，也没必要动刀子杀人啊！如果对方是来寻仇的，可阿秀一直本本分分地在家里种地，又怎么可能会有仇家？

他思前想后，沉声说道："以后不准再到集市里卖粮，现在天下大旱，很多人为了一口饭吃，什么事情都干得出来！"

在刘縯看来，肯定是小弟经常去集市里卖粮，惹人眼红妒忌，才招来这次的横祸。

刘秀反而觉得事情没有这么简单。

刚才对方扔出的那条花蛇，他并不认识，看不出来是什么品种，但他明白一点，越是颜色艳丽、漂亮的蛇，毒性就越大。

如果自己刚才真被那条花蛇咬中，后果不堪设想。

感觉上，对方不像是冲着自己的粮食来的，更像是冲着自己的命来的，要粮只是个托词借口罢了。

可自己从未招惹过谁，他二人又为何想要自己的命呢？

见刘秀低垂着头，久久没有应话，也不知道他的脑袋瓜里在想些什么，刘縯气道："阿秀，大哥跟你说的话，你听到了没有？"

刘秀回过神来，应道："大哥，我知道了。"稍顿，他恍然想起什么，问道，"大哥，你们怎么来了？"

第六章
参加义军

刘縯深吸口气，说道："晚上来大哥家里吃饭，记得把小妹也带上。"

说着话，他再次打量刘秀一番，拍拍他的胳膊，又拽拽他的衣服，心有余悸地嘟囔道："这次真是差点被你吓死了！"

刘秀冲着刘縯笑了笑，故作满不在乎地说道："大哥，你看我这不没事嘛！"

刘縯点点头，说道："行了，你赶快回家吧，最近世道不太平，以后在田地里也要少待。"

"大哥还要去哪？"

"我还得去趟老二家，通知你二哥一声，晚上来家里吃饭。"

"哦！"刘秀应了一声，心里有些莫名其妙，大哥的钱都花在交朋识友上了，手头并不宽裕，今天怎么想起请大家吃饭了呢？

别过大哥，刘秀边往家走，边回想刚才的事，越想越觉得凶险。

如果不是大哥恰巧赶来，自己没准已经伤在那两人的刀下了。

可这两人到底是谁？为何要杀自己？刘秀满脑子的莫名其妙，百思不得其解。

当晚，刘秀和二哥刘仲、小妹刘伯姬，相继来到大哥刘縯的家里。

刘家三兄弟，性格迥异。

老大刘縯，生性豪爽，天生神力，武力惊人，在蔡阳县这一带非常有名气。大家一提到刘縯，都会挑起大拇指，尊称一声"伯升"。

许多人来找刘縯，也是慕名而来，其中不乏偷鸡摸狗、拦路抢劫的匪盗之徒。而刘縯则是来者不拒，无论对方是什么人，他都能与之推心置腹，结成挚友。

二哥刘仲，性情和刘縯截然相反，是个老实巴交的本分人，话很少，说白了，就是个大闷葫芦，哪怕挨了欺负，也不会声张，自己咬碎了牙往肚子里咽。

在刘家，刘仲一直也没什么存在感。

而刘秀则像是两位哥哥的综合体，低调、谨慎，不张狂、有心计，爱结交，但又绝不滥交。

他的性子既不像刘縯那么刚烈狂傲，也不像刘仲那么窝窝囊囊，表面看很柔和，实则刚毅坚韧。

刘縯家的条件还算不错，自己建的宅子，小有规模。

这次算是家庭聚餐，不过宴席上，还是有好几位刘縯的朋友，经常在刘縯身边的张平和朱云自然也在其中。

张平和朱云都是长住在刘縯家，和刘縯的关系，既像是朋友，又像是他的门客。

张平以前是做什么的，刘秀不太清楚，他知道朱云以前是山贼头目，后来贼窝被官兵围剿，他趁乱逃到了蔡阳县，再后来便被大哥收留下来。

在客厅里，刘秀见到刘縯和刘仲，规规矩矩地向两位哥哥各施一礼，说道："大哥、二哥！"

"啊，啊，阿秀来了。"刘仲木讷地向刘秀点点头。

刘縯则是乐呵呵地拍了拍刘秀的肩膀，看得出来，他今天的心情很好。

他对在座的几个朋友笑道："我家小弟最让我佩服的本事就是种地，现在南阳旱灾这么严重，别人家的地都已颗粒无收，可阿秀种的地，还是季季都大有收获。"

说到这里，刘縯又忍不住感叹道："想当年，高祖的大哥也十分擅长种地啊！"

听闻这话，刘仲的身子一震，脸色也为之大变。

在座的其他人，表情多多少少也都有些不太自然。

刘縯所说的高祖，自然就是指西汉的开国皇帝，汉高祖刘邦。他先是夸奖刘秀的地种得好，又拿刘秀比刘邦的大哥刘伯，这等于是把他自己比成了刘邦。

这话要是传到官府的耳朵里，那还了得，刘𬘡有十颗脑袋也不够砍的。

朱云突然仰面大笑起来，朗声说道："王侯将相，宁有种乎？我看伯升就不比当年的高祖差。"

刘秀暗叹口气，忍不住提醒道："大哥慎言！云大哥慎言！"

朱云拍了拍刘秀的肩膀，语气轻快地说道："怕什么，这里又没有外人！阿秀，你的胆子还是太小了，在这方面，你可得多向你大哥学学。"

千万别像你二哥一样，活着那叫一个窝囊！他在心里嘀咕了一声。像刘仲那种老实巴交的人，朱云是打心眼里瞧不起。

刘𬘡也意识到自己的话过头了，他话锋一转，乐呵呵地问道："阿秀，听说你有喜欢的姑娘了？"

"谁说的？"刘秀一脸茫然地看着大哥。

刘𬘡的目光自然而然地向刘伯姬那边瞟了瞟。刘秀见状，立刻明白了，肯定是小妹在大哥面前乱讲了一通。

他瞪了刘伯姬一眼，正要说话，小姑娘急忙跑到刘𬘡身边，抱住大哥的胳膊，像献宝似的拿着一块手帕，递到刘𬘡面前，笑嘻嘻地说道："这是我给大哥绣的帕子，大哥看看喜不喜欢！"

刘𬘡接过手帕，定睛细看，禁不住发出一连串的啧啧声，然后将手帕高高举起，向众人展示，问道："大家看看，我家小妹的女红做得怎样？"

众人看罢，无不赞不绝口。刘伯姬绣的是牡丹，花红如火，叶绿如翠，花团锦簇，栩栩如生。就女红的手艺而言，刘伯姬还真要胜过同龄人许多。

刘秀心中也洋溢出与有荣焉的自豪感。他故意装作还在生气的样子，冷着脸，伸出手来，问道："我的呢？"

"三哥也要啊？"

"大哥有，为何我没有？"

"我没给三哥做哦！"

"你这小丫头！"刘秀把小妹拉到自己近前，手在她腋下搔个不停。小姑娘笑作一团，边笑着边求饶道："我做了，我给三哥也做了……"

看着闹成一团的弟弟、妹妹，刘縯忍不住心中感慨，父亲过世已有七载，七年的时光弹指一挥间，转眼弟弟、妹妹都已长大成人了。

刘縯把小妹送的手帕仔仔细细地叠好，揣进衣襟里。而后向刘秀和刘伯姬挥挥手，说道："好了、好了，都多大的人了，还像小孩子一样嬉闹。"

刘秀和刘伯姬终于停止了打闹，小姑娘又取出两块手帕，一块给了刘秀，一块给了二哥刘仲。刘秀接过手帕时，还顺手掐了掐刘伯姬粉嫩的小脸蛋，心满意足地说道："这还差不多。"

刘仲接过手帕时，则规规矩矩地说道："谢谢小妹。"

这场家宴，饭菜并不丰盛，在当时这么艰难的条件下，刘縯也很难准备丰盛的饭菜款待大家，不过自家人坐在一起，都吃得很开心。

吃饭时，刘伯姬有些伤感地说道："如果大姐、二姐也在春陵就好了，今天我们一家人就可以凑齐了！"

刘縯恍然想起什么，对刘秀说道："阿秀，我跟你提过好几次了，从叔父家搬出来，和我一起住，你还怕大哥家里住不下你和小妹？"

刘秀笑道："大哥，我和小妹在叔父家住得挺好的。"

坐在刘秀身边的刘伯姬也跟着连连点头。刘秀又道："再说叔父和婶婶年纪都大了，也需要有人照顾他们二老。"

"这倒也是！"刘縯点了点头，话锋一转，说道，"我走之后，最不放心的是你嫂子和你两个侄儿！"

刘縯膝下有二子，长子刘章，次子刘兴。

刘秀听闻刘縯的话，一脸的不解，问道："走？大哥要去哪？"

刘縯清了清喉咙，正色说道："这次我请大家过来，还有一件事要向大家宣布。"

刘秀、刘仲、刘伯姬不约而同地放下碗筷，眼巴巴地看着大哥，不知道究竟是什么事让大哥如此地郑重其事。

刘縯说道："今年，南蛮已经不只是在边境作乱，而是已攻入益州，烧杀抢掠，无恶不作，益州百姓，死伤无数。王莽派廉丹、史熊，出兵十万，前往益州，迎击蛮军，另外，王莽还要组织十万的义军，配合廉丹、史熊，一并进入益州作战，我打算，参加义军。"

刘仲满脸的紧张，结结巴巴地说道："大……大哥，万万不可，蛮军凶残，蛮军凶残啊！"刘仲自己也说不出个所以然来，反正就是觉得大哥去参加义军，到益州和南蛮军作战，太过凶险。

看他那副如丧考妣的样子，朱云打心眼里窝火，他猛然一拍桌案，大声说道："蛮军又有何可怕？若非王莽篡位，南蛮现在还是我大汉服服帖帖的属国呢！"

王莽篡位以来，对内对外都推行了一系列的新政，不过件件都不得人心。在对外的事务上，王莽把周边的属国从王国全部降级为侯国，剥夺了匈奴对乌桓的征税权，导致匈奴于边境作乱，新莽朝廷不得不分出三十万大军，驻守西北边境，抵御匈奴军。东北那边也不太平，王莽杀了高句丽的首领，还把高句丽的国名改为了下句丽，以示羞辱，导致东北边境也战祸连连；而西南的羌人、哀牢，则直接攻入了益州作乱。

现在的益州，业已是打成了一团糟。

大哥要去益州和南蛮人打仗，刘秀对此倒是没什么意见，可是有一点他想不明白。他问道："大哥为何要帮着王莽打仗？"

自王莽篡汉以来，刘縯天天念叨着要光复汉室社稷，现在去参加义军，不就等于是助纣为虐吗？

第七章
箭在弦上

刘縯一笑，正要说话，朱云接话道："王莽不得人心，要组建十万义军，又谈何容易？"

所谓义军，就是指大义之师。何为大义？不要军饷，不要盔甲、武器，最好连军粮都不要，说白了，就是让人们自备盔甲、武器，帮着朝廷去白白打仗。

朱云说道："莽贼也有自知之明，知道不会有人愿意给他白白卖命，义军里有条规矩，凡在战场上缴获的战利品，义军将士可不用上交。"

刘秀心中一动，眼眸也明显闪烁了一下。刘縯说道："蛮军在益州烧杀抢掠，必然劫走了不少的财物，这次王莽组建义军，对我等而言，可是个难得的机会。"

是他一直在苦苦等候的机会。

刘縯一心想光复汉室，可是拿什么去光复汉室？

光凭一张嘴，那一辈子都只是在空谈，他需要钱财，大量的钱财。手里要有钱财，他才能去招兵买马，才能去组建一支汉军，才有机会去推翻莽贼，光复汉室。

钱财不会从天上凭空掉下来，没有祖业可继承，他只能靠自己的双手去打拼，这次王莽组建义军，入益州抵御南蛮人，在他看来，这就是一次难得的赚钱机会。

刘縯意识到这一点，刘秀也同样意识到这一点，他只稍作沉吟，便脱口说道："大哥，我要跟你一起去！"

他旁边的刘伯姬闻言，立刻紧张起来，两只小手不由自主地紧紧抓住三哥的衣袖。

刘縯看着刘秀，暗暗点头，三弟虽然生性不张扬，但好在不像二弟那么懦弱。

他沉声说道："阿秀，你就给我老老实实地待在家里，我们刘家，有大哥一人参加义军就已经足够了，不需要两个兄弟一起上阵！"

"大哥，我……"

"好了，这件事没有再争论下去的必要，大人临过世之前，最放心不下的就是你和小妹，我走之后，你的任务就是照顾好家里的一切。"

刘縯颇有长兄风范，在家中说一不二。

刘秀了解大哥的脾气，知道自己现在说得再多也没用。他低垂着头，没有再继续说话。

见状，刘縯以为他是默许了自己的决定，拿起酒杯，向在场众人招呼道："来来来，我们大家一起干一杯，预祝我们此次到益州，个个都能满载而归。"

在座的这些刘家之外的人，包括张平和朱云在内，都是要跟着刘縯一起去益州打南蛮的，平日里，他们也都唯刘縯马首是瞻。

众人纷纷举杯，异口同声道："敬伯升！"

刘仲不胜酒力，饭局到一半，他便向刘縯等人告辞，摇摇晃晃地回家了。等饭局快结束时，刘秀拉着刘伯姬，也向刘縯告辞。

刘縯送他二人出了大厅，然后拉住刘秀，向旁走出几步，小声说道："阿秀，我此行去益州，凶险不知，生死未卜……"

"大哥！"刘秀皱着眉头，打断刘縯不吉利的话。

刘縯点点头，咧开嘴角，向他笑了笑，说道："我不在期间，你要照顾好小妹，如果得闲，记得常来家里，看看你嫂子和侄儿。"

见刘秀低垂着头，刘縯握了握拳头，感慨道："莽贼篡汉，我等身为刘家子弟，当与莽贼势不两立，只待时机成熟，我等当揭竿而起，光复大汉江山！"

刘秀反握住刘縯的手，急声说道："大哥，你喝多了！"说话时，他还向院子的四周望了望，低声提醒道："小心隔墙有耳！"

刘縯笑了，阿秀向来低调，街坊邻居都以为阿秀和老二一样，胆小怕事，实则不然，三弟的低调只是出于谨慎。他说道："阿秀，谨慎这一点，大哥不如你。"

稍顿，刘縯深吸口气，拍拍刘秀的肩膀，说道："好了，快带小妹回去吧，如果回去得太晚，叔父定要责怪你俩。"

刘秀问道："大哥打算什么时候动身？"

刘縯笑道："起码要等到廉丹、史熊率军进入益州之后。"刘縯清楚自己有几斤几两重，就他和他的那帮朋友，在官兵之前进入益州，去和南蛮军主力拼命，那纯粹是去送死，他早已谋算好了，让廉丹一部先进入益州作战，等官兵和南蛮军都打得差不多了，他再去益州捡漏，伺机占些便宜。

刘秀哦了一声，做到心中有数，然后别过大哥，带着小妹刘伯姬回往叔父家。

路上，刘伯姬拉着刘秀的手问道："三哥，大哥真的要去益州和蛮军打仗吗？"

刘秀点了点头。

刘伯姬又问道："会有危险吗？"

刘秀说道："打仗一定会有危险，不过大哥很聪明，要等廉丹一部先入益州，如此一来，大哥去了益州，遇到的也不会是大批的蛮军，只会是小股的溃军。"

"三哥认为廉丹能打败蛮军？"

刘秀笑了，语气笃定地说道："廉丹善战，南蛮军定然不是他的对手。"

但后面一句话他没说，廉丹这个人凶残成性，无恶不作，冷血得令人发指。王莽派廉丹到益州作战，遭殃的恐怕不仅仅是蛮军，更有益州的百姓。

人人都以为刘秀是个老实巴交的乡下小子，但却很少有人知道，刘秀每次去集市买粮，总会向人们打听全国各地发生的事，哪里有清官，哪里有贪官，哪个将领善战，哪个将领是酒囊饭袋等等，他都能说出一二。

日积月累下来，别看刘秀只待在舂陵这个小地方，但却对天下事掌握得极多。

廉丹是王莽麾下的悍将,和王莽的六子王匡,堪称是王莽手中的两把利刃。

六皇子王匡生性就够凶残的了,而和廉丹比起来,那是小巫见大巫。后来在镇压地方起义军的战争当中,廉丹的凶残更是展露无疑,这是后话。

回到叔父刘良家,刚走到大门口,就见到刘良从门内走出来。

刘良已经五十开外,须发斑白,老头子面带不悦之色,问道:"怎么才回来?"

刘秀和刘伯姬规规矩矩地向叔父施礼。刘秀说道:"叔父,吃完饭后我们和大哥说了一会儿话,就回来晚了。"

一提到刘縯,刘良顿时气不打一处来,沉声说道:"你可别学你大哥,整天游手好闲,结交的都是群狐朋狗友,以后你也要少去你大哥家,说不定哪一天你大哥的那些狐朋狗友犯了法,你们都得跟着受牵连。"

别看刘良的脾气又臭又硬,冥顽不灵,好像个老古董,可是老头子毕竟一把年纪了,精通世故,他今日之言,日后还真一语成谶了。

听叔父如此批评大哥,刘伯姬一肚子的不高兴,但又不敢在长辈面前表露出来。小姑娘故意打了个呵欠,说道:"叔父,我困了。"

刘良没有女儿,把刘伯姬当成了自己的亲闺女,见小丫头果然一脸的倦意,他也不再唠叨,催促道:"赶快回房去睡觉吧!"

刘秀让小妹先回去,等刘伯姬走后,刘秀说道:"南蛮侵入益州,危害百姓,朝廷派廉丹率十万大军,欲剿灭南蛮军,另外还要组织十万人的义军,大哥打算去参加义军。"

刘良立刻皱起了眉头,问道:"这是你大哥跟你说的?"

刘秀点了点头,说道:"叔父,我也想跟着大哥一起……"

他话还没说完,刘良的脸色就变了,训斥道:"你大哥要胡闹,你也跟着他一起胡闹?有安生的日子不过,去参加什么义军?你和你大哥会打仗吗?"

老头子越说越气,用力跺了跺脚,气鼓鼓地说道:"明天我就去找他！"

刘秀暗叹口气，没有再说话。他就知道，以叔父和大哥的性情，都不会同意自己去参加义军。

日子一天一天地过去，龙渊没有回来，益州的战事已愈演愈烈。

大将廉丹统帅十万大军，进入益州，与蛮军展开交锋。

新朝的莽军，其实就是汉军，武器装备，和汉军也没什么两样。

要问汉军的战斗力如何，在当时，绝对是世界最顶尖级的。

即便在西汉末年，汉军的战斗力也依然彪悍，元帝时期，陈汤曾率汉军，多次击败匈奴军。

一名汉军在战场上表现出来的战斗力，差不多相当于五名匈奴兵的战斗力。

汉军的战力之所以如此强悍，很简单，装备精良。汉军的铠甲是叶片甲，把铁做成片状，串起来，制成衣铠。

衣铠还有里子，最里面是一层布，中间垫上绵絮，外面铺上一层厚厚的皮革。

兵卒们将这样的铠甲穿在身上，既灵活，又不会磨伤自己，而且还能起到双层铠甲保护的效果。

以当时蛮夷的制造水平、生产能力，想击破汉军的盔甲是很难的，所以在与胡人征战的沙场上，汉军通常能做到以一当五。

以彪悍著称的匈奴军，在汉军面前尚且相差得如此悬殊，战力还不如匈奴军的南蛮军，在汉军面前更难有取胜的机会。

不过南蛮军的将领也不白给，知道正面交锋不是汉军的对手，便化整为零，将军队分成好多部分，于益州境内四处乱窜。

如此一来，不仅让廉丹一部东奔西走，疲于奔命，关键是还能常常切断他们的后勤补给线。

廉丹率领十万大军进入益州后，前期的作战并不是很顺利。

如此一来，廉丹一部更需要得到义军的辅助，征召义军的需求也变得越来越急迫。

第八章

说服大哥

这天，刘秀照看了一圈地里的庄稼，而后去到山林里，继续练武。

自从那天遇到了两名"强盗"，刘秀意识到自己的这点本事还差得远呢，更是勤加练习。

这段时间，刘良家可以说什么都缺，最不缺的就是柴火。

刘秀因为练武的关系，刚开始，每天还只能砍倒一棵半人粗的小树，后来渐渐地能一天砍倒一人多粗的大树。

砍倒的树木自然被他劈成了柴火。

看到刘秀每天都背着好多柴火回家，刘良刚开始还挺高兴，可是随着刘秀日复一日地背回来好大一堆柴火，家里的柴火都已多到没地方摆、没地方放了。

刘良特意找到刘秀，意味深长地说道："阿秀，你每天在地里干活就够累的了，不用再每天劈那么多柴，让自己歇歇吧。"

刘秀听后，只是笑，也不说话，往后他果然不再往家里背柴，劈砍的柴火全部存放在小木屋附近，等积攒得多了，就装上牛车，拉到集市里卖掉，小赚一笔外快。

龙渊离开已近一个月的时间，刘秀的臂力和脚力都有长足的进步，现在他用不了一个时辰，就能用斧子把一人粗细的树木砍倒。

当然，这一个时辰下来，刘秀身上的衣服也差不多被汗水浸透了。

这天，砍倒了一棵树后，刘秀正坐在树桩子上休息，准备一会儿把砍倒的树木劈了，这时，他的背后传来沙沙沙微弱的脚步声。

刘秀几乎是下意识地做出反应，从树桩上站起，顺势把竖在一旁的斧子握住，回头一瞧，只见一位破衣烂衫、满脸络腮胡须的人向自己这边走来。

他定睛细看，辨认了好一会儿才把来人认出来，这位看起来像受难灾民一样的汉子，正是已离开一个月的龙渊。

刘秀认出他后，又惊又喜地呼道："忠伯，你回来了！"

一身尘土污垢、邋遢不堪的龙渊先是掸了掸身上的灰尘，然后快步来到刘秀近前，一躬到地，说道："主公，属下回来了！"

刘秀拉着他，连声说道："快坐、快坐！"他让龙渊坐到树桩子上，问道，"忠伯，此行你可有找到龙准和龙孛？"

龙渊苦笑着摇摇头，说道："虽未能找到他二人，但我找到了他俩在蓝田县给我留下的记号，我也给他二人留下了记号，只要他们看到，便会来这里找我。"

刘秀哦了一声，心里多少有些失望。

其一，他对龙准、龙孛都挺好奇的；其二，要成大事，身边必须得有一批信得过的自己人，龙准、龙孛是龙渊的兄弟，自然可收为己用。

可惜，龙渊这次去蓝田县无功而返，并未能把龙准和龙孛带回来。

刘秀恍然想起了什么，问道："忠伯，你听说王莽派廉丹率十万大军，入益州反击南蛮的事吗？"

龙渊点了点头，说道："属下略有耳闻。"

刘秀说道："除了廉丹所率的十万大军，王莽还要组建十万的义军，我大哥打算参加义军，我也想去！"

龙渊吸了口气，微微皱眉，说道："主公，参加义军，岂不等于是在帮莽贼做事？"

刘秀摇头，将事情的原委向龙渊讲述一遍，然后他说道："我大哥认为这次参加义军，是个赚取钱财的好机会，我也认为这个机会不容错过。"

"原来是这样。"龙渊若有所思地点下头，要想推翻王莽暴政，手里没钱肯定是不行的，他正色说道，"主公要去益州，属下自当跟随主公，一同前往！"

刘秀笑了，拍拍龙渊的肩膀，说道："我叔父和大哥都反对我去，到时我们得偷偷前往。"说着话,他打量龙渊一番,问道,"还没吃饭吧?走,我们做饭去!"

回到小木屋,刘秀详细询问龙渊此行的经过。

长话短说。

两天后,刘縯别过家人,背着行囊,带着他的一群朋友,浩浩荡荡地前往益州。

跟着刘縯同去的人还真不少,除了与他形影不离的张平和朱云外,还有二十多号人。

在他们这群人里,也只有刘縯的装备还比较齐全,不知道他从哪弄来了一套皮盔、皮甲,肋下还挂着一把短剑,这便是刘縯出征的全部行头。

他这一身装备,在队伍当中还算是最齐全的。大多数人连件像样的武器都没有,更别说盔甲了,要么是腰间插着镰刀,要么是肩膀扛着锄头。

其实也可以理解,但凡是家里有点钱财,日子能过得下去的,谁又愿意去益州和南蛮人拼命?

南阳郡挨着益州,蔡阳县距离益州更近,西行五十多里是襄阳,再西行五十里,便是益州的汉中郡。

王莽执政期间,把全国的地名改了一遍,弄得十分混乱,襄阳也被改成了相阳,不过在民间,仍习惯以襄阳相称。

襄阳是义军的聚集地之一,刘縯等人的目的地就是去襄阳。只五十里的路程,他们一天足以轻松走到。

刘縯等人是寅时过半出发,也就是凌晨四点多钟。这时候天还黑着,等到卯时,早上五点多钟的时候,天方大亮。

正往前走着,一名青年快步追上前面的刘縯,说道:"伯升兄,后面一直有两个人在跟着我们,会不会是附近山贼的眼线?"

天下大旱,民不聊生,落草为寇者甚众,各地也不时有杀人越货的事件发生。

听闻己方可能遇到了山贼,刘縯等人非但没怕,反而还都来了精神。朱云咧嘴笑道:"嘿嘿,这回有乐子了,我们到益州之前,正好可以先拿山贼练练手！"

跟随刘縯的这些人，平日里都是游手好闲、无所事事的地痞无赖，别的本事没有，打架斗殴那是一个顶俩，听了朱云的话，众人的眼睛倍儿亮，撸胳膊，挽袖子，齐刷刷地看向刘縯，一副跃跃欲试的样子。

刘縯哼笑一声，向前方路边的树林努努嘴，说道："等会儿我们埋伏到前方的树林里，看清楚跟着我们的人是谁，然后再决定要不要动手。"

众人都唯刘縯马首是瞻，等他说完，人们齐齐点了下头。以刘縯为首的一行人，突然加快了脚步，时间不长，已走到树林附近。

在刘縯的示意下，众人立刻分成两股，一股向左，一股向右，以极快的速度隐藏于树林当中。

走在他们后面的二人，似乎也注意到刘縯一行人突然消失不见了，双双加快了脚步。

等二人走到树林近前的时候，突然间，就听林子里传出一声哨响，紧接着呼啦一声，刘縯等人全部冲了出来，把他二人团团围在当中。

看清楚他二人的模样，众人都傻眼了，刘縯惊呼道："阿秀？"

跟在刘縯等人身后的正是刘秀和龙渊。刘秀环视众人一眼，有些不好意思地清了清喉咙，先是向大哥拱手施礼，然后又见过张平、朱云等人。

刘縯很快从震惊中镇定下来，不用问他也知道刘秀跟着他们的目的。他沉着脸问道："阿秀，你是偷跑出来的吧？"

以叔父的脾气，不可能放阿秀来参加义军。即便是自己要去参加义军，叔父都来自家大闹了好几通。

"嗯。"果然，刘秀点点头，小声说道，"大哥，我有给叔父、婶婶还有小妹留下书信！"

刘縯抿了抿嘴，说道："我不是说过了吗，你不能跟着我们去益州，你得留下来照顾小妹！"

刘秀正色说道："大哥，小妹有叔父、婶婶照顾，根本用不着我！"

见刘縯还要拒绝，他忙又说道："大哥，我现在都已经跑出来了，又留下了书信，叔父也肯定看到了，现在回去，叔父一定不会轻饶了我！何况，打仗亲兄弟，上阵父子兵，我和大哥一起去益州参加义军，也是理所应当的事嘛。"说着话，他转头看向最熟的张平和朱云，向他二人连连眨动眼睛。

张平和朱云都被刘秀的样子逗笑了，对刘縯说道："伯升，我们此行益州，大仗有官兵去打，我们只需打打下手就好，也没什么危险，就让阿秀去吧，何况有我们这帮兄弟照顾阿秀，伯升还有什么好不放心的。"

"是啊，大哥，我已经不是小孩子了，都已二十了，就让我去吧！"刘秀充满期待地看着刘縯。

刘縯眉头紧锁，沉声拒绝道："不行！你马上给我回去！"

刘秀哭丧着脸说道："大哥，在家里也未必会比在益州更安全，你忘记上次发生的事了吗？"

他在提醒刘縯，他上次差点死在两名"匪盗"的手里。听闻这话，刘縯果然脸色一变，态度变得也没有刚才那么坚决了。

他深吸口气，幽幽说道："你以为打仗是儿戏吗？真的会死人的！"

"大哥，我有能力保护好自己！"刘秀急声说道。

"你有能力？"刘縯差点气乐了，就连自己都不敢说上了战场一定能平安无事，更何况阿秀？

"我不管！反正我已经出来了，打死我也不会就这么回去！"在刘縯面前，刘秀一直都是很听话很明事理的小弟弟，这次他算是难得的耍了回性子。

看着刘秀一脸坚定的样子，刘縯思前想后，沉吟了许久，最终还是妥协了，说道："此次参加义军，无论什么事都不许自己做主，都要听我的，听明白了吗？"

第九章
技惊四座

"遵命！"见大哥终于松了口，刘秀喜出望外，像模像样地拱手深施一礼。

在场众人都被他的模样逗乐了，气氛也一下子轻松了下来。

刘縯目光一转，看向刘秀身边的龙渊，面露狐疑之色地问道："阿秀，这位是？"

"他叫龙忠伯，是我在集市上认识的朋友，听说我要去参加义军，忠伯便跟着我一起来了。"刘秀早就想好了说辞。

龙渊的身份太特殊，不能暴露，大哥可信，但大哥身边的这些人，未必个个都可信，另外他也不好说龙渊投入自己麾下，认自己做了主公。

刘縯又重新打量了龙渊一番，总感觉这个人的气质不同寻常，他试探性地问道："你是练武之人？"

龙渊向刘縯欠了欠身，说道："在下是练了些把式，不过练得稀松平常，难登大雅之堂。"

刘縯笑了笑，说道："练过就比不练强，你可以跟着我们，不过一定要照顾好我三弟。"

龙渊正色说道："是！刘大哥！"

其实不用刘縯做出交代，龙渊自然是以保护好刘秀作为自己的首要任务。

刘秀和大哥等人会合到一起后，结伴同行，去往襄阳。

一路无话，三个时辰后，刘秀、刘縯等人顺利抵达襄阳城。

襄阳是座大城,城内百姓数万人,现在襄阳又成了义军的集结地之一,城内的人更多。

义军的报名地点就在县衙,襄阳的县令、县丞、县尉亲自负责招募事宜。

万人以上的县,最高行政官员叫县令,万人以下的县,最高行政官员叫县长。县丞主管文职,县尉主管地方官兵。

前来报名的人还真不少,队伍排出好长,刘缜等了半个多时辰,才算轮到他。

在他这边登记的是两名小吏,县尉彭勇则坐在一旁,闭目养神。

一名小吏看了刘缜一眼,拿起一块竹牌子,问道:"姓名?"

"在下刘缜,字伯升。"

"籍贯?"小吏提笔在竹牌子上写下刘缜的名字,同时又问道。

"南阳郡,蔡阳县。"

小吏唰唰唰几笔写好,然后把竹牌子向刘缜面前一推,说道:"行了,下一个。"

刘缜接过竹牌子,看了看,站在原地没动,说道:"我不是一个人来的,还有几十号兄弟呢!"

听闻这话,小吏惊讶地多看了他几眼,连在旁正闭目养神的彭勇也睁开眼睛,好奇地看向刘缜。没等小吏说话,彭勇问道:"你叫刘缜?"

"正是。"

"你带来多少人?"

"二十七人。"

彭勇站起身形,慢慢走到刘缜近前,上下打量他一番,问道:"你练过武?"

"练过。"

彭勇嘴角勾起,向一旁的几个石墩子努努嘴,说道:"你过去试试,看看能不能把石墩子提起来。"

刘缜转头瞧了一眼,几个石墩子有大有小,都是由一整块的石头打磨而成,上面刻有把手。

看罢,他摇了摇头。彭勇嘴角上扬,哼笑出声,嗤笑道:"连这样的石墩子都提不起来,还敢说自己练过武?"

后面报名的人也都纷纷向刘縯投来鄙夷的目光。

刘縯淡然一笑,说道:"大人,在下不是提不起来,而是觉得这些石墩子太小了。"

彭勇怔住片刻,忍不住笑出声来,说道:"口气倒是不小,你提起一个让我看看。"

石墩子是有大有小,但即便是小的,起码也有七八十斤重,不是寻常人能提起来的。

刘縯不以为然地耸耸肩,漫不经心地走上前去,低头环视了一圈,随手拍了拍最大的那个石墩子。

见状,在场众人都忍不住瞪大眼睛,刘縯拍的这个石墩子,估计得不下百斤。

刘縯抓住石墩子上面的把手,连蓄力都没蓄力,像拎只小鸡似的,便把这个最大的石墩子单手提了起来。

他还上下掂了掂,嘴角不以为然地往后撇了一下。

现场寂静了片刻,张平和朱云最先回过神来,两人不约而同地大喊一声:"好!"率先鼓起掌来。

他二人一带头,在场的众人也都回过神来,纷纷跟着鼓掌叫好。

不少人都在议论纷纷:"这人到底是谁啊?怎么力气这么大?"

"听说是叫刘縯!""刘縯?没听过有这么一号人啊!""我知道他,刘縯刘伯升,在蔡阳一带很有名气的……"

看到大哥轻松提起最大的石墩子,刘秀也是与有荣焉,在下面一个劲地鼓掌。龙渊亦是暗暗点头,主公的这位大哥,臂力着实惊人啊!

下面如雷般的掌声和叫好声,让刘縯的神经也亢奋起来。

他提着石墩子的手腕一翻,由提着变成托起,紧接着,他又提起另一个石墩子,咣当一声,摞在了他托起的石墩子上面;而后,他单手托着两个摞在一起的石墩子,缓缓高举过头顶。

这一下,现场顿时安静下来,没有掌声,没有叫好声,包括县尉彭勇在内,都被刘縯的天生神力惊呆了。

两个石墩子,得不下两百斤重,他一只手就给举起来了,这人得

105

有多大的力气？

刘缜高举着两个石墩子，在场上轻松自在地来回走动，好像他举起的不是两百多斤的重物，而是两颗小石子。

他环视在场众人，面不红、气不喘地朗声说道："可惜没有地方再摆了，不然就算多加上几个石墩子，我也照样能举起来！"

哗——

现场沉默的气氛突然被打破，人们一片哗然。刘秀、张平、朱云等人，更是铆足了劲鼓掌叫好。

刘缜这一手，可谓技惊四座，深深震撼到了在场的每一个人。

这一天，整个襄阳城的人都听说了，义军来了一位天生神力的人物，名叫刘缜刘伯升，此人是单膀一晃千斤力，双膀一晃力无穷。

彭勇回过神来后，快步走到刘缜近前，不过看到他高高举起的那两个石墩子，他又下意识地倒退了两步，招手说道："好了好了，伯升，快把石墩子放下吧！"

刘缜继续举着石墩子，笑问道："大人认为在下可有过关？"

"过关了、过关了，快快快，快放下吧！"彭勇连连点头。

刘缜闻言，哈哈大笑两声，这才心满意足地把两个石墩子扔到地上，发出咚咚两声闷响。

附近有好事之人还特意跑上前去，想试试自己能不能把石墩子提起来，可是去试的人，就算双手抓着石墩子，把吃奶的力气都使出来，也只能勉强提起一点而已。

这时候，人们看向刘缜的眼神，无不是充满敬佩和惊叹之色，禁不住在心里高挑大拇指，此人真乃神人也！

或许正应了那句话，是金子早晚都会发光。在这个天下大乱、群雄并起的时代，像刘缜这样的能人，又岂会被埋没？

彭勇来到刘缜近前，笑得嘴巴合不拢，连连赞叹道："伯升神力，伯升神力啊！"

他连赞了好几声，而后拿起小吏给刘缜的军牌，直接扔了回去，正色说道："以伯升之勇，又怎能做区区兵卒？伯升在我身边任军候一职可好？"

军候相当于曲长。

按汉军编制，五百人为一曲，设军候一人，百人为一屯，设屯长一人，五十人为一队，设队率一人，五人为一伍，设伍长一人。

曲长往上是军司马，可率一部，再往上便是校尉。

很多影视剧、评书等作品都把校尉这个职务说小了，常常有"一刀砍死一名小校尉"、"一箭射死一名小校尉"的说法，实际上，校尉的职位并不低，俸禄为两千石，论级别的话，和郡太守、郡都尉是同一级的。

彭勇是县尉，放到军中，他尚达不到校尉一级，充其量是个军司马，他给刘缜的官职是军候，等于是仅次于他了。

作为一名刚刚参加义军的人，一下子就被提拔为军候，已经足以让人羡慕，但刘缜根本没把这事放在心上。

他参加义军，不是来做官的，只是想发一笔横财而已，等到战事结束，他就会回到家乡，招兵买马，积蓄自己的力量。

他心里不以为然，但表面上还得装装样子。他向彭勇插手施礼，说道："多谢大人赏识！"

彭勇心情大好，仰面大笑起来。

新朝的军队，大致分为三个体系，一是京师军，二是地方军，三是边军。

义军要归入地方军里。襄阳是组建义军的据点之一，其县尉彭勇也要率领襄阳义军进入益州，配合廉丹的京师军作战。

对于这一战，彭勇没多大信心，连日来招收的义军，一个个歪瓜裂枣，全无战斗力可言。

刘缜的到来，如同给他打了一针强心剂，也让彭勇对自己统率的这支义军，多少有了那么点信心。

随着刘缜被提拔成军候，衙门的小吏也对他客气了许多，在刘缜的招呼下，刘秀等人也都很顺利地做好了登记。

正所谓一人得道，鸡犬升天。刘缜做了军候，他身边的这些人，自然也不会去做小兵。

张平、朱云等人，不是被他安排做了屯长，就是做了队率，至于他的亲弟弟刘秀，他没有给安排任何职务，只让他待在自己身边。

对此，刘秀十分不满，找到刘縯，说道："大哥，就算我做不了屯长、队率，我起码能做一名伍长吧？"

刘縯瞪了小弟一眼，拉着刘秀走到无人处，小声训斥道："阿秀，你以为做个兵头好啊？真到打仗的时候，要冲在最前面，你就老老实实地待在我身边，若是不听话，就马上给我回家！"

第十章
初次相见

刘秀知道大哥是为了自己好,但他不想一辈子都活在大哥的羽翼之下。他低声嘟囔道:"等我立了战功,就算你不提拔我,县尉也会提拔我!"

"你说什么?"刘縯没太听清楚刘秀的嘟囔。

"没什么,大哥,我和忠伯到附近逛逛。"说完话,刘秀一溜烟地跑开了。

望着刘秀的背影,刘縯无奈摇了摇头,在家的时候,三弟还挺听自己的话,怎么一到了外面,就变得有主意了呢。

刘縯还是太不了解自己的这个弟弟,刘秀一直都是个很有城府很有主见的人。

刘秀以前没来过襄阳,这次难得来到襄阳,自然想好好逛一逛。他和龙渊也不敢走得太远,就在登记处的周边转悠。

襄阳是座大城,城内繁华又热闹。

登记处位于县衙,附近自然有许多的店铺。酒馆、客栈,林立在街道两旁,一座座建筑豪华又气派,里面飘出来的香味闻起来都令人口舌生津。

刘秀一路从蔡阳走到襄阳,路上也就只吃了两块干粮而已,现在闻着空气中的香味,肚子不争气地咕咕叫个不停。不过摸摸口袋,奈何囊中羞涩。

龙渊的身上也没有钱,他举目向四周张望,看到不远处有家赌场,他眼睛顿时一亮,拉了拉刘秀的衣服,小声说道:"主公,我们去赌场玩两把。"

刘秀颇感无奈地看眼龙渊，从腰带内拿出钱袋，打开，倒出五枚铜钱。

汉朝时期，银子还不是通用货币，只能算贵重金属，可以卖钱。

市面上流通的货币，要么是金子，要么是钱币。

而钱币又分为好多种，铜钱是一种，另外还有白金币和皮币。

白金币又分为三种，称为白金三品，分别是龙币、马币、龟币。

古人所说的白金，和现代的白金不一样，属银锡合金。龙币，值三千钱，马币，值五百，龟币，值三百。

皮币比较特殊，是由皇家饲养的白鹿鹿皮做成，最大的面值可达四十万钱，非常罕见。

刘秀口袋里这五枚铜板，以现在的物价，也买不到什么东西，更别说去赌场赌博了。

龙渊对刘秀一笑，说道："主公，我的赌技还不错。"

刘秀眨眨眼睛，接着笑了，扬头说道："走，我们去赌场碰碰运气！"

和龙渊接触这么久了，刘秀对他也有所了解。龙渊这个人，从不夸大其词，尤其是在谈到他自己的时候，二也会说成一。

他能说自己的赌技不错，那一定是非常厉害。

刘秀和龙渊来到那家赌场。赌场不是很大，里面的人却不少，放眼望去，人头攒动，黑压压的一片，嘈杂声震耳，叫嚷之声此起彼伏。

他二人走到一张赌桌附近，探头向里面观望。坐在赌桌旁的有好几个人，每个人面前都堆着小山般的钱币。

刘秀和龙渊观望了一会儿，两人同时注意到一名青年。

这名青年和刘秀年纪相仿，也就二十岁左右的样子，穿着普通，白色布衣，但却生得眉清目秀，面如冠玉，在这一群五大三粗的赌徒当中，显得格外醒目，也有些格格不入。

最让刘秀惊讶的是，青年每次押下去的赌资都不多，但十押能赢七八次。只几轮下来，他面前堆积的钱币又大了一圈。

龙渊经过观察过后，在刘秀耳边低声细语道："此人是高手，主公可跟着他押宝。"

刘秀正有此意,从人群里挤到赌桌前,将自己手中的五枚铜板一并拍在赌桌上,和那名青年一样,他也押的小。

只五枚铜板而已,周围的赌徒们看都不看刘秀一眼,倒是那名眉清目秀的青年抬起头来,看向刘秀。两人四目相对,对视过了片刻,各自一笑,收回目光。

庄家把盖住骰子的大碗掀开,三颗骰子是一、一、二,四点小。

看到结果后,赌桌的周围既有欢呼雀跃声,也有气急败坏的咒骂声。即便是刘秀,脸上也露出笑意,连本带利地收回自己的十枚铜板。

刘秀又跟着白衣青年连押了三次小,次次都押中,他的五枚铜板也随之变成了八十枚。

当白衣青年再次押小,刘秀正准备继续跟着押的时候,背后有人轻轻拽了下他的后衣襟。

他心思一动,将原本要押向小的铜板,全部改押成大。

见状,白衣青年眼中闪过一抹诧异,忍不住抬头看向了刘秀。

等庄家掀开大碗,里面的三颗骰子是四、四、五,大。

原本跟着白衣青年一起押宝的人,输了个精光,咒骂之声不绝于耳,还有两人输光了全部的赌资,愤愤不平地起身离去,临走之前,还没忘狠狠瞪了白衣青年一眼。

刘秀看着自己赢回来的一百六十枚铜板,眼中的笑意更浓。

接下来的一局,白衣青年还是押小,很多人惯性地依旧跟着他一同押小,当刘秀也想押小的时候,龙渊再次拉了拉他的衣襟。

心中会意,刘秀又想把铜钱往大上押,结果龙渊还是拽他的衣服。

刘秀露出诧异之色,心思转了转,决定放弃,这把不押了。

随着庄家掀开碗,人们定睛一看,顿时间骂声四起,原来庄家摇出了三个六,通吃。

两把下来,跟着白衣青年押宝的人,把底裤都快输掉了。反而只有刘秀,是一点损失都没有。

白衣青年别有深意地看眼刘秀,眼中不自觉地流露出诧异之色。

他以为自己的赌技已很高超了,没想到,在襄阳竟然遇到一个和自己旗鼓相当的人,而且看年纪,也与自己相仿。

接下来的几局,白衣青年和刘秀又连赢了好几把,刘秀面前的赌资,也是越积越多,当人们又开始跟着他俩一块押宝的时候,龙渊在刘秀身边低声说道:"主公适可而止。"

听闻龙渊的提醒,正处在兴头上的刘秀,头脑立刻冷静下来,他不再继续押钱,将桌台上的铜钱全部收拢起来,用衣襟兜着,转身离去。

见刘秀走了,白衣青年也不赌了,收拢起自己的钱币,跟着刘秀离开。

庄家看着他俩离去的背影,眯了眯眼睛,眼中闪过一抹凶光。他向旁瞥了一眼,站于不远处的伙计立刻会意,噔噔噔地快步跑开了。

在赌场里,你输钱了,没人会管你,但你若赢钱了,而且还是赢了大把的钱,想走可就没那么容易了。

刘秀走到掌柜的所在的柜台前,将赢来的铜钱统统放在柜台上,兑换方便携带的龟币。一枚龟币值三百钱,带在身上,要比铜钱方便许多。

经过清点,刘秀也没想到,就这一会儿的工夫,自己竟然赢得了上千钱,换了三枚龟币,还剩余了两百多铜钱。

他这边刚兑换完,那名白衣青年也走了过来,他赢的铜钱比刘秀要多得多,用好大一块布包裹着,放到柜台上时,都发出咣当一声闷响。

打开包裹,里面又有铜钱又有龟币,掌柜看罢,也禁不住露出惊讶之色,他正要让小伙计清点,白衣青年满不在乎地挥手说道:"不用点了,这些换一枚龙币,应该绰绰有余了吧?"

掌柜的脸色难看,不过附近有那么多的人在看着,他也不好耍赖,硬着头皮给白衣青年兑换。掌柜的慢吞吞地伸手入怀,从中掏出一只精美的锦囊,打开,在里面取出一枚龙币。

龙币,重八两,圜之,其文龙,名"白撰",值三千。——《汉书·食货志》

王莽执政后,虽说做了一系列的货币改革,推出不少的新货币,但实际上新币的自身价值都已大打折扣，而西汉时期的老货币，仍在民间大量流通，包括西汉时的铜钱（五铢钱）、白金币等。

见到掌柜的从锦囊里取出龙币，连不远处的刘秀也忍不住多看了两眼，他还是第一次见到龙币长什么样呢。

白衣青年在手里掂了掂龙币的分量，又看看成色纹路，确实是真的，方点了点头，随手向怀里一揣，说道："多谢了。"

说着话，他转身往外走。路过刘秀身边的时候，他笑问道："兄台不走吗？"

刘秀笑了笑，和白衣青年一并走出赌场。到了外面，白衣青年笑看着刘秀，说道："兄台的赌技很高明！不知兄台尊姓大名？"

"在下刘秀。"

"我叫李通。"刘秀和白衣青年各报了姓名，然后相互拱手施礼。

白衣青年李通目光一转，看向刘秀身边的龙渊，笑问道："这位是？"

"在下龙忠伯！"龙渊漫不经心地拱了拱手。

虽说龙渊的态度有些傲慢，不过李通还是向他拱手回施了一礼，而后，他笑吟吟地说道："龙姓可不多见，如果我没记错的话，前阵子朝廷通缉的一名要犯，就是姓龙，巧的是，那个通缉的要犯和龙兄一样，额角都有疤，就是疤痕的形状不太一样。"

说者无心，听者有意。刘秀和龙渊心头同是一震，看向李通的眼神闪过一抹异样。

画像不是照片，只能画出个大概，而且现在龙渊还留了一脸的络腮胡须，和画像已经很不一样了，但李通还是把他和龙渊联系到了一起。

看他二人的表情都有些不太自然，李通笑吟吟地摆摆手，说道："我也只是随口一说罢了，刘兄和龙兄不会怪我吧？"

第十一章
麻烦上门

龙渊面无表情，也没有接话，但他的一只手已经背于身后，如果这个李通真看出了什么，他不介意找个没人的地方把他给做了。

刘秀则很镇定，乐呵呵地说道："李兄言重了，既然只是戏言，我和忠伯又哪会当真呢！"

李通满不在乎地说道："别说龙兄不是通缉犯，就算是通缉犯，也没什么，躲上几个月，等皇帝的大赦令一下，所有的罪名，统统都一笔勾销了。"

这倒是实情，王莽可以算是中国历史上最爱下大赦令的一个皇帝。

他在位十五年间，总共下过二十多次大赦令，平均算下来，每十个月一次，以至于后世都开玩笑说，在王莽的新朝，杀人是不用偿命的，只要能躲过十个月，有罪也变成没罪了。

李通话锋一转，问道："刘兄是襄阳人？"

"不，我是蔡阳人。"

"蔡阳？刘兄到襄阳是？"

"参加义军。"

李通闻言，眼睛顿时一亮，兴奋地说道："太巧了，我和堂兄也是来襄阳参加义军的！"

说到这里，他恍然想起什么，问道："刘兄姓刘，又是从蔡阳来的，刘兄可听说过蔡阳的刘縯刘伯升？"

刘秀笑了，说道："那是我大哥！"

李通惊讶地瞪大眼睛，难以置信地看着刘秀，不确定地问道："刘伯升是刘兄大哥？亲大哥？"

刘秀笑道："如假包换！"

李通忍不住哈哈大笑起来，向刘秀挑起大拇指，说道："你大哥现在可是我们南阳郡的大英雄了，我在赌场里听说，你大哥单手托起了五个石墩子，把县尉大人都惊呆了。"

"……"这消息传得也太快了，而且也传得太夸张离谱了。刘秀干笑道："没有五个那么多，其实是两个！"

"那也很了不起了，我两只手，连一个石墩子都提不起来。"李通看着刘秀，一脸的激动之色，如同见到了刘縯本人似的。他说道："对了，我是宛县人。"

宛县李通？刘秀心思一动，问道："我记得宛县的李守李大人有位公子，名叫李通李次元！"

"李守正是家父的名讳，不过家父早已不在朝为官多年！"

这下刘秀弄清楚李通是何许人也了。

李家可是南阳郡的名门望族，世代经商，家财万贯。到了李守这一辈，弃商从政，在长安任宗师一职，就是专门处理宗室事务的官员。

后来也不知道为什么，李守突然辞官不干了，回到宛县老家，继续干起经商的家族老本行。

李家是因家大业大而出名，李通则因乐善好施而出名，刘秀之所以听说过李通，正是因为李通在宛城组织了长达一个月的施粥，救济灾民。

参加义军的人，大多都和刘縯一样，抱着发笔横财的心理来的，不过李家自身就已经十分有钱，李通前来参加义军，刘秀实在想不明白他为何要这么做。

他问道："李兄家境富庶，又为何要来参加义军？"

李通笑道："男儿志在四方，若终日待在家里，受父母的庇护，终究难成大事。"

刘秀暗暗点头，李通出身于名门望族，倒不是个纨绔子弟，而是个胸怀大志之人，自己可以与他结交。

他正琢磨着，前方的街道上迎面走来一群汉子，拦阻了刘秀三人的去路。

为首的那名汉子不怀好意地打量他们三人一番,冷笑着说道:"我说你们几个,刚在赌场里出了老千,就想这么一走了之?"

刘秀三人举目一瞧,说话的大汉身高八尺,膀大腰圆,外面披氅,里面赤膊,露出鼓起好高的胸肌。

向脸上看,眉毛生得狂野,下面一对大环眼,闪烁着咄咄逼人的凶光。

在他的左右,还有六七名大汉,一个个歪着脖子、撇着嘴,都不正眼看人,用眼角的余光睨着刘秀等人。

襄阳街头的百姓似乎都认识这群人,一看到他们站在街上,人们都躲出好远,有些路过的行人干脆绕道而行,躲他们如躲瘟神。

李通打量他们一番,问道:"你们都是赌场的人?"

"是又怎样?"

"哦,原来你们输不起,看到我们赢了钱,现在想抢回去!"李通恍然大悟道。

被李通一语道破目的,为首的大汉恼羞成怒,气急败坏地说道:"你小子把那枚龙币交出来,我们就算两清,若是不交,哼哼!"

大汉说话时掰了掰手指头,骨节发出一连串嘎嘎的脆响声。

李通嗤笑一声,说道:"一枚龙币,我还没放在眼里,不过小爷就是看你不爽,想让我交出龙币,没门!"

为首的大汉气得七窍生烟,怒声吼道:"我看你小子是要钱不要命,不见棺材不掉泪!"

说话之间,他一把把李通的衣领子抓住,另只手抬起来,抡起了拳头,作势要向李通的面门打下去。

李通是富家子弟,家里养了不少的门客、护院,打小也练过些武艺,和家里的门客、护院交手时,他也总能占到上风。

现在面对几个地痞混混,他还真没放在眼里。

不等对方的拳头打下来,李通抢先用胳膊肘一压对方的臂弯,大汉的手臂不由自主地弯曲,身子也随之向前一倾,趁此机会,李通由下而上的一记勾拳,直击大汉的下颌。

啪！他的拳头结结实实地打中大汉的下巴，不过大汉的身子只稍微摇晃了一下，而后全然不受影响，咆哮着回击了一拳。这一拳，实打实地砸在李通的脸颊上。

李通打大汉那一拳，对方没怎么样，而对方还击的这一拳，让李通的脑袋嗡了一下，眼前发黑，冒出一面金星，他双眼呆滞，两腿站立不住，身子向下瘫软。

刘秀在旁看得清楚，李通的招式是不错，可惜他的力气太小，而抗击打的能力又太弱。

说白了，他伤不到人家，而人家却能轻而易举地伤到他。

见李通完全不堪一击，为首的大汉更是又羞又气，就这么一个手无缚鸡之力的毛头小子，竟然还能一拳打到自己的脸上，如果今天不把这个面子找回来，以后还怎么在兄弟们面前混？

想到这里，为首的这名大汉怒从心中起，恶向胆边生，回手从后腰抽出一把匕首，对着李通的肚子便要捅过去。

这时，李通业已回过神来，看到对方亮出刀子，他脸色顿变，可是他此时再想挣脱开大汉，躲避匕首，已然来不及了。

就在匕首的锋芒马上要刺到他的小腹，李通都以为自己的小命要保不住了，可就在这时，那把匕首竟然不可思议地停了下来，匕首的刀尖几乎是贴在李通的衣襟上。

千钧一发之际，站于一旁的刘秀几乎是一个垫步就到了他二人近前，出手如电地死死扣住大汉持刀的手腕。

刘秀虽比李通高一些，但身材看上去很单薄，不像有多大力气的样子，可是不管大汉怎么用力，匕首就是无法再向前刺出分毫。

他扭头怒视着刘秀，双目圆睁，厉声喝道："放手！"

"光天化日之下，阁下想当众行凶不成？襄阳城还有没有王法了？"

"王法？老子就是他娘的王法！"魁梧大汉一把推开李通，空出手来，抡拳击向刘秀的面门。

他快，可刘秀的速度更快，身子仿佛陀螺似的，滴溜一转的同时，一记劈掌横斩出去，不偏不倚，正中魁梧大汉的脖颈。

在他躲避对方拳头的时候，并没有要砍出劈掌，身体完全是下意识做出的这个动作。

这正是他两个多月来，按照龙渊传授的方法，勤加苦练的结果。

人体不仅仅大脑有记忆力，肌肉也有记忆力。

长时间不断地重复几个动作，肌肉便会渐渐产生记忆，当人再做出这个动作的时候，身体完全不用经过大脑的指挥，仅凭肌肉记忆，便可以完成接下来的动作。

喉咙挨了刘秀的一记劈掌，魁梧大汉仰面倒退了两步，他好不容易稳住身形，嘴巴张开好大，脸色憋得涨红。

他坚持了片刻，终于忍不住扔掉匕首，双手捂着自己的脖子，跪在地上，剧烈地咳嗽起来，口中喷出的唾沫里还夹杂着血丝。

他还多亏刘秀只练了两个来月，如果他练的时间再长一些，以他劈掌的力道，完全能把对方的喉头软骨砸碎。

见老大受了伤，魁梧大汉的手下们纷纷怒吼一声，有的亮出匕首，有的提着棍棒，一股脑地向刘秀冲了过去。

龙渊见状，身子向前一倾，不过很快便缩了回去，感觉这个时候自己出手太早了，让主公拿这些地痞先练练手也好，毕竟机会难得，倘若主公有了危险，自己再出手也不迟。

想到这里，龙渊非但没有上前，反而还后退了两步，让出空间，只不过他的手已摸向后腰，抓住匕首，随时准备出手。

刘秀的实战经验少得可怜，此时一下子面对六七名大汉的围攻，而且对方手中都持有武器，他在开始时也显得手忙脚乱，躲闪对方的进攻，险象环生。

不过刘秀的身法渐渐发挥出了功效，在众多大汉的围攻之下，他身形仿佛鬼魅一般，时而在左，时而在右，飘忽不定，恰到好处地将对方的攻击一一化解掉。

那几名大汉越打越急躁，越打越气急败坏，反观刘秀，是越打越轻松，越打越如鱼得水，渐渐地，他已不再局限于只是凭借身法躲避，开始试探性地做出反击。

一旁的龙渊看得暗暗点头，原本握住匕首的手，也慢慢垂了下去。

第十二章
李氏为辅

李通业已从地上爬起,只见刘秀在人群当中来回穿插,周围还时不时地传出痛叫声和咒骂声,他一时间都看傻了眼。

在家里的时候,他以为自己的武艺已经很了不得了,打败家中的门客和护院都是常有的事。

可是出来之后,真正与人交上手,他才发现,原来自家的门客、护院都是在糊弄自己玩呢,人家与他比武的时候,根本没用出真本事,完全是在哄孩子。

刘秀把龙渊传授给他的本事应用到实战中,越打越得心应手,他瞅准机会,身形一晃,闪到两名大汉的中间,两记劈掌顺势砍出去,正中两名大汉的后脑勺。

这两位,声都没吭一下,一头抢先扑倒,趴在地上,当场晕死过去。

刘秀突如其来的发难,让余下的四名大汉同时一惊,也就在他们愣神的瞬间,刘秀一拳又打倒了一名大汉。

剩下的三人暗暗咧嘴,没想到,自己今天竟然遇到了硬茬子。其中一名大汉绕到刘秀的背后,抽冷子扑了过去,想把刘秀搂抱住。

他扑上来得快,退回去得更快,只不过是被刘秀一脚踹回去的。

这名大汉在地上翻滚出两米多远,仰面朝天地躺在地上,目光涣散,一脸的呆滞,似乎完全不知道刚才到底发生了什么事。

剩下的两名大汉再无心恋战,两人边连连后退边手指着刘秀,大声叫骂道:"小子,有种的你他娘的别跑,在这里等我们回来!"

刘秀冷哼一声,迈步上前,两名大汉吓得一缩脖,再不敢继续放狠话，转身就跑，仿佛丧家之犬一般。

七名大汉，倒下五个，跑了两个，刘秀环视了一圈，拍了拍手，转头看向龙渊。

龙渊面带微笑，向刘秀深深点了下头，眼中满是赞赏之色。

自己认的这位主公，当真是不简单，只两个月的时间，便把自己传授的本事练得如此娴熟精湛，这可不单单靠天赋，更要具备坚持不懈的毅力和努力。

刘秀得到龙渊的肯定，心情更好，他走到李通近前，问道："李兄没事吧？"

李通吞了口唾沫，重新打量刘秀一番，他二人明明年纪相仿，可刘秀却能一人独战七人，最后还打赢了，而自己却连对方一人都打不过。

心中感叹的同时，他向刘秀一躬到地，说道："多谢刘兄出手搭救，不然，我现在恐怕已倒在这里，一命呜呼了！"

刘秀摆了摆手，说道："李兄的招式很精妙，就是力气小了点，不然的话，一招就足以让对方倒地不起，哪里还用得着我出手？"

听闻这话，李通对刘秀的好感度大增。他抬手把束腰里的那枚龙币掏了出来，递给刘秀，说道："救命之恩，无以回报，这点谢礼，还望刘兄笑纳。"

刘秀愣了一下，向李通含笑连连摆手，说道："李兄太客气了，只举手之劳而已，哪里还需谢礼，李兄快收回去！"

"刘兄可是嫌少？"

"李兄可是不把我当成朋友？"

李通眨眨眼睛，停顿片刻，突然哈哈大笑起来，拱手说道："刘兄这个朋友，我李通是交定了！在下李通李次元！"

"刘秀刘文叔！"

这段小插曲过去，刘秀和李通的关系无形中被拉近了一大步，三人边交谈边继续往报名处那边走。

路上，李通又问了刘秀的家世。得知刘秀和刘縯是汉室之后，李通的心思顿时一动，看向刘秀的眼神也多出几分异样。

回到报名处这里，刘縯等人已经不在，向衙门的小吏打听，才知大哥等人都去了义军的军营。

三人正要去往军营，突然有人大声喊道："次元！"随着话音，一名青年快步跑了过来。

李通举目一瞧，面露笑意，说道："堂兄！"

等那名青年来到他们近前，李通介绍道："文叔兄，这位是我的堂兄，李轶李季文！"

而后，他又向青年介绍道："这位是刘秀刘文叔，这位是龙忠伯，都是我刚认识的朋友。"

名叫李轶的青年向刘秀和龙渊扫了一眼，看清楚二人的穿着后，眼中不自觉地闪过一抹鄙夷之色。

他随便地晃了下手，算是向刘秀和龙渊见过礼了，而后看向李通，不满地问道："次元，你跑到哪去了，我找了你好半天呢！"

"刚才去赌场试了试手气，运气不错，不仅赢了一枚龙币，还结交了两位新朋友。"

李通是个十分乐观的人，刚才的遇险已完全抛到脑后。他说道："堂兄，你知道文叔兄的大哥是谁吗？"

"谁啊？"李轶下意识地问道。

"刘𬙋刘伯升！"

"啊？"李轶闻言吃了一惊，下意识地看向刘秀，将他又重新打量了一番。

就这一会儿的工夫，义军里已没人没听过刘𬙋刘伯升的大名。

李轶怔住片刻后，这回他拱起双手，向刘秀躬身施礼，说道："原来是刘秀刘公子，刚才在下真是失敬了。"

刘秀拱手还礼，含笑说道："李兄客气。"

"文叔兄，我先去如厕，你在这里等我一会儿。"见刘秀点了头，李通又对李轶说道："堂兄，你带我去趟茅厕！"

这附近的茅厕你不是知道在哪吗？李轶心里不解地嘀咕了一声，不过他也不傻，很快便反应过来，定是堂弟有话要对自己说。

他点点头，随手一指，说道："茅厕在那边，走吧，我带你过去。"

看着他二人向茅厕走去，龙渊来到刘秀身边，小声提醒道："主公,这个李轶可不如李通。"

李轶不知道刘秀是刘縯的弟弟时,只是扫了一眼他们的穿着,便随便拱了下手,算是见过礼了。

而得知刘秀是刘縯的弟弟之后,态度立刻来了个一百八十度的大转弯,郑重其事地一躬到地,在龙渊看来,李轶这个人性情虚伪,捧高踩低,并不值得深交。

刘秀也觉得李轶的性情不如李通实在,但大家毕竟也只是萍水相逢罢了,若真是性情不投,大不了做个点头之交就好。

他淡然一笑,说道:"并无所谓。"

且说李通和李轶,两人快步向茅厕走去,见左右无人,李通拉了拉李轶的衣袖,让他凑到自己近前,小声问道:"堂兄,你可还记得我家大人当年为何辞官吗?"

李轶脸色一变,下意识地向左右望了望,然后一字一顿地说道:"刘氏复兴,李氏为辅!"

李通接话道:"刘秀刘縯便是汉室之后。"

李轶倒吸了口气。

李通的父亲李守,是位玄学大师,他从图谶上得到这么一句话:刘氏复兴,李氏为辅。

谶语在西汉、王莽时期非常盛行,所谓的谶,就是预言的意思。

王莽就十分迷信谶语,在王莽执政期间,研究谶语俨然已成为了全国最热门的学科,甚至都有了专门的学科——谶学。

李守便是谶学的狂热爱好者,看到"刘氏复兴,李氏为辅"这句谶语后,他当即便辞官不干了,回到老家,积攒钱财,囤积粮食,广揽人才,做足了准备,要辅佐刘氏反王莽。

可是西汉两百年,身为皇族的刘家子孙,多到数不胜数,各地皆有,李家到底该辅佐哪一支刘氏,李守也不清楚,只能静观其变。

刘縯的横空出世,让李通敏锐地意识到,李家要辅佐的刘氏很可能就是刘縯和刘秀这一脉。

李轶问道:"次元,你认为刘氏复兴的刘氏就是指刘……"

"堂兄!"李通打断李轶的话,前方正好有两人从茅厕里走出来。

等那两人过去后，李通向李轶点点头，心照不宣地说道："我认为十之八九。"

李轶不再多问，虽说他也相信"刘氏复兴，李氏为辅"这句谶语，但谶语中的刘氏到底是不是指刘縯、刘秀这一脉，他现在还不好做出判断，需再仔细观察。

解完手，李通和李轶回来与刘秀会合，然后他们四人一同去往义军的军营。

义军军营设在城外，好大一片营地。襄阳这边招收的义军，有一万多人，算是一支比较大的义军队伍了。

刘秀一行人刚走到营地的门口，便看到朱云从军营里面大步流星地走出来，到了刘秀近前，朱云问道："阿秀，你去哪了？你大哥正找你呢！"

说着话，朱云目光一转，看向李通和李轶，问道："这两位是？"

"在下李通！"

"在下李轶！"

李通和李轶向朱云拱手施礼。朱云拱手回礼，说了一声："我叫朱云！"说着话，他不解地看向刘秀。

刘秀解释道："这两位李兄都是南阳郡人，和我们是老乡。"

南阳郡，这是一个关键词，未来刘秀麾下有两大派系，南阳系就是其中一个。

朱云笑了笑，襄阳义军当中，南阳郡的老乡多了去了。

他甩头说道："快跟我走吧！"朱云带着刘秀等人进入军营，由于营地刚刚建好不久，到处都是乱糟糟的。

义军毕竟不是正规军，不会安营扎寨，基本都是各忙各的，杂乱无章。

朱云把刘秀等人领到一座大帐。说是大帐，也就是比普通的营帐稍大一些。里面聚集着不少人，居中而坐的正是刘縯。

看到自家的小弟总算回来了，刘縯放下心来，当然，他也有注意到跟随刘秀一同进来的还有两个自己没见过的陌生人。

他没有立刻发问，清了清喉咙，正色说道："大家都已经到齐了，有两件事，我宣布一下。第一，我已向县尉彭大人要了一些装备和粮食。"

说着话，他转头看向张平，说道："敬之，武器和粮食都由你来管理，负责分发给大家。"

第十三章
行进汉中

张平字敬之，三十岁左右的年纪，是个相貌平常，身材平常，又沉默寡言的汉子。

他和朱云一样，都属刘缜的心腹，不过张平不如朱云那么能说会道，大多时候，他在刘缜身边都充当一个影子，不过刘缜却对张平十分信任。

张平插手施礼，说道："属下遵命！"

刘缜继续说道："第二件事，明日我们启程前往益州，我们的任务就是剿灭流窜到汉中的蛮子。"

汉中郡，位于益州东北部，东临荆州，北上便是京城长安，可以说汉中郡的地理位置极为重要，是京师军进入益州作战的后勤总枢纽，所有的后勤补给，基本都囤积在汉中郡。

众人面面相觑，脸上都露出凝重之色。他们不知道，蛮军竟然都打到了汉中，再往北打，那岂不是要冲出益州，直取长安了吗？

看来廉丹一部在益州的作战也不是很顺利，怎么能让蛮军攻入汉中呢？

看到众人的表情，刘缜知道大家心里在想什么，他说道："流窜到汉中的蛮子，只是蛮军的小股残兵，是被京师军打败，慌不择路逃到汉中的，并不足为惧。"

听闻这话，众人不由自主地都松了口气，原来他们的任务是进入汉中，棒打落水狗，这仗还有的打！

刘缜振声说道："好了，事情就这么多，大家都回去做好准备，顺便和手下的兄弟们熟悉一下,我们明日一早出发!"

在家里,刘縯是大哥,长兄为父,说一不二;在外面,刘縯的朋友众多,他也是核心;现在做了义军的军候,他发号施令来,倒也是得心应手。

按照正规编制,身为军候的刘縯可统帅五百人,但义军不是正规军,彭勇分给刘縯足有一千号人,他手底下的屯长就有十人,队率有二十人。

解散之后,众人一窝蜂地去找张平要装备和粮食,刘秀没有出去,走到刘縯近前,说道:"大哥,我向你引荐两位朋友。"

说着话,他回头向李通和李轶招了招手。

李通和李轶二人快步上前,齐齐向刘縯拱手施礼,说道:"在下李通(李轶),见过刘大哥。"

刘縯打量他俩一番,摆摆手,说道:"既然是阿秀的朋友,不必多礼。在军中,不要以'刘大哥'这样的称谓相称。"

言下之意,该叫大人就叫大人,别来套近乎。

李通和李轶面红耳赤,皆露出尴尬之色。李通随之改口说道:"刘大人。"

刘縯嗯了一声,对刘秀说道:"阿秀,大哥还得到外面去巡视一番。"说着话,他提步便往外走。

现在他手下有一千人,需要他处理的事情不少,可没时间在这里耽搁。

刘秀追了上去,小声提醒道:"大哥,李通的父亲是宛县的李守。"

要知道李守可是南阳郡的首富,结交了李通,也就等于结交了李守。如果将来想要有所作为,现在和李守打下良好的关系,会有很大的帮助。

刘縯自然也听说过李守的大名,听闻刘秀的话,刘縯回头瞅了李通一眼,不以为然地说道:"原来还是个富家子弟,真是吃饱了撑的!"

在他看来,以李家的财势,实在没有必要让李通和李轶来参加什么义军。

刘縯的话音不大,但也足够让李通和李轶听清楚的了,两人脸上的表情愈加尴尬,李轶更是露出愤愤之色。

刘秀还想再说什么,刘縯已头也不回地走出营帐。刘秀无奈地暗叹口气,走回到李通、李轶近前,说道:"大哥刚才有失言之处,我代大哥向两位道歉。"

李轶正要说话,李通抢先道:"文叔兄不必客气。刘大哥……刘大人说的也是实情,在很多人看来,我和堂兄来参加义军,就是吃饱了撑的。"

刘秀岔开话题,甩头说道:"走吧,我们出去看看,还有没有装备可领。"

离开营帐,刘秀找到张平,后者还真给刘秀和龙渊各留了一套盔甲和武器。

刘縯要来的盔甲和武器不错,完全和正规军的装备一样,盔是铁盔,甲是叶片甲,武器是一把长剑。

但看得出来,都不是新装备,无论是盔甲还是武器,都很陈旧,锈迹斑斑。

反正有就比没有强。刘秀和龙渊领了盔甲和武器后,看看站于一旁还什么都没领到的李通和李轶,问道:"平哥,还有盔甲和武器吗?"

张平摇了摇头。朱云在旁接话道:"伯升总共就要来二十套盔甲和武器,能给你和忠伯各留一套,已经很不容易了。"

"连武器也没有多余的了?"刘秀不甘心地问道。

张平默不作声地从一只竹筐的底部拿出两把短剑,递给刘秀。后者接过来看了看,虽说是短剑,但还算锋利,他转手把两把短剑递给李通和李轶,说道:"好歹也是件防身之物,你俩先拿着凑合着用。"

刘秀和龙渊,又是盔甲又是长剑,装备那叫一个齐全,可轮到了自己这儿,只有一把可怜的短剑,李轶心生不满,愤愤不平地一把接过刘秀递来的短剑,什么话都没说。

李通年纪比李轶小,倒比李轶明事理得多。

义军当中,本来就没有什么像样的装备,能分到一把短剑已经很不错了。看看周围的那些兵卒,绝大多数人连剑都没有,手中拿着的还是斧头和锄头。

朱云拿着一大包干粮，拍拍刘秀的肩膀，说道："走，阿秀，我带你去看看晚上住的帐子。"朱云把刘秀领到一座营帐。

这座营帐呈长条形，中间是过道，两边都是地铺，放眼望去，起码摆了二十张地铺。

朱云环视了一圈，说道："我们这座营帐的条件还算好，只住二十人，别的营帐，都住三四十号人呢！"

说着话，他走到里面的一张地铺前，笑道："这是我的，阿秀，你就睡我旁边吧！"

刘秀点头应了一声好。朱云没有在营帐里多待，安顿完刘秀等人，又交代了几句，急匆匆地走了出去。

他们四人在各自的地铺上坐下来，刘秀拿出干粮，给龙渊、李通、李轶每人分了一块。

刘秀和龙渊拿起干粮，大口吃起来，李通和李轶看着手中黑乎乎、硬邦邦的干粮，都没什么胃口。

刘秀说道："在外面不比在家里，既然出来了，就得做好吃苦的准备。"

李通心有感触，暗道一声有理，他点点头，张开嘴巴，在干粮上咬了一大口。

干粮并不好吃，含在口中又酸又涩，不过李通硬着头皮，咀嚼了两口，生生咽了下去，接着，他又狠狠咬上一大口。

见他一口接着一口地吃起干粮，李轶也不好再矫情。

他试咬了一口，差点把这口干粮直接喷出去，他囫囵吞枣地咽下，然后把手中的干粮塞进系在腰侧的皮囊中，说道："我现在还不饿，等会儿再吃。"

刘秀自然不会勉强他，也不用勉强，等人真饿极了的时候，即便是看到了树皮，都想上去啃两口。

当天无话，翌日早上，以刘縯为首的这支义军，起营拔寨，一路西行，直奔益州。

他们这支义军，算是襄阳义军的先遣军。

襄阳义军总共一万多人，主力部队不可能一窝蜂地盲目行进，必须得有一支先锋军在前探路,再没有比刘缜更适合做先锋的人选了。

经过一整天的行军,刘缜一部终于进入益州的汉中郡。

汉中郡是个大郡,内设南郑、旬阳、安阳等十二县。

刘缜一部刚进入汉中境内,便接到锡县县令送来的书信,称金钱河、白山一带有发现蛮军踪迹。

看罢书信,刘缜问送信的衙役道:"金钱河、白山一带发现了多少蛮军?"

衙役正色道:"蛮兵的人数不少,估计在五十人往上。"

进入汉中郡的蛮军总共也没多少人,充其量也就数百左右,而且还不是聚在一起,而是分成很多股,一股蛮军超过了五十人,就属于数量多的了。

刚听衙役说蛮兵人数不少,刘缜的心还悬起来一下,可后面一听对方才五十人往上,他提起的心顿时又落了下去。

只五十多人的蛮兵,还不够他们这一千人塞牙缝的呢!

刘缜问道:"知道蛮兵具体的方位吗?"

衙役从怀中取出一张羊皮,上面绘制着金钱河、白山一带的简易地图。衙役拿着地图,手指着一处说道:"前来报信的百姓,是在这里发现的蛮兵!"

刘缜定睛一看,衙役手指的是白山的地方。白山位于金钱河沿岸,从地图上看,是一块不小的区域。

看罢之后,刘缜点点头,问道:"你能否帮我找一当地向导?"

衙役正色说道:"我们大人已经想到了。"说着话,他回头向后面招了招手。

一名猎户打扮的汉子走了过来。衙役介绍道:"他叫冯达,是白山一带的猎户,对那里的地形很熟,最先在白山发现蛮兵的就是他!"

刘缜看向那位名叫冯达的猎户,问道:"你亲眼看到了蛮兵?"

第十四章

围而歼之

冯达三十多岁,皮肤黝黑粗糙,个头不高,其貌不扬。他向刘𬙋点头说道:"是的,大人,是小人亲眼所见。"

"没看清楚对方有多少人?"

冯达沉吟片刻,说道:"小人估计,他们得有六七十人,这些蛮兵都带着刀,有的穿着甲,还有的披着兽皮!"

回想蛮兵的样子,冯达忍不住打了个冷战。

刘𬙋淡然一笑,宽慰道:"你不用怕,有我们在,保管让这些蛮子有来无回!"

"大人这么说,小人就放心了。"

在冯达的引路下,刘𬙋一部开始向白山方向进发。

他们是连夜行军,翌日凌晨,天还没亮,便已抵达白山境内。

有冯达这个当地人,给他们带来很大的便利,他们在一座十分隐蔽的山坳中驻扎下来,担心会被蛮兵发现踪迹,刘𬙋下令,不准生火,不准扎营,就在山坳中暂做休息。

凌晨的山林,潮湿阴冷,很多义军都只着单衣,坐在地上,冻得哆哆嗦嗦。

李通和李轶也是冻得脸色煞白,双手不停地搓着。刘秀见状,把自己身上的甲胄脱了下来,递给李通,说道:"次元,你穿上吧!"

军中的叶片甲可不是单层的,而是双层的,外面是铁片,里面是皮革,中间还垫着绵絮,穿在身上十分保暖。

李通连连摆手,说道:"不可,文叔兄,你还是穿着吧……"

不等他把话说完，刘秀已帮着李通，把甲胄套在他的身上。他含笑说道："我平日在家，经常干农活，身体要比你壮实。"

刘秀说的也是实情，别看他身材单薄，但身体的确要比普通人结实得多，此时，他就算不穿甲胄，也不会觉得太冷。

龙渊脱下自己的甲胄，递给刘秀，说道："主……文叔，你穿我的吧！"

刘秀向龙渊感激地一笑，又摇摇头，将甲胄递给了李轶，说道："季文兄，你穿这个。"

李轶连忙道谢，也不管龙渊怎么瞪着自己，接过甲胄，快速地穿在自己身上，而后他长吁了口气，忍不住感叹道："想不到汉中郡这么冷，现在总算暖和了一些。"

刘秀笑了笑，向李通和李轶说道："睡一会儿吧，估计天一亮，我们就得去打仗了。"

果然如刘秀所言，等天边泛起鱼肚白，天色渐亮，刘縯开始给手下的十名屯长安排任务。

十名屯长率领各自的队伍，分散开来，对蛮兵的驻地展开合围，刘縯要的是全歼这支六七十人的蛮兵。

一千人打六七十人，本就没什么悬念，只有全歼了敌军，才能勉强算是一件功绩。

刘秀、龙渊、李通、李轶四人，都被刘縯安排到朱云那一屯。而朱云、张平这两屯，又都是由刘縯亲自率领。

布置完战术，刘縯下令，全军行动。

一千人的队伍，分散开来，按照事先计划好的路线，向蛮兵的所在地云集过去。

朱云率领的这一屯，连参战的机会都没有，说是哪一路吃紧就去增援哪一路，可实际上，上千人围攻六七十的蛮兵，又怎么可能出现吃紧的情况？

看着其他的屯都已经开始了行动，就连张平所率的屯都在自己的前面，落在最后的朱云长吁短叹，嘴里也是嘀嘀咕咕地念念有词。

刘秀明白，是因为自己在云哥这一屯，所以大哥才给了他们特殊

"关照",连这种双方实力相差悬殊的小仗都不让他们往前冲。

等到了约定好的时间,各屯都已就位,刘缜让张平放出响箭。

张平捻弓搭箭,将箭头对准天空,一箭射了出去。

响箭的箭尾被挖出了窟窿,箭矢在空中飞行时,能发出尖锐的响声,传出好远,在古代的军队,响箭通常作为发送信号之用。

在张平率领的这一屯里,他是唯一一个会用弓箭的。

军队里,并不是每个兵卒都会使用弓箭,普通兵卒,连弓都拉不开,没有三年的苦练,也不可能成为一名合格的弓箭手。

弓箭手在古代军队中的地位,就相当于现代军队中的特种兵。

随着响箭声一起,早已云集到蛮兵营地周围的义军们,纷纷大吼一声,从树林里冲杀出来。

刘缜一部的突然出现,当真把藏匿于山林里的蛮兵杀了个措手不及。刘缜手持长剑,一马当先地冲入蛮兵营地。

他刚进来,迎面便跑来两名蛮兵。

这两人,都是穿着藤甲,一手拿着藤盾,一手拿着弯刀,向脸上看,黑一道、白一道,涂着油彩,看不清楚长什么样,其状和厉鬼一般。

双方照面之后,刘缜二话不说,抡起长剑,向一名蛮兵劈砍过去。

那名蛮兵反应也快,急忙用藤盾招架。

藤盾是挡下了刘缜的长剑,但蛮兵抵挡不住刘缜的一身蛮力。这名蛮兵,被刘缜一剑砍得倒飞出去,摔在两米开外的地方。

另名蛮兵怒吼一声,抡刀要向刘缜劈砍。他的刀才刚刚举起,便砍不下去了,刘缜背后的张平,一箭射入这名蛮兵的眼眶,箭矢的铁头在其后脑探了出来。

蛮兵声都没吭一下,仰面倒地。

刘缜看都没看倒下的尸体,提着长剑,冲到被他劈倒的那名蛮兵近前,不等对方从地上爬起,他手起剑落,将对方的脖颈一斩两截。

噗!蛮兵的人头掉落,一道血箭喷射出来。刘缜瞪着充血的眼睛,厉声吼叫道:"杀!一个不留!"

刘缜的勇猛,刺激了在场所有的义军兄弟。人们压下心头对蛮兵的恐惧感,抡起各自的武器,和蛮兵们打斗成一团。

有十数名蛮兵聚到一起，抱成团往外突围，可是在他们的周围都是义军，里三层外三层，围了个水泄不通，哪里还能突围得出去？

一名义军兵卒手持着斧头，抽冷子窜到一名蛮兵的背后，一斧子抢了下去。噗！这斧子正砍中蛮兵的后背，斧头的一半都没入到蛮兵的后背里。

那名蛮兵惨叫一声，回手就是一刀。沙！刀锋在这名义军的脖颈前掠过，刀锋破开了他的喉咙，猩红的鲜血汩汩流淌出来。

他双目大张，身子直挺挺地向后倒去。

挨了一斧子的蛮兵，叽里呱啦地怪叫着，也听不懂他到底在喊什么，不过他背后还挂着一把斧头，人却生龙活虎一般，其状也够吓人的。

周围的义军看看倒在地上惨死的同伴，再看看如野兽一般的蛮兵，吓得连连后退。

那名蛮兵持刀冲向义军，弯刀连挥，眨眼工夫，又有三人身上中刀，要么倒地不起，要么惨叫着连连后退。

义军就是群普通的百姓，没有经过正规的训练，也没有实战经验，即便他们一群人围着打蛮兵一个人，场面看着都很艰难。

这名杀红了眼的蛮兵又冲向另一名义军时，后者吓得连退了好几步，与此同时，本能地把手中的锄头抡了出去。

啪！他慌乱间抡出去的锄头正砸在蛮兵的额头，把后者打得向旁一踉跄。见状，周围的义军意识到有机可乘，一蜂窝似的围拢上来，一人在蛮兵的背后抢起锄头，狠狠砸在他的后脑。

这回蛮兵再也坚持不住，一头向前扑倒，双手抱着满是鲜血的脑袋，在地上佝偻成一团。

这一下，周围的义军都来了精神，人们一拥而上，什么棍子、斧头、锄头，齐齐往蛮兵身上招呼。

只眨眼的工夫，这名蛮兵就变成了血肉模糊的一摊肉泥，五脏六腑流淌出来，铺了一地。附近有承受能力差点的义军，手扶着树木，跪在地上哇哇地呕吐起来。

这只是战场上的一角而已。九个屯的义军，合计九百余人，把几十名蛮兵团团包围，并分割成好几块，逐一蚕食歼灭。

被留在后面做后援的朱云，不时伸长脖子，望向前方的战场，想看看前面到底打成什么样了，可是目光所及之处，要么是树木，要么是外围的义军，连蛮兵的影子都看不到。

他跺了跺脚，再次叹了口气，嘟囔道："我是跟着伯升来打仗的，不是来这里看热闹的啊！"

就在朱云身旁的刘秀自然听到了他的嘟囔声，充满歉意地说道："云哥，你是被我连累了。"

刘秀心里明镜似的，如果不是自己在朱云这一屯，朱云也不可能被大哥留下来做什么后援队，也根本没那个必要。

朱云颇感无奈地看眼刘秀，由衷感叹道："阿秀，伯升对你是真的没话说啊！"

俗话说得好，长兄为父。刘縯比刘秀大十一岁，对刘秀，刘縯当真如父亲对儿子一般爱护。

刘秀点点头，大哥对自己的好，他都牢记在心里，所以大哥要去做的事，他一定是无条件地站在大哥这一边，全力支持他。

就在他二人说话之际，猎户冯达急匆匆地奔跑过来，到了朱云近前，神色惊慌，结结巴巴地说道："朱……朱大人，不……不好了……"

朱云没好气地白了他一眼，问道："你慌什么？难道天塌了不成？"

第十五章
又遇一敌

冯达急声说道:"蛮……蛮兵……"

"嗯,蛮兵已经被我军团团包围,支撑不了多久了!"

"不……不是,是……是南面又来了一支蛮兵,人……人数很多……"冯达脸色煞白地说道。

朱云闻言,非但未慌,反而眼睛一亮,一把拉住冯达,问道:"你说什么?南面又来了一支蛮兵?"

"是……是的!"

朱云正愁着自己这个后援没有仗打呢,可天遂人愿,偏偏在这个时候,又有一支蛮兵主动送上门来了。

至于冯达所说的蛮兵人数很多,他根本没往心里去,只六七十的蛮兵,在冯达口中就已经是很多了。

他腾地一下站起身形,对在场的众人说道:"南面又来了一支找死的蛮子,兄弟们,随我去迎敌!"

有仗可打,朱云是满心欢喜,不过其他人的心里可都是七上八下。李轶清了清喉咙,小声说道:"朱大人,我们是不是得先请示一下刘大人?"

朱云白了李轶一眼,不以为然地说道:"只几个赶过来增援的蛮子而已,还有什么好请示的?谁要是怕了,就留在这里等着,不怕的都跟我走!"

在军队里,最怕的就是不合群,见大多数人都选择跟随朱云一起去打蛮子,那些心里怯战的,也只能硬着头皮,跟着朱云他们一起去。

135

路上，李通边解开身上的甲胄，边说道："文叔，甲胄还你，你帮我脱下来！"

他身旁的李轶脸色顿时一变，不留痕迹地拉了一下李通。等会儿和蛮兵打起来，甲胄可是能保命的，脑袋进水了才会脱下来给别人。

刘秀有注意到李轶的小动作，但假装没看到，他制止住李通脱甲胄的动作，说道："次元，我的身手比你好一些，甲胄你还是穿着吧！"

李通急声说道："这怎么能行，这件甲胄可是刘大人留给你的！"说白了，这就是保命的护身符！

刘秀淡然一笑，说道："不管它是留给谁的，总之，现在你比我更需要它！"

李通闻言，深受感动，自己与文叔只是萍水相逢，但他却善待自己到如此地步，这份恩情，自己当如何回报？

日后李通能对刘秀那么忠心耿耿，无论遇到多大的艰难险阻，都是不离不弃，其忠诚的种子，正是从这个时候种下的，并且在李通的心里迅速生根发芽，茁壮成长。

朱云正带头在前面走着，在前方的树林里，突然也走出一人，一个穿着藤甲，手持藤盾、弯刀，脸上涂满了油彩的人。

朱云和对方只相隔五六米远，刚好打了个照面。

两人同是一愣，紧接着，二人同时反应过来，那名蛮兵咆哮一声，抡刀向朱云冲了过去。朱云也不含糊，持剑迎敌，双方的刀剑在空中碰撞，发出叮当一声脆响。

蛮兵另只手向前推，用藤盾撞击朱云的面门。后者抬起胳膊，挡住对方的藤盾，手中的长剑由藤盾的下方刺了出去。

噗！

剑尖深深刺入那名蛮兵的小腹。后者啊地惨叫一声，踉跄后退。朱云一个箭步上前，一走一过之间，长剑横着一挥，咔嚓，蛮兵的人头被斩落在地。

朱云这一连串的出招，可谓干净利落，又快又狠，后面的刘秀看得两眼直放光，心中暗赞：云大哥不愧是做过山贼头目，当真是骁勇善战。

一脚踩住蛮兵的首级，朱云冲着地上无头的尸体吐了口唾沫，冷笑一声，说道："什么狗屁的蛮兵，也不过如此嘛！"

和大队官兵都打过无数次仗的朱云，当然不会把落单的蛮兵放在眼里。

后面的义军们回过神来，人们一个个像打了鸡血似的，齐声欢呼道："朱大人勇猛！"

看蛮兵在朱云面前，连一个照面都没打过去，便被斩下首级，义军们的怯战心理锐减，觉得蛮兵似乎也没什么可怕的。

就在人们为朱云欢呼叫好的时候，从树林当中一下子又冲出来十多名蛮兵，而且后面还有更多的蛮兵从树林中冲出。

没想到树林里还藏着这么多的蛮兵，朱云先是一惊，但很快镇定下来，他手持滴血的长剑，大吼一声，不退反进，迎着蛮兵杀了过去。

刘秀也把自己的剑抽了出来，大喊一声："杀！"紧接着，他提剑向前冲锋。

人们都知道，刘秀是刘縯的亲弟弟，连刘秀都身先士卒，亲自上阵了，自己还能退缩吗？

义军们纷纷大喊着，给自己壮着胆子，一并向前冲去。

很快，双方就厮杀到了一起。

这一股蛮兵的数量，比朱云想象中要多得多，足有七八十号人，和他们这一屯的义军数量相差无几，但双方人员的战力，却是有天壤之别。

蛮人打小就生活在荒山野岭当中，与野兽为伍，无论身材高矮胖瘦，个个都具备一膀子蛮力，而且身法还灵活矫健，出招又快又狠。

反观义军这边，他们都是普通的百姓，要他们去种地，或许都是行家里手，但要他们去打仗，那就差得太远了。

双方混战的战场上，之所以没有出现一面倒的局面，全靠刘秀、龙渊、朱云三人在支撑。

刘秀一马当先，与数名蛮兵战在一起。这是他第一次上战场，与敌人做生死相搏，要说心里不紧张，那是不可能的。

也正是出于紧张的关系，刘秀刚开始的出招，动作都有些变形，即便有伤到蛮兵，但都不致命，好在龙渊一直护在他的左右，凡是被刘秀伤到未死的蛮兵，皆被龙渊第一时间补刀，斩杀在地。

随着战斗的持续，刘秀的出招开始变得越来越得心应手。

当又有一名蛮兵向他迎面冲来时，刘秀大喝一声，身子在地上画出一条明显的弧线，由蛮兵的正前方直接闪到了他的背后。

蛮兵根本没看清楚刘秀是怎么跑到自己后面的，他正要回头去瞧，猛然间，就听沙的一声，他眼中的树林突然蒙起一层红纱，变成了血红色。

不是他的眼睛出了问题，而是他的喉咙被划开，喷射出来的血雾染红了他的视线。

刘秀是如何在高速运动中出的剑，又是怎么划开他的喉咙，别说他没看见，甚至连察觉都没有。这一记杀招，让刘秀自己都不由得愣住了。

也就在他愣神的刹那，龙渊手臂向外一挥，手中剑化成一道电光，由刘秀的头侧掠过，随后便听噗的一声，一名冲至刘秀背后，高举着弯刀的蛮兵，颓然倒地，在他的喉咙处，触目惊心地插着一把长剑，龙渊的长剑。

刘秀回头一瞧，看到地上的尸体，不由得打了个冷战，暗骂一声该死，自己怎么能在战场上愣神呢！

他随手拔出尸体脖颈上的长剑，向龙渊那边一甩，而后持剑又迎向另一名蛮兵。

龙渊只跟着刘秀作战，至于其他人的死活，他完全不管。

别看刘秀与敌交战越打越轻松，越打招法越娴熟，但在战场的其他地方，情况可截然相反。义军兵卒接连不断地被蛮兵砍翻在地。

即便是李通和李轶兄弟俩，也被如狼似虎的蛮兵逼得东躲西藏，在战场上四处逃窜，不是他俩胆小不敢打，而是真的打不过。

蛮兵一刀劈砍过来，他们连挡都挡不住，唯一能做的就是躲。

好在他二人有甲胄在身，这两件叶片甲，不知帮他俩挡下了蛮兵多少刀。

就在李通和李轶被数名蛮兵包围，再无路可逃之时，刘秀终于赶到，人刚一过来，便一剑刺中一名蛮兵的后心。

蛮兵惨叫一声，栽倒在地。两侧的蛮兵双双怒吼着，抡刀向刘秀攻来。刘秀身形一晃，转到一名蛮兵的身侧，手中剑也顺势划开他的脖颈。

噗，鲜血喷射，溅了刘秀一脸，后者踢出一脚，把还没倒下的尸体狠狠踹了出去，与另一名蛮兵撞到一起，一人一尸，一并翻倒在地。

不等那名蛮兵从尸体下面爬出来，接踵而至的刘秀一剑刺透了他的胸膛。

转眼间，三名蛮兵死在他的剑下，余下的两名蛮兵心头一颤，下意识地各自倒退一步。

当人惧怕到极点的时候，极有可能会激发出人体的潜能。李通和李轶正处于这种状态，二人大吼着，各自冲向一名蛮兵，用手中的短剑疯狂地向对方身上劈砍。

那两名蛮兵的注意力都在刘秀身上，没想到他二人会突然反扑上来。

准备不足，各自被砍了一剑，接下来，他俩都失去了还手的机会，李通李轶如同疯了似的，不断地抡剑劈砍，两名蛮兵倒在地上，头上、脸上、身上全是血口子。

刘秀上前，分别拉了一把李通和李轶，大声说道："好了，他们已经死了！"

李通和李轶愣了片刻，慢慢低下头，看到倒在自己脚下，血肉模糊的尸体，两人都有些回不过来神，很难相信，这是被自己乱剑砍死的蛮兵。

此时，这场战斗已经进入尾声，原本的七八十名蛮兵，现在倒下大半。这些蛮兵，大多都是死在刘秀、龙渊、朱云三人的手里。

余下的十几名蛮兵也都是个个挂彩，意识到己方已无法取胜，纷纷放弃了战斗，向树林深处跑去。

杀红了眼的朱云哪肯放他们离开，他怒吼道："杀光蛮子，别放走一人！"

第十六章
首战告捷

说话之间，朱云提着血迹斑斑的长剑便追了出去。

刘秀和龙渊也不甘落后，跟着朱云一并向树林里追去。十几名蛮兵是一路跑，一路被刘秀三人砍杀，也就跑出百余米的距离，十几名蛮兵已只剩下可怜的三人。

这时候，透过树林的缝隙，能隐约看到前方林中又有好大一群人，黑压压的一片。

刘秀、龙渊、朱云纷纷停下了脚步，前方到底还有多少蛮兵，尚不可知，倘若贸然追过去，只怕是凶多吉少。

他们刚刚萌生退意，猛然间，就听前方树林中传来女人的尖叫声："救命……啊……"

刘秀身子一震，急声说道："是汉人！"说话之间，他提步向前奔去。

朱云本想抓住他，结果他的手指尖只碰到了刘秀的衣角。

看到刘秀和龙渊一前一后地都冲了过去，他用力跺了跺脚，怒骂一声："他娘的，拼了！"说着话，他也向前冲去。

可怜那三名负伤的蛮兵，刚刚跑到自己人近前，便被随后追杀上来的刘秀三人刺翻在地。

刘秀举目一瞧，这里的确有很多人，但大部分都是女人——汉人的女子，她们被绳子捆绑成了一长串，在她们的身边，还站着六名持刀的蛮族士兵。

不用问也能看明白是怎么回事，这些穿着汉人服饰的女子，肯定是被蛮兵劫持来的。刘秀大喝一声："杀——"他持剑冲向一名蛮兵，力劈华山地劈砍下去。

那名蛮兵都来不及横刀招架，被刘秀这一剑正劈中脑袋，咔嚓，蛮兵的半边头颅脱落掉地，剩下一半头颅的尸体还站在原地。

周围的女人们看罢，吓得连声尖叫，抱成了一团。

余下的五名蛮兵，看着已杀得浑身是血的刘秀，如同看到洪水猛兽似的，没敢与之动手，调头就跑。

这些负责看管汉人女子的蛮兵，都是蛮兵中战力最差的老弱病残，毫无战斗力可言，他们又哪能跑得过刘秀、龙渊、朱云三人？

只眨眼工夫，三人就追至他们的背后。

五名蛮兵吓得齐齐扔掉手中的武器，跪地求饶。

他们说的话，刘秀三人一句也听不懂，朱云一点没客气，抡剑砍杀了一名上了年岁的老蛮兵，剩下的四人，吓得哆嗦成了一团。

朱云不依不饶，还要继续砍杀，刘秀倒是先冷静下来，拉住朱云，低声说道："云哥，留下他们，或许能打探出更多的蛮兵下落。"

听闻这话，朱云已然高高举起的长剑慢慢放了下来，心思转了转，点下头，说道："阿秀所言有理！"说着话，他又用怪异的眼神在刘秀身上打量个不停。

刘秀一脸的不解，问道："云哥，怎么了？"

"阿秀，你小子行啊，藏得这么深，以前我怎么不知道你的身手这么好呢？"

刚才在战场上，朱云也有仔细留意到刘秀和龙渊的身手。

前者砍杀蛮兵，真仿佛秋风扫落叶一般，恐怕死在阿秀剑下的蛮兵，比自己杀的都要多，而后者则完全是深藏不露，也让人看不出来他的深浅。

就直觉而言，朱云觉得这个龙忠伯的身手比阿秀还要可怕。

刘秀笑道："要多亏大哥和云哥打小就教我练拳！"

朱云摆摆手，说道："得、得、得，我可不敢居功，你这身手，我也教不出来！"

他一边说着话，一边提着剑，向那些女人走了过去，说道："你们不用怕，我们都是襄阳义军。"

说话时，他用长剑把捆绑女人们的绳索一一斩断。而后他捡了几条绳子，把那四名投降的蛮兵捆绑起来。

这时候，李通和李轶等人也赶了过来，看到现场有这么一群汉人女子，众人都是满脸的茫然，不明白怎么回事。

朱云环视了众人一眼，原本的一百号人，现在恐怕连五十人都不到，他问道："其他的兄弟呢？"

众人面面相觑，有人哽咽着说道："屯长，其他的兄弟，要么战死，要么重伤不能动了。"

朱云咧了咧嘴，五十人啊，就这一眨眼的工夫都没了？朱云拍下刘秀，急声说道："阿秀，你留下来照看她们！你们，跟我去抢救受伤的弟兄！"

分配完任务，朱云带着一群人风风火火地走了，留下刘秀、龙渊、李通、李轶等十几人。

刘秀走到那群女人近前，环视了一圈，她们一个个都是灰头土脸，满脸的泥巴。

估计很多人脸上的泥巴都是自己糊上去的，落在蛮人的手里，女人若想自保，也只能把自己弄得又脏又丑一些。刘秀问道："你们都是哪里人？"

"大人，奴家是汉中人！"

"奴家也是汉中人！"

"奴家是巴郡人！"

"……"

刘秀仔细一听，这些女子大多都是汉中的，还有一部分是巴郡和广汉郡的人，就算不在汉中，也距离汉中不远。

李轶走到刘秀近前，说道："让她们自己回家吧，我们可无法带着她们行军！"

听闻这话，女人们都急了，时不时响起嘤嘤的哭泣声。现在兵荒马乱之际，让她们这些女人独自回家，等于是看着她们去送死。

李通摇头，说道："救人救到底吧，我看应该把她们送到附近的官府，由官府出人护送她们回家。"

刘秀觉得李通言之有理，他点了点头，说道："次元所言甚是。"

他又看眼众人，从自己的口粮袋里拿出两个干粮，递给距离他最近的两个女人，说道："你们先吃点东西。"

那两名女子先是怯生生地接过干粮，向刘秀俯身道谢，而后狼吞虎咽地大吃起来。见状，李通等人也都把随身携带的口粮拿出来，分给众女。

这时候，李轶反而把自己的粮袋捂得紧紧的，一块干粮也不肯拿出来。

别的地方是大旱，没有粮食，而益州这里，不仅是大旱，还兵荒马乱，想找到一口吃的哪那么容易，现在要他交出干粮，等于是让他割自己身上的肉。

李通走到刘秀近前，一躬到地，说道："文叔，多谢你刚才救了我和堂兄！"

刘秀向他一笑，语气轻快地说道："次元和季文也不错，刚才都有杀死蛮兵。"

李通老脸一红，与刘秀相比，他和堂兄可是差得太远了。

没过多久，刘縯赶了过来，看到浑身是血的刘秀，他吓了一跳，疾步上前，关切地问道："阿秀，你哪受伤了？快告诉大哥！"

刘秀摆手说道："大哥，我没事。"他低头看看自己身上的衣服，说道："这些血都不是我的！"

朱云走过来，乐呵呵地说道："伯升，阿秀可比你想象中要有本事得多，我们杀死的这些蛮兵，其中得有一半是阿秀杀的！"

他的话是有些夸张，但死在刘秀手里的蛮兵，起码也得有一二十人之多。以前朱云也是把刘秀当成小弟弟看待，但是现在，他可不敢再小瞧刘秀了。

刘縯先是一怔，接着哈哈大笑起来，得意地说道："我们刘家兄弟，个个都不白给！"说话时，他还用力拍了拍刘秀的肩膀。

而后，他看向在场的那些女人们，问道："她们怎么处理？"

刘秀说道："大哥，我觉得应该把她们送到当地的官府，由官府派人，护送她们回家。"

刘縯点了点头，说道："行。"接着，他目光一转，看向那四名被俘虏的蛮兵，他眼中寒光一闪，提着长剑便走了过去。

刘秀急忙追上刘縯，小声问道："大哥，你可有在蛮兵身上搜到财物？"

刘縯眨眨眼睛，摇头说道："并没有，怎么了？"

刘秀低声说道："蛮兵能绑来这么多女子，说明是一路打家劫舍到的汉中，他们的身上又怎么可能会没有财物呢？"

刘縯吸了口气，对啊，既然这些蛮子劫持了这么多女人，那么财物也一定被他们抢了不少，可怪异的是，在搜查这些蛮兵的尸体时，连枚铜板都没搜到。

他心思转了转，细语道："阿秀，你认为……他们是把抢来的财物都藏起来了？"

"我觉得十有八九。"

琢磨片刻，刘縯点点头，笑骂道："他娘的，这群蛮子还挺狡猾的！"说着话，他回头喊道："敬之！"

张平快步走了过来，说道："伯升！"

刘縯向张平招招手，等他凑到自己近前，他在他耳边低声细语了几句。

张平边听边点头，等刘縯说完，他应了一声，走到四名蛮兵俘虏近前，用流利的蛮语问了几句。

刘秀惊讶道："大哥，平哥还会蛮语？"

刘縯一笑，说道："敬之是益州郡人，从小到大，净和蛮子打交道了。"

益州郡位于益州的西部，与蛮地接壤。

"原来如此！"刘秀也是第一次知道原来张平是益州郡人，难怪他的箭法那么好，蛮人善骑射，骑射之风在益州郡也很盛行。

也不知道张平和四个蛮兵说了些什么，毫无预兆，他突然抽出佩剑，干净利落地将三名蛮人刺死，然后提着最后那名蛮兵，走进树林深处。

不到一刻钟的时间,张平一个人从树林里出来,同时递给刘縯一块血迹斑斑的麻布。刘秀探头一看,原来麻布上是用血水画出的地图。

张平手指着地图说道:"蛮兵交代,他们把劫来的财物都埋在了这里。"

刘縯看着这张地图,一个头两个大,根本看不明白画的究竟是什么鬼东西。他问道:"敬之,你能找到这个地方吗?"

第十七章
明修栈道

张平点点头，说道："可以。"

"蛮子还交代了什么？"

"他们这一拨蛮兵，就他们这些人，至于其他地方蛮兵还有多少人，他们也不是很清楚，现在益州这里的仗已经打乱套了，分不清楚谁是谁，也分不清楚哪里是主战场，哪里是大后方。"

刘缜边认真听着，边慢慢把地图叠起，等张平讲完，他沉吟了一会儿，把手中的地图递给了刘秀，小声说道："阿秀，你和敬之负责把这些女人送到当地的官府。完事之后，就按照这张地图去找那些财物。若是找到了，换个安全的地点重新藏好。等仗打完了，我们撤离益州的时候，再取那些财物回家。"

现在就把那些财物取出来，带在身上，一是容易引人眼红，其二也太不方便。

让别人负责这件事，刘缜都不太放心，毕竟涉及钱财，只有让自家小弟去处理，他才感到安心。

刘秀点头说道："是，大哥！"

刘缜又看向张平，说道："敬之，阿秀就烦劳你照顾了。"

张平没有说话，只是拱手向刘缜深施一礼。

他们这边商议完，刘缜把商议的结果公布出来，刘秀和张平带一小队人护送女人们去附近的锡县，把她们交由当地官府处理。

而刘缜则率领其他人，继续向郡城方向进发。

他问道："有谁愿意跟随阿秀和敬之同行？"

他话音刚落，李通快步走出人群，说道："刘大人，属下愿往！"

李轶怔了一下，紧接着也跟了出来，说道："属下愿往。"

时间不长，有数十多号人相继出列。刘縯一笑，随手点了几人，说道："用不着那么多人，就你们几个吧。"

除了李通和李轶外，刘縯又点出了五名精壮善战的汉子。

刘秀、龙渊、张平、李通、李轶，再加上五名壮汉，他们正好一行十人。

人多眼杂，刘縯可不希望蛮人藏匿钱财的地点暴露出去。

长话短说，他们兵分两路，刘縯率领大部队前往郡城。

刘秀、张平等人带着被蛮兵劫持的女人们，先去往附近的钖县，等把她们交到钖县官府手里后，他们再去往郡城，与大部队会合。

钖县就位于白山的南部，是距离他们最近的一座城邑。

小城不大，居民也就几千户，一两万人。

刘秀和张平等人的到来，受到县令周斌的热情款待。

主要是他们带来的一件礼物，让周斌很是高兴，一百多根蛮兵右手的大拇指。

这说明义军在白山境内足足杀了一百多名蛮兵，这也让周斌去掉一大块心病。

如此众多的蛮兵在自己的管辖区域中，真要闹起来，不知道得死伤多少百姓，自己的官帽能不能保得住都两说呢！

看着装了大半筐的断指，周斌心里可谓如释重负，他吞了口唾沫，问道："不是说，白山境内的蛮子有五十多人吗？"

张平不爱讲话，也不善于交际应酬。

刘秀接话道："周大人有所不知，藏于白山境内的蛮兵并非一拨，而是有好几拨人，这次我等也是费了九牛二虎之力，才将其一举剿灭，而且还救出了这许多被蛮兵劫持的女子。"说话时，他指了指站在院子里的那些女人们。

周斌连连点头，禁不住感叹道："这次真是多亏你们襄阳义军了，不然，本官都不知该如何是好。"

钖县可没有自己的地方军，只有几十名衙役而已，即便是这些衙役，现在也被郡府抽调走了大半，还留在锡县的衙役，已只剩下可怜的十几人。

若让这十几名衙役去白山剿灭蛮兵，那无异于拿肉包子打狗。

看到刘秀等人都是一身的血迹，满脸的泥污，周斌连忙招呼手下人，为他们准备房间和干净的衣物，让他们洗澡净身。

在周斌的安排下，刘秀等人，连同那数十名女子，都洗了个澡，并换了衣服。

衣物是旧的，但好在干净，又没有破损，穿起来也还算舒适得体。

洗完澡之后，人们才算真正看清楚刘秀的本来样貌。

他看起来有二十岁左右的样子，身材高大修长，风度翩翩，眉分八彩，目若朗星，鼻梁高挺，薄唇贝齿，宸宁之貌，英姿勃发。

刘秀是人如其名，生得英朗俊秀。

看清楚刘秀的模样，那些被蛮兵劫持的女人们很多都看直了眼，很难把眼前这个玉树临风的俊美青年和那个一身血污、手提长剑、杀人不眨眼的义军勇士联系到一起。

县令周斌也是愣了一下才反应过来，忍不住感叹道："文叔美姿颜！"

听闻这句夸奖，刘秀忍不住干咳了一声。周斌回过神来，连连摆手，笑道："文叔请入座。"

落座之后，周斌看眼站于庭院中的那些女人，问道："文叔打算怎么安排她们？"

刘秀一怔，自己只是义军的兵勇，该怎么安排她们，不是你这位县令该考虑的事吗？他说道："周大人，她们都是被蛮兵所劫持，现在被救出来，理应送她们回家。"

周斌连连点头，应道："对对对，是该送她们回家。"稍顿，他摇头叹息一声，说道："文叔啊，实不相瞒，目前县府的衙役，算上贼捕掾，只有十一人，如果我把衙役们都派出去护送她们回家，那县府也就不用办公了。"

坐在一旁的张平等人齐齐皱眉。

刘秀问道："那么周大人的意思是？"

"依本官看，还是这样吧，烦劳文叔你们护送她们回家。"没等刘秀接话,周斌立刻又道:"当然,所有的路费,可都由我们锡县县府来出!"

刘秀深吸口气,提醒道:"周大人,我们可是义军,而非衙役和官兵。"

他们来益州是和蛮人打仗的,不是来护送被劫持的百姓回家的。

说白了,他们把被劫持的女人们安全送到家,一点功劳都没有,如果他们不和蛮兵打仗,那可就是罪过了,这个锅,刘秀可背不起。

周斌苦笑,说道:"我知道,护送她们回家,按理说应由官府来负责,可是现在本官实在是无人可用啊。"

说着话,周斌也是满脸的无奈,摊着双手,说道:"如果文叔不能帮忙,本官也只好分给她们每人一笔盘缠,让她们自行回家了。"

益州兵荒马乱,到处都在打仗,让这些弱女子自行回家,恐怕最后也没有几个人是能平安到家的。

刘秀转头看向张平、李通、李轶等人,众人也都在眼巴巴地看着他,显然都在等他做出决定。

他暗自苦笑,目光一转,又看向庭院里的那些女子,女人们也都在大眼瞪小眼地向大堂内张望,一个个的,都是满脸的期待。

见刘秀面露难色,周斌眼珠转了转,含笑说道:"要不这样吧,文叔,你们把她们带到郡城,交由郡府处理,郡府那边的人手,肯定要比我们县府这边多得多,想来,郡府肯定能妥善安置好她们!"

刘秀想了想,这倒不失为个办法,正好他们也要到郡城去和大哥会合。他沉吟片刻,说道:"好吧,周大人,我们可以送她们去郡城!"

周斌闻言大喜,抚掌笑道:"好好好,文叔肯帮忙,可是帮本官解决了一个大麻烦啊!"

对于周斌而言,这些女人就是个负担,留在锡县,每天要吃要喝,纯粹是浪费县府本就不多的钱粮,但若要把她们送走,而他手底下又确实无人可用。

不过现在好了,一脚把皮球踢给了郡府,这事和他也就没什么关系了。

以当时的世道来说,像周斌这样的地方官已经算是很不错了。

若换成别的官员,你们愿意把这些女人留下,那就留下好了,反正你们前脚一走,我后脚就把这些女人随便打发了,哪里会去管她们的死活?

周斌起码还知道既然自己没有能力保证她们的安全,也养不起她们,那干脆把她们推给更有能力的郡府好了,如此也算是为她们争取到了最大的利益。

刘秀说道:"周大人,我们今天在钖县休息一晚,等到明早再动身。"

"好好好,没问题!"周斌答应得干脆,挥手叫来一名县府的小吏,让他带刘秀等人去往驿站入住。

别过周斌,离开县衙,刘秀等人去往驿站。

路上,李轶埋怨道:"文叔,你真不该答应周大人,护送她们回家这件事,本就是地方官府的责任,和我们又有什么干系?"

李通接话道:"只是把她们护送到郡城而已,对于我们来说,也只是举手之劳嘛!"

李轶不满地说道:"首先,她们会拖慢我们的行程,其次,如果她们在路上发生点意外,责任可都在我们身上。"

护送她们去郡城,这不是没事找事吗?

李通白了他一眼,反问道:"不然还能怎么办?县府这里人手不足,真要让她们自己回家?她们都是弱女子,路上即便没遇到蛮兵,遇到了流民,也是九死一生。"

李轶嘟嘟囔囔地说道:"反正这件事就是和我们没关系!"

刘秀一直没有接话,到了驿站,在承驿吏的安排下,他们暂时安顿了下来。

张平来到刘秀的房间,见龙渊也在,他没有避讳,开门见山地问道:"阿秀,我们什么时候走?"

他们这次的主要任务并不是护送女人们到县府,而是要借着这个由头,去寻找蛮兵埋藏的那些财物。

刘秀想了想,斩钉截铁说道:"事不宜迟,我们现在就走。"

张平没有意见,向刘秀点了下头。

刘秀把李通、李轶等七人全部找来，向众人说他们三人要到城外去拜访一位长辈，晚上可能不会回来了。

李通、李轶等人面面相觑，李轶笑道："文叔，我跟你们一起去吧！"

第十八章
暗度陈仓

刘秀含笑说道:"我们的这位长辈,性情古怪,不太欢迎陌生人。"

李轶闻言,五官都快皱到一起,不等他继续说话,刘秀说道:"好了,大家也都累了一整天,早点回去休息,明日一早,我们还得继续赶路。"

在他们当中,属张平的军阶最高,是屯长,不过张平是个大闷葫芦,一天下来,也讲不上几句话,现在刘秀倒成了他们当中的首领。

众人纷纷拱手施礼,然后相继离去。

等众人离开,刘秀、龙渊、张平三人简单收拾一番,然后离开驿站。当他们出门的时候,有一人偷偷跟了出来,李通。

看到李通跟出来,刘秀三人不约而同地皱了皱眉。

"次元,你不在房中休息,跟着我们作甚?"

李通郑重其事地说道:"我嘴巴严得很,一定不会泄露出去!"

刘秀忍不住乐了,随口问道:"你知道我们要去做什么?"

"应该是和蛮兵的钱财有关!"

听闻这话,刘秀和龙渊心头一惊。张平则眯缝起眼睛,双手也随之背向身后。

刘秀拉了一下杀气已然外泄的张平,对李通和颜悦色地问道:"次元,你为什么这么说?"

李通正色说道:"藏在白山的这些蛮兵,一路从益州郡流窜到汉中郡,期间劫持了那么多的女人,想必抢夺的钱财也一定不少,可是在他们身上什么都没有搜到,钱财一定是被蛮兵偷偷藏了起来。如果刘大人当时带着我们去找这笔钱财，大家一均分，最后分到每人手里的也没多少了，所以，这件事最好是秘而不宣，由刘大人找最能信得过的人偷偷去办。"

对于刘縯而言，还有谁能比刘秀与他的关系更亲近？

平日里，刘縯看刘秀看得那么紧，恨不得找根绳子把他拴在自己腰上，现在却让他离开自己身边，来执行这么一件不太重要的任务，这未免也太反常了。

李通可不是寻常的富家子弟，他头脑聪慧，又见多识广，细细一琢磨整件事，他便已然猜出了八九不离十。

听到这里，张平眼中的杀机更盛，浑身的肌肉都开始处于紧绷状态，随时准备出手。

李通继续说道："文叔不是个贪玩的人，现在到了锡县，就算去拜访老友，也不至于彻夜不归，我猜测，你们应该是去找被蛮兵偷藏起来的钱财！"

如果不是在外面，不是在众目睽睽之下，刘秀真想为李通拍拍巴掌，大赞一声好！

他的分析，有条有理，丝丝入扣，而且与事实基本一致。他再次拉下张平，暗示他少安毋躁，不要轻举妄动。

刘秀走到李通近前，笑问道："次元，如果我说，你分析得都对，你又待如何？"

李通面色一正，向刘秀拱手施礼，说道："文叔不仅对我照顾有加，而且还数次救过我的命，只要文叔信我，次元此生定不负文叔！"

不管刘縯是不是谶语中的那个真命天子，总之李通现在是已经认准了刘秀。

刘秀性仁善，通大义，有城府又有心计，无论是为人还是处世，都很令李通折服，在李通看来，能追随和辅佐刘秀这样的人，乃人生一大幸事。

看着保持着拱手施礼姿态的李通，刘秀沉默了那么几秒钟，伸手托住他的胳膊，笑道："次元，你跟我们一起去吧！"

稍顿，他又叮嘱道："对于此事，我希望知晓的只限于我们四人，不要再有第五个人。"

刘秀能同意让李通跟随,就等于是彻底把李通当成了自己人。

李通神情激动,再次一躬到地,正色说道:"次元一定严守秘密,绝不外传。"

张平紧锁的眉头并未舒展,忍不住低声警告道:"阿秀!"

刘秀向张平含笑点点头,说道:"平哥,我相信次元。"

张平听后,再不多言,背于身后的手也随之垂落下来,扬头说道:"我们快走吧!"

他们是从白山里出来的,现在又重新返回白山。

按照张平绘制的地图,他们在白山的一处山脚下,找到一个小山洞。

这个小山洞的口很小,看上去就狗洞那么大,洞口外还长满了草藤,遮挡得很严实,如果不是刻意寻找,很难发现这个小洞口。

此时天色已然黑了下来,洞口内更是黑咕隆咚的,看起来很吓人。刘秀掏出火折子,说道:"我先进去看看!"

张平拉住他,说道:"让我先来!"说着话,他拿出自己的火折子,吹着,然后顺着洞口,一点点地钻了进去。

刘秀、龙渊、李通三人紧随其后,也钻入洞内。

洞口狭小,里面的空间倒是很大,至少能让人直起腰来。

几人各举着火折子,向四周查看,在山洞的里端,地面上,堆放着好几个包裹。众人走上前去,把包裹一一打开,用火折子一照,众人都有眼前一亮之感。

包裹里面,基本全是金银首饰和钱币,即便平日里老气横秋的张平,现在他的脸上也难得地露出激动之色。

四人蹲下身子,仔细清点了一下,光是金银首饰,估计就得有二三十斤重,另外还有大量的铜钱以及白金三品。

张平拿出一枚龙币,先是仔细看了看,而后递给刘秀,问道:"阿秀,你看这个能是真的吗?"

刘秀接过来,也看不出个所以然,转手交给李通。后者看罢,点头说道:"没错!是真的!"

张平低头环视了一圈，喃喃说道："这些得值多少钱啊？"

对于钱财，李通是最精通的，他先是看看钱币的数量，再掂了掂金银首饰，说道："保守估计，有百万钱。"

"百万钱！"张平闻言，眼睛瞪得好大，刘秀和龙渊也是露出诧异之色。

过了半晌，刘秀回过神来，正色说道："好了，我们得立刻把这些财物转移到别的地方。"

张平点了下头，众人把打开的包裹重新系好，然后每人提着一包，顺着洞口爬出来，张平留在最后，把山洞里的其他包裹一个接着一个地递出来。

将包裹全部搬出，他们也没有走太远，于附近的两棵老树中间挖坑，将包裹一一放进去，然后再填土埋掉。

几人在坑上使劲蹦了蹦，将土踩实了，又拔了些草藤覆盖在上面。

全部处理好，四人又打量一番，看不出异样，这才纷纷坐在地上歇息。

张平擦了擦额头的汗水，感叹道："有这百万钱，可助伯升成就一番大业！"

刘秀好奇地问道："平哥是怎么认识我大哥的？"

张平沉默下来，过了许久，久到刘秀以为他不会回答的时候，张平缓声说道："我曾在家乡杀了一狗官，逃亡到蔡阳，伯升不嫌我有命案在身，将我收留，从那时起，我的这条命就是伯升的了。"

刘秀露出恍然大悟之色，原来如此！有时候他也挺佩服大哥的。

大哥一直很羡慕那些显赫士族能养许多的门客，但大哥没有钱财养门客，却也能另辟蹊径，收拢了许多犯案在身的人，而这些人又远比那些花钱聘请来的门客更加忠诚，更加死心塌地。

张平和朱云都是很好的例子。

歇息得差不多了，刘秀等人站起身形，回往锡县。

路上，张平问道："阿秀，该不会我们到了郡城之后，郡府也和县府一样，都不管那些女人，最后又把她们推给我们了吧？"

刘秀苦笑，这种可能性也不是没有，他耸耸肩，说道："等到了郡城看看情况再说，最后拿主意的还得是大哥。"

张平先是点点头，最后又无奈地摇了摇头。

他们正往山外走着，突然间，龙渊停下脚步，顺手拉住了刘秀。张平和李通也停了下来，不解地看着龙渊。

龙渊侧着耳朵聆听，幽幽说道："好像有人在哭喊。"

闻言，刘秀三人下意识地向四周望了望。他们的周围都是树林，黑漆漆的，伸手不见五指，仔细聆听，除了嗡嗡的虫叫声，也听不到还有别的什么声音。

李通打了个冷战，两只手下意识地在胳膊上搓了搓，说道："忠伯兄，你可别吓我，这荒山野岭、黑灯瞎火的，哪来的哭声啊？"

龙渊又听了片刻，语气笃定地说道："确有哭声，在这边！"说着话，他抬手指了一下右手边的方向。

众人相互看看，最后目光都落在刘秀身上。

刘秀甩头说道："走，我们去看看！"

他不太相信鬼神一说，不过他很相信龙渊六识过人，既然龙渊听到了哭声，想来应该错不了。

龙渊走在前面，刘秀三人跟在后面，在树林中高一脚低一脚地向前穿行。

走了不到一刻钟的时间，刘秀等人都看到前方隐约有火光从树林的缝隙中透出。四人不约而同地放慢脚步，悄然无息地接近过去。

火光来自于前方树林的一片空地。

空地的中央生着一堆篝火，篝火的四周，坐着几名披着兽皮的蛮子，在他们附近，还有两个女人被捆绑在地上，龙渊所听到的哭声就是她二人发出来的。

这些倒没什么，最恐怖的是，篝火上烤的根本不是山中的野味，而是一个人，一个被切掉了头颅的女人。

在篝火旁还竖立着一根木棍，木棍的顶端，触目惊心地插着一颗女人的头颅。

篝火上的那个女人已经被烤成了焦黄色，从胸口到下腹，完全被豁开，肚腹当中内脏已全被掏空，空气中弥漫着一股诡异的烤肉的香气。

　　围坐在篝火旁的蛮子时不时地起身，用弯刀割下一块肉，放入嘴里，大口地咀嚼。

　　此情此景，让人既不寒而栗，又让人一阵阵地作呕。

第十九章
再次营救

刘秀四人看罢，就连胆子最小的李通，手都不自觉地握紧了短剑的剑柄，身子突突直哆嗦，是气的。

以前只听说蛮人凶残，但具体凶残到什么程度，终究是未亲眼所见。

今天和蛮兵的战斗中，杀了对方一百多号人，李通还有些于心不忍，而现在，他真恨不得能杀光所有的蛮子。

刘秀亦是又气又恨，牙根痒痒，他故意拉了一下身旁的草丛。

哗啦啦——

随着草丛声响，篝火旁的几名蛮子齐刷刷地转头看过来。紧接着，有两个蛮子站起身形，手持弯刀，向刘秀四人这边走过来查看。

他二人刚走到刘秀等人近前，还没看清楚怎么回事呢，龙渊和张平已双双从草丛当中射了出来，与此同时，二人的剑不分先后地刺穿了两名蛮子的胸膛。

刘秀也从草丛中冲了出来，直奔还坐在篝火旁的三名蛮子跑了过去。

"啊——"那三名蛮子不约而同地惊呼一声，刚从地上站起，刘秀便到了他们近前，一走一过之间，长剑于空中画出一道电光，斩断了一名蛮子的脖颈，硕大的断头夹杂着血箭，弹飞到半空中。

另两名蛮子怒吼着，抡刀向刘秀劈砍过去。后者身形一转，闪到一名蛮子的背后，长剑顺势刺出，由对方的后腰刺入，剑尖在其肚前探出。

刘秀片刻不停，一脚把挂在长剑上的尸体踹飞了出去，顺势拔出长剑，向另一名蛮子的头顶劈砍。

那名蛮子急忙横刀招架。当啷！随着脆响声，蛮子被震得倒退了两步，刚好退到被捆绑的那两名女子附近。

蛮子咆哮着抡刀要向她二人身上劈砍，可是他的刀还没落到二女的身上，龙渊箭步上前，干净利落的一剑，直接刺穿他的喉咙。

扑通！

尸体先是跪坐在地上，接着，一头向前扑倒，鲜血顺着他的脖颈汩汩流出，在地上蔓延开来。

李通一溜小跑地来到那两名女子近前，把她二人身上的绑绳解开，然后看眼还在篝火上烤着的无头女尸，他怒吼一声，将架子狠狠推倒。

被救下的两名女子，互相抱着，坐在地上哭成了一团。

刘秀看向龙渊和张平，向左右两边指了指，二人会意，分别走向左右两侧，全神戒备，防止还有其他的蛮子突然冲杀出来。刘秀走到二女近前，等了一会儿，见她二人的情绪平复了一些，方开口问道："附近还有蛮兵吗？"

二女泪眼婆娑地看着刘秀，只一个劲地抽泣，已然说不出话来。

刘秀暗叹口气，感觉暂时也问不出什么，他让李通过来帮忙，他二人用剑在地上挖坑，把那具已快被烤熟的无头女尸，连同插在一旁的断头，一并埋在坑里。

他二人刚把坑挖好，还没等把尸体放进去，一名女子颤巍巍地站起，带着哭腔问道："请问，你们是……"

"襄阳义军。"李通回了一句。

听闻他们是义军，两名女子再次嘤嘤了起来，不过这回哭，应该算是喜极而泣。

过了一会儿，刚才问话的那名女子擦了擦脸上的泪痕，向刘秀和李通俯身施礼，带着哭腔，哽咽着说道："小女子多谢几位公子的救命之恩，不知几位公子尊姓大名？"

听她的话语，不像是普通人家的女子，更像是受过良好教育的大家闺秀。

159

刘秀和李通定睛细看这名女子，她年纪不大，看起来比刘秀和李通小个两三岁，皮肤白皙，容貌也秀美。

站在她身边的女子，与她年龄相仿，虽说没有她那么漂亮，但也是个清秀佳人。

刘秀说道："在下刘秀。"

李通也报上自己的名字，顺便指了指两边的龙渊和张平，说道："他叫龙忠伯，他叫张平。"

刘秀问道："你们有没有受伤？"

貌美女子摇摇头，虽说她二人衣衫凌乱，但没有破损，想来只是被劫持，并没有被蛮人欺负。

"姑娘是哪里人？"

"小女子名叫叶清秋，汉中郡城人氏。"

哟！这倒是巧了！他们正准备明日去郡城呢！刘秀看向她身边的女子，问道："这位是？"

叶清秋说道："她叫曼儿，曼儿和小凡都是我的丫鬟。"

"小凡？"刘秀不解地看着她。

叶清秋眼中立刻又蒙起一层水雾，嘤嘤地哭了起来。

名叫曼儿的丫鬟指着那具被烤熟的女尸，再次痛哭失声，道："小凡已经被他们杀了，还……还……"她说不下去，呜呜地大哭起来。

唉！刘秀和李通暗叹口气，现在他俩觉得白天死的那一百多个蛮兵一点都不冤，这些蛮子，简直泯灭人性，将其碎尸万段、挫骨扬灰都不为过。

男女有别，看着泣不成声的主仆二人，刘秀和李通也不好上前安慰，两人对视一眼，只能先把那个名叫小凡的可怜丫鬟埋掉。

没过多久，龙渊和张平双双走了回来，向刘秀摇摇头，说道："树林中应该没有其他的蛮子了！"

叶清秋和曼儿停止哭泣，又向龙渊和张平施礼谢恩。

刘秀问道："劫持你们的蛮兵就他们几人吗？"

叶清秋点点头，紧接着又紧张地说道："他们来这里，好像是要和另一伙同伴会合。"

160

刘秀四人相互看看，估计这几个蛮子的同伴，就是他们白天遇到的那两队蛮兵。

李通笑道："你俩不用担心，他们的同伴，早在今天上午的时候，就被我们襄阳义军全部剿灭了。"

叶清秋和曼儿闻言，顿露惊喜之色。

刘秀好奇地问道："叶姑娘能听得懂蛮语？"

叶清秋脸色微红，小声说道："小女子在家中学过一些。"

学蛮语做什么？刘秀也不好多问，点下头，问道："你们是怎么被蛮人劫持的？"

叶清秋说道："我们本是住在竹溪的舅公家，后来蛮兵窜入汉中，竹溪附近也经常有蛮兵出没，舅公担心我们住在竹溪不安全，便派人护送我们回郡城，结果……结果在半路上，我们遭到这些蛮兵的伏击，舅公派来护送我们的人，都被这些蛮兵杀害了！"

刘秀问道："那么，你们现在可有去处？"

叶清秋和曼儿生怕刘秀等人把她们扔在这里不管，前者连忙问道："不知四位恩公能不能把我们送到郡城？"

刘秀说道："我们暂时住在锡县，明日一早正好要去郡城，如果两位姑娘不嫌弃的话，就先跟我们去锡县的驿站住一宿，等明早我们再动身去郡城。"

叶清秋和曼儿喜出望外，连连应好。

临走之前，叶清秋和曼儿还跪在小凡的坟前，祭拜了一番。

走出白山，在返回锡县的路上，刘秀说道："等到了锡县，你们只需说是在锡县附近被我们救下就好，不要提白山的事。"

曼儿一脸的不解，不明白刘秀为何要她俩说谎。

叶清秋倒是很明事理，应道："刘公子请放心，刘公子不让我们说的，我们一个字也不会讲出去。"曼儿闻言，在旁跟着连连点头。

刘秀含笑说道："我们在白山，是有点私事去处理，并不想被旁人知晓。"

叶清秋正色说道："刘公子无须向我们解释这些，刘公子是我和曼儿的救命恩人，刘公子的交代，我和曼儿一定会牢牢记在心上。"

刘秀看了她一眼，暗暗点头，这是位知书达理的富家小姐！

一路无话，他们顺利回到锡县。

深夜，锡县的城门早已关闭，好在刘秀等人都有军牌在身，而且张平还带着屯长的军牌，进城倒也顺利。

他们回到驿站，找到驿站的管事承驿吏，让他给叶清秋和曼儿安排了一个房间。

听闻叶清秋和曼儿是他们在城外救回来的，承驿吏差点笑出来，感觉襄阳义军到了汉中，好像也没干别的事，净救女人了。

看出承驿吏有轻慢之意，李通从外面提进来一个大包裹。黑灯瞎火的，承驿吏也看不清楚大包裹的颜色，问道："这是什么？"

"战利品！"李通说道。

承驿吏眼睛顿时一亮，立刻追问道："你们都从蛮兵手里缴获了什么战利品？"

李通一笑，三两下把大包裹打开，承驿吏低头一看，脸色顿变，差点把晚饭都吐出来。

原来包裹里包着的全是血淋淋的人头，一共有五颗之多。可能人头是刚被切下的关系，断颈处还滴着血水。

李通笑问道："阁下可想要分一份我们的战利品？"

承驿吏一句话也没说出来，捂着嘴，连连摆手，走到一旁，手扶着墙壁，哇哇地干呕起来。

杀了多少的蛮兵，不是光用嘴巴说的，要以人头为证。刘秀等人来到锡县，之所以带来的是断指，主要原因就是蛮兵的人头得送到县尉彭勇那里邀功。

吐了好一会儿，承驿吏才算恢复一些，看向刘秀等人的眼神，也再无轻视之意。刘秀对李通一笑，问承驿吏道："大人现在可以给她二人安排房间了？"

"好、好、好，我……我这就去安排。"承驿吏一边点头应着，一边擦着额头的虚汗。

承驿吏带着叶清秋和曼儿离开，他们四人也一同来到刘秀的房间。

还没等坐下，李轶便在外面敲门而入，他好奇地环视众人一眼，最后目光落在李通身上,问道:"次元,你和文叔他们一起走的?"

李通知道,自己的这位堂兄心眼不大,他早就想好了说辞,笑道:"文叔他们本不想带我,是我偷偷跟去的。"

"听说你们还救回来两个女人?"

"而且还杀了五个蛮子呢!"李通故作兴致勃勃地说道。

第二十章
去往郡城

看着一脸兴奋的表弟，再瞧瞧表情平淡的刘秀等人，李轶总觉得哪里不对劲，但一时间又说不上来。

李通没有在刘秀的房间里多待，稍坐片刻，便起身向刘秀告辞，和李轶回往自己的房间休息。

他二人住在一个房间，进到屋内，李轶再次问道："次元，你跟我说实话，你们今晚出城到底去干吗了？"

李通笑了，说道："堂哥，我们真的是出城去拜访文叔家的一位长辈，只不过在回来的路上，恰巧遇到了蛮子，不然，堂兄以为我们还能去哪？"

"哦。"李轶深深看了一眼李通，没有再继续多问。

翌日，刘秀等人启程，去往郡城。

周斌说到做到，给了他们一笔盘缠，数目不多，只五百钱，不过除此之外，还送给他们一辆马车以及不少的干粮。

有了这些干粮，他们从钖县到郡城，起码不用为吃的东西犯愁了。

现在的世道是，有钱也未必能买得到吃的。

离开钖县，刘秀等人一路西行，去往郡城。

可能越来越多的蛮兵开始流窜进汉中，汉中各地的百姓都在往郡城方向逃难，官道上，背着行囊、拖家带口往郡城赶的百姓也特别多。

李轶有注意到叶清秋和曼儿。

虽说她二人和其他的女人们走在一起，但主仆俩却很醒目。首先她二人的穿着就比其他的女人要好不少，尤其是叶清秋，穿着绸质的襦裙，即便脏了一些，也能看出襦裙上精美的绣工。

另外，叶清秋和曼儿的模样也要比其他的女人强了不少，单凭她二人细嫩白净、吹弹可破的皮肤，就是周围的那些女人远远无法相比的。

走在路上，李轶时不时地在二女身边转悠，想引起她二人的注意，可惜，叶清秋和曼儿还沉浸在小凡惨死的悲痛当中，根本没注意到不时在她俩身边出现的李轶。

汉服的襦裙有长短两种，有钱人家小姐的襦裙，裙摆基本都会拖地，不太适合长时间的步行。

叶清秋正往前走着，一个没留神，脚踩在裙摆上，身子不由自主地向前仆倒。

曼儿惊呼一声："小姐！"她急忙上前搀扶。

不过有人的速度比她还快——李轶。

李轶三步并成两步，抢先来到叶清秋近前，托住她的胳膊，把她从地上扶起来，而后他绅士地收回手，彬彬有礼地问道："清秋小姐没事吧？"

叶清秋的膝盖磕了一下，传来一阵阵的刺疼，她蹙了蹙秀气的眉毛，向李轶摇头笑了笑，而后她问道："你知道我的名字？"

"在下李轶，字季文，是李通的堂兄。"李轶也正是通过李通才知道叶清秋的名字。

听他是李通的堂兄，叶清秋脸上的笑意真诚了几分，说道："原来是李公子！"

"清秋小姐真的没事吗？"

"我……"叶清秋试着往前走了一步，膝盖立刻传来钻心的剧痛。

她脸色一白，忍不住哎哟了一声。这回是李轶和曼儿一同把她搀扶住。他向四周望了望，说道："清秋小姐在此稍等，我去去就回！"

说着话，李轶快步向前跑去。他追上走在前面的刘秀等人，大声喊道："文叔！"

刘秀停下脚步，回头不解地看着他。

李轶来到他近前，皱着眉头说道："清秋小姐的腿磕伤了，现在走不了路,文叔,能不能把马车空出来,让清秋小姐乘坐?"

刘秀等人愣了一下才反应过来,李轶说的清秋小姐是叶清秋。

李通扶额,说道:"堂兄,马车里装的可都是食物和行李,我们怎么把马车空出来?"

"我们总不能把清秋小姐扔在这里不管吧?"李轶面露不悦地问道。

李通老脸通红,羞的,被自家的堂兄羞的。

昨天在锡县,堂兄还愤愤不平地埋怨,说己方不该带着女人们去郡城,又怕耽误行程又怕担责任,现在倒好,他主动要把马车空出来,让给叶清秋去坐。

这前后的变化也未免太大了吧?

李通颇感无奈地看向刘秀。后者沉吟片刻,说道:"走,过去看看。"

正所谓财不露白,现在食物比真金白银都值钱,他们把存放在马车里的食物搬出来,不是让周围的人看了眼红吗,还指不定惹出什么事端呢!

刘秀、李通等人找到叶清秋,此时,曼儿正陪着叶清秋坐在路边休息。

见到刘秀等人过来,叶清秋挣扎着要从地上坐起,刘秀抢先向她摆摆手,说道:"叶姑娘不必多礼。"

来到她近前,刘秀问道:"听说叶姑娘刚才摔了一跤,哪里摔伤了?"

叶清秋看眼刘秀,垂下头,脸色微红地指了指膝盖。

刘秀问道:"很痛吗?"

叶清秋尝试着从地上站起来,不过她的左膝的确是疼痛难忍,好在一旁的曼儿手疾眼快,及时搀扶住她,没让她摔倒。

看得出来,叶清秋不是装的,也的确是走不了路了,刘秀沉吟片刻,对张平说道:"拿出几包行李,空出一块地方,让叶姑娘坐车上!"

张平点下头,挥手叫来几人,让他们把马车内的行李包裹搬出来几个。马车不大,车厢内本就狭小,现在里面已堆满了行李,还要再挤进去一个大活人,很是困难。

众人足足搬出来五大包的行李,才空出一小块地方。

李轶凑过来看了两眼，皱着眉头说道："文叔，这也不够坐两个人的啊？"

龙渊、张平、李通都是大皱眉头，刘秀不解地问道："两个人？"

"曼儿姑娘还得在车里照顾清秋小姐呢！"李轶理所当然地说道。

李通再忍不住，说道："堂兄，你也看到了，马车里不可能再坐进去两个人了！"

曼儿搀扶着叶清秋走过来，向众人连连摆手，急声说道："我家小姐已经够麻烦大家的了，我不用坐在车里。"

"清秋小姐和曼儿姑娘都是弱女子，我们这些大男人多背几个包裹又算得了什么？"说着话，李轶一把接过来一个包裹，背在肩膀上。

李通对李轶此时的表现也十分不满，连连摇头，你想要在叶清秋和曼儿面前充好人，倒也没什么，可凭什么要别人背着这些沉重的包裹上路？

刘秀提起两个包裹，一个自己背上，另一个递给龙渊，斩钉截铁地说道："行了，叶姑娘乘车，曼儿在车外照顾，天黑之前，我们必须得赶到旬阳。"

如果只刘秀他们十人，一天之内走到郡城还有可能，现在带着这些女人，能在天黑之前抵达旬阳就算不错了。

听闻刘秀的话，李轶脸色阴沉，似乎未能帮曼儿争取到一个车上的座位，很是愤愤不平。

他如此表现，无疑是赢得了曼儿的好感，等刘秀一行人离开，曼儿低声说道："李公子能让我家小姐坐上马车，奴婢已经感激不尽了。"

李轶背着硕大的包裹，虽然很沉重，但还是装出一派轻松的样子，摇头说道："包裹里装的只是些衣物罢了，又不是很重，大家分担一下，空出两人的位置根本不算什么。"

曼儿由衷说道："谢谢李公子！"

李轶要的可不是曼儿的感谢，他偷眼瞧瞧坐在车内的叶清秋，后者的目光根本没在他身上，而正眺望前方。

他顺着叶清秋的视线看去，正看到各背着一个大包裹的刘秀和龙渊大步流星地走在前面。

等到晌午的时候，刘秀等人走出还不到二十里路，但后面的女人们实在是坚持不住了，刘秀无奈，只能让大家停下来休息，顺便吃点食物，填饱肚子。

坐在车里的叶清秋也没闲着，手忙脚乱地从车厢里拿出干粮，帮着大家分发食物。

刘秀接过叶清秋递来的一块干粮，道了一声谢，正要转身走开，叶清秋忙又拿出一块干粮递给他，小声说道："刘公子，你背着包裹走了这么远，再吃一块吧！"

看眼递到自己面前的干粮，刘秀感激地向她笑了笑，摇摇头，说道："多谢叶姑娘。只是，人不患寡，而患不均。"

食物有限，大家都只分到一块干粮，而他要是拿了两块干粮，必然会惹人侧目，让人心生不快。

刘秀拒绝了叶清秋的好意，让她把干粮收回去，然后他叼着自己的这块干粮，走到路边，把包裹放下来，一屁股坐到地上，边拿着干粮大吃起来，边和龙渊、张平等人商议接下来的行程。

通过刘秀不肯要叶清秋多分给他的食物，不仅能看出刘秀为人的公正和深明事理的一面，更能看出他善于洞察人性的一面。

在他们这个小集体里，刘秀和其他人一样，都只是个兵卒，别人凭什么要听他的指挥？

单凭他是刘縯的弟弟？这还远远不够，如果他不能表现出公平公正的做事态度，他们这个小集体，不用到郡城就得先分崩离析。

就个人的品行而言，刘秀的确是让人挑不出来有哪些不好的地方，最最关键的一点，刘秀的品行不是他刻意装出来的，而是在日常生活的点点滴滴中自然流露出来，这也正是他的个人魅力所在。

平心而论，刘秀要比他那位两百年前"飞鸟尽良弓藏，狡兔死走狗烹"的开国先祖要强，比两百年后他那个动不动就"哭鼻子、摔孩子、扔老婆"的后世子孙更不知强了多少倍。

叶清秋看着坐在路边的刘秀，目光久久没有收回来。

路边。

李通说道："依照我们现在这个速度，恐怕在天黑之前，都很难赶到旬阳。"

张平说道："我担心的是，伯升无法在郡城等我们这么多天。"

刘縯一部是襄阳义军的先锋军，不可能长时间地逗留在一地，需要一路南下打头阵。

刘秀若有所思地点点头，这的确是个难题。他下意识地看向女人们那一边，不知看到了什么，他的眉头突然皱了起来。

第二十一章
蛮军来袭

此时，女人们都坐在路边休息，于附近休息的还有许多的流民和迁徙的百姓。

大多数的流民和百姓都已经饿得骨瘦如柴，眼窝深陷。

尤其是那些失去父母的孩子们，一个个破衣烂衫，脏得像泥球似的，用着怯生生又贪婪的眼神看着女人们手中的干粮。

有一个三十出头的女人似乎是于心不忍，掰了一半的干粮递给一名距离她最近的小姑娘。

那个小姑娘先是试探性地伸出手来，见女人没有要把干粮收回去的意思，她一把抢过来，狼吞虎咽地大吃起来。

女人的一时善心，开了先河不要紧，周围的孩子、百姓们纷纷云集过来，人们带着哭腔哀求道："姑娘，给我们一口饭吃吧！"

"姑娘，也分我一块干粮吧！""姑娘……"

周围的人越聚越多，人们的目光落在女人们手中的干粮上，口水都快从嘴角溢出来了。

人群中一名干瘦的青年，抽冷子一把将一个女人手中的干粮抢了过去，然后拼了命地往人群外面跑，同时把干粮一个劲地往口中塞，哪怕他噎得直翻白眼，向口中塞干粮的动作也没停下来。

他还没跑出人群，便被两边的百姓摁倒在地，人们像疯了似的扑到他身上，抢着他手中所剩无几的干粮，甚至还有人去抠他口中的干粮，人们的嘶吼声、尖叫声此起彼伏，现场瞬间便骚乱起来。

有了先例，紧接着，又有越来越多已经饿得两眼昏花的饥民抢夺女人们手中的干粮,只顷刻之间,场面已乱成一团。

该死的!刘秀将没吃完的干粮塞进衣襟里,快步冲了过去,龙渊和张平等人紧随其后。

他们这几人,与饥民们相比,称得上是身强体壮。

他们合力,把围抢干粮的饥民们齐齐推开,定睛一看,几十个女人,手中的干粮大多都被抢走了,过半的人衣服都被扯出了口子,还有几个女人,脖颈、手臂上都被抓出一道道的血痕。

见状,龙渊、张平、李通等人齐刷刷地抽出佩剑,剑锋指向对面的那些饥民。

李通怒声喝道:"尔等堂堂七尺男儿,竟然厚颜无耻去抢女人的食物!"

饥民们也是欺软怕硬,看到刘秀一干人等如凶神恶煞一般,而且个个手持利器,人们好像霜打的茄子,全都蔫了,一个个低垂着头,连连后退。

有抢到干粮的人,还是一个劲地向嘴巴里塞。

刘秀向龙渊等人摆摆手,示意他们都把剑收起来。

虽说荆州也经历了旱灾,但当地的百姓还不至于像益州这样,益州这里,当真是天灾人祸,所有的祸事都赶到一起了。

如果自己手里还有多余的粮食,刘秀不会吝啬,一定能拿出来分发给这些饥肠辘辘的流民。

可是马车内的那点干粮,只勉强够他们一行人路上所需,如果真拿出来分掉,能不能救活这些饥民,他不知道,他只知道他们这些人肯定要饿死在去往郡城的半路上。

现在刘秀真想问问益州官员,益州的赈灾粮食都去哪了?

如果此时真有益州官员在此的话,也肯定会回答刘秀,都被廉丹抢走了。

新莽朝廷拨下来的赈灾粮食,经过层层的克扣,落到地方上本就没剩下多少,加上南蛮入侵,被蛮人抢走一部分,剩下的那点赈灾粮食,被廉丹一部一走一过之间,搜刮个干干净净,一粒粮食都没给当地的百姓们留下。

171

用天灾人祸来形容现在的益州，再恰当不过。

就在这时，前方的道路上突然一阵大乱，无数的百姓从前面的道路上奔跑过来，人们边跑还边大声喊叫道："蛮军！有蛮军杀过来了！快跑啊——"

听闻叫喊声，刘秀等人心头同是一震，当有一名百姓要从刘秀身边跑过去的时候，他一把抓住那人的胳膊，问道："有蛮军杀过来了？"

那名百姓是个四十岁左右的中年人，脸色都吓白了，连连点头，气喘吁吁地说道："是……是蛮军，快跑吧，再不跑就来不及了！"

说着话，他想甩开刘秀的手，不过后者的手掌如同铁钳似的，他根本挣脱不开。

蛮军？哪来的蛮军？他们进入汉中后，已经剿灭了近两百名蛮军，难道这些蛮军还不是主力？

他追问道："蛮军来了多少人？"

"太多了，人山人海，数不清楚，你别拉着我了，你要寻死，也别拽着我啊！"随着刘秀的手松开，这名中年人立刻飞奔而去。

中年人前脚刚跑开，刘秀等人也看到了蛮军的身影。

这次遇到的蛮兵，不同于他们在白山遇到的那些蛮子，远远望去，蛮兵一个个都是光着膀子，剃着秃头，脸上、身上皆文有大片图腾式的刺青，下半身系着皮裙，光着双腿，脚上穿着兽皮靴。

至于对方有多少人，刘秀等人也看不清楚。他们杀进百姓当中，挥舞着手中的弯刀，砍人真好似切菜一般，成群成片的百姓被他们砍倒血泊当中。

只眨眼的工夫，前方官道的路面上，躺满了百姓们的尸体，血流成河。

如果只是刘秀他们十人，或许还能跑得掉，可现在还带着这些女人，跑是肯定跑不掉了。刘秀当机立断，抽出肋下的长剑，大喊一声："亮剑，准备迎敌！"

随着他一声令下，人们纷纷抽出武器，提着剑，跟随刘秀，向前迎击蛮兵。

守在马车旁的李轶望着前面汹涌而来的蛮兵，暗暗咂嘴，当李通要从他身边跑过去的时候，他一把抓住李通的手腕，低声呵斥道："次元，你疯了不成，你没看到前面有多少蛮兵吗？就我们这几人，过去不是找死吗？快跑吧！"

说着话，他拉着李通往后跑，这时候，什么叶清秋什么曼儿，他都顾不上了，只想着自己能活命。

李通被他拽着跟跑出几步，而后他用力一挥手臂，把李轶的手狠狠甩开。

他凝视着李轶，大声说道："堂兄，文叔他们都去与蛮兵作战了，你想要临阵脱逃？"

"你傻啊，只我们这几个人，又怎么去和这么多的蛮兵打？你快跟我走！"说着话，他伸手又要去拉李通。

后者像看陌生人一样看着李轶，边摇头边后退。平日里，李轶满嘴的仁义道德，豪情万丈，可真到了关键时刻，却只是个临阵脱逃的懦夫！

"堂兄，就算死，我也不要做个软骨头的懦夫，而是要和我的兄弟们死在一起！"说完话，他又颇感痛惜地看了一眼李轶，转身向刘秀那边奔跑过去。

此时，刘秀等人已经和冲杀过来的蛮兵打到了一起。

这些蛮兵，不仅打扮不同于白山境内的那些蛮兵，连战力都要高出一大截。

刘秀对上的是一名身材魁梧的蛮兵，二人的刀剑几乎是在同一时间挥出，于空中碰撞，发出当啷一声脆响，紧接着，两人不约而同地各退了一步，刘秀感觉自己的虎口麻酥酥的。

好大的力气！刘秀再次上前，身形一晃，由蛮兵的身前闪到他的侧面，与此同时，长剑横扫出去，直取对方的脖颈。

他十拿九稳的杀招，这次却失灵了，对面的蛮兵反应极快，将手中刀向外一挥，当啷，刘秀的长剑被他挡开。

刘秀心头暗惊，那名蛮兵趁机上前，一刀劈向刘秀的脑袋。

噗！

没等刘秀做出闪躲，一支飞矢从斜刺里飞来，正中那名蛮兵的太

173

阳穴。箭头贯穿他的头颅，在他的另一侧太阳穴探出。是张平的一箭。

刘秀喘了口粗气，回头看眼张平，后者已然重新拈弓搭箭，寻找下一个目标。刘秀不敢再掉以轻心，使出全力，迎击下一名蛮兵。

这一次与蛮兵的交战，刘秀都备感压力，其一是对方的战力很强，其二是对方的人数众多。

其实这支突然杀到官道上的蛮兵，人数还未过百，只不过刘秀这边参战的也只有九人而已，好在他们都是刘縯挑选出来的，每一个都不白给，不然的话，只怕刚和蛮兵一照面就都趴下了。

刘秀提起十二分的小心，手持长剑，连杀了三名蛮兵。正在这时，他对面传来一声怒吼，一名身材高大、体型健壮、手持铁锤的蛮人向他直冲过来。

"小心——"就在刘秀附近的龙渊一把将他拉开，与此同时，他向对方迎了过去。

当啷！

魁梧蛮人的铁锤恶狠狠砸向龙渊，龙渊横剑招架，不过使了巧劲，横起的剑身向旁倾斜，让砸落下来的铁锤有个外卸的力道。

但即便如此，龙渊还是受其冲击力，双脚贴着地面，倒滑出去两三米远，持剑的手臂如同过了电似的，突突直哆嗦。

龙渊在心里暗暗咋舌，这个蛮子的力气，恐怕都不次于主公的大哥刘縯。没等龙渊继续上前，周围一下冲过来十多名蛮兵，把他团团围住，向他展开了围攻。

魁梧蛮人没有理会龙渊，提着铁锤，直奔刘秀走去。到了刘秀近前，双臂一挥，一锤砸落下来。

知他力大，刘秀不敢抵其锋芒，身形横穿出去。

轰隆！

巨大的锤头没有砸中刘秀，结结实实地砸在地面上，发出一声巨响。不远处，站于马车旁的张平默不作声地射出一箭，直取魁梧蛮人的左眼窝。

第二十二章
明犯汉者

张平的箭快，可魁梧蛮人的动作更快，他猛地向上一抬手，一把将张平射来的箭矢牢牢抓住。

要知道双方的距离并不远，而张平又是以射术擅长，在这么近的距离下，对方竟然能抓住张平的箭，简直是匪夷所思。

见状，张平的脸色都为之一变，他紧接着又抽出一支箭矢，再次向魁梧蛮人射出一箭。

魁梧蛮子舍弃了刘秀，直奔张平冲了过去，奔跑的时候，他稍微抬了下锤子，当啷一声，本是射向他胸口的箭矢被铁锤的锤头挡下来。魁梧蛮子三步并成两步，到了张平近前，一锤子横扫出去。

张平反应也快，身子立刻卧倒在地，向旁翻滚。咔嚓！横扫出去的锤头砸在马车的车身上，把马车一侧的车壁砸了个粉碎，坐在里面的叶清秋忍不住惊叫出声，与此同时，放于车内的行李、干粮纷纷滚落出来，掉了满地。

魁梧蛮子不依不饶，转回身形，抡锤又向张平砸去。

张平的身法再快，也快不过他的锤子，眼瞅着张平要被对方的铁锤命中，突然间，魁梧蛮子感觉自己的背后恶风不善。

他来不及再去伤张平，身子向旁一闪，沙，剑锋由他的左肋下掠过，险些划开条口子。

他转回身一瞧，见站于自己背后偷袭自己的，正是刘秀。魁梧蛮子怒从心头起，他咆哮一声，抡锤又砸向刘秀。

刘秀运足了全力，猫着腰，在地上画出一条弧线，闪躲开对方锤

175

子的同时，剑锋也从魁梧蛮子的大腿外侧划过。

顿时间，魁梧蛮子的大腿外侧多出一条长长的血口子，鲜血也随之汩汩流淌出来。

魁梧蛮子没有收锤往后抢，而是使了个巧招，将锤尾猛地向后一捅，直取刘秀的胸膛。

锤尾是从他的腋下钻出去的，又快又隐蔽，位于他背后的刘秀还真没想到对方会用出这样的怪招，准备不足，被锤尾击了个正着。

嘭！

刘秀的身形倒飞出去，摔在地上，就觉得胸口发闷，嗓子眼发甜，一口老血涌了上来。他紧咬着牙关，将这口血硬生生地吞了回去。

魁梧蛮子低头看眼大腿上的划伤，再瞧瞧躺在地上的刘秀，他大吼一声，提着锤子向刘秀走了过去。

一旁的陈平再射一箭，不过再次被魁梧蛮子挡开。没时间再射箭了，陈平抽出自己的短剑，直奔魁梧蛮子冲了过去。

不等他到近前，魁梧蛮子一锤向他横扫过来。陈平弯腰，向下闪躲。锤头在他的背上挂着呼啸的劲风，横扫过去。

还没等他直起腰身，魁梧蛮子一脚蹬在他的肩头，把陈平踢着向后翻滚出好远。

魁梧蛮子没有理他，到了刘秀的近前，双手握住锤把，运足了力气，正要把锤子砸下去。

这时，斜刺里飞来的一个大包裹砸在他的肩头，包裹的绳扣松开，里面的衣物立刻散落出来，挂了魁梧蛮子满身。

他气急败坏地怒吼一声，把挂在自己身上的衣服扯掉，转头一瞧，原来是叶清秋站在马车上，将车里的一个包裹砸向了他。

魁梧蛮子没有理会，还是把锤子狠狠砸向了刘秀。

也就在锤头快要砸中刘秀的脑袋时，后者的身子突然向旁翻滚，嘭，锤头重重砸落在地，就连站在马车上的叶清秋都感觉车身一震。

在魁梧蛮子收回锤子的同时，刘秀一个鲤鱼打挺，从地上跳起，顺势一剑刺出，直取对方的小腹。

魁梧蛮子明显没料到刘秀还有余力向自己做出反击，他本能反应地后退了一步。

在他后退的同时，刘秀也做出了变招，他变刺为划，剑锋在魁梧蛮子的小腹前横扫过去，将他的肚子划开一条半尺长的口子，如果伤口再深一点，就把他开膛破肚了。

魁梧蛮子疼得嘶吼一声，抡锤子又砸向刘秀。刘秀将自身的速度发挥到了极致，身形滴溜一转，由魁梧蛮子的身侧闪过，剑锋在他的肩头又划开一条口子。魁梧蛮子也不再收锤了，干脆探出大手，去抓刘秀的衣领子，后者的身形再次一转，剑锋又将魁梧蛮子的后背划开一条口子。

此时刘秀已然改变了战术，不再想着去全力一击，一击毙敌，而是利用身法的灵活，与对方展开游斗。

他的每一次出剑都是又快又轻飘，力道并不大，只是在对方身上划开一条口子而已，浅尝辄止，但如此一来，他的收剑时间更短，身法的速度也变得更快。

如果龙渊看到这般场景的话，一定也会对刘秀的打法大吃一惊。

他传授给刘秀的武艺，其精髓就是要做到一击毙敌，而刘秀现在的打法是，牺牲了力道，全力提升了速度，让自己的身形飘忽不定，导致对方完全捕捉不到自己的踪迹。

武艺、招式都是死的，只有人是活的，对付不同的敌人，采用不同的战术，以最适合的战法去杀伤敌人，这便是练武者的天赋，也是由练武者的悟性决定的。

此时刘秀的战术无疑是成功的，他把对方力大无穷的优势压缩到了最低，反而把对方膀大腰圆、体型笨重的劣势激发到了最大。

在刘秀犹如蜻蜓点水一般的快攻下，时间不长，魁梧蛮子的胸前、背后乃至手臂、大腿上全是血口子，每条血口子都不深，既不伤筋，也不伤骨，但流淌出来的鲜血却极为吓人，打眼看去，魁梧蛮子此时就如同血人一般。

随着血液的大量流失，魁梧蛮子的蛮力也大不如前，原本在他手中轻若无物的大铁锤，现在也变得异常沉重起来。

而此时的战场上，其他的蛮兵也都看到了魁梧蛮子命垂一线，人人嘶吼连连，拼了命地向刘秀这边冲杀。

龙渊、张平、李通等人无不使出吃奶的力气，奋力抵御蛮兵的冲击。

且说刘秀，他感觉时机差不多了，当魁梧蛮子再次一锤砸向他的时候，他的身形又是快速一转，闪到魁梧蛮子的身侧，与此同时，一剑刺了出去。

这一剑，由魁梧蛮子的左肋下刺入，剑锋在其右肋探出，将魁梧蛮子的身子横着刺穿。

可让刘秀都没想到的是，这致命的一剑竟然还未能杀掉对方。

魁梧蛮子发出一声哀嚎，他扔掉铁锤，一拳打在刘秀的脑门上，后者就感觉自己的脑袋嗡了一声，眼前冒出一团金星，他踉跄而退，顺带着，将插入对方身体的长剑也拽了出来。

随着长剑被拽出，一道血箭也喷射出来。魁梧蛮子再次嘶吼一声，他张开双手，死死掐住刘秀的脖子，刘秀想都没想，又是一剑向前刺了出去。

这回他的剑是直接贯穿了魁梧蛮子的胸膛。

魁梧蛮子再也坚持不住，双腿一软，跪到地上，不过他的双手还是死死掐在刘秀的脖子上，并把他也一并拉倒在地。

刘秀大吼一声，铆足了全力，长剑由下而上地挑起。

咔嚓！

魁梧蛮子掐住刘秀脖颈的两只手，齐腕而断，刘秀趁机站起身形，把还掐在自己脖颈上的断手狠狠拽下来。

他看着跪坐在地上，胸膛还在一起一伏的魁梧蛮子，双手握剑，横劈出去。

咔嚓！又是一声脆响，这回魁梧蛮子的脖颈被斩断，硕大的人头从肩膀上骨碌下来。

此情此景，让混战成一团的战场瞬时间安静下来，那些发了疯往刘秀这边冲杀的蛮兵们，一个个瞪大眼睛，难以置信地看着跪坐在地上的无头尸体。

刘秀喘着粗气，弯下腰身，一把将滚落在地的断头抓着，而后他高举着断头，用长剑指向对面的众蛮兵，厉声喊喝道："明犯强汉者，虽远必诛！"

业已杀红了眼的刘秀，喊出了西汉名将陈汤的一句名言：宜悬头槀街蛮夷邸间，以示万里。明犯强汉者，虽远必诛！

剑锋所指，气贯长虹！

对面的一干蛮兵，看着一手提着人头，一手持剑的刘秀，无不是脸色大变，下意识地连退了数步。

在场的龙渊、张平、李通等人，也无不是士气大振，他们齐声喊喝："明犯强汉者，虽远必诛！"

紧接着，众人齐齐举起手中的武器，主动向对面的蛮兵攻杀过去。

失去了主将的蛮兵现已再无锐气，再无斗志，无心恋战，纷纷转身就跑。

刘秀只向前追出了两步，他的身子猛然一晃，急忙用长剑拄地，噗的一声，喷出口血水。

这口血，他刚才一直憋着忍着，现在蛮兵已逃，他终于把这口老血吐了出来。

正要去追击蛮兵的龙渊、陈平等人见状，纷纷跑了过来，围拢在刘秀四周，纷纷问道："文叔，你怎么了？哪里受伤了？"

刘秀缓缓摇头，又向众人摆了摆手，把这口老血吐出来，他反而感觉胸口舒服了不少，不过连带着，身体里的力气像被瞬间抽干了似的。

他站立不住，身形向龙渊那边软绵绵地倒了过去。

龙渊急忙把刘秀接住，看了看刘秀的脸色，又瞧瞧他的身上，并无明显外伤，他推测道："文叔可能是受了内伤。"

说着话，他从怀中掏出一个小药瓶，倒出两粒药丸，塞入刘秀的口中。

龙渊的身世，更接近于江湖侠客，他身上的各种丹药也很多。

众人把刘秀搀扶到马车这边，让他坐到马车上。叶清秋眼中泛着泪光，颤声问道："刘公子他怎么样？"

没等旁人说话，刘秀睁开眼睛，向叶清秋笑了笑，柔声说道："叶姑娘，我没事，刚才，多谢你了。"

刚才他被蛮子打倒的时候,多亏有叶清秋奋不顾身地向对方投掷包裹,阻慢了对方的速度,如此他才有机会缓过这口气,并想到克敌制胜的战术。

叶清秋关切地看着刘秀,哽咽着说道:"刘公子没事就好,刘公子没事就好……"

这时候,刚刚被蛮兵吓跑的百姓们又都纷纷走了回来,人们贪婪地看着散落满地的干粮。

李通见状,向周围人使个眼色,众人会意,纷纷把散落在地的干粮捡起来,重新包裹好,放到马车上。

"刚才……他们好像喊了'明犯强汉者,虽远必诛'!"

"没错,是他们喊的,他们都喊了!"

"现在可是大新朝了,还喊前朝的话,是大逆不道!"

"对,就是大逆不道!"

"我们抓他们送官!"

"对对对,抓他们送官!"

百姓们七嘴八舌地叫嚷着,一步步地向马车这里围拢过来,不过人们看的可不是刘秀他们,而是包着干粮的那些包裹。

听着百姓们的话,看着百姓们的举动,李通突然间鼻子发酸,差点哭出来,自己,又究竟是在为谁而战啊?

第二十三章
事情诡异

人群中,有一名青年无声无息地走到马车近前,目光呆滞地看着包裹,不由自主地慢慢伸出手去,想去抓那个近在咫尺的包裹。

李通再也忍不住,啊的嘶吼一声,从马车上跳下来,顺势一剑,将那名青年劈倒在地。

他用剑环视在场的众人,厉声喝道:"谁再敢上前一步,杀无赦!"

李通本是一富家公子,开朗又乐天,可此时连他这样的公子哥都忍不住持剑杀人,可见内心的情绪已经愤怒到了什么程度。

另有两名义军也跟着持剑站在李通的身侧,怒视着周围的百姓们,咬牙怒吼道:"为了救你等,我们死了三个兄弟,这就是你等对我们的报答?"

刘秀受伤,张平、李通还有一名义军兄弟也都受了伤,另外还有三名义军兄弟战死。

一战打下来,他们九个人,伤亡了七人,可悲又可叹的是,他们拼死抵挡住蛮兵,保护下来的百姓们,现在却要抓他们去送官,只为了那一口吃食。

听着那两名义军兄弟的喊声,再瞧瞧他们爬满血丝通红的双眼,以及手中滴血的长剑,人们又感羞愧,又觉得惧怕,原本围拢上来的人群,开始慢慢后退。

李通就感觉自己的胸口上像压了一块巨石,憋得喘不上气,像要把自己憋炸。他仰天大吼一声,抡起手中剑,狠狠劈砍在地上。

"次元。"坐在马车上的刘秀轻声呼唤他。

听闻刘秀的召唤声，悲愤交加的李通渐渐冷静下来，他提着剑，走回到马车近前，说道："文叔。"

"但凡还有一线生机，但凡还有一条活路，他们都不会这么做。人，都是被逼出来的。"

百姓们的做法，刘秀能理解。人若是饿着肚子，什么伦理道德，统统都会抛到脑后，人若是饿到了极点，无论多么恶劣的事情都做能出来。

诸如此类的前车之鉴，实在太多。

此时的刘秀便已生出很强烈的感慨，如果一个国家的统治者，无法让他的百姓们吃饱肚子，那实在是太可悲了，这样的国家，离土崩瓦解也绝不会太远。

看到百姓们都被吓退了，刘秀咳了一声，对龙渊低声说道："忠伯，快去追，不要与蛮兵发生接触，只需探明他们逃到哪里，藏身在何处就好，我们在旬阳会合。"

龙渊担忧地看着刘秀，说道："文叔，那你……"

"我没事，快去吧！"刘秀感觉这次遭遇的蛮兵非同寻常，应该是蛮军当中的精锐，那么这些精锐蛮兵流窜到汉中就很不同寻常了，他得弄清楚对方还有多少人，目的又是什么。

龙渊还有些犹豫，不放心留下刘秀一个人，张平说道："忠伯，有我在，会保护好阿秀的。"

李通紧接着说道："还有我！"

龙渊环视众人一眼，点了下头，不再迟疑，直奔蛮兵逃跑的方向追了出去。

刘秀看向张平，说道："是非之地不宜久留，通知大家，立刻赶路。还有，把牺牲的兄弟就地掩埋了吧！"

说着话，他支撑着身子，想要下马车。张平、李通等人忙把他摁住。张平说道："阿秀，行李我们不要了，你就待在车上。"

现在车厢已经破碎，里面也不可能再堆放那么多的行李了，只需留下干粮，至于其他，统统都可以不要。

张平、李通等人在路边挖了个坑，将战死的三名义军兄弟放入坑内，填土掩埋。路上还有许多被蛮兵砍杀的百姓尸体，但他们现在已管不了那么多了。

等他们准备出发的时候，先前逃走的李轶倒是跑了回来。众人只是看了他一眼，接着又继续各忙各的，谁都没和他说话。

李轶自己也心知肚明，他刚才做的事情太不地道了。他走到众人近前，结结巴巴地解释道："刚才……刚才我实在是被突然出现的蛮子吓到了……"

没有人接话，也没有人搭理他，众人还是各忙各的，完全把他当空气。

身在军中不同于身在别的地方，同袍兄弟之间需要百分百的信任，在与敌人对战、厮杀时，自己的背后要随时交给同袍兄弟们，这等于是把自己的性命交到对方手里，但显然，李轶并不是个值得信赖的人。

看着众人都不搭理自己，这一刻，他也强烈感觉到自己被人们排斥在外了。他神情激动地大喊道："我不是懦夫！"

人们依旧仿佛没听到他的话一样，包括李通在内。反倒是刘秀，向李轶招了招手，柔声说道："季文，归队吧。"

李轶看眼坐在马车上的刘秀，还有跪坐在一旁照顾他的叶清秋，他表面上向刘秀深施一礼，心里却不以为然，早知道蛮兵只来了几十号人，他也不跑了。

叶清秋和曼儿原本对李轶的印象还不错，感觉这个人挺热心肠的，可是对于他刚才临阵脱逃的表现，她二人也是大失所望。

看着坐在一旁、脸色苍白的刘秀，叶清秋想说话，但又不知找什么话题，她拿起水囊，小心翼翼地递到刘秀面前，说道："刘公子，你……喝口水吧！"

刘秀睁开眼睛，看眼递到自己面前的水囊，向叶清秋感激地一笑，又摇摇头，表示自己并不渴。他说道："叶姑娘不要叫我刘公子了，叫我阿秀或文叔就好。"

叶清秋面露喜色，点头应了一声好，紧接着又说道："阿秀也不要再叫我叶姑娘了，就叫我清秋吧。"见刘秀点了头，她问道："阿秀是哪里人？"

"南阳郡,蔡阳春陵人。"

"阿秀为何要来参加义军?"

"只是混口饭吃。"刘秀淡然说道。

"其实……"叶清秋正要说话,忽然,有名义军兄弟在路边大喊道:"这里还有个没死的蛮子!"

听闻这话,刘秀立刻转头看过去。只见两名义军把一个浑身是血的蛮兵从路边拖到马车这里。张平走上前来,低头看了看这名蛮兵,果然还有一口气。

他用蛮语问道:"你们有多少人?"

这名蛮兵伤势严重,人已奄奄一息,神志不清,口中喃喃说道:"水……水……"

张平凑近他的耳边,说道:"回答我的问题,我就给你水喝,说,你们有多少人?"

"飞虎突……百人队……"

听闻这话,张平眉头紧锁,旁人或许不知道飞虎突是什么,但出生在益州郡的张平十分清楚,那是蛮族中一支精锐的先锋军,人数并不多,但个个都是精挑细选出来的骁勇善战之士。

"你们是飞虎突?"

"是……"

"你们的首领是谁?"

"兀里溪。"

对于兀里溪这个名字,张平也不陌生,他是南蛮乌戈国的猛将,据说力气极大,善使巨锤破敌,在南蛮一带很有名气。

南蛮只是个泛称,在这片巨大的区域里,有许多个王国,乌戈国便是其中之一。

"他现在何处?"

"死……死了……"

张平心思一动,让人把魁梧蛮人的首级取来,问道:"他就是兀里溪?"

那名蛮兵目光涣散地看了一眼,说道:"是……"

张平闻言，嘴角勾了勾，想不到阿秀歪打正着，竟然把乌戈国的名将兀里溪杀了。他问道："你们不是该在西南一带吗？为何会来到汉中？"

"断……断……"蛮兵只断断续续地说了两个字，便一口气没上来，一命呜呼。

张平拍拍蛮兵的脸颊，又摸摸他的颈动脉，向李通等人摇摇头，说道："他死了。"

说着话，他看看这颗魁梧蛮人的首级，从包裹中扯出一块布，将其包裹住，然后他站起身形，走到刘秀近前，说道："阿秀，这次你可立了大功，你刚才杀的那个蛮子，是乌戈国的猛将兀里溪！"

听闻这话，叶清秋露出惊喜之色，刘秀倒是表现得很平静，他压根就没想过要为王莽的新朝卖命，这次参加义军，只是为了帮大哥，立不立功，于他而言完全无所谓。

他好奇地问道："既然是有名的将领，他为何要来汉中？"

汉中并不属于京师军和南蛮军交战的主战场，一个南蛮军中的猛将，突然出现在汉中，这就太诡异了。

张平摇摇头，说道："兀里溪为何会出现在汉中，我也不清楚，那个蛮兵只说了一个字。"

"什么？"

"断。"

"断……"刘秀一脸的茫然，断什么？琢磨了一会儿，刘秀也想不明白，干脆不再去想，对张平说道："我们上路吧。"

接下来的行程，刘秀一行人的速度明显加快了许多。原本走几步路就叫苦叫累的女人们，现在不约而同地都加快了步伐。

中午的一战把她们吓得不轻，也让她们都明白了，去往郡城的路上并不安全，这里也随时可能有蛮军出没。

刘秀等人原本以为在天黑之前赶不到旬阳，弄不好要露宿荒野，没想到，在傍晚时分，他们还真到了旬阳。

在汉中，旬阳是一座大城，位于旬水和汉江的交汇口。到了旬阳，距离郡城就不远了，只半天的路程而已。

旬阳县县令，接见了刘秀等人。向县令一打听，刘秀等人得知，以刘縯为首的襄阳义军目前还在郡城，并没有要南下的意思。

不是刘縯不想走，而是郡太守王珣不肯放他们走。

第二十四章
兄弟会合

最近这段时间，郡城周边也时常出没蛮兵，为了驱逐入侵到郡城一带的蛮兵，王珣现在正是用人之际，刘縯一众的到来，正好缓解了他的人手不足，他又怎肯放刘縯一部离开？

听完县令王祥的介绍，刘秀好奇地问道："王大人，郡城周边出现了很多蛮兵吗？"

王祥点点头，又摇摇头，苦笑道："蛮兵的数量倒是不多，但却神出鬼没，时不时地冒出来袭扰百姓，郡城的周边现已不得安生，为了此事，太守大人现在也是焦头烂额啊。"

刘秀点点头，说道："王大人，今晚我们在旬阳住一宿，明日一早去往郡城，还望王大人帮我们安排好驿站。"

义军进入益州，就是来帮他们打蛮人的，王祥自然不会难为刘秀，立刻派人带刘秀等人去往驿站。

一夜无话，风平浪静。休息了一晚，刘秀感觉身体舒服了许多，不像昨天那样浑身乏力。不过令他担忧的是，龙渊一宿都没到旬阳。

刘秀心里正在七上八下的时候，李通兴冲冲地跑进他的房间，大声说道："文叔，忠伯回来了！"

刘秀立刻站起身形，快步向外走去。见到龙渊，刘秀定睛一看，如同看到个土人。

龙渊的头上、身上全是尘土，脸颊上被汗水冲出一条条的白色印记。他走上前去，问道："忠伯，路上可是出了什么意外？"

接过李通递过来的水囊，龙渊先是咕咚咚地喝了一大口水，而后说道："文叔，路上没有发生意外，我有找到蛮子的藏身地点。"

说着话，他又灌了一大口水，继续道："那些蛮子都逃到了乾尤山，在山里，还隐藏着更多的蛮兵，我估计，应该不下五百人。"

听闻这话，在场众人同是一惊。不下五百人？这么多的蛮军，藏在乾尤山做什么？

乾尤山位于旬阳西北六十里外，由乾尤山到旬阳和到郡城的距离差不多。

李通眼珠转了转，心思一动，说道："王大人不是说郡城附近经常有蛮军出没吗，会不会就是藏于乾尤山里的这群蛮军？"

刘秀若有所思地点点头，有这种可能！

他问道："忠伯，确定乾尤山里的蛮军是五百人吗？"如果是五百人的话，以大哥一部的一千人，再加上郡城的地方军，是有能力将这股蛮军一举剿灭的。

龙渊面色凝重地摇摇头，说道："蛮军藏身的地点戒备森严，我是在往深处潜行的时候被发现的，无奈之下，我只能先逃出来。保守估计，蛮军的人数在五百人往上，实际上可能更多。"

说白了，蛮军的人数具体有多少，龙渊判断不出来，总之，对方的人数不会低于五百。

刘秀微微皱着眉头，轻轻敲着额头，沉思不语。

李通喃喃说道："乾尤山既不是什么战略要地，也没有交通要道在那里经过，蛮军没有理由在这么一个荒郊野岭布下重兵埋伏啊！"

刘秀幽幽说道："也许就是因为乾尤山地处荒僻，便于隐蔽，蛮军才把驻地选在了那里！"

李通眉头紧锁，问道："文叔，蛮军藏兵在乾尤山，到底想干什么？"

刘秀摇摇头，说道："鬼知道。"他深吸口气，说道，"这件事先不管了，大家准备一下，即刻启程，去往郡城。"

吃过早饭，刘秀一行人离开旬阳，去往郡城。

汉中城，是汉中郡的郡城，也是全郡最大最繁华的一座城邑。

中午，刘秀一行人终于抵达汉中城，向当地的百姓一打听，刘秀等人很容易便找到了义军的驻地。

目前，驻扎在郡城的义军不是一支，而是好几支，刘縯一部便是其中之一，驻扎在郡城的北城外。

刘秀众人直接去往北城，找刘縯会合。

城北大营的面积不小，但营地内外却混乱不堪，好几支义军混杂在一起，整个营盘看起来也是杂乱无章。

义军没有军装，穿着都和普通百姓差不多，这么多人驻扎在这里，每天要吃要喝，当地的百姓也看准了商机，经常拿些吃喝过来贩卖，人们进进出出，也无人盘查，哪里还像是军营，更像是一座大型的菜市场。

刘秀让张平先进入营地，找大哥报信。

他们在营地外等了有小半个时辰，刘縯、朱云等人从营地里急匆匆地出来。

看到刘秀一行人，刘縯快步上前，拉着刘秀，先是打量他一番，问道："阿秀，听说你们在来郡城的路上遭遇了蛮兵的袭击，你还受伤了？"

刘秀向刘縯一笑，说道："大哥，我没事，现在已经好多了。"说着话，他还拍了拍胸脯，表示自己已无大碍。

见状，刘縯放心了不少，他向刘秀身后看看，见他们把这些被劫持的女人都带过来了，刘縯暗暗皱眉，问道："阿秀，你没有把她们交给锡县的官府吗？"

刘秀低声说道："锡县官府人手不足，无法派人送她们回家，只能拜托我们把她们带到郡城，再由郡城出人护送她们回家。"

刘縯苦笑，摇头说道："郡府这边的人手也没多到哪去。"

刘秀问道："大哥，要不先把她们安置在军营里？"

刘縯连连摆手，说道："军营里龙蛇混杂，让这些女人住进来，等于是害了她们，还是把她们安顿在郡城里吧。"

说着话，他回头叫来朱云，让朱云带着她们入城，找郡府的官吏安顿她们。

等朱云领着一干女子去往城里，刘縯带着刘秀等人进入营地。

刘秀并不知道正规的军营是什么样的，反正现在的这座营地，无论怎么看都不像是一座正规的军营。

军营里的人穿什么的都有，而且义军和小商小贩们混在一起，都分不清楚谁是谁。

看清楚营地内部的情况，刘秀、李通等人都是大失所望。

刘缜也看出了刘秀等人的失落，他无奈地说道："汉中本地的义军，都住在城内，而我们这些外来的义军，只能住在城外。这座营地也是临时搭建起来的，郡府那边只送过来一批粮饷，然后便无人管无人问了。整个营地，都是我们几支义军凑到一起布置的，能弄成现在这个样子，已经很不容易了。"

一路交谈，刘缜把刘秀等人领到自己的营帐里。

刘缜的营帐位于大营的中央。

在这里，总共有四座差不多大小的营帐，除了刘缜的这座，其他的三座营帐分别属于另外三支义军首领的。

整个营地里的义军数量，总计在五千人左右。其中刘缜一部有一千人，赵枞和何图两部各有不到一千人，人数最多的是冯异一部，有两千多人。

冯异是颍川父城人氏，曾在颍川郡做过参军事。郡的参军事只是个小官，没有具体的职务，没事的时候可以在家待着，有事的时候需要为官府当差。

在他们这些义军当中，冯异的级别已算是最高的了。

进入营帐，刘缜让人给刘秀等人倒了几碗茶水，他说道："大家这一路都辛苦了。"

刘秀拿起茶碗，里面没有茶叶，只有茶叶末，以现在的条件，能有口茶叶末喝已算很不错了。

他喝了口茶水，然后放下碗，正色说道："大哥，我们在来郡城路上遭遇到的这拨蛮兵，并不简单，打跑他们后，我曾让忠伯跟踪探查，发现在乾尤山内，还藏着更多的蛮兵，人数要在五百往上。"

听闻这话，刘缜等人脸色同是一变。他们从没听说，在汉中境内还有一支五百多人的蛮兵队伍。他们所遇到的，所听说的，连超过一百人的蛮兵队伍都很少。

刘縯看向龙渊，问道："忠伯，你探查的消息准确吗？"

龙渊点点头，正色说道："那一支蛮军的人数，只会在五百往上，绝不会在五百往下。"

蛮军的战斗力本就强过义军，一支五百多人的蛮军，他们这五千义军得全部出动，方有机会取胜。

刘縯眯缝着眼睛，沉吟片刻，说道："这个情报很重要，我得尽快通知都尉大人才是。"

都尉也就是郡尉，是郡府里主管军事的官员，其级别仅次于郡太守。

刘秀点了点头，事关重大，的确应该让郡府及早知道，好做出应对措施。

刘縯环视在场众人，说道："这次大家的任务完成得很好，都先回去休息吧。"说着话，他让人给刘秀、龙渊、李通、李轶等人安排营帐驻地。

李通、李轶等人相继起身，向刘縯告辞。刘秀、张平坐在原位没动。刘秀没走，龙渊自然也不会走。

等众人都离开，刘縯又安排两名心腹，守在营帐的外面。

而后他看向刘秀，又向龙渊努努嘴。见刘秀点了头，刘縯深深看了一眼龙渊，收回目光，问道："阿秀，事情办得怎么样？"

刘秀说道："大哥，我们按照蛮兵供出的地图，在一座小山洞里找到了蛮兵藏起的金银珠宝，估计得价值百万钱。"

刘縯眼中闪过一抹精光，惊讶道："竟然有这么多！"

刘秀说道："我们已把那些金银珠宝换了个位置，重新藏好。"说着话，他把画着地图的麻布递给刘縯。

后者接过来定睛细看，也看不太明白画的到底是什么，他将麻布叠好，揣入怀中，向刘秀笑道："阿秀，做得好！我们现在有了这些本钱，将来就可以做很多的事了！"

说到这里，刘縯的眼珠转了转，幽幽说道："上次，我们只歼灭了一百多蛮兵，就缴获了百万钱，这次在乾尤山里发现了五百多名蛮兵，他们手中的钱财，恐怕要远远超过百万钱吧？"

第二十五章
事出反常

刘秀暗暗皱眉，问道："大哥想去进攻乾尤山里的蛮军？"

见刘縯露出若有所思之色，刘秀意味深长地提醒道："大哥，那里可是藏着至少五百人的蛮军，而且乾尤山境内都是树林，蛮人又向来擅长在林中作战。"

张平点点头，他也不认为凭己方这一千人能打败藏于乾尤山里的五百多蛮兵。

何况他们现在掌握的情报太少了，对方的兵力具体是多少，战力又如何，他们一点都不清楚。

正说着话，刘縯的一名心腹从外面走了进来，他向刘縯插手施礼，说道："伯升，冯大人求见！"

在营地里，姓冯的大人只有一个，就是冯异。以前刘縯不认识冯异，这次在汉中相遇，两人倒是一见如故。

听闻冯异来了，刘縯笑道："快快有请！"

时间不长，从外面走进来一名三十出头的汉子。

他中等身高，体型壮实，穿着甲胄，肋下佩剑，向脸上看，白面膛，天庭饱满，眉毛浓密，双目细长，大鼻头大嘴巴，相貌威仪，带着一股子正气。

进入营帐后，他先是环视一眼在场的众人，然后向刘縯拱手说道："伯升兄！"

刘縯起身，拱手回礼，含笑说道："公孙兄，快请坐！"

冯异没有马上落座，而是笑道："听说伯升兄的兄弟来到了大营，我专程过来见见。"

不用大哥帮自己做介绍,刘秀主动起身,向冯异拱手施礼,说道:"在下刘秀,字文叔。"

冯异的目光落在刘秀身上,打量他片刻,含笑回礼道:"在下冯异,字公孙。"

刘縯摆摆手,笑道:"大家都坐吧!"

众人纷纷落座。冯异看向刘秀,说道:"听说文叔是护送一群女子来的郡城?"

刘秀说道:"在白山,大哥从蛮兵手中解救下一批女子,我们本打算把她们送到当地的县府,怎料当地县府人手不足,不能送她们回家,便拜托我等带她们到郡城。"

冯异点了点头,说道:"这一路走来,想必也不容易吧?"

刘秀说道:"途中的确有遭遇到蛮兵的袭击。"

"没有死伤?"

"折损了三名兄弟。"

冯异眼眸闪了闪,乐呵呵地说道:"想必你们遇到的蛮兵数量不多。"

听闻这话,张平心里颇感不痛快,正色说道:"蛮兵有近百人,我方只十人。"

别说冯异面露诧异之色,即便刘縯也是心头一震。他只知道刘秀他们遇到了蛮兵的袭击,但没想到遭遇的是近百名之多的蛮兵。

张平继续说道:"而且这近百名蛮兵并非等闲之辈,而是乌戈国的精锐——飞虎突!文叔还杀了其中的首领,乃乌戈国之名将兀里溪,其首级现就在帐外!"

冯异闻言大惊,刘縯闻言则是又惊又喜。

刘縯愣了片刻,仰面大笑,赞叹道:"小弟之勇,不次于我这个大哥啊!哈哈——"

冯异不由自主地再次打量起刘秀,还真看不出来,刘縯的这位三弟竟然如此厉害。冯异的确有结交刘縯之意,对于刘縯的实力,他也想了解得更清楚一些。

听说刘縯的弟弟刘秀来到大营,他第一时间派人去打听,得知刘秀把几十名女子从锡县安然无恙地护送到郡城，他对刘秀立刻产生了兴趣。

要知道现在可是兵荒马乱之际，到处都有蛮兵和流民出没，把几十名女子从锡县送到郡城，说起来简单，实际上并不容易做到。

冯异的个性并不刁蛮，他也不是个傲慢的人，恰恰相反，他自幼便饱读诗书，通晓兵书战策，为人谦逊谨慎，处世的风格也十分谦让。

他刚才之所以那么说，只不过是在试探刘秀的虚实。

他含笑说道："伯升兄是人中俊杰，文叔也不遑多让啊！"稍顿，他又好奇地问道，"只是，不知这乌戈国的精锐又为何会出现在汉中？"

刘縯说道："这次阿秀来郡城，途中还打探出了一条很重要的军情，有超过五百名的蛮兵藏于乾尤山内。"

"哦？"冯异面露惊色，说道，"乾尤山？那里距离郡城可不算远啊！"

刘縯点点头，说道："郡城附近经常有蛮兵出没，我怀疑，这些蛮兵很可能就是来自于乾尤山！"说着话，他目不转睛地看着冯异。

他手下的一千人的确不够实力去剿灭五百多人的蛮兵，但若是加上冯异统帅的两千多人，那么以三千之众去打五百，可就是十拿九稳了。

更关键的一点是，冯异善于用兵，也善于操练，他手底下的那两千多义军，无论是单兵战力，还是相互之间的配合，都要强于其他义军。

冯异正色问道："确定是五百蛮兵？"

"这……"

刘秀接话道："现在还不能确定，但可以肯定的是，藏于乾尤山的蛮兵人数，绝不会低于五百。"

冯异揉着下巴，琢磨了一会儿，说道："事关重大，必须得打探清楚才行。"

刘秀说道："乾尤山内的蛮兵戒备森严，哪怕派出再多的探子，恐怕也会无功而返。"

刘縯道："公孙兄，我们合兵一处，前往乾尤山剿灭这支蛮兵如何？等此战胜利之后，无论功劳还是战利品，你我二人可平分！"

"不可！"冯异连忙摆手，面色凝重地说道，"如果乾尤山真藏有蛮军的重兵,而且其中还有蛮军中的精锐,那么……事情可就严重了!我们恐怕在郡城城外都驻扎不下去了,必须得尽快搬到城里,或者……"

赶快远离这个是非之地,后半句话他没有说出口。因为现在的局势已经不是他们想走就能走的了。

刘缜满脸的不解,问道:"公孙兄何出此言?"

冯异苦笑,问道:"汉中郡的郡城是什么地方?"

"什么地方?就是郡城啊!"刘缜下意识地说道。

冯异摇头,说道:"汉中城除了是郡城外,它还是在益州作战的京师军的后勤大本营,京师军的全部粮草都囤积在汉中城,一旦汉中城被蛮军攻破,这意味着什么?意味着十万京师军将无粮可吃,哪怕以京师军的战力能横扫蛮军,最后也会因为断粮,只能退兵!"

听完冯异的这席话,刘秀刹那间有茅塞顿开之感。

原来如此!难怪蛮兵会窝藏在既不是战略要地又不是交通要道的乾尤山,只因为那里荒僻,便于隐藏,而且那里距离郡城也足够近。

以蛮军的战力,想正面击溃以廉丹为首的十万京师军,那是不可能的,他们唯一取胜的希望,就是彻底捣毁京师军的后勤补给。

而在京师军的整条后勤补给线上,汉中城是重中之重。

蛮军的渗透行动,不可能是由一整支的部队大张旗鼓地进行,那太容易暴露行迹了。

他们只能化整为零,神不知鬼不觉,分批分队地秘密潜入汉中郡。

如此一来,他们便需要一个安全隐蔽的秘密集结点,那么距离郡城不远,又地处偏僻的乾尤山,自然而然成为蛮军的首选之地。

倘若真是如此的话,藏于乾尤山内的蛮军又岂止是五百人,五千人甚至更多都有可能!

这也是冯异为何说他们不能继续驻扎在城外的原因。如果蛮军真大举来攻汉中城,那么第一个倒霉的就是他们这些驻扎在城外的义军。

经冯异的提醒,刘秀想明白了这点,刘缜也同样想明白了这点。后者脸色顿变,说道:"如此说来,汉中城现在岂不成了随时可能遭受蛮军主力进攻的险地?"

冯异缓缓点了下头,紧接着,他腾地一下站起身子,说道:"伯升兄，我们得立刻去参见都尉大人，请都尉大人赶快向京师军求援！"

刘縯业已意识到事态的严重性，哪里还敢耽搁，站起身形，说道："走！公孙兄！我们即刻入城！"

刘秀起身说道："大哥，我跟你们一起去！"

冯异的分析，让刘秀佩服不已。

同样的一份情报，在自己这里，根本分析不出个所以然来，只是觉得有些古怪和诡异，而到了冯异那里，却能分析得头头是道，这样的本事，也不得不令人敬佩。

刘縯点了下头，与刘秀、冯异等人急匆匆地入城。

他们刚走到城门这儿，还没往里进呢，正好有辆马车从城内出来，在他们面前停下。

朱云从马车内跳出来，诧异地看着刘縯等人，问道："伯升兄，你们要进城？"

刘縯应了一声，说道："我们有急事，要去面见都尉大人。"他又看了看朱云所乘的这辆马车，问道，"郡府把那些女人都安顿好了？"

朱云闻言，禁不住哼笑出声，说道："我见到了户曹，可户曹说这事不归他们管，让我去找士曹，我找到士曹，士曹又说应该去找户曹，反正是相互推诿，谁都不想管。"

刘縯眉头紧锁，问道："那她们人呢？"

"暂时由叶小姐安顿下来了。"

"叶小姐？"

"叶家的大小姐！就是阿秀在锡县救的那位姑娘！"

刘縯还是一脸的茫然，阿秀也没和他说起过他在锡县救过谁啊！

见大哥看向自己，刘秀解释道："我和平哥他们在锡县附近救下了两位姑娘，一个叫叶清秋，一个叫曼儿。只举手之劳而已，小事一桩，便没和大哥说起这件事。"

朱云忍不住笑道："阿秀，这可不是一件小事，你知道这位叶小姐是谁吗？"

刘秀摇摇头，他和叶清秋也没说过几句话。他说道："我只知道她家住郡城。"

朱云说道:"郡城的本地士族叶阗,便是叶小姐的父亲。"

叶家是汉中郡境内十分有威望的名门望族,不仅在商界的买卖做得很大,在官场也非常有影响力,就连汉中郡的太守王珣都和叶家有姻亲关系。

朱云拍了拍一旁的马车,笑道:"阿秀,我也是借了你的光,叶家专门派了一辆马车送我出城。"

稍顿,他猛然想起了什么,拉住刘秀的手腕,说道:"对了阿秀,你来得正好,跟我去一趟叶家,叶公正要见你呢!"

第二十六章
刚愎自用

刘秀是想跟着刘縯去见都尉的,可没等他说话,刘縯扬头说道:"阿秀,你跟弘元去吧。"

"可是大哥……"

"就算你跟我去了都尉府,他们也不会放你进去的。"刘縯见过都尉,当然清楚这个都尉是个什么样的人。现在阿秀难得能和汉中的名门望族叶家攀上关系,这样的机会当然不容错过。

在刘縯的眼神示意下,刘秀只能跟着朱云坐上马车,龙渊也跟着坐了进去。

且说刘縯和冯异,入城之后,直奔都尉府衙,求见都尉唐珩。

他二人在府衙外足足等了半个多时辰,才被一名衙役领进府衙。

汉中郡都尉唐珩,四十出头,白面黑须,浓眉大眼,相貌堂堂。

唐珩熟读四书五经,精通六十三家兵法,而且对谶学颇有研究,自诩为儒将。

来到府衙的大堂,衙役让刘縯和冯异站在庭院内等着,他进去通禀,又过了差不多一盏茶的时候,刘縯和冯异才被召入进去。

进入大堂,两人举目一瞧,唐珩正居中而坐,面前放着茶杯,手中还拿着一卷竹简,正看得认真。

刘縯和冯异对视一眼,双双躬身施礼,说道:"义军军司马冯异、军候刘縯,参见都尉大人!"

等了一会儿,唐珩才慢慢放下手中的书简,抬头看向刘縯和冯异二人。他随意地挥了挥手,说道:"免礼吧!听说两位有紧急军情向我禀报？"

刘缜正色说道："回禀都尉大人，小人的属下在乾尤山境内发现大批隐藏的蛮兵！"

唐珩先是哦了一声，然后慢条斯理地问道："乾尤山？"

"正是！"

"那里藏了多少蛮兵？"

"在五百往上！"

唐珩一听，扬了扬眉毛，顿时来了精神，有五百多蛮兵藏在乾尤山，这的确是个重要军情！

他眨眨眼睛，仰面而笑，说道："当下郡城周边，常受蛮贼袭扰，神出鬼没，本官一直在苦寻他们的藏身之地，原来都躲在了乾尤山里！"

冯异接话道："都尉大人，此事不简单！属下怀疑，藏于乾尤山的蛮兵，远远不止五百人，他们的目的也不是骚扰汉中百姓，而是欲偷袭郡城！"

唐珩闻言一愣，喃喃说道："偷袭郡城？"稍顿，他突然仰面哈哈大笑起来，说道，"冯异，你可知道，郡城城内有多少将士？"

冯异垂下头，没有接话。

唐珩嘴角扬起，傲然说道："郡军八千，义军两千，加上城外的五千义军，共有一万五千之众，区区五百蛮兵，胆敢来偷袭郡城，岂不被人笑掉大牙？哈哈——"

冯异眉头紧锁，说道："都尉大人，乾尤山区域甚广，是不是只藏匿五百蛮兵，现在还未可知……"

不等他把话说完，唐珩不耐烦地打断道："那就去探查清楚了再来向本官禀报。"

冯异的眉头皱得更深。他急声说道："都尉大人，属下担心等探查清楚了就来不及了！汉中城乃京师军的粮草、物资囤积之地，至关重要，蛮军若想击退京师军，唯一的出路就是偷袭汉中城，都尉大人当及早向廉将军求援，请廉将军速速派兵，驻守汉中……"

啪！

他话音未落，唐珩猛然一拍桌案，沉声喝道："到底你是汉中的

199

都尉，还是本官是汉中的都尉？京师军在前线与蛮军激战正酣，这个时候去向廉将军求援，岂不是有扰乱军心之嫌？蛮军的主力都在益州、犍为、越嶲诸郡，又怎么可能会突然来到汉中？大军如此地长途跋涉，又怎能一点风声都没传出来？简直是一派胡言，危言耸听！"

冯异脸色涨红，急声说道："大人，事关重大，生死存亡，不得不……"

"好了，休要再胡言乱语。"唐珩面露不悦之色，打断冯异的话。

他转头看向刘缜，含笑说道："伯升带来的情报很重要，本官打算亲率郡军剿灭藏于乾尤山的蛮兵，伯升，你可愿与本官一同前往？"

在唐珩看来，以八千郡军消灭只五百来人的蛮兵，易如反掌，让刘缜跟他同去，就是故意把功劳让给他一份，这也算是对他提供情报的回报吧。

还没等刘缜说话，冯异大急道："都尉大人，万万使不得，我军驻守郡城，想抵御住蛮军的进攻尚且困难重重，倘若去主动出击，后果不堪设想啊！"

唐珩已经明显表现出对冯异指手画脚的厌烦情绪，听闻他还在这么说，白脸阴沉得都快变成了黑脸。

他挥下袍袖，斩钉截铁地说道："明日一早，我军出城，务必剿灭藏于乾尤山的蛮兵，永绝后患！伯升，你回去准备一下，明日随本官出征！"

他已经下令，刘缜也不好再说什么，拱手说道："是！都尉大人！"

"下去吧！"

"小人告退！"刘缜见冯异还是一副要劝阻的样子，偷偷拉了下他的衣袖，转身向外走去。

看着冯异被刘缜拉走的背影，唐珩重重地哼了一声，不满地嘟囔道："简直都忘了自己的斤两！"

到了外面，刘缜说道："公孙兄，难道你还看不出来吗，都尉大人战意已决，你说再多也没用了！"

冯异握了握拳头，说道："敌情不明，贸然出击，乃兵家之大忌！"

这个道理，刘缜也明白。不过冯异说的那些话，并没有真凭实据，完全是他自己的推测。

刘缤说道:"也许,正如都尉大人所说,藏于乾尤山的蛮兵,只几百散兵而已。"

冯异苦笑,反问道:"伯升兄也不相信我的推测?"

刘缤说道:"我相不相信无关紧要,关键是都尉大人不相信。"

在汉中,军事上可以做主的就是都尉唐珩,即便是太守王珣,若是在军事上要有所行动的话,也会征询唐珩的意见。

冯异长叹一声,摇头苦笑道:"都尉大人刚愎自用,听不进劝言,明日之战,恐怕是凶多吉少!"

说着话,他看向刘缤,正色道:"伯升兄,明日的出征,你能推就推,实在推脱不掉,务必不要冲在前面打头阵,需尽量留在后面做策应,见势不对,可第一时间回撤!"

刘缤点了点头,说道:"公孙兄,我记下了。"他嘴上答应得很好,实际上,他并不认为冯异的推测就一定是对的。

另一边,刘秀跟着朱云去到了叶府。

叶府位于郡城的东城,这里可算是郡城的富人区,东城的宅子大多都是又大又气派。而叶府的宅子,在东城又属最大最气派的一座。

到了叶府,报上名姓,家仆立刻进去禀报。

时间不长,从叶府的大门里走出一位四十多岁的中年人。他头顶白玉小冠,身穿交领暗红色的长袍,腰系束带,身材高大笔挺。

若是细看他的穿着便会发现,小冠为一整块白玉打磨而成,长袍则为昂贵的蜀锦制成。光是他这一身的行头,就不下十万钱。

向脸上看,白面黑髯,因为保养得好,脸上泛起一层光彩。中年人的相貌也生得不错,国字脸,浓眉毛,丹凤眼,目光炯炯有神。

他整个人看上去,既透着儒雅之气,又气宇不凡。

朱云看到这位中年人,小声提醒道:"阿秀,他就是叶公!"

刘秀走上前去,拱手施礼,说道:"晚辈刘秀,见过叶公!"

中年人出来之后,目光就一直落在刘秀身上,打量个不停。

刘秀相貌英俊,宽额头,天庭饱满,龙眉虎目,鼻梁高挺,让人看了,会自然而然地心生好感。

看罢刘秀的样子,中年人暗暗点头,含笑拱手回礼,说道:"刘公子不必多礼，府内请！"

"多谢叶公。"

这位中年人，正是叶清秋的父亲，叶阗。

刘秀、龙渊、朱云跟随叶阗，走进叶府。

进入叶府的大堂，众人分宾主落座。叶阗令家仆上茶，很快，有几名仆人端着茶杯走进大堂。

叶阗乐呵呵地说道："这次小女在锡县遇险，若非遇到刘公子出手相救，只怕现已是凶多吉少了。叶某在此要多谢刘公子！"

说着话，叶阗起身，向刘秀深施一礼。

刘秀急忙上前，托住叶阗的胳膊，说道："叶公太客气了，当时也只是举手之劳而已。"

叶阗向刘秀摆摆手，两人重新落座。

他说道："叶某膝下，犬子五人，但女儿只有清秋一人，刘公子救了小女的命，等于是救了叶某的命，刘公子想要什么报酬，尽管提出来，只要是叶某能做到的，绝不推脱！"

听闻这话，朱云的眼睛顿时变得倍儿亮，转头看向刘秀，心里嘀咕，叶阗如此大方，而且叶家家财万贯，堪称汉中首富，怎么也得要他个二三十万钱啊！

刘秀却感觉很好笑，他救下叶清秋时，可从没想过索要什么报酬，即便当时遇险的人不是叶清秋，换成其他什么人，他们也同样会出手搭救。

他淡笑着说道："叶公的好意我心领了，我等是义军，碰到遇难百姓，理应相救，职责所在，责无旁贷，至于报酬，晚辈断不敢受。"

叶阗愣了愣，随即仰面大笑起来。他拍了拍巴掌，一旁的侧门走进来一名管家打扮的人，他手中还端着托盘，托盘上放着的全是白花花的钱币。

等他走近了，众人定睛一看，原来托盘上放着的全是龙币，一枚龙币三千钱，而看托盘上的龙币，估计得有百枚之多，那就是三十万钱啊！

叶阗摆摆手，笑道："刘公子，这是三十万钱，算是叶某的一点小心意，还望刘公子不要嫌少。"

第二十七章
谢绝重礼

看到满托盘的龙币，朱云的眼珠子都快飞出去了，一百枚龙币，他这辈子也没见过这么多钱。肾上腺分泌加速，他禁不住一个劲地吞口水。

刘秀也有些愣神，他不是出身于大户人家，他就是个在乡下种地的普通少年，突然看到这许多钱，他若是还能泰然处之，那也不现实。

不过刘秀做事是个有底线的人，该是自己的，他不会推托出去，而不是自己的，他也不会起太多的贪念。

他深吸口气，收回目光，看向叶阗，说道："叶公，我刚才已经说得很明白了，救叶姑娘，是我等义军的职责所在，并不需报酬。何况，叶公帮我等妥善安置了那些被劫持的女子们，已让晚辈感激不尽。"

叶阗看着刘秀，不得不对眼前这个少年刮目相看。

如果他只嘴巴上说给酬劳，刘秀推托不要，那还相对容易做到，可现在他已把这么多的钱都摆在他面前了，只要他点下头，随时可以带走，他还能推托拒绝，这可就不是常人所能做到的了，这需要具备极强的自控能力。

刘秀站起身形，说道："叶公，我此次前来，主要是向叶公道谢的，还望叶公帮人帮到底，及早送那些女子回家，让她们与家人团聚。"

说话时，刘秀的目光已不再向那盘龙币上多看一眼。

看出刘秀是真心实意不打算收下这些钱，叶阗对于他的人品，是打心眼里欣赏。

要知道义军里的人，大多都是奔着钱财来的，而像刘秀这样的人，堪称是义军中的一股清流。

他向管家挥了挥手,后者躬了下身形,端着托盘退了下去,临出门之前,他还特意看了一眼刘秀。

叶阗正色说道:"刘公子放心,叶某一定会安排专人,护送她们平安回家。"

"多谢叶公。"

"刘公子请坐!叶某的报酬,刘公子不收,叶某的这顿饭,刘公子总不会不吃吧?"叶阗乐呵呵地问道。

刘秀迟疑了片刻,有些不好意思地说道:"那就叨扰叶公了!"说着话,他躬身施礼。

叶阗哈哈大笑,等刘秀重新落座后,他语气轻快地问道:"刘公子是哪里人?"

"南阳蔡阳人!"

看着刘秀和叶阗聊起了家常,二人有说有笑,坐在一旁的朱云差点用目光在刘秀身上瞪出俩窟窿。

三十万钱!那可是三十万钱啊!你就这么推出去,眼睛都不眨一下,你这心得多大啊!你还能坐在这里谈笑风生,还能有胃口吃得下去饭?

现在朱云真有冲动,扒开刘秀的脑袋,看看里面装的到底是人脑子还是糨糊。

叶府后院,亭子里,坐着一女二男。女子正是叶清秋,两名男子,则是她的两位哥哥。他们正说着话,一名青年急匆匆走了过来。

见状,那两名男人异口同声地问道:"老三,怎么样?"

青年哭丧着脸,一屁股坐到凉亭的石凳上,拿起茶杯,咕咚一声喝了口茶,摇头说道:"没收!"

闻言,那两名男子露出诧异之色,叶清秋则是笑了,两眼放光地说道:"怎么样?我就知道,刘公子一定不会收下父亲的酬金!"

年长的男子在叶清秋的脑门上点了一指,又好气又好笑地说道:"你才认识人家几天,就好像认识人家好几年似的!"

叶清秋被他说得玉面一红,站起身形,说道:"刘公子不是贪财的人,而且刘公子的品行比许多饱读诗书的纨绔要强得多!"

说完话,她一溜烟地跑回了自己的闺阁,留下三名青年面面相觑。

"小妹说的纨绔,不会指的是我们吧?"

"……"

亭子里顿时安静下来。

刘秀、龙渊、朱云留在叶府吃了顿饭,这顿饭,可以算是刘秀、朱云吃过的最丰盛的一顿酒菜了,当然,也包括龙渊在内。

广威侯府的饮食当然不会比叶府差,但那是给主人吃的,作为家奴的龙渊,他在侯府的饮食也很一般。

直至天色渐黑,刘秀三人才起身向叶阆告辞。

叶阆送刘秀出府时,还没忘提醒他,如果在城外的义军军营住得不习惯,可以来城内住,至于住的地方,他完全不用担心,叶府会帮他安排。

不过刘秀还是婉拒了叶阆的好意,身为义军中的一员,他不可能离开军营,跑到叶家安排的地方去住,何况他也不认为自己会在郡城待太长的时间。

别过叶阆,出了叶府的大门,朱云终于不用再忍了,说道:"阿秀,那可是三十万钱啊,你怎能说不要就不要了呢?"

刘秀道:"云哥,这笔钱本来就不是我们该拿的!"

"什么叫不该拿?你救了叶府的千金,叶府拿出三十万钱做酬谢,这本来就是理所应当的嘛!"

刘秀摇摇头,含笑说道:"子曰,君子爱财,取之有道。"

朱云翻了翻白眼,气鼓鼓地说道:"我看你真是读书都读傻了,读了三年的太学,连钱都不认识了,读那么多的书又有什么用?"

刘秀但笑不语。他们所乘的马车刚走出没几步,便有一女子跑了过来,拦下马车。刘秀挑开帘帐,向外一瞧,拦住马车的竟是叶清秋身边的丫鬟,曼儿。

看到刘秀,曼儿俯身施礼,说道:"刘公子请留步,我家小姐在那边等你。"说着话,曼儿向叶府的侧门那边指了指。

侧门外是条小巷子,黑咕隆咚的,距离远也看不太清楚。刘秀向龙渊和朱云交代了两句，然后从马车里跳出来，跟着曼儿走进小巷子。

在叶府的侧门外，果然是叶清秋站在那里。与落难时相比，她现在已焕然一新，穿着淡黄色的衣裙，整个人显得灵动又可爱，也明媚了许多。

刘秀走到叶清秋近前，好奇地问道："叶姑娘找我有事？"

叶清秋没有立刻说话，而是看眼曼儿，后者识趣地走进侧门，并轻手轻脚地把院门关闭。

没有曼儿在场，叶清秋轻松了不少，她有些埋怨地看着刘秀，问道："怎么还叫我叶姑娘？"

刘秀愣了一下，改口说道："清秋小姐。"

叶清秋无奈地撇了撇嘴角，说道："阿秀，我要代我爹向你道歉！"

刘秀不解地看着她，问道："为什么道歉？"

"我爹不该向你提酬谢的事。"

刘秀笑了，说道："清秋小姐多心了，叶公肯拿出三十万钱做酬谢，也足见叶公对清秋小姐的重视。"

叶清秋沉默了片刻，问道："阿秀，你会在郡城待多久？"

刘秀摇摇头，具体还要待几天，他也不太清楚，关键还要看益州这边的战事情况而定。

他恍然想起什么，说道："清秋小姐可以提醒叶公，最近这段时间，家里可多储备些粮食。"

叶清秋疑惑地问道："为什么？"

刘秀正色道："郡城附近发现了大队的蛮兵，一旦蛮兵进攻郡城，郡城将全面封闭。到那时再想去买粮，有钱都没地方去买了。"

叶清秋面露惊色，向刘秀连连点头，说道："等会儿我就去知会父亲！"

刘秀向她一笑，说道："清秋小姐，时间不早，我也得回去了，告辞！"

叶清秋还想挽留刘秀，可一时间又不知该如何开口，只能眼巴巴地看着他转身向巷子外走去。

等他回到马车上,朱云还探头向小巷子里张望了几眼,而后他拉了拉刘秀的衣服,小声问道:"阿秀,叶家小姐是不是看上你了?"

刘秀一脸的茫然,过了片刻,他扑哧一声笑了出来,摇头说道:"怎么可能?"

"那她刚才找你干什么?"

"也没什么,只闲聊了几句。"见朱云还要发问,刘秀闭上眼睛,往车里一躺,说道,"云哥,我先睡一觉,等到了军营再叫我。"

刘秀、龙渊、朱云三人回到军营的时候,刘縯早已回来多时。看到刘秀三人从外面进来,他随口问道:"阿秀,你去叶府见到叶公了?"

"见到了。"

"聊得怎么样?"

"还不错。"

朱云接话道:"当然不错了,叶公拿出三十万钱做酬谢,要送给阿秀,可阿秀硬是给拒绝了。"

三十万钱?刘縯闻言也吓了一跳,他知道叶家有钱,但也没想到这么有钱,一出手就是三十万钱!他含笑看着刘秀,问道,"阿秀为何不要?"

刘秀说道:"我们是义军,看到百姓遇险,被蛮兵劫持,哪还会管被劫持的百姓到底是谁,即便当时不是叶清秋,我们也同样会出手救人的。"

本来就是职责所在,做分内之事,又怎么好意思去拿人家的钱?

虽说刘縯也觉得小弟拒绝了三十万钱很可惜,不过既然是阿秀自己的决定,他没有什么好说的。

他傲然道:"没要就没要,没什么大不了的!男子汉,大丈夫,当顶天立地,想要什么,就靠自己的这双手去拿、去抢,又何必去接他人的施舍?"

刘秀闻言,露出笑意,这才是大哥的性格。他走到桌案前,见上面铺着地图,他问道:"大哥,这是哪的地图?"

"乾尤山!"

"乾尤山？"

"都尉已决定，明日一早，亲率八千郡军，去往乾尤山，剿灭山内蛮兵，我部也会跟随一同前往。"

刘秀倒吸口气，正色说道："公孙兄不是说过，乾尤山内藏匿的蛮兵，恐怕远远不止五百人吗？"

第二十八章
贸然深入

刘缜苦笑，说道："可是公孙没有真凭实据，他所说的一切都是凭空猜测，都尉并不相信他的话。"

刘秀问道："那大哥呢？大哥也不相信他的话吗？"

刘缜沉默了片刻，说道："八千郡军，加上我部一千，近万人，即便乾尤山内的蛮兵多达两三千人，此战我方的优势也很大。难道，蛮兵的兵力还能超过两三千不成？"

刘秀皱着眉头，意味深长地说道："若按照公孙兄的推测，连两三千都是往少说，甚至可能达到两三万人。"

"不可能！倘若这么多的人都藏在山中，他们吃什么？又喝什么？"

"山中自然有溪水可喝，至于食物，蛮兵不是一直在袭扰郡城周边的百姓吗？就算抢来的食物不够吃，他们也会抢人来食。"

对于蛮兵的凶残，烤人分食的场面，刘秀直到现在还记忆犹新。

刘缜沉默了片刻，说道："现在军令已下，也由不得我等不从！"稍顿，他说道："明日之战，阿秀，你就不要去了，给我老老实实地待在军营里！"

"倘若大哥不去，我自然不会去，若大哥要去，就算打折我的腿，爬我也要爬过去！"刘秀正色说道。

他这番话，让刘缜既感窝心，又很是无奈。

他叹口气，正要说话，刘秀抢先道："打仗亲兄弟，上阵父子兵，我和大哥一同来的益州，我不可能让大哥一个人在战场上，自己却躲在军营里！"

稍顿，他又低声说道："以前都是大哥照顾我，现在我长大了，理应替大哥分担才是！"

刘缜眼中闪过一抹柔光，轻抚着刘秀的肩头，感慨道："吾家小弟长大了！好，明日阿秀陪大哥一同上阵！"

看着刘缜、刘秀两兄弟，朱云亦是满脸的羡慕，兄友弟恭，莫过于此了吧。

翌日早上，以都尉唐珩为首的郡军，以及以刘缜为首的襄阳义军，还有汉中本地的两千义军，合计一万余众，浩浩荡荡向乾尤山进发。

这场乾尤之战也随之拉开了序幕。

刘缜有记住冯异的告诫，他没有带部走在最前面，而是跟在郡军的后面，走在前面打头阵的是汉中义军。

汉中义军的首领名叫杜悠，是郡府的兵曹史。

郡府下面设有六曹，分别是功曹、仓曹、户曹、兵曹、法曹、士曹。每曹的主管官员名为曹掾，副为曹史。

说白了，杜悠就是汉中郡兵曹的二把手。

杜悠率领两千汉中义军，一路急行，于酉时，也就是下午五点，终于抵达乾尤山。

乾尤山可不是一座孤山，而是一大片的山脉，放眼望去，山连着山，林连着林，碧绿葱葱，一眼望不到边际。

走到山林近前，杜悠下令停止行进。

他骑在马上，举目向四周张望，目光所及之处全是山林，密密匝匝。在这么大的一片山林当中，别说藏五百多人，就算藏五万多人都找不到啊！

他一边派出探子，先进入林中打探，同时又派人去后面，征询都尉唐珩的意见，己方的大军要不要进入山林。

去后面报信的人还没回来，进入林中的数名探子先跑了出来，边跑边大喊道："大人，有蛮兵！林中有蛮兵——"

几名探子前脚刚跑出树林，后面便追出来十数名穿着兽皮，手持弯刀、长矛的蛮兵。

杜悠见状，二话不说，向前挥剑，喝道："迎敌！"

随着他一声令下，两千义军如潮水一般向前涌了过去。追出林子的那十几名蛮兵显然也没想到外面有这么多的敌人，一时间都惊呆吓傻了。

等他们回过神来的时候再想跑，已然来不及了。义军中的一队骑兵只眨眼工夫便杀到他们近前，一走一过之间，长矛刺出，矛头在蛮兵的前胸贯穿，于背后探出。

汉中义军的战力还真挺强的，自从组建起来之后，就一直驻扎在郡城，接受郡军的操练，甚至在汉中义军当中还有骑兵，要知道刘缜一部上千人，连匹拉运辎重的驽马都没有，更别说装备给骑兵的战马了。

十几名蛮兵一个没跑掉，被冲杀上来的骑兵队杀了个干净，这根本不是战斗，完全是单方面的屠杀。

冲过去的数十骑纷纷调转马头，跑回到蛮兵的尸体近前，一个个争先恐后地跳下战马，抽出肋下的佩刀，把蛮兵的人头切下来，系在马鞍子上。

人头就是军功，是可以到郡府那里领赏钱的，人们当然不会放过，甚至为了争抢一颗蛮兵的人头，还有相互推搡怒骂者。

杜悠见状，不由得扑哧一笑，还以为藏在乾尤山的蛮兵有多厉害呢，现在来看，也不过如此，就是一群被京师军打散了的，慌不择路逃到乾尤山的散兵游勇而已。

都没等唐珩的命令传达过来，杜悠大手一挥，喝道："全军入林，追杀蛮兵余孽！"

一场交锋下来，汉中义军的士气也都提升起来，人们大呼小叫地冲入林子里。

林中还有一些蛮兵，看得出来，这个时间段，蛮兵正准备吃饭呢，连篝火都生好了，结果在这个时候，汉中义军突然杀了过来。

义军的人数太多，双方的兵力完全不成比例，大部分的蛮兵根本不敢恋战，扔下食物，调头就跑，只有零星的蛮兵还拿起武器，抵抗义军的攻击，但在敌众我寡的情况下，他们很快便被杀倒在血泊当中。

杜悠一部率军杀进了山林，消息很快也传回到唐珩这里。

听完报信，唐珩不由得暗暗皱眉，现在已过酉时，天色马上就要黑下来了，这个时候进入山林作战，于己方十分不利。

不过很快，又有消息传来，杜悠率领义军杀入乾尤山，连战连捷，把藏于林中的蛮兵杀得大败，业已溃不成军。

杜悠传回的战报水分太大，其实汉中义军遇到的蛮兵数量加到一起，也不足百人，被他们杀掉的蛮兵，充其量也就二十多人，只这点数量的蛮兵，又如何称得上是军呢？

不过听闻前方传回的战报后，唐珩喜出望外，他就说嘛，蛮军的主力不可能在乾尤山，这里藏匿的蛮兵，充其量也就几百人而已。

唐珩下令，全速行军，务必要将藏匿在乾尤山境内的蛮兵全部杀光，一个不留。

这段时间，他恨透了在郡城附近神出鬼没的蛮兵，郡城周边，被这伙蛮兵闹得鸡犬不宁，伤亡和失踪的百姓不计其数，他也为此被太守训斥了好几次。

这回他总算找到了这伙蛮兵的老巢，若不把对方杀个精光，也难消他心头之恨。

汉中义军在先，郡军在后，相继进入山林，围剿蛮兵。走在最后面的襄阳义军，到了山林近前，停了下来。

刘秀举目望望天色，夕阳西落，天边是红彤彤一片的火烧云。

他对刘縯说道："大哥，天马上就黑了，这个时候追入林中，未免也太草率了吧？"刘秀虽没读过兵法，但也知道穷寇莫追的道理。

何况蛮人长年生活在山林之中，以狩猎为生，他们太熟悉丛林战法了，反倒是己方这边，并不擅长在丛林作战，尤其是郡军中的骑兵，完全发挥不出骑兵的突进威力。

刘縯点点头，他也觉得唐珩太过草率，蛮兵在乾尤山都不知道藏匿了多少天，早已熟悉这里的一草一木，己方贸然进入，而且天马上就要黑了，太过危险。

他正犹豫自己要不要率军跟进的时候，前方树林中跑出来一名郡军骑兵，这人催马来到刘縯近前，随意地拱了下手，大声说道："刘縯，都尉大人令你马上率军跟进。"

传完话，那名骑兵看都没看刘縯一眼，调转马头，又急匆匆地跑回到树林中，好像生怕回去得晚了，战功便都被旁人抢走似的。

刘縯眯了眯眼睛，笑道："看来战事进展得很顺利，阿秀，如果我们再不进去，只怕连点残羹剩饭都抢不到了！"

刘秀皱着眉头，沉默未语。他的直觉告诉他，冯异的推测绝非无的放矢，不过眼下的战事又确实很顺利，现在刘秀也有些拿不定主意了。

刘縯不再犹豫，向左右喝道："传令兄弟们，进入山林，配合郡军，围剿蛮兵！"

随着刘縯一部的进入，郡城出动的一万一千之众的大军已全部进入乾尤山的山林。

现在天还亮着，战事进展得的确很顺利，刘秀跟着刘縯等人往前走着，不时能看到地上留下的蛮兵尸体，无一例外，蛮兵的人头都已被割掉，只剩下一具具无头的尸体。

刘縯面露兴奋之色，渐渐的他也加快了脚步，追上郡军。

他们在林中深入了一个多时辰，天色已渐渐黑了下来，可前方仍有不少逃窜的蛮兵。

唐珩下令，全军在林中暂做休息，顺便制造火把，准备连夜搜山，务必要把逃窜的蛮兵全部揪出来。

刘秀砍下一根手腕粗细的树杈，把粘了油的布条缠在上面，将其点燃。

他走到刘縯近前，说道："大哥，连夜搜山，效果甚微，是不是可以建议都尉，暂时撤到林外扎营，等明日天亮再搜山也不迟？"

刘縯嗤笑一声，说道："现在这位唐大人明显正处在兴头上，这时候要他撤出乾尤山，他肯听我的话才怪呢！"

刘秀幽幽说道："我总觉得公孙兄的推测合情合理……"

213

第二十九章
惨遭埋伏

刘縯拍了下刘秀的肩膀,笑道:"就算公孙的推断都对,可别忘了,我方也有万余众,蛮兵在乾尤山的藏兵再多,恐怕也超不过一万吧?"

这时候,一名与刘縯交好的青年走了过来,将水囊递给他,说道:"伯升兄,先喝口水吧!"

刘縯摆摆手,表示自己不渴。那名青年举目向四周望了望,说道:"现在这里黑灯瞎火的,乾尤山又这么大,我们得搜到什么时候?我看这一整晚,我们都不用睡了。"

"一颗蛮兵的人头一百钱,让兄弟们都打起精神来!"

那名青年点下头,可是猛然间,他感觉后脖颈一麻,好像被什么东西刺了一下,他下意识地抬手向后脖根抹去,他的手还没摸到脖颈后呢,突然眼前一黑,身子直挺挺地向旁栽倒。

刘秀和刘縯吓了一跳,二人急忙拿起火把,凑到他近前定睛一看,原来青年的后脖颈上插着一根木针,木针的尾端系着羽毛。

刘縯下意识地说道:"这是什么?"他伸手刚要去摸,张平箭步窜了过来,一把拉住刘縯的胳膊,急声说道:"别碰,有毒!是毒针!附近有敌人……"

他话音还未落,就听他们的斜侧方传来沙沙沙的声响,紧接着,数名蛮兵从丛林当中冲了出来,他们手中都拿着圆棍状的长筒,边跑边吹出毒针。

刘秀、刘縯、张平等人急忙向旁闪躲。他们反应快,不过位于他们周围的几名义兵躲闪不及,被飞射过来的毒针刺中。

和刚才那名青年一样,义兵的身子摇晃了两下,纷纷仆倒在地,口吐白沫,四肢痉挛。

"敌袭!有敌袭——"只顷刻之间,刘縯刘秀这边就如同炸了锅似的,人们纷纷抄起家伙,与冲杀出来的蛮兵战到一起。

刚开始,他们还以为只是遭遇小股的蛮兵,但打着打着,树林中突然响起了号角声,无数的蛮兵从四面八方跑了出来,远距离用吹针,近距离用刀砍,还没反应过来是怎么回事的义军,眨眼的工夫就被杀倒一片。

刘縯大吼一声,抽出佩剑,迎着杀来的蛮兵冲了过去。刘秀还想跟随大哥并肩作战,可是迎面而来的数名蛮兵把他挡住,刘秀持剑,与这几名蛮兵战到了一起。

树林里昏暗无光,加上蛮兵出现得太突然,又太分散,双方完全打乱了套,分辨不清楚哪边有自己人,哪边又有敌人。

好在龙渊一直跟在刘秀身边,帮刘秀缓解了不小的压力。

把挡路的几名蛮兵全部杀倒在地,刘秀举目向四周环视,哪里还能找到大哥的身影?目光所及之处,全是打乱成一团的义军和蛮兵。

刘秀大吼道:"大哥——"

他刚喊完这一嗓子,龙渊便拉着他飞扑了出去。

噗噗噗!他二人刚扑到一旁,两人身旁的树木上便钉了数枚木针。见状,刘秀也惊出一身的冷汗。

刘秀不敢再大喊大叫,只能凭感觉,向大哥可能在的方向冲杀。蛮兵有多少人,刘秀不知道,也看不清楚,反正周围的蛮兵是越打越多,好像杀都杀不完似的。

就在他奋力往前冲杀的时候,斜侧方突然又拥出来数十名之多的蛮兵,只刹那之间,便把刘秀和他身边的人都冲散了。

没什么好说的,只能拼死一战。刘秀利用灵巧的身法,双手持剑,劈砍周围的蛮兵。

在叮叮当当的脆响声中,他一口气连续杀倒了五人。可是举目再看,周围的蛮兵数量非但没有减少,反而越聚越多,简直如潮水一般。

"撤退！伯升有令，全体撤退——"

后方的树林里传来人们的喊叫声。刘秀估计大哥等人都已后撤，可是此时他再想撤，已然撤不出去了。他的退路，被密密麻麻的蛮兵完全堵死。

刘秀又砍杀了数名蛮兵后，意识到这样下去不是办法，后退已然没有可能，他只能全力向一侧蛮兵人数较少的树林冲杀。

不过说是人数较少，但那也是相对而言。刘秀也就跑出十几米远，前方又出现了数十名之多的蛮兵，手中都拿着吹针的筒子。

看到刘秀向自己这边奔跑过来，人们一同射出吹针。刘秀反应也快，就地卧倒，向旁翻滚。

射来的飞针没有击中他，反而全部射在他背后追杀上来的两名蛮兵身上。

那两名蛮兵声都没吭一下，当场倒地，只抽搐了两下便没了动静。

刘秀趁此机会，从地上一跃而起，径直地往前蹿去。有两名动作快的蛮兵已经重新装上毒针，正要继续向刘秀身上吹射，后者一剑挥了出去。

咔、咔！随着两声脆响，两根吹针的管子齐被剑锋斩断，紧接着，刘秀一剑刺出，正中一名蛮兵的喉咙。

他片刻未停，拔剑横扫，另一名蛮兵胸前被划开一条半尺长的口子，其哀号一声，倒在血泊中。

附近的十几名蛮兵纷纷放下筒子，拔出弯刀，嘶吼着杀向刘秀。

刘秀不退反进，一个垫步迎上前去，他侧身闪躲开迎面而来的弯刀，顺势一剑向旁挥砍出去，正中一名蛮兵的头顶，随着咔嚓一声，那人的半边脑袋被削掉。

他趁机箭步撞了过去，还未倒地的尸体被他顶飞，刚好与后面的一名蛮兵撞到一起，人和尸体翻滚成一团。

趁着这个空当，刘秀纵身从人群当中穿出，继续向前方的树林奔跑。

现在双方在树林中完全打乱了套，到处都有打斗声，到处都是嘶喊声。

不知跑了多久，刘秀都跑到了郡军这边。

此时郡军的情况并不比义军好多少，围攻他们的蛮兵数量更多，有些郡军已经退了，而有些郡军还在与敌厮杀，另有些郡军是被蛮兵团团包围，想退都退不了。

深夜，树林中黑得伸手不见五指，郡军的指挥系统完全失效，八千郡军加上三千义军，现在就像是一盘散沙，人们东一头西一头地四处乱窜，但不管往哪个方向跑，看到的永远都是人山人海的蛮军。

这时刘秀已然百分百地确定，当真被冯异不幸言中了，藏于乾尤山的蛮兵根本不是小股的散兵游勇，而是蛮军中的精锐主力。

前面那些被杀的蛮兵，只不过是人家放出的诱饵罢了，其目的就是要把己方的主力全部引入山林，打蛮兵擅长的丛林战。

蛮军藏兵于乾尤山这一招，的确出人意料，再加上唐珩的轻敌，导致这一战，汉中军输得一塌糊涂。

刘秀只一个人，在如此混乱的战场上，他什么都改变不了，一路打一路跑，看到的大多都是汉中军的尸体。

也不知道跑了多久，身在山林当中的刘秀已完全分辨不出东南西北。好在四周的喊杀声已越来越弱，说明他已成功逃出了双方混战的主战场。

这时候的刘秀，从头到脚，几乎像被血水洗过似的，血珠子顺着他的衣襟滴滴答答地向下流淌，分不清楚那是他自己的血还是蛮兵的血溅到他身上。

刘秀低头看了看手中剑，剑锋已经有数处卷刃，可见刚才厮杀的激烈程度。

他走到一棵大树下，依靠着树干，慢慢滑坐到地上。汗水冲刷着他脸上的血水，在他的脸上留下一条条的白道。

现在他感觉自己的身体就像要散了架似的，每一根骨头、每一块肌肉甚至每一寸肌肤，都是剧烈地疼痛着。

他歇息没到半炷香的时间，就听一侧的树林传来沙沙沙急促的脚步声。刘秀下意识地握住剑柄，神经绷紧，以剑拄地，扶着树干站起身形，又进入到战斗状态。

沙沙沙！脚步声越来越近，猛然间，从树林里冲出数条人影。

因为树林中能见度太低，当双方看到对方的时候，之间的距离都不足三米。双方的人都没有客气，挥舞着手中的武器，向对方全力劈砍过去。

当啷！

剑锋与剑锋碰撞，炸出一团火星子。也正是这团火星子，让双方看清楚对方使用的武器不是蛮兵的弯刀，而是长剑。

"是自己人？"对方率先开口发问。

"襄阳义军！"刘秀紧接着回了一句。

"别动手！都别动手！是自己人！我们是郡军！"与刘秀交手的那人急声说道。

等双方走出树木的阴影，来到一处小空地，借着天空微弱的月光定睛一看，果然是自己人没错。

从林中跑出来的有七八人，都穿着郡军的军装，有的人受了伤，有的人没受伤，但不管是受伤的还是没受伤的，都是一身的血。

"你们是郡军？"刘秀率先问道。

"是！"为首的郡军是名三十岁左右的汉子，他向刘秀四周看了看，喘息着问道，"你们襄阳义军还剩多少人？"

听闻这话，刘秀缓缓摇了摇头。

他不知道襄阳义军还剩下多少人，不知道大哥还有龙渊、张平、朱云、李通、李轶等人的情况如何，现在他谁都找不着了。

看到刘秀摇头，那名汉子还有其他的郡军都露出失望之色，看来襄阳义军也几乎是全军覆没了。

"只有你一个人跑出来了……"汉子禁不住仰天长叹一声。

"郡军呢？"

"散了！都打散了！我们跑出来的时候，还听见有人在喊，好像连都尉大人都中了毒针。"

他们正说着话，有几名郡军的背后再次传来急促的脚步声，众人下意识地转头看去。

随着脚步声越来越近，众人也终于看清楚了，跑过来的是蛮兵。

第三十章

一败涂地

别说郡军已无力再战,就连刘秀此时都已浑身乏力。可是蛮兵又哪会给他们喘息之机,有两名蛮兵冲上来得最快,眨眼便到了众人的近前。

眼瞅着对方一刀向自己劈砍过来,一名受伤的郡军急忙向旁闪躲,不过他还是慢了半步,被对方一刀劈在肩膀上。

这一刀,整个刀身都没入到他的肩膀内。

那名郡军惨叫一声,向下倒去,旁边的郡军疯了似的嘶吼一声,持矛刺向那名蛮兵,将对方刺个透心凉的同时,他自己又挨了另名蛮兵一刀。

那名郡军汉子箭步上前,用肩膀狠狠撞在蛮兵的身上,手中的剑也顺势刺入对方的胸膛。

两名蛮兵倒地,同样的,郡军这边也倒下两人。

举目再看,后面还有更多的蛮兵冲杀过来,挂着劲风的毒针,在空中嗖嗖作响。眨眼之间,便有两名郡军被毒针刺中,仆倒在地。

这仗根本没法打!郡军汉子大吼一声:"快跑!"

人们没得选择,只能铆足全力往前飞奔,包括刘秀在内。即便在他们奔跑的时候,仍能听到毒针的嗖嗖声,甚至还感觉到针尾的羽毛在自己身侧划过。

刘秀等人早已经精疲力竭,但在生死关头,人们都把体内的潜能激发出来,于林中跑得两耳生风。

也不知跑了多久,听背后没有脚步声和蛮人的喊喝声,众人再也坚持不住，纷纷躺到地上，没有力气再说话，只剩下呼哧呼哧的喘息。

歇息了好一会儿，刘秀扭头一瞧，原本七八名郡军，现在只剩下了三个人。那名郡军汉子颤巍巍地抬起头来，向四周看看，喘息着问道："我们这是跑到哪了？"

刘秀也不知道这里是哪，他早就分不清楚东西南北，现在他唯一能确定的是，这里已经远离双方交战的主战场。

又歇息片刻，刘秀拄着剑，从地上慢慢站起，说道："我们不能在这里久留，蛮兵随时都可能追过来！"

那三名郡军相互看看，谁都没有说话，但还是相继起身。刘秀说的是事实，虽说他们暂时甩掉了追兵，但不代表他们的处境已经安全了。

因为后面暂时没有追兵，他们不用再继续奔跑，话说回来，现在他们想跑也跑不动了。那名郡军汉子问道："兄弟，你叫什么名字？"

"刘秀。"

"襄阳人？"

"南阳蔡阳人。"

"哦！我叫马严，他俩叫袁福、袁陆，我们都是汉中西乡人。"

刘秀点了点头，并没有多说什么，他现在实在没有力气再说话了。

他们走了两个多时辰，树林开始变得稀疏，众人心头一动，仿佛一下子都看到了曙光。

他们不由自主地加快了步伐，等刘秀四人走出山林，举目再往前看，心头刚刚燃起的那点希望之火被瞬间浇灭。

原来他们并没有走出乾尤山，恰恰相反，他们反倒走进了乾尤山的深处。

竖立在他们面前，挡住他们去路的是一座高耸入云的山峰，就他们所看到的，全是悬崖峭壁，别说没有山坡，连个可以攀登的地方都没有。

前面是死路一条，但让他们调头回去，后面都是蛮兵，也等于是去送死，这可如何是好？

马严眼珠转了转，说道："我们就顺着山根走，肯定能找到出口！"

刘秀和袁福、袁陆自然无从判断他说的对不对，但现在也只能死马当活马医了。

马严走在前面，刘秀三人跟在后面，顺着山脚一路往前行。

他们又足足走了一个多时辰，此时天边已然泛起鱼肚白，突然间，在前开路的马严停下脚步，又惊又喜地说道："前方有出口！"

听闻这话，刘秀、袁福、袁陆精神同是一振，跟随着马严加快了步伐。

果然，他们又往前走了十几米，还真看到了一条小峡谷。

这条峡谷也就两米多宽，上窄下宽，呈"人"字形，仿佛是谁在山壁当中硬生生地砍出一道大豁口，让人不得不感叹大自然造物之神奇。

马严正要走进峡谷，刘秀快行几步，追上他，拉住马严的衣袖，低声说道："马兄，我们并不清楚峡谷里面的情况，不可贸然进入！"

他也不想贸然进去，可是山里到处都是蛮子，天黑的时候，他们还能隐藏行迹，可现在天色渐亮，他们已没地方躲，没地方藏了。

马严深吸口气，说道："管不了那么多了，走一步看一步吧！"

说着话，他深吸口气，握紧剑柄，一步步地向峡谷内走去。

峡谷又窄又长，走出了二三十米，他们终于走出了峡谷，向外面一瞧，刘秀、马严、袁福、袁陆四人不约而同地瞪大了眼睛。

峡谷的尽头是一座巨大的山谷，四面环山，这倒没什么，骇人的是，峡谷里面全是一座座的营帐。有些营帐是兽皮做的，有些营帐则是由许多块布拼凑而成。

这显然不是汉人的营地，唯一的可能就是，这里是蛮人的营地，原来藏于乾尤山的蛮军，其实都住在这座山谷当中，他们竟然慌不择路地跑到蛮军的老巢了！

他们四人正目瞪口呆地看着眼前的这一切，猛然间，就听嗖的一声，一支利箭划破长空，正中袁陆的喉咙。

袁陆身子后仰，倒退了两步，张开嘴巴，似乎还想说什么，但一个字也吐不出来，吐出的全是血水。

他的身子直挺挺地仰面摔倒。

就站于他身边的刘秀、马严、袁福三人大惊失色，袁福惊呼一声："老三！"

他扑到袁陆身上,再看袁陆,脖颈都被箭矢射穿,圆睁的双眼蒙起一层死灰,哪里还有半点气息。

刘秀和马严向旁望去,只见一旁的营帐之间,冲出来好多的蛮族女子,她们上身穿着遮住胸乳的兽皮,下身是兽皮裙,赤着足,没有鞋子。

和蛮兵一样,她们的脸上也都涂满了色彩。

马严回过神来,怒吼一声,持剑向蛮族女子们奔跑过去。见状,刘秀暗暗皱眉,这里显然是蛮军的老巢,在此地与蛮人交手,无异于自寻死路。

不过此时再想叫回马严,已然来不及了,无奈之下,刘秀也只能箭步追了上去。对面的几名蛮族女子纷纷拈弓搭箭,向刘秀和马严展开齐射。

刘秀以灵巧的身法,横着闪躲开两支箭矢,马严则是挥剑挡开了两箭。

冲到这些蛮族女子近前,刘秀上面虚晃一招,下面一脚踹了出去,正中一名蛮族女子的肚子,把对方踢得连连后退。

一名蛮兵女子大叫一声,扔掉手中的弓箭,抽出弯刀,向刘秀的脑袋全力劈砍过去。

刘秀横剑招架,随着当啷一声脆响,弯刀被铁剑挡住,刘秀身形一晃,从对方的身侧滑了过去,连带着,剑锋也在蛮族女子的小腹处划开一条口子。

在生死攸关、命悬一线的战场上,已没有什么男女之分,只有敌友之分。虽说面对的是蛮族女子,但刘秀一点也没客气,此时此刻,他也不敢客气。

刚才被他一脚踹坐在地的蛮族女子挣扎着站了起来,刘秀箭步上前,顺势一脚横扫出去,正中对方的头侧,那名蛮族女子闷哼一声,仆倒在地,晕死过去。

刘秀这边刚解决了两名蛮族女子,就听马严那边传来惊呼声。马严一剑刺死了一敌,不过自己的背后也挨了一刀,多出一条半尺多长的血口子。

见状，刘秀直冲过去，就在蛮族女子准备砍马严第二刀时，刘秀仿佛一阵风似的到了蛮族女子的近前，抢先一步，一剑刺穿了她的喉咙。

四名蛮族女子，全部倒地不起。刘秀吁了口气，伸手搀扶住摇摇欲坠的马严，问道："你怎么样？"

马严脸色惨白，身子疼得突突直哆嗦，他还没开口说话呢，猛然间，就听山谷内响起悠长的号角声，紧接着，从营帐里面跑出来无数的蛮人。

这些被留在营地里的蛮人，要么是女子，要么是老弱病残，但即便如此，也架不住他们人多，放眼望去，向刘秀、马严这边跑来的蛮人，少说也得有数百之众。

打不了！这根本没法打！刘秀拉着马严的胳膊，急声说道："快走！"

此时马严也不敢多做停留，他强忍着背后的伤痛，转身往回跑，路过袁福身边的时候，马严一把抓着他的肩头，厉声喊道："别哭了，快走！"

袁陆被杀，袁福哭得两眼猩红，他被马严拉着，踉踉跄跄地跟着他一块跑。但他们现在再想原路退出山谷，没有机会了。

到了峡谷这里，举目向外面一瞧，只见数十名蛮兵正顺着峡谷的入口冲了进来，至于峡谷的外面还有多少蛮兵，已然看不清楚了。

糟了！现在刘秀、马严、袁福三人都体会到什么叫做瓮中之鳖了。

他们很清楚，落入蛮人的手里会是个什么下场。退路被断，逃出山谷已然无望，袁福扭转回身，正看到一名蛮族女子抢下弯刀，将袁陆尸体的人头砍下。

袁福再忍不住，啊的嘶吼一声，持矛向对方冲了过去。他冲上去快，倒下得更快，被一大群蛮族女子砍翻在地，乱刀齐落，当场便把袁福剁成了肉泥。

刘秀和马严无法上前营救，他们若是过去，只会和袁福一个下场。

他二人放弃走峡谷,下意识地向北面奔跑,因为这边几乎看不到蛮族的营帐。

嗖、嗖、嗖!箭矢、吹针在他二人的身边不时掠过,刘秀和马严不敢回头瞅,他俩铆足了劲儿,全力向前飞奔。

第三十一章
身陷绝境

跑着跑着，前路被一个湖泊拦挡住，这个位于山谷内的湖泊并不算大，远远望去，湖水呈诡异的暗红色。

当刘秀和马严跑到湖泊的近前，定睛再看，二人都差点当场吐出来。

湖水为何是暗红色的？那完全是被人血染红的。

湖水当中漂浮的尸块以及人类的毛发、内脏都清晰可见，整片湖泊，散发着令人作呕的腐臭气味。

更骇人的是，岸边这里的地面上，几乎铺了一层的白骨。

那不是长时间因为腐化而成的白骨，全是新鲜的人骨，上面能看到血丝、血肉以及被利器劈折的断口。

一瞬间，刘秀和马严都明白过来，这么多的蛮子藏在乾尤山内，连日来他们吃的究竟是什么！

难怪汉中郡的百姓经常被蛮子劫持，下落不明，原来他们都被蛮子填了肚腹。

"呵呵……哈哈……"马严突然像发了疯似的狂笑起来，说道，"刘兄弟，看来咱俩今日是难逃此劫了，也罢，兄弟就先走一步！"

他不再跑了，而且此时也无路可跑，他提着长剑，扭转回身，看向后面追杀上来的蛮子，大喝一声："兔崽子们，都他娘的来吧！"

嗖嗖——

数支箭矢向他飞射过来。马严挥剑格挡，弹开了几支箭矢后，噗的一声，他的小腿先中了一箭。

马严的身子向旁一栽，他斜着跟跄出去几步，才算把身形稳住，不过就这一会儿的工夫，他身上又连中了数箭。马严嘶吼着，继续跟跟跄跄地向前跑去。

箭矢一支接着一支地钉在他的身上，时间不长，马严的身体已如同刺猬一般。

随着蛮人停止放箭，马严的身子也随之跪坐到地上，脑袋向下无力地耷拉着，血水顺着他的嘴角和鼻孔往下流淌。

眼睁睁看着马严被蛮人乱箭射杀，刘秀心中已无悲愤，因为他清楚，自己很快也会步马严的后尘。

看着一步步向自己逼近过来的蛮兵，刘秀提着剑，倒退了几步，鞋底踩过白骨，发出咯吱吱的声响。

此时就算刘秀想一死了之都没有可能，因为蛮兵不会放过他的尸体，他会和这里的成片白骨一样，被蛮子挖出内脏，吃光皮肉。

刘秀环视四周如狼似虎的蛮族人，虽然他还是在往后退，但脚步已越发的坚定，与此同时，他的嘴角还稍微勾了一下。

就算死，他也不会让自己成为这些蛮子的腹中餐。

看到刘秀的嘴角莫名其妙地上扬，蛮族人颇感奇怪，还没反应过来，刘秀突然掷出手中剑。铁剑在空中打着旋，正中一名蛮兵的胸膛。后者哀号一声，颓然倒地。

刘秀再不停留，纵身跃起，他没有向马严那样冲向敌人，而是直接跳进了恶臭的血湖当中。随着咚的一声，湖面上溅起一层血水。

见状，蛮族人纷纷怒吼着冲上前来，低头向湖里查看。

可是湖水已经被染成了黑红色，而且上面漂浮着一层内脏和尸块，根本看不到刘秀的身影。

蛮族人气得暴跳如雷，人们纷纷拈弓搭箭，向湖水当中盲目地乱射。

有些箭矢直接射到了湖面上的尸块，而有些箭矢还是射入湖水当中。

身在湖水里的刘秀感觉自己的后肩和后腰同是一阵剧痛，他心中明白，自己身上肯定是中了两箭。

不敢往水面上浮，刘秀只能向湖水的深处潜，以此来躲避蛮族人的箭。

随着他越潜越深，箭矢到了这里，已经毫无力道，对他也不构成威胁，但他是人，不是鱼，不可能一直憋在水中不呼吸。

没过多久，刘秀便感觉自己已快要窒息了。

生死关头，人的求生潜能会被激发到最大，现在的刘秀就是这样。肺里的氧气越来越稀薄，他也越来越急迫，睁开眼睛，向四周张望。

相对而言，下层的湖水没有上面那么浑浊，但也正因为这样，刘秀看到了无比骇人的一幕。

原来湖底的一层都是人头，那是一张张被泡得又白又胀、模糊不清的脸孔。

即便是在许多年后，刘秀都无法忘记此时此刻的这一幕。

就在他感到绝望之时，突然瞥到距离自己不远的地方有两个小光点。因为湖水太浑浊，刘秀也看不清楚那两颗小光点到底是什么。

他本能地向光点那边游了过去。

这里是山壁，位于湖水的底部山壁上，雕刻着两只侧身的仙鹤，而发出亮光的正是两只仙鹤的眼睛。

刘秀游到近前，定睛细看，两只仙鹤的眼睛里各镶嵌着一颗黄豆大小的珠子，亮光正是这两颗小珠子发出的。

在两只仙鹤的中间，还有一个洞口，洞口很小，比狗洞大点不多。肺都快要憋炸的刘秀已没有时间再去细想，他伸出手来，用力地去抠仙鹤眼中的珠子。

也许是年代久远，珠子镶嵌得已不再牢固，也许是在求生欲的促使下，刘秀体内爆发出超乎想象的潜能，总之，他并没有费太大的力气，便把两颗发亮的小珠子硬抠了下来。

而后他双手捏着小珠子，游进那个黑洞洞的小洞口内。

在洞外，湖水里还算是有点光亮，游进小山洞里，立刻变得黑漆漆一片，毫无光线，如果不是刘秀把这两颗发光的小珠子抠下来照亮，他恐怕什么都看不清楚。

山洞是个往上的斜坡，刘秀借着这两颗小珠子，奋力地向上游。

也不知过了多久，他终于从水中浮了出来。那一瞬间，刘秀感觉自己像是爬出了炼狱似的，他张大嘴巴，口中发出嘶啦嘶啦急促的吸气声。

好半晌，刘秀才算渐渐缓过这口气，这时候，他背后的两处箭伤已疼得像火烧似的。

湖水中全是污血和烂肉，困的时间太久，早已腐臭，伤口浸入这样的污水，要能好得了都怪了。

刘秀先是将后肩的箭矢拔掉，接着又把后腰的箭矢拔下。

好在湖水的阻力让两支箭矢的力道都不大，只是伤到他的皮肉，并未伤骨，也未伤及内脏，可即便如此，个中滋味也不好受。

他强忍着疼痛，高举着手中的两颗小珠子，抬头环顾四周。

此时他还在山洞里，只不过与洞口相比，这里已经大了许多，向前看，前方竟然有阶梯，向下是一直通入湖水中，向上就不知通到哪里了。

刘秀心中一动，急忙游了过去，到了近前，他的脚已能踩到浸在湖水中的台阶。他站定身形，手脚并用地向台阶上爬。

他不知道这里是什么地方，更不清楚是谁在这里开凿了这么一条山洞，但对于现在的他而言，这里真就如同救命稻草一般。

刘秀顺着台阶，爬出湖水，在水面上的台阶，因为潮湿的关系，又长时间无人行走，没有阳光照射，长满了苔藓，又湿又滑。

他顺着台阶，继续小心翼翼地向上爬。他感觉自己爬出差不多得有十丈远，台阶终于到了尽头。

这里是一座小山洞，并不大，洞中空无一物，不过在一旁的洞壁上，刻着几个字。

刘秀走上前去，手扶着洞壁，用小珠子照亮，定睛细看，看了好一会儿，他还是没有看懂，洞壁上的文字也许是春秋战国时期，文字还未统一时留下的，也许是更早时期留下的，反正是刘秀看不懂的古文。

他又用小珠子照看四周，在山洞的里端还有个洞口。此时刘秀的头脑也是越来越昏沉，他手扶着洞壁，一步步艰难地向前走着。

走出这个小山洞，映入眼帘的是一条狭长的隧道。

隧道地势的倾斜很明显，是一直往上的。

刘秀吞了口唾沫，喘息了几口，继续费力地往前走着。

这条隧道并不笔直，中间拐了好多的弯，也不知走了多久，刘秀渐渐看到面前有亮光。他精神一振，不由自主地加快了脚步。

等他终于走出这条隧道，眼前豁然开朗，这里是一座巨大的山洞，而且前方有洞口，洞口不大，外面还长满了草藤，阳光透过草藤的缝隙照射进来。

刘秀适应了一会儿，眼睛才渐渐看清楚山洞内的一切。这里以前明显有人居住过，洞里不仅有石床，还有石桌、石凳等物。

让刘秀颇感意外的是，石桌上还放着一卷竹简，竹简的旁边摆放着一只晶莹剔透的小玉瓶。

他走上前去，拿起竹简，他的手刚一抓，竹简就散了。年代过于久远，编成竹简的绳子早已腐烂。

他拿起记录书名的竹片，看上面的文字。文字虽已模糊，但还是能辨认得出来，只不过和刚才洞壁上刻的文字一样，刘秀是一个字都不认识。

他把手中的这根竹片放下，目光落在一旁的小玉瓶上。

玉是上佳的羊脂玉，虽然光亮，但却亮得柔和，没有咄咄逼人之感。小玉瓶差不多有孩童的巴掌大小，很是漂亮。

刘秀小心翼翼地拿起玉瓶，分量比他想象中重一些，他稍稍晃了晃，可以感觉到里面有液体流淌。

他吞了口唾沫，拔掉瓶口，下意识地低头闻了闻。

按理说，这些物件已如此久远，久远到连文字都是刘秀看不懂的，即便玉瓶里装的是清水，现在也早就臭了，可怪异的是，刘秀非但没有闻到异味，反而清香扑鼻。

第三十二章
福缘深厚

刘秀忍不住咕噜一声再次吞了口唾沫。从昨晚到现在,他都不知流了多少汗,可一口水都没喝过,现在他感觉自己的嗓子眼都快冒烟了。

他又低头嗅嗅玉瓶里的液体,的确很香,这种香气并不浓烈,却有沁人心脾之感。他忍不住稍稍舔了一点,甜丝丝的,并无异味。

刘秀再不犹豫,一仰头,将玉瓶中的液体喝了个精光。他把玩着手中空空如也的小玉瓶,感觉嗓子舒服了很多。

就在他准备把小玉瓶放回到石桌上时,突然间,他的体内如同着了火似的,从嗓子眼到肚腹,好像都在燃烧。

性情那么坚忍的刘秀,此时也忍不住痛叫一声,小玉瓶脱手落地,摔了个粉碎,他踉踉跄跄地倒退了几步,倚靠住洞壁,双手捂住肚子,浑身上下灼疼得直打战。

他眼前的一切都开始变得模糊,而且天旋地转,刘秀再坚持不住,身子倚靠着洞壁,慢慢滑坐到地上。

一股滚烫的热流从他肚腹当中汹涌而出,奔向他的全身,他忍不住哇的一声吐出口血水。

可怕的是,他吐出的都是黑色的液体,而且腥臭异常。

刘秀在地上都坐不住了,侧身摔倒,身子蜷缩成一团。

他暗暗苦笑,自己逃过了蛮人的伏击,逃过了蛮人的追杀,甚至都逃出了蛮人的老巢,结果却因误服了不知几百年前的毒药而毙命,这简直太讽刺了。

此时的他，想起了很多人，想起了大哥和龙渊等人，不知道他们有没有逃出乾尤山，他想到了大姐、二姐、二哥和小妹，如果他们知道自己死了，会很难过吧，尤其是小妹，打小她就特别依赖自己……

刘秀的神志越来越模糊，渐渐地，他的眼前变成一片漆黑，什么都看不到了，他整个人也仿佛陷入混沌当中。

他这次昏迷，不知道有多久，当刘秀再次清醒过来的时候，他感觉自己仿佛睡了好几年。

他慢慢睁开眼睛，外面的天是黑的，山洞里更是黑漆漆的一片，但让刘秀吃惊的是，他竟然能看清楚山洞内的一切，甚至连落在地上的草梗、叶片他都能看得清楚。

刘秀试探着从地上坐起，感觉身体并没有哪里不舒服，反而通体舒适、畅快，这种感觉就像是他以前的二十年一直活在束缚当中，而现在他一下子冲破了这些束缚，破茧而出。

他下意识地想揉自己的眼睛，可当他抬起双手的时候，猛然发现，自己的手竟然是黑色的。刘秀吓了一跳，本能反应地在自己手背上抹了一下。

这一抹，抹掉了一层类似于黑油的东西，黏糊糊的，而且还散发着恶臭味。刘秀差点被自己恶心吐了，从地上一蹦多高。

但让刘秀没想到的是，他这一跳，整个人如同飞起来似的，头顶直接撞到了山洞的洞顶。

随着咚的一声闷响，刘秀又重重地摔落在地。

他趴在地上，并没有感觉很疼，慢慢闭上眼睛，感觉自身所发生的变化。

不是舒适通透那么简单，他感觉自己体内仿佛有用不完的力气。他再次站起身形，走到山洞中央的石桌近前，低头看了看这张石桌，估计起码得有两三百斤重，刘秀将手上的黑油在身上胡乱蹭了蹭，然后抓住石桌的两边，用力向上一抬，就听呼的一声，这张石桌竟然被他硬生生地抬了起来。

这一下，把刘秀自己都惊得脸色顿变。

他仿佛突然想起了什么，急忙将抬起的石桌轻轻放下，先回手摸摸自己的后肩,再摸摸自己的后腰,原本的两处箭伤,都不可思议地愈合了。

这到底是怎么回事？自己明明是昏过去了,再醒来,怎么会发生这么大的变化？不仅能视黑夜如白昼,连力气都大得惊人,估计自己现在都能和大哥有一拼了。

突然间,刘秀的眼角余光瞄到了地上的碎片。那是小玉瓶被他摔碎后的碎片。他心中一动,急忙走上前去,将碎片一一捡起。

他的身体发生这么大的变化,唯一的解释就是和他喝的这瓶水有关。可惜,小玉瓶已碎,里面残留的液体也都风干,一滴没剩,就算刘秀想研究都无从下手。

他把小玉瓶的碎片一一摆放在石桌上,轻轻叹了口气。他本以为自己喝下的是瓶毒药,没想到,它却是能改善人体质的灵丹妙药。

刘秀再次拿起一片竹简,上面书写的文字,他依旧看不懂,他摇了摇头,将竹简放回到石桌上,将其重新整理好,而后环视一周,走到那张石床近前,跪地叩首。

他不清楚这座石洞是谁开凿的,更不清楚以前是谁住在这里,不过他清楚一点,这座石洞的主人救了他的命。

不仅让他免于被淹死在湖底,而且留下的一瓶灵药,助他脱胎换骨,如同获得了重生。

现在他也终于清楚自己身上这层散发着恶臭气味的黑油是什么了,估计是自己脱胎换骨之后,身体里排泄出来的杂质。

他找不到山洞的主人,只能向石床叩拜,以表自己的感激之情。

现在他没时间在这里多加逗留,乾尤山一战,一万多人的大军被蛮族打散,大哥他们是死是活他还不清楚,他必须得尽快赶回到郡城,确认大哥他们的情况。

叩拜完石床,刘秀站起身形,看眼石桌上的竹简,本想去拿,但转念一想,自己拿了也没用,这上面的文字,估计也没人能看得懂。

想到这里,刘秀走到洞口,扒开洞口外的草藤,他探头向外望去,这才发现,原来洞口不是位于山脚下,而是位于一面悬崖的半山腰,距离地面少说也有十几丈高。

刘秀暗暗皱眉，这么高的地方，他可不敢跳下去，但让他按照原路返回，潜水进入山谷的那座湖里，他不由得激灵灵打个冷战。山谷里的那座小湖，简直就是噩梦。

他思考了片刻，伸手抓住一根草藤，拽了拽，感觉还挺结实的，他以草藤为绳索，顺着草藤一点点地向下爬去。

爬了一会儿他方察觉到，自己不仅力气变大了，身体也比以前灵活了好多倍，距离好远的草藤，他一个跳跃就能蹿过去，将其牢牢抓住。

若是以前，从这么高的地方往下爬，刘秀就算有这个胆子，也得用时许久，但是现在，他几乎没费多大的力气，便顺利爬下悬崖，站在了山脚下。

刘秀没有想到的是，那卷放在石桌上的竹简，他因为看不懂上面的文字而没有带走，他的这个举动，却恰恰成就了一个人。

一百年后，有一人在机缘巧合之下进入这座山洞，得到了这卷竹简。

刘秀以为竹简上的字没人能看得懂，但他错了，这个人偏偏就看懂了，并从中悟出了大道。

这个人的名字叫左慈，而这卷竹简，便是于三国时期开始闻名于世的《九丹金液经》。刘秀喝的那瓶液体，正是炼制得并不成功的金液。

"然九丹中，金液为上。服金液者，入口则身色紫金，立生羽翼，升天为仙官矣。"——《九丹金液经》

刘秀喝的这瓶金液，只能算是瓶赝品，或者说是不成功的半成品。

但即便如此，其功效也可谓妙不可言，对人能起到伐骨洗髓、脱胎换骨的效果，现在刘秀的体质便已大大异于常人。

至于山洞洞壁上刻的字，是"天柱"二字，后来此山也因此得名为天柱山。

当然，这些都是一百多年后的事，现在的刘秀又怎么可能知道？

他举目望向夜空，现在连夜空中的星星在他眼中都变得晶亮起来。他以北斗星来辨认清楚方向，迈步正要走，可转念一想，又把迈出去的脚收了回来。

山谷里的那些蛮族人凶残到令人发指的地步，这些蛮人，断不可留。想到这里，刘秀禁不住握了握拳头。

要是以前，他肯定没胆一个人进入蛮人的老巢，但是现在，他感觉自己的体内似乎有无穷无尽的力量，这让他具备了与蛮人一战的勇气。

再者说，即便他打不过对方，也可以逃走，他感觉凭自己目前的脚力，没有蛮人能追得上他。

刘秀顺着山根，没有走出多远，便看到了那条狭长的峡谷。他通过峡谷，来到山谷当中。

蛮人的帐篷都还在，但看得出来，蛮人的大军并不在这里，整个山谷里显得冷冷清清。

为了刺探虚实，刘秀弯着腰，以最快的速度跑到一座营帐的近前，他轻轻撩起帘帐，向里面看去。

果然，营帐里空空如也，一个人都没有。刘秀就近又查了几座营帐，和刚才那座营帐一样，都是空无一人。

蛮军不在这里，那么……

猛然间，刘秀想起了冯异之前的分析，蛮军的目的可不是藏在乾尤山，他们真正的目标是郡城。难道，蛮军的主力都去进攻郡城了？

想到这，刘秀倒吸口凉气，经过乾尤山这一战，郡城的兵力损失惨重，现在正是虚弱之时，蛮军若是乘虚而入，郡城危矣！

他正琢磨着，突然听闻不远处传来叫骂之声。刘秀身子一震，急忙蹲下身形，藏身于阴影当中，而后他稍稍探出头，循声望去。

第三十三章
仗义相救

现在正是深夜，山谷内光线昏暗，正常人根本看不了多远，但经过金液改造体质后的刘秀，却能在昏暗无光的情况下看出好远。

只见前方的一片营帐当中，走出一群人，在人群的中央是两名被捆绑住双手的男子，看其穿着打扮，应该都是汉中郡军，在他俩的周围，是清一色的蛮族女人，看模样，有好些都已经四五十岁了。

在蛮族女人的推搡下，两名郡军汉子边走边叫骂。时间不长，两人被推到一排木桩子近前。

这些木桩子，已经看不出来本来的颜色了，黑乎乎的，上面布满了蚊蝇。在其一旁，还有好几个大木架子，上面挂着铁链，也都是黑乎乎的。

走到木桩子近前，蛮族女人们将两名郡军汉子摁跪在地，抓着他俩的头发，让他二人的脑袋紧紧贴在木桩子上，一名四十开外的蛮族女人拿着一把大砍刀，走到他二人的前方，目光在他俩身上扫了扫，走到靠左的郡军汉子身边，然后向掌心吐了口唾沫，双手搓了搓，握住刀把，将砍刀高高举起，对准那名郡军汉子的脖颈便要劈砍下去。

就在砍刀要从空中落下之时，斜刺里突然飞来一股劲风，那名蛮族女人还没搞清楚怎么回事呢，就听啪的一声，一块半个巴掌大小的石头正砸在她太阳穴偏上的位置。

这块石头的力道之大，把蛮族女人的头盖骨都击飞出去，她的身子还站在原地，但人已然一命呜呼。

过了片刻，扑通一声，蛮族女人魁梧的身躯直挺挺地摔倒，鲜血和脑浆洒了满地。

周围的蛮族女人们无不大惊失色，纷纷尖叫出声，下意识地向四周张望，刚才她们根本没看清楚到底是从哪飞过来的石头。

这时候，不远处的一座营帐后面突然蹿出一条人影。

这条人影的速度之快，真仿佛猎豹扑食一般。蛮族女人们只觉得眼前一花，黑影便已到了自己的近前，连带着，一股腥臭难闻的气息迎面扑来。

人到的同时，黑影的拳头也到了，他双拳齐出，正击在两名蛮族女人的胸口上。

她二人双双惨叫一声，身子倒飞了出去。周围的女人们纷纷怒吼一声，抡刀劈向黑影。

唰、唰、唰！数把弯刀齐齐劈空，黑影由她们之间的缝隙不可思议地闪了出去。他到了一名蛮族女人的背后，双手分别抓着对方的后脖颈和后腰，向外一抡，就听啊的一声，那名蛮族女人足足飞出去四米开外，扑通一声重重地摔落在地，再也站不起来了。

紧接着，他又分别向左右各踢出一脚，又有两名女人倒飞出去。还剩下的两名蛮族女人见势不好，转头想跑，黑影三步并成两步，跑到她二人的背后，双手探出，抓住她二人的后脖颈，双臂一合，就听咚的一声，二女的脑袋重重撞在一起，她俩两眼翻白，双双晕死过去。

七八名蛮族女子，就在这眨眼的工夫，全部被黑影打得倒地不起。

原本跪在地上、脑袋贴着木桩子的两名郡军汉子双双扬起头来，又惊又骇地看着黑影，心里禁不住嘀咕一句：这是什么怪物？

人家即便穿了夜行衣，也只是一身黑而已，可眼前的这条黑影，不仅衣服是黑的，脸上和手也是黑的，而且黑得油光锃亮，还散发着腥臭难闻的气味，也难怪两名郡军汉子会把他误认为怪物。

这条黑影，正是刘秀。刘秀并不清楚自己现在的模样有多吓人。他环视一圈，没有看到其他的蛮族人，他快步走到两名郡军汉子近前，问道："你俩没事吧？"

随着刘秀的靠近，那两名郡军汉子吓得一缩脖，结结巴巴地问道："你……你是人是鬼？"

落到蛮族人手里，他二人还有勇气大喊大骂，但在妖魔鬼怪面前，他二人连叫骂的勇气都没有了。

刘秀被他二人的问话差点逗笑了，伸出手来，要解开他二人身上的绳子。

不过看到他的手伸过来，两名郡军汉子不约而同地向后缩了缩。

这时刘秀才发现自己身上还带着那些乌黑发臭的油渍，难怪他二人问自己是人是鬼呢！

他干咳了一声，厚着脸皮说道："放心，我是人不是鬼，这些只是我做的伪装！"

"你？"

"我是襄阳义军！"

"襄阳义军？你……你是刘縯的部下？"

"刘縯是我的大哥，我叫刘秀！"

听闻这话，两名郡军汉子不由自主地张大嘴巴，重新打量了刘秀一番，禁不住问道："你身上抹的是什么？"

"烂泥。"刘秀随口回了一句，然后快速地把他二人手腕上的绳子解开。

确定刘秀是人不是鬼，而且还是义军，两名郡军汉子彻底放下心来，同时长长松了口气，随着绑绳被解开，他二人一边揉着红肿的手腕，一边躬身施礼，说道："多谢刘兄弟的救命之恩！"

刘秀摆手说道："两位不用客气！"

"刘兄弟，你身手高强，就好人做到底，把其他的兄弟们也都救了吧！"

"还有其他人被俘？"刘秀惊问道。

两名郡军汉子一同露出悲愤之色，说道："三天前一战，我们总共被俘千余人，可现在连五百人都不到了，那些兄弟都被蛮子们杀了，还被他们……"

说到这里，他二人眼中含泪，都说不下去了。

这里的木桩子和木架子为何是黑的？那都是被血一遍一遍的冲刷染黑的，是郡军将士们的血。

三天？原来自己一下子昏迷了三天！刘秀先是一惊，而后顺着他二人的视线看向旁边的木桩和木架，他不由自主地握紧了拳头。

他问道："这里还有多少蛮军？"

两名郡军吸了吸鼻子，又揉了揉眼中的泪水，其中一人正色说道："蛮子去攻打郡城了，留在这里的，都是些蛮族的女人还有老弱病残。"

另一名郡军汉子说道："对了，歇族的老族长也在这里！"

"歇族？"

"这里的蛮子，都是乌戈国的歇族人，上上下下加到一起，差不多有两万多人。"

刘秀点了点头，他们从钖县来郡城的半路上，曾遭遇蛮兵的袭击，那些精锐蛮兵正是来自于乌戈国。

那名郡军汉子继续说道："歇族军队的头领叫歇图，是老族长歇桑的儿子！"

刘秀闻言，心思顿时一动，他脑海中首先闪过的一句话就是"擒贼先擒王"。他问道："歇图现在哪里？"

郡军汉子回答道："已经带着蛮军去攻打郡城了！"

刘秀不解地问道："你为什么会对蛮军的情况了解得这么清楚？"

郡军汉子回道："我们司马大人懂得蛮语，蛮人在外面聊天的时候，司马大人有偷偷听到。"

刘秀问道："你们的司马大人是？"

"盖延盖司马！"

盖延是汉中郡军中的一员猛将，他原本不在汉中任职，而是在蜀郡边境任职。盖延力大，能拉开数百斤的硬弓，武艺高强，骁勇善战。

在战场上，盖延的表现异常勇猛，常常是身先士卒，冲在最前面，于边境一带十分有名气。

后来盖延得到唐珩的赏识，被唐珩调到了汉中郡，让盖延在都尉府做掾吏，通俗点讲，就是都尉府的二把手，相当于副都尉。

盖延的勇猛好斗既是他的长处，也同样是他的短处，后人对他的评价是"可怜轻敌多深入，不似君王善料军"。

这次盖延之所以被俘，也是因为他的贸然深入。在郡军被蛮军团团包围的情况下，他两眼一抹黑地就往蛮军当中冲杀。

盖延也的确勇猛，手持长刀，杀入敌军当中，左突右冲，无人能挡，被他砍杀的蛮兵，少说也得有上百号人，这还是树林当中树木太密集，他的长刀并不能完全施展开。

后来蛮人是用渔网一层层地往盖延身上扔，费了牛九二虎之力，才算把他擒下。

别的俘虏，蛮人只是用绳子捆绑，至于盖延，蛮人破天荒地改用了铁铐制住他。

要知道蛮地的冶铁技术很差，铁对于蛮人而言是稀缺之物，能用在俘虏身上，已算是大手笔了。

刘秀没听说过盖延这个人，认为他只是郡军中的一名普通的司马。他沉吟片刻，说道："你二人去营救其他的郡军兄弟，我去找歇桑！"

两名郡军汉子闻言身子一震，诧异地问道："你去找蛮族的族长做什么？"

刘秀说道："那么多的蛮军偷袭郡城，现在郡城定然已是危在旦夕，只有拿住歇桑，才有可能让歇图撤军！"

两名郡军汉子露出恍然大悟之色，琢磨了一会儿，他二人互相看看，说道："我们跟你一起去！"

"你俩先去救人！"刘秀正色道。

"可是……看押我们的守卫人数不少……"两名郡军汉子面红耳赤地说道。让他俩去救人，那无异于让他二人回去送死。

刘秀想了想，说道："那我们就先去擒下歇桑，逼蛮人放人！"

这回两名郡军没有二话，各自从地上捡起一把蛮人用的弯刀。

刘秀也捡起一把刀，问道："你俩知道歇桑住在哪里吗？"

两名郡军汉子异口同声道："一定是营地中央的中军帐。"

刘秀点点头，与两名郡军一并向蛮军营地的中央潜行过去。

第三十四章
擒贼擒王

看得出来，为了攻下汉中城，绝大多数的蛮人已经离开了山谷。

他们这一路上，既未碰上巡逻队，也没有看到岗哨，直至潜行到营地中央那座最大的营帐时，才终于看到营帐的外面站有六名蛮兵守卫。

刘秀三人躲在附近的一座营帐旁，蹲下身形，探头观望了片刻，刘秀捡起一颗石子，并向两名郡军汉子做了个后退的手势。两人会意，一同点了下头。

他们慢慢后退，藏于营帐的后侧，刘秀把手中的石子弹了出去。啪！石子落在地上，发出一声轻响。

于中军帐外站岗的六名蛮军守卫都有听到动静，他们互相看了看，分出两人，向刘秀他们藏身的这座营帐走了过来。

两名守卫走到营帐的侧面，向四下看了看，并未发现有什么异常，当两人打算绕到营帐后面去看看时，从营帐的后侧先蹿出来一人，两名蛮军守卫连来者是谁都没看清楚，那人已到了他俩近前，出手如电，一把扣住他二人的喉咙。

两人想要喊叫，但被紧紧掐住的嗓子眼一点叫声也发不出来。

他俩下意识地要拔刀，可来不及了，随后冲出来的两名郡军汉子，一人刺出一刀，贯穿了两名守卫的心脏。

刘秀弯下腰身，将挂在他手上的两具尸体慢慢放倒在地上。然后他向两名郡军汉子比划几下手势，慢慢向后退去。

两名同伴过去查看情况，结果一去不回，剩下的四名守卫面面相觑，又分出两人，向那边营帐走了过去。

他二人前脚刚离开，刘秀仿佛鬼魅似的，从中军帐的后面绕了出来，悄然无声地来到一名守卫的身后，一只手捂住他的嘴巴，另只胳膊则死死勒住对方的脖颈，手臂往回用力一勒，就听咔的一声轻响，这名守卫的颈骨应声而断。

旁边的守卫听闻动静，下意识地回头看去，他先是看到了倒地不起的同伴，脸色顿变，张大嘴巴刚要喊叫，跃起很高，从天而降的刘秀一肘砸在他的头顶上。

现在刘秀自身的力气就已极大，再加上身体下坠的惯性，这一肘的力道可想而知。

咔嚓！这名守卫的天灵盖都被刘秀的肘臂击碎，应声倒地。

正往旁边营帐走的那两名守卫听闻背后的动静不对，急忙转身往回看，两人看到了躺在地上的同伴，也看到了站在那里一身黑的刘秀。

他俩下意识地抽出弯刀，大声喊喝道："你……（蛮语）"

两人只吐出一个字，两名郡军汉子无声无息地从他俩背后摸了上来，一人一刀，干净利落地划开他二人的喉咙。

说时迟，那时快，刘秀三人解决掉这六名守卫，只是眨眼工夫的事。

清理完中军帐外的守卫，刘秀三人暗暗松了口气。

刘秀让两名郡军汉子把守卫的尸体拖到阴影处，他自己则走到中军帐的门帘前，慢慢挑开一条缝隙，眯缝着眼睛，向里面看去。

中军帐分为内外两层，外面这层是商议军务用的，里面的那层，是用来住人的。

外面这层黑漆漆的，一个人都没有，里面的那层倒是隐约透出光亮，而且刘秀还隐隐约约听到有女人的抽泣声。

他微微皱了下眉头，身形一晃，闪入中军帐里。他随手把别在后腰的弯刀抽了出来，高抬腿，轻落足，径直地走到里层的幔帐前，将幔帐稍微拉开一点。

中军帐的里层点着蜡烛，还算明亮，与外面的那层相比，这里的空间要相对小一些，正中央摆放着几张兽皮拼凑的毯子，这便算是床铺了，四周的一圈摆放的都是木栅栏。

让刘秀怒火中烧的是，木栅栏里关着的都是女人，一个个披头散发，一丝不挂，估计得有五六人。

而在床上，躺着一个肥胖的中年蛮子，在他的两边，各跪坐着一名赤身裸体的女人，女人的脖子上还系着绳子，绳子的另一头抓在中年蛮子的手中，其状就如同拴狗一般。

此时，中年蛮子正闭着眼睛，享受着身边两名女子对他的服务。刘秀看罢，唰的一下撩开幔帐，大步流星地走进中军帐里间。

在场的女人们似乎都没想到会有人突然闯进来，而且来人的模样太吓人，身上的衣服是黑的，手是黑的，连脸都是黑的。

她们吓得纷纷惊叫出声，身子蜷缩成一团。跪坐在中年蛮子身边的两名女子更是尖叫着向旁连退。

正在享受中的中年蛮子被吵醒，他睁开眼睛，面露怒色，当他看到直奔自己而来的刘秀时，下意识地问道："你是谁？（蛮语）"

刘秀听不懂蛮语，即便听懂了也不会回答他的疑问。他走到中年蛮子近前，后者正要从兽皮毯上坐起，刘秀一脚踹在他的胸口上。

这一脚，把中年蛮子踢躺回兽皮毯上，后者双手捂着胸口，脸色憋得涨红，过了一会儿，他张大嘴巴，发出杀猪般的惨叫。

刘秀没有多余的废话，一刀斩断他手中的绳子，扭头看了一眼那两名满脸惊色的女人，说道："去找件衣服穿上。"

说完话，他的目光落回到中年蛮子身子。只见中年蛮子停止嚎叫，翻了身，手脚并用地在兽皮毯上爬着，爬出一段距离后，他吃力地站起身形，又惊又骇地看着刘秀，用半生不熟的汉语问道："你……你是何人？"

刘秀向四周看了看，见靠墙的地上扔着一卷绳索，他走到中年蛮子近前，一脚踢在他的膝盖外侧，中年蛮子闷哼一声，身子在空中打着横，重重地摔落在地。

都不等他发出叫声，刘秀一脚踩住他的后背，然后把绳索打了个套，套在中年蛮子的脖颈上，再稍稍用力一勒，中年蛮子险些当场背过气去。他双手抓着脖颈的绳索，死命地向外拽着。

刘秀也不理他，拉着绳子，把中年蛮子从地上硬拽起来。中年蛮子的双手在自己的脖颈上都抓出一条条的血痕，两眼向外凸起，脸侧的青筋蹦起好高。

眼瞅着中年蛮子要被自己活活勒死了，刘秀这才稍微松了下手，让死死勒住中年蛮子脖颈的绳子松开一些。

随着绳子松开，中年蛮子张大嘴巴，大口大口地吸着气。

还没等他缓过这口气，刘秀抬手拍打几下他的脸颊，等中年蛮子的目光对上自己的视线，刘秀开口问道："你叫歇桑？"

中年蛮子愣了一下，下意识地摇头说道："我不……"

他才说出两个字，被关在木栅栏里的那些女人们纷纷叫道："他是歇桑！他就是歇族的族长歇桑！"

刘秀闻言，再次看向中年蛮人，眼中的寒光越来越盛。中年蛮人只与刘秀对视片刻，便激灵灵打个冷战，结结巴巴地说道："我……我是歇桑……别……别杀我，你要什么我都可以给你……"

他话还没说完，刘秀突然揪出他一侧的耳朵，手中的弯刀由下而上地一挑，就听啊的一声惨叫，歇桑的右耳被一刀割了下来。

歇桑捂着头侧，死命地哀嚎着。这时候，外面已然传出打斗之声，想必歇桑的叫声引来山谷内的蛮人，和那两名郡军已经交上手了。

刘秀牵着绳子，拽着歇桑，走出中军帐，到了外面，果不其然，那两名郡军汉子已被众多的蛮人团团包围。刘秀大喝一声："都住手！"说话之间，他把手中刀架在歇桑短粗的脖子上。

人们被他突如其来的一嗓子吓了一跳，转头一瞧，见老族长竟然被人挟持住了。

人们的第一反应是冲上前去营救。不过他们只跑出两步，刘秀的弯刀已然割破了歇桑脖颈的皮肤，鲜血顺着伤口流淌出来。

歇桑大骇，脸色惨白，冲着跑来的众人厉声喊道："别过来！都别过来！（蛮语）"

众蛮人纷纷停下脚步，呆呆地看着他和刘秀。

见到刘秀成功制住了歇桑，原本已经绝望的两名郡军汉子立刻来了精神，他二人从人群里跑出来，到了刘秀身边，难掩心中的兴奋之情，喜形于色，冲着刘秀连连点头，低声赞道："兄弟，好样的！"

刘秀向他二人点了下头，对歇桑说道："让你的人把被俘的汉人都放了！"

歇桑的脸色变幻不定，低垂着头，没有说话。刘秀将弯刀向他的脖颈又压了压，这下，他脖颈流淌出来的血更多了。歇桑再不敢装聋作哑，冲着手下的族人喊喝道："放人！把俘虏都放了！（蛮语）"

虽说歇桑年纪大了，现已不太管事，族里的大小事务基本都是由歇图处理，但歇桑终究还是族长，没人敢不服从他的命令。

有几人急忙转身向后面跑去。

刘秀眯缝着眼睛看着那一群蛮人跑远，他对歇桑说道："别和我耍花样，否则，第一个死的人就是你！"

身为族长的歇桑，平日里都被人敬着、供着，什么时候被人如此恶言要挟？但现在他落到人家的手里，是人在矮檐下，不得不低头。

足足过了两刻钟左右的时间，一大群穿着郡军服饰的人被数十名蛮人押解过来。

这些郡军的双手都被反绑在背后，有些人耷拉着脑袋，有些人则面带悲愤之色。

等他们被蛮人带到中军帐这里，看到现场的局面，人们不由得同是一愣，搞不清楚这到底是怎么回事。

刘秀扫视一眼那些被俘的郡军，问那两名郡军汉子道："他们是全部吗？"

第三十五章
屠杀报复

两名郡军汉子两眼放光,逐一打量一番,冲着刘秀连连点头,说道:"是全部!刘兄弟,我们被俘的兄弟都在这了!"

刘秀不再多问,对歇桑说道:"立刻让你的人把他们都放了!快点!"

歇桑没有立刻说话,一对小眼睛恶狠狠地怒视着刘秀。后者凝声问道:"你想让我把你的另只耳朵也割下来?"

听闻这话,歇桑的气焰再次被打压下去,冲着族人们喊道:"放人!把他们都放了!(蛮语)"

押解郡军的数十名蛮人心不甘情不愿地割开郡军身上的绑绳。

恢复自由的郡军正要向刘秀这边走过来,后者再次说道:"还有,让你的人都放下武器!"

歇桑的拳头握得紧紧的,心里都恨不得把刘秀活剥生吞了。

他刚有些迟疑,刘秀的手又揪住他另一边的耳朵。歇桑身子一震,尖声叫道:"扔掉武器!把你们的武器统统扔掉!(蛮语)"

在场的百余名蛮人面面相觑。

见族人们没有行动,而刘秀揪住自己耳朵的力道又大了几分,歇桑急了,厉声喝道:"我的话,你们没听到吗?(蛮语)"

歇族蛮人不敢违背歇桑的命令,纷纷把手中的武器扔掉。见状,在场的郡军们互相看了看,其中有人大声喝道:"捡啊!还等什么?"

刘秀举目看向喊喝之人。那人站在郡军们的前面,高人一头,乍人一背,虎背熊腰,别人的身上只是捆绑着绳子,只有他的身上拴的是粗粗的铁链。

向脸上看,满脸的络腮胡须,一对大环眼,此时正闪烁着咄咄逼人的光芒。刘秀心中一动,想必,此人就是郡军兄弟说的司马盖延了。

在这名大汉的喝令下,一名郡军壮着胆子,试探性地走到身旁的蛮人近前,然后小心翼翼地弯下腰身,将地上的弯刀慢慢捡了起来,紧接着,他又向后连退了好几步。

看同伴成功捡起了蛮人的武器,而蛮人站在一旁像木头桩子似的一动不动,这下郡军们都放下心来,蜂拥而上,纷纷捡起地上的弯刀。

有位郡军青年走到那名魁梧大汉近前,想用弯刀把他手腕上的铁链劈开。他连砍了两刀,火星子蹿起多高,但铁链却丝毫未损。

那名魁梧大汉把面前的青年推开,环视四周,大声喊喝道:"把这些蛮子都给我拿下!"

随着他一声令下,捡起武器的郡军纷纷把手中刀架在蛮人的脖子上,百余名蛮人,只顷刻之间便被数百名郡军俘虏。

现场的局势真可谓瞬息万变。

原本数百名郡军是蛮人的俘虏,而现在,局面来了个一百八十度的大转弯。而造成这一切的人,正是刘秀。

见到蛮人都已被己方兄弟拿下,那名魁梧大汉迈步向刘秀走了过去。到了近前,他先是看了看仿佛泄气皮球的歇桑,冲着他咧了咧嘴,而后转目看向刘秀。

刚才距离较远,他也没看清楚刘秀的长相,现在到了近前,他也被刘秀吓了一跳。不知道他身上抹的是什么鬼东西,又黑又臭,气味都令人作呕。

不过魁梧大汉并没有觉得厌恶,反而毕恭毕敬地向刘秀深施一礼,说道:"大恩不言谢!今日我盖延欠你一命,日后若有用到盖延之处,只需一句话,我盖延绝不含糊!"

刘秀把手中刀递给身边的那名郡军汉子,让他押住歇桑,而后他向盖延拱手还礼,说道:"盖司马言重了!在下刘秀,字文叔,隶属襄阳义军。"

哟,原来这人不是郡军兄弟,而是义军。一个义军,能深入到这里，出其不意地擒下蛮族族长，这也太不可思议了。

魁梧大汉忍不住多看了刘秀两眼，再次拱手施礼，说道："在下盖延，字巨卿！汉中郡军司马！"

刘秀和魁梧大汉各拱手施礼。礼罢，盖延眼珠转了转，抬手一指蛮人的中军帐，对在场的郡军喝道："把蛮子都关进去！"

在盖延的指挥下，郡军把百余名蛮人全部推进中军帐里。看到蛮人都已进入，盖延一抬手，抓着歇桑的肩膀，冷声说道："你也进去！"

"且慢！"刘秀拦住盖延，小声说道，"歇桑是歇族的族长，又是蛮军首领的父亲，这个人对我们很重要！"

只是个蛮人，还能重要到哪去？盖延心里不以为然，不过刘秀毕竟救了他和数百郡军兄弟的命，对刘秀盖延还是非常尊敬的。

见刘秀"护着"歇桑，盖延也没有再多问什么，他一边令人去解救被蛮人挟持的百姓，又一边令人去把己方被缴获的武器和盔甲找回来。

别看盖延生得五大三粗，好像一莽夫，但指挥起军中的兄弟们还是颇有威严的，而且发号施令也是井井有条。刘秀在旁暗暗点头，盖延这个人倒是个不错的将才。

随着人们一批批地离开，盖延转头看向刘秀，身子不由自主地哆嗦了一下，他清了清喉咙，说道："刘兄弟，要不，你先去洗一洗，净净身，再换身衣服？"

虽说没有镜子，刘秀看不到自己现在的模样，但通过其他人看自己那怪异的表情和眼神，他也能猜得到，自己现在的模样肯定不怎么样。而且连他自己都快受不了自己身上的这股怪味了。

他点了点头，问道："盖司马……"

"刘兄弟，你是我的救命恩人，你叫我巨卿就好。"

"巨卿兄！"

盖延含笑叫过来一名郡军，让他带刘秀去洗澡。

这座山谷里，一侧有座小湖，只不过是死水，湖水也不能喝，那里现已被蛮人变成丢弃尸骸的地方。另一侧则有一条小溪，可以供人饮用。

小溪是从山上流淌下来的，水流不大，供山谷里的人饮用不成问题。

来到这里，看到清澈的溪水，刘秀的眼睛顿时一亮，他对带他过来的郡军青年说道："多谢！"

那名郡军青年也知道是刘秀救了他们，对他十分感激。他搓着手，热情地说道："你在这里先洗着，我去给你找套干净的衣服。"

"麻烦你了。"

"刘兄太客气了。"说完话，那名郡军青年噔噔噔地快步跑开。

刘秀脱下身上的衣服，两颗亮晶晶的小珠子从他身上掉落下来，刘秀这才恍然想起，自己被蛮人逼入湖底的时候，正是这两颗小珠子救了自己，把自己引入到那座仙洞。

他从衣服上撕下一块干净的布条，将两颗小珠子包裹在里面，用力地系好，而后他蹲在溪水旁，开始清洗自己的身子。

清澈的溪水到了他身上，流淌下来的都是黑水，身体里竟然排出这么多的黑东西，让刘秀自己都吓了一跳。

他反复地清洗全身，一遍又一遍，也不知道洗了多久，身上那些黑色又黏稠的脏东西终于全部洗掉。

刘秀喘了口粗气，低头闻闻，感觉自己的身上还是有怪味，他又再次从头到脚地清洗起来。

这时候，刚才离开的郡军青年已经抱着一团衣服走了回来，他把衣服放到一旁，说道："刘兄，衣服我放在这里了，你不用着急，慢慢洗着！"

刘秀转回头，应了一声，然后继续和身上的污垢和怪味奋斗。

他又洗了一刻多钟，这才从溪水当中走出来，穿上郡军青年带来的衣服。

他挑选得不错，大小正合身，刘秀穿戴整齐后，低头看了看，感觉不错。这时，等在一旁的郡军青年走了过来，到了刘秀近前，抬头一瞧，他不由得一怔。

刚才刘秀的脸完全是黑乎乎的，而且身上的气味着实让人难以忍受，现在再看刘秀，面白如玉，皮肤细腻，透着光泽，模样长得也俊秀，浓密的剑眉斜飞入鬓，炯炯有神的虎目仿佛有流光溢彩在其中闪烁。

刘秀被他看得有些难为情,低头再次瞧瞧自己身上的衣服,问道:"有哪里不对吗?"

"没……没有!"郡军青年回过神来,不由得老脸一红,自己竟然看男人看呆了!他干笑着说道,"我还以为刘兄比我年长呢!"

看刘秀的年纪,充其量也就二十岁左右。

刘秀淡然一笑,说道:"我们回去吧!"

"好!"

"这几日,你们在蛮军营地里是怎么过的?"

说到这个,那名郡军青年的脸上立刻露出悲愤之色,摇头说道:"说来话长了……"

两人一路说着话,向中军帐那边走去。他俩还没走到地方,远远的,突然看到中军帐那边升起了火光。两人心头一震,还以为有意外发生了,急忙往前奔跑。

等到了近前,他二人都有些傻眼。

只见偌大的中军帐,现已燃烧起熊熊的大火,而在中军帐的四周,全是郡军和汉人百姓,没有人去救火,人们反而不时地向火堆里扔着柴火,让中军帐的火势越烧越旺。

中军帐里,此时正传出撕心裂肺的惨叫之声,不时有人从烈火当中奔跑出来,浑身上下被烧得焦黑。

只要有人跑出来,附近的百姓们纷纷拿起石头,死命地砸过去,而郡军们则手持长矛冲杀过去,毫不犹豫地将其刺翻在地,然后再合力把尸体重新扔回到火堆当中。

被蛮人劫持和俘虏的这些天,人们无不是饱受折磨和凌辱,在他们的内心深处,恨透了这些蛮人,现在终于有了报复的机会,他们又怎会心慈手软。

即便是平日里柔弱的女人们,此时也像疯了似的,一边向火堆扔着木头,一边尖声叫道:"烧死他们!把他们统统都烧死!"

第三十六章
兄弟重逢

这时，那两名郡军汉子向刘秀这边走过来，到了近前，他俩仿佛不认识刘秀似的，上下打量他好半晌，不确定地问道："你……你是刘兄弟？"

刘秀被他二人的样子逗笑了，拱手说道："在下刘秀，这厢有礼了！"

那两名郡军汉子也都乐了，禁不住感叹道："刘兄弟，你刚才的样子和现在的模样相差也太大了！"

刘秀淡然一笑，他恍然想起什么，收起玩笑之意，正色问道："歇桑呢？歇桑也在里面吗？"

两名郡军汉子摇头，说道："歇桑被盖大人关押在别的营帐里了。"

闻言，刘秀暗松口气，还好歇桑活着，能不能逼迫蛮人退兵，全指望歇桑呢。他看着熊熊燃烧的中军帐，幽幽说道："里面有上百蛮人吧？"

"上百？"两名郡军汉子一笑，说道，"刘兄弟，你走之后，我们在营地里又揪出来数百蛮子，他们也都在里面。"

说完话，一名郡军汉子还颇感惋惜地说道："可惜现在留在营地里的蛮子都是些老弱病残，要么就是女人，没能杀到蛮兵，真是可惜！"

刘秀默然，没有接话。

蛮人固然可恶又可恨，但屠杀蛮族的女人和老弱病残，也不是多么光彩的事。

他们正说着话，盖延走了过来，看清楚刘秀的样子，他也是一愣，不会很快便恢复正常。

此时盖延手上的镣铐已经被砸掉，身上也披戴上了盔甲，他的身材本就高大，再加上这一身甲胄，以及手中的长刀，当真是威风凛凛，仿佛天将下凡一般。

他先向中军帐那边努努嘴，对刘秀义愤填膺地说道："这些蛮子，进入益州烧杀抢掠，更可恶的是，竟还食人，被他们吃入肚腹者不计其数。无论男女，无论老幼，但凡是蛮子，就都该杀光！"

刘秀能够理解他们的心情，即便他不认同他们的做法，但也不会多说什么。

他说道："巨卿兄，蛮军的目标是汉中城，我们现在没有时间在这里多做耽搁，当及早动身去往郡城救援才是！"

盖延点点头，抬头望了望夜空，说道："天快亮了，等天一亮，我们就动身，去往郡城。"

稍顿，他又佩服道："我想明白了，刘兄弟擒下了歇桑，是打算用他去要挟那些进攻郡城的蛮军！"

他已经听那两名郡军汉子讲述了刘秀的计划，要拿歇桑去要挟歇图，逼歇图撤兵。

他暗自庆幸，好在自己刚才没有冲动，如果一时性急，真把歇桑杀了，单凭他们这点人，想救援郡城，简直是以卵击石。

说话时，盖延把肋下的佩剑解下来，递给刘秀，说道："救命之恩，无以言谢，这把剑，就送做刘兄弟防身之用吧！"

刘秀接过盖延递来的剑，向外一拔，青光乍现。定睛细看，这把剑的剑柄为青色，剑身也泛着青光，冷森森，阴恻恻，一看就是把削铁如泥的宝剑。

这个礼物可太贵重了！刘秀急忙把剑送回剑鞘，对盖延说道："巨卿兄，这……"

盖延向他摆摆手，正色说道："此剑名为青锋，据传是双剑，可惜我一直未能找到另一把。其实这把剑我用来并不顺手，好在够锋利，也够漂亮，平日里，多是做装饰之用，今日送予刘兄弟，还望刘兄弟务必收下！"

他惯用刀，不过在那个时期，刀还不算是上档次的兵器，无论是练武之人还是文人,都习惯于佩剑。

"巨卿兄,这件礼物太贵重了!"刘秀低头看着手中的青锋剑,很是不好意思。

盖延笑道:"此剑再贵重,还能贵重过我和兄弟们的命吗?我和兄弟们的命都是刘兄弟救的,这区区一把青锋剑又算得了什么?"盖延为人十分豪爽,他送出去的东西,那就是真心实意地送,如果对方不收,他只会认为自己送出去的东西没有被人家看在眼里。

刘秀不再推辞,将青锋剑挂在腰间,然后向盖延拱手施礼,说道:"巨卿兄如此厚礼,文叔感激不尽!"

盖延拱手回礼,接着哈哈大笑道:"刘兄弟太客气了。"

留在营地里的蛮人,一个都没跑掉,被盖延等人分别关押在几座大型的营帐里,人们一个接着一个地点燃营帐,将数百名蛮人全部焚于营帐当中。

等到天亮,刘秀和盖延等人兵分两路,一路去往汉中城,另一路护送百姓们去往旬阳。

刘秀和盖延当然都要去往郡城。他们离开山谷,穿过密林,向郡城方向行进。

正往前走,突然间,前方的丛林当中射出一箭,箭矢哚的一声,钉在距离刘秀和盖延不远的一棵大树上。

众人同是一惊,纷纷亮出武器。正准备往前冲杀的时候,盖延抬起手来,将插在树干上的那支箭拔下来,仔细一瞧,脱口说道:"是我们自己人的箭!"

他拿着箭矢,冲着前方树林大声喊喝道:"是自家兄弟吗?"

盖延的嗓门极大,这一嗓子,能传出去好远,回音久久不散。

过了一会儿,前方树林传出哗啦啦的响声,紧接着,一行十数人从密林当中走了出来。

盖延不认识走出来的这些人,可刘秀定睛一看,顿露惊喜之色,这十几人,大多都是老熟人。

他一边向前跑去,一边兴奋地大喊道:"平哥、忠伯、次元、季文……"

这十几人当中，有张平、龙渊、李通、李轶，另外的几人，也都是与刘縯交好并一同参加义军的兄弟。

看到迎面而来的刘秀，众人简直不敢相信自己的眼睛，定睛看了又看，确认是刘秀没错，众人一同拥了上来。

平日里不太愿意说话的张平，此时都激动得嘴唇颤抖，哽咽道："阿秀，你可让我们好找啊！"

龙渊和李通都是双目猩红，走到刘秀近前，把他紧紧拥抱住。李通更是哭出声来，即便李轶，也是在旁一个劲地抹眼泪。

这几天，他们一直都在乾尤山内苦寻刘秀，众人都抱着同一个信念，那就是活要见人，死要见尸，即便刘秀不幸遇难了，他们也要把刘秀的尸首送回老家蔡阳。

可是他们翻查了无数的汉中军尸体，也未能找到刘秀，人们是既失望又暗暗庆幸，失望的是怕永远都找不到他了，庆幸的是，只要没找到他的尸体，就说明他还有可能活着，当然，这个希望非常渺茫。

一连几天下来，众人都已精疲力竭，就在他们渐渐陷入绝望的时候，刘秀竟然不可思议地出现在他们的面前，众人又哪能不激动？

刚开始只是龙渊和李通抱着刘秀，很快，张平、李轶等人也走了过来，众人抱成了一团。

拥抱了好一会儿，众人的情绪才渐渐平复下来，刘秀揉了揉湿红的眼睛，问道："平哥，你们为什么还在乾尤山？"

张平苦笑，正要说话，他转头看向盖延等人，问道："阿秀，他们是？"

没等刘秀说话，盖延走上前来，拱手说道："在下盖延，乃汉中郡军司马。"

张平本就是益州人，早就听说过盖延这个人，对于他以往的辉煌战绩也十分佩服。

他拱手说道："在下张平，这位是龙忠伯、李通、李轶……"

他把众人一一向盖延介绍了一番。而后他方对刘秀讲起他们的事。

乾尤山之战，汉中军损失惨重，原本一万多人的大军，最后逃出乾尤山的，已不足两千人。

就连都尉唐珩亦是身负重伤，他被人背出乾尤山时，人就已经不行了。

另外，汉中义军的首领杜悠阵亡。襄阳义军的首领刘缜也是浑身上下多处负伤，只不过伤势不太严重。

在战斗当中，刘缜完全是凭借个人的武力，硬是于蛮军的重围当中杀出来一条血路，唐珩等人之所以能突围出来，也全靠刘缜在前披荆斩棘。

等他们好不容易逃出乾尤山，准备跑回郡城的时候，刘缜才突然发现自己的弟弟刘秀没在队伍当中。

他心中大急，本想折返回去，寻找刘秀，却被奄奄一息的唐珩拉住了。

唐珩身上多处负伤，最致命的一处伤口位于小腹，被蛮人横切了一条好长的大口子，连肠子都流出来了。

他告诫刘缜，不可冲动，现在回去，非但找不到人，反而是去自寻死路。

乾尤山内藏有上万之众的蛮军，其目标一定是郡城，唐珩托付刘缜，务必要守住郡城，一切都应以大局为重。

叮嘱完刘缜，唐珩便不行了，直到死，他的手都紧紧抓着刘缜的衣袖，他把守住郡城的希望全都寄托在刘缜身上。

这时候的刘缜陷入两难的境地，一边是自己的亲弟弟，一边是危在旦夕的汉中城，这让他如何抉择？

就在刘缜左右为难之时，张平挺身而出，自告奋勇，愿意返回乾尤山，寻找刘秀。龙渊紧接着便跟了出来，然后便是李通、李轶等人。

刘缜看了看众人，最终点了点头，对张平意味深长地说道："敬之，吾弟之安危，就全靠你了！"

张平正色说道："伯升兄放心，若找不到阿秀，我绝不出山！"

刘缜又看看龙渊、李通等人，向他们深施一礼，然后再不犹豫，带着不到两千人的残兵奔往郡城，张平、龙渊等人则返回乾尤山，寻找刘秀的下落。

这便是整件事情的经过。

第三十七章
帅才之能

听完张平的讲述，刘秀长松口气，他一直担心大哥的安危，现在听说大哥已平安回到郡城，他提到嗓子眼的心总算是落了下去。

不过很快他的神经又紧绷起来，问道："你们知道现在郡城的情况吗？"

众人面面相觑，纷纷摇头，说道："回到乾尤山，我们就和郡城那边断了联系。"

李轶愤愤不平地抱怨道："这次若不是唐珩轻率冒进，我们也不会落得如此惨败的地步，郡城更不会岌岌可危！"

盖延面色一正，说道："与大多数的官员相比，唐大人已经算是很不错的了，起码唐大人为了保护全郡的百姓，敢于出兵，敢于与蛮军拼死一战！"

唐珩是有些自负，刚愎自用，但他的官品并不坏。

与唐珩相比，益州大多数的官员领着朝廷的俸禄，享受着搜刮来的民脂民膏，但却胆小如鼠，听说蛮军来了，第一个跑的就是他们。

刘秀深吸口气，幽幽说道："以郡城现在的兵力，不可能抵御得住蛮军的进攻，巨卿兄，其他诸县可会增援郡城？"

盖延面色凝重地摇摇头，说道："各县的兵力都不足，自保尚且困难，哪里还有多余的兵力增援郡城？何况，即便县府手里有兵，只怕也无人敢率军前往郡城援助。"

刘秀眉头紧锁。他们走的时候，郡城只剩下三千义军，乾尤山一战，又逃回去一千来人，总兵力加到一起也不足五千，而且这四千多人还都不是正规军，与接近两万之众的蛮军相比，兵力相差太悬殊了。

他腾的一下站起身形，说道："我们没时间在这里多做耽搁，得立刻赶回郡城救援！"

李轶苦笑，环视在场的众人，摇头说道："文叔，就凭我们这几百人，回到了郡城，还不够蛮人塞牙缝的呢！"

蛮人的战斗力他可亲身领教过，打仗不要命，如同野兽一般，只他们这几百人去郡城救援，会立刻被那些如狼似虎的蛮人撕个粉碎。

依他之见，与其去郡城，不如回荆州，益州这边的战争，他们根本打不了。

李轶的话不是没有道理，甚至连李通都在微微点头，不认为他们这点人去到郡城能解决什么问题。

刘秀深吸口气，说道："我们的手里，也不是没有制衡蛮军的本钱！"说着话，他回头向后面招招手。两名郡军汉子把歇桑押了过来。

看到一名上了年纪、体型肥胖的蛮人被押过来，龙渊、张平等人同是一怔，好奇地打量歇桑一番，而后问道："他是？"

"他叫歇桑，是歇族的族长！"刘秀将他们是如何抓住歇桑，又如何把蛮军位于山谷内的老巢一举毁掉的经过，原原本本向众人讲述一遍。

最后他说道："有歇族的族长在我们手里，不愁歇图和其他的歇族人不乖乖就范！"

等刘秀说完，龙渊、张平等人眼睛同时一亮，难怪他们在山里搜了这么多天都未能找到刘秀，原来他躲到了蛮军的老巢里，还成功捉住了蛮人的族长。

李通面露兴奋之色，说道："如此说来，我们把蛮军逼退也不是没有可能！"

李轶嘟囔道："如果歇桑不起作用呢？"

刘秀摇头，说道："不会！歇桑是歇图的父亲，歇图不会不管父亲的死活，如果一个人连自己父亲的死活都不在乎，他就算做了族长，又有谁会信服他？所以，无论于公于私，歇图一定会保歇桑平安无事。"

李通连连点头，笑道："文叔言之有理。"

在刘秀的坚持下，他们这三百来人没有退缩，一路向郡城方向行进。

现在的汉中城，的确已岌岌可危，但神奇的是，汉中城并没有失守。

不到五千人的守军，将两万之众的蛮军死死抵挡在城外，而且连续坚守了三天，这不得不说是个奇迹。

而制造这个奇迹的人，既有刘缤，更有冯异。

刘缤是接受了唐珩的临终授命，成为坚守郡城的主将，但真正行使主将之职的却是冯异。

得知郡军在乾尤山惨败，铩羽而归的消息，冯异第一时间找到刘缤，向他问明战事的情况。

刘缤看到冯异，长叹一声，说道："公孙兄，当真是不幸被你言中了，乾尤山内埋伏着蛮军的主力，不下两万之众，我军几近全军覆没！"

冯异愣了片刻，追问道："都尉大人呢？"

"唐大人……阵亡了……"

"那，那杜大人呢？"

"也阵亡了。"

冯异面色凝重，沉吟片刻，急声问道："现在郡城由谁来守？"

"唐大人临终之际，将郡城托付于我！"

还好还好，这算是不幸中的万幸！相对于郡府的那些武官，冯异更加欣赏刘缤。

他正色说道："伯升兄，我请求，立刻将北城外的三千义军调入城内，加固城防。"

现在事态的发展，和他预想中的几乎一样，若不出意外的话，接下来蛮军就要大军压境，兵临城下，郡城危在旦夕。

刘缤没有异议，点头说道："公孙兄，两军阵前，破阵杀敌，我并不怕谁，但守城我可是外行，你要多多帮衬我啊！"

"伯升兄放心，异责无旁贷，必尽最大之努力！"

在冯异的主张下，原本驻扎于郡城北城外的三千多义军，全部退缩到城内，并在城头布置滚木礌石。

刘缤和冯异又去到太守府，面见郡太守王珣，并将乾尤山战况转告于他。

听闻都尉唐珩阵亡，一万多大军几乎全军覆没，只跑回来一千来人，王珣当场就吓傻了，脸色煞白，结结巴巴地问道："这……这、这……这当如何是好？"

王珣是文官，不是武将，像排兵布阵、上阵杀敌这些事，他完全是个门外汉。

冯异看眼刘缤，而后看向王珣，拱手施礼，说道："王大人，蛮军兵力将近两万，即刻便要兵抵郡城，而郡城守军不足五千，五千对两万，无论是兵力还是战力，都相差悬殊，还望王大人早做准备！"

"对对对，当早做准备！"王珣急急站起身形，来回踱步，问道，"伯升、公孙，现在弃城逃走可还来得及？"

刘缤闻言，肺都快气炸了，你堂堂汉中郡太守，大敌当前之际，你想的不是如何御敌，而是要逃走？

冯异一本正经地躬身说道："现在弃城逃走，还来得及！"

王珣闻言，如释重负，长松口气。刘缤则转头，像看怪物一样看着冯异，心中暗道：你疯了吧？

冯异继续说道："王大人可以逃走，那么囤积在城内的粮食怎么办？"

"粮……粮食？"

"囤积于郡城的粮食，并非汉中之粮，可是京师军的军粮！这些军粮一旦落入蛮军的手里，哪怕只是被蛮军烧毁了，其结果将直接导致京师军断粮，京师军也将无力继续作战，只能被迫后撤，这一路上，又不知会饿死多少将士，这个责任，王大人可担待得起？以廉丹将军的性格，只怕朝廷的惩处还没颁布下来，王大人就先……"

冯异没有把话说完，但意思已经很明显了，以廉丹的为人，要是知道王珣把自己的军粮给弄没了，他不仅会亲手捏死王珣，王珣的满门，估计一个都跑不掉。

听完冯异的这番话，王珣如同泄了气的皮球，一下子就蔫了。他站起的身子无力地跌回到坐榻上，目光呆滞，喃喃说道："完了，这次全完了……"

跑不能跑，打又不能打，这可如何是好？

冯异向前跨出一步，振声说道："王大人！"他这一嗓子，把王珣吓了一跳，呆呆地看着冯异。

后者朗声说道："只要王大人横下一条心，誓与郡城共存亡，属下以为，郡城并非不能守，我方完全可以将蛮军抵于城外，让其难以跨越雷池半步！"

王珣怀疑自己的耳朵是不是听错了，问道："就靠……就靠四千来人，我方能挡住两万蛮军，守住郡城？"

冯异点头，振声说道："当然可以！但若想守住郡城，也离不开王大人的支持！"

"你要本官做什么？"

"征集全城壮丁，运送滚木礌石上城头，加固城防，召集义勇，参与守城！郡城城内十万百姓，抵御两万蛮军，绰绰有余！"

王珣现在早就没主意了，一听冯异说能守住郡城，他哪里还会多做犹豫，连连点头，说道："公孙、伯升，守城……守城之事，就由你二人去办！"

冯异说道："王大人，属下担心，城内有些豪强士族，未必肯把家中的家奴让出来！"

王珣用力一拍桌案，大声说道："本府倒要看看，谁敢这么做？危急关头，生死存亡系于一线，这个时候，谁还敢谋求一己私利，本府必严惩不贷！"

冯异要的就是王珣这句话，有他这句话，全城的壮丁，他便可任意征用了。他清了清喉咙，说道："属下听闻王大人家中有家奴数十人。"

王珣眨了眨眼睛，一时间没反应过来。冯异说道："王大人若是能以身作则，再要求城内其他的达官显贵，属下以为，更可以服众。"

啊，原来你小子在这等着我呢！王珣不会打仗，但要说玩花花肠子那一套，他可是一个顶俩。

不过他也不得不承认，冯异所言有理，如果连自己都藏私，不肯献出家中的家奴，又如何去要求别人这么做呢？

他略作沉吟，正色说道："公孙，我家中之家奴，随便你征召，本官绝不会从中作梗！"

冯异深吸口气，拱起手来，一躬到地，大声说道："王大人以身作则，实乃城中万民之福！"

第三十八章
中流砥柱

在太守府，冯异成功说服了王珣，可以任意征召城内壮丁。

接下来，刘缜和冯异做的事就是全城总动员。

号召城内的壮丁，参加义勇，投入到城防当中，号召女人们，帮城防守军缝衣做饭，运送城防辎重。

另外，冯异还组织城内百姓，将家中的门板拆卸下来，全部运送上城头。没有武器装备不要紧，可以自制，这些门板，完全可以用来当成盾牌，抵御蛮军的箭。

当晚，郡城的全城百姓就被动员起来，第二天上午，加入城防的人更多，其中既有百姓，也有家奴，既有男，也有女，既有老，也有幼，人们忙碌个不停，无不是汗流浃背。

其实组织全城的百姓，并不需要刘缜和冯异等人多么努力去动员，蛮人的行径，汉中百姓们都一清二楚，城在，他们尚有一线生机，城亡，城内之人，无论男女老幼，无论身份高低贵贱，谁都活不了。

可以说对于蛮族入侵这件事上，全城军民是同仇敌忾。

中午，以歇图为首的蛮军终于抵达郡城。

正所谓人上一万，无边无沿，站在汉中城的城头上向外观望，城外全是蛮兵，黑压压的一片。

蛮人并没有在城外停留得太久，很快，蛮军便对汉中城展开了试探性的进攻。

城内的守军严重缺少弓箭手。还是那句话，弓箭手不是在一两天或者一两个月内可以迅速养成的，对于普通人而言，拿起一张硬弓，连拉都拉不开,更别说射箭杀敌了。一名合格的弓箭手,起码要经历两三年的苦练。

刘縯算是城内为数不多会用弓箭且箭法还不错的人,城内的弓箭队也由他直接领导。

所谓的弓箭队,总共也才一百来人而已,而且其中有一大半是具备拉开硬弓的臂力,但准头无法保证的新人。

看着直奔郡城冲来的数百名蛮军的先头部队,刘縯握紧了拳头,他向自己的左右看看,周围有弓箭队,有义军,也有参与城防的普通百姓,人们的表情基本一致,就是紧张,眼中都闪现出惊恐之色。

这样下去可不行,仗还没开打呢,己方的士气就先被蛮人压制住了。

他深吸口气,振声说道:"此战,蛮军兵多,我方兵少,但我方有地利之势,这足以弥补我方兵力上的不足!"

说话之间,他看向城外的蛮兵,距离郡城已不到两百步远,他拿起自己的硬弓,拈弓搭箭,箭矢对准空中,大声说道:"蛮军并不可怕,他们和我们一样,都是血肉之躯,一矛一箭,足以令其毙命!"

这时候,有速度快的蛮兵已距离郡城只有一百五十步远。

刘縯眯了眯眼睛,捏住箭矢的手指猛然一松,就听啪的一声,弓弦弹动,飞矢先是腾空而起,在半空中画出一条弧线,然后疾速下坠。

啾——

箭矢挂着刺耳的破风声,精准地钉在一名蛮兵的前胸上,耳轮中就听噗的一声,那名蛮兵惨叫一声,奔跑的身形猛然扑倒在地,又向前翻滚出多远才停下来,趴在地上,再也站不起来了。

要知道当时的弓箭手,有效射程只能达到接近百步,而刘縯这一箭,足足射出了一百五十步,而且还成功射杀了一名蛮兵。

刘縯的箭法,让城头上的守军们无不又惊又喜,欢欣鼓舞。

人们不由自主地高喊起刘縯的名字:"伯升!伯升!伯升——"

刘縯也是个表现欲极强的人,人们越是喊他,他的精神就越亢奋。

冯异两眼放光,趁热打铁,大声喊喝道:"此战,我方没有退路,乃背水一战!若不能阻敌于城外,城内百姓将无一幸免,这一战,我们既是为自己而战,更是为汉中城十万百姓而战,只能胜,不能败!"

"杀!杀!杀——"

刘缜的鼓劲以及冯异的号召,把守军们的士气全部激发起来。刘缜一直没有停,他一箭接着一箭地射向城外,往前狂奔的蛮兵也是一个接着一个地仆倒在地。

等蛮兵距离城墙已不足百步,弓箭队的成员分成两队,第一队的箭手纷纷抽出箭矢,搭上箭弦,然后开弓,对准城外的蛮兵展开了齐射。

嗖、嗖、嗖!数十支箭矢射入蛮族的人群里,有十余人中箭倒地。第一队箭手刚射完,立刻后退,第二队箭手上前补位,继续向外放箭。

两队箭手,交替放箭,城外的蛮兵也是倒下一片又一片。

五百人的蛮兵,冲到城下时,已不足四百人,在冲刺的路上,他们就折损了一百多人。

蛮人攻城没有云梯,而是准备了好多十米左右的木杆(汉城墙通常高八米)。

攻城时,一名蛮兵抱住木杆的一头,另有几名蛮兵在木杆的另一头,合力把木杆抬起,搭在城墙上,如此一来,抱住木杆的那名蛮兵便可以顺利越过箭垛,直接跳到城头上。

这种攻城战法,简单粗暴,但也不可否认,实用且高效。随着一根根的木杆被搭上城墙,一名名蛮兵也随之跳到城头上,与城头守军展开近身肉搏战。

做面对面的厮杀,无论是义军还是百姓,都不是蛮兵的对手,眼看着守军防线要被蛮兵冲乱,而且后续的蛮兵还在源源不断地顺着木杆跳上城头,刘缜放下弓箭,大喝一声:"都让开!"

挡在他面前的守军下意识地纷纷向左右退让,刘缜手持双剑,穿过人群,跑到几名蛮兵近前,一剑劈砍下去。那名蛮兵下意识地横刀招架。当啷!这名蛮兵是挡住了刘缜来势汹汹的一剑,但强大的冲击力让他噔噔噔地向后连退,顺着箭垛中的缝隙,大头朝下地栽了下去。刘缜双剑齐出,砍杀蛮兵真仿佛切菜一般。

刘缜的神勇,此时真犹如定海神针一般,让骚乱的守军快速镇定下来，人们在城墙上列起方阵，长矛一致向前，朝蛮兵逼压过去。

冲杀过来的蛮兵都到不了守军的近前，已先被长矛贯穿身体，惨叫着仆倒在血泊当中。

指挥大局的冯异暗暗点头，伯升之勇，堪称是勇冠三军，危急时刻，能有这么一个人在军中，其作用甚至能胜过千军万马。

冯异也抽出肋下的佩剑，参与到战斗中，边与冲上城头的蛮兵厮杀，边大声喝道："杀光蛮贼，不可放跑一人！杀！"

"杀——"

正所谓将有必死之心，士无贪生之念。刘縯和冯异带头杀敌，守军士气大振，登上城头的蛮兵一个接着一个地倒下，战斗持续了小半个时辰，五百蛮兵，最后只逃回去几十个人。

其中有两百人死在汉中城的城头上，另有两百多人死在城下。

看着败退回来的几十名蛮兵，歇图脸色阴沉，慢慢抽出肋下的佩刀，猛然向前一挥，随着他下达进攻的命令，蛮军阵营里立刻响起悠长的号角声，紧接着，一万多人的大军开始齐齐向前行进。

刘縯和冯异擦了擦脸上的血迹，然后探头向城外望望，两人对视一眼，向左右齐声喊喝道："准备战斗！全体准备战斗！"

这次蛮兵出动了主力，攻城的战法依旧狂野，犹如潮水一般的蛮兵铺天盖地地向郡城涌去。

箭矢射入人群里，即便一下子射到了十几二十名的蛮兵，其状也如同在汪洋大海中投下一颗小石子，只能泛起那么一点点的水花。

蛮军冲到城墙下，立刻展开了强攻。城头上的守军也没闲着，滚木礌石如雪片一般向下砸落，城下的蛮兵被砸得连连后退，难以靠到近前。

很快，蛮兵中的弓箭手们挺身而出，列出一块块的弓箭方队，向城头上正投掷滚木礌石的守军展开齐射。

经验不足的守军立刻吃了大亏，很多人还在扔滚木礌石，被突然射上来的箭矢或射穿头颅，或贯穿胸前，人们的身上插着箭矢，成群成片地倒下去。

冯异见状，立刻高声喝喊道："上门板！竖起门板挡箭！"

他的话，立刻让守军们反应过来，对啊，已方还准备了那么多门板呢！

人们纷纷把门板架到箭垛上，以此来抵御城外蛮兵的箭射。

只是这么简单的一招，却让城外蛮兵箭射的威力锐减，守军方面的压力也随之一下子减轻了许多。

虽说在有门板保护的情况下，投掷滚木礌石的守军仍不时有人中箭，但与刚才的情况相比，已经强过太多太多。

万余名蛮兵在郡城的北城外展开凶猛的强攻，战斗从晌午一直持续到傍晚，期间蛮兵曾数次攻上城头，也数次被守军硬生生顶了回去，一下午的激战打下来，战场的局势基本还是在原点。

蛮军在城外死活攻不进去，守军更不敢主动出城迎战。

眼瞅着天色越来越黑，已方的攻势还是毫无进展，歇图只能无奈地下令退兵，于城外安营扎寨，准备明日再战。

随着蛮军退兵，持续了一下午的鏖战终于告一段落。

守军的体力仿佛被一下子抽干了似的，人们一个个累得瘫软在城头上。

城头的地面上，全是干涸的血迹和尸体，但现在已没人再对此感觉不适，整个下午的血腥厮杀，早已让人们的神经麻木了。

第三十九章
及时赶到

刘缜坐在两名蛮兵的尸体上，边喘着粗气，边慢慢擦拭着手中的长剑。

剑身血迹斑斑，剑锋亦有多处崩刃。刘缜边擦剑边觉得心疼，暗道一声可惜，白瞎了一把好剑。

这时候，一名郡府小吏顺着台阶，噔噔噔地跑上城头，看到刘缜和冯异，他眼睛顿时一亮，疾步上前，拱手作揖，说道："恭喜刘将军、冯将军，成功打退进犯之蛮贼，大人已于太守府设宴，为两位将军庆功！"

冯异都差点笑了，气笑的。

庆功？他实在不知道有什么功好庆的。

蛮军并没有撤退，就在城外，虎视眈眈，今天只战了三个时辰，可作为守城的己方，伤亡人数竟然比进攻的蛮军都要多，再这样打下去，己方还能坚守几天？

刘缜眨眨眼睛，收剑入鞘，站起身形，正要跟小吏走，转头一瞧冯异，见后者还坐在地上，认真地擦着剑，没有任何要起身的意思，他说道："公孙兄，王大人有请，我们快过去吧！"

冯异摇摇头，说道："今晚弄不好蛮军会趁夜来偷城，我得到四城查看一遍才行。"

那名小吏闻言，立刻皱起了眉头，心中大为不满，阴阳怪气地说道："冯将军，现在可是太守大人有请，你要扫了太守大人的面子和情分？"

刘縯也觉得冯异的做法不妥，小声说道："公孙兄，我们还是过去一趟吧！"

冯异依旧坐在地上，不肯起身，说道："伯升兄，你代我去就好，只是一顿饭而已，并不需我们两人同时到场。"

只一顿饭而已？那名小吏气得脸色铁青，抬手指了指冯异，狠声说道："真是个不知好歹的狗东西！"

说完，他再不多看冯异一眼，转头对刘縯赔笑道："刘将军，我们走吧，请！"

刘縯也觉得冯异的脾气就像茅坑里的石头，又臭又硬。

他无奈地摇下头，跟随小吏，去往太守府。

北城这边杀得血肉横飞、人仰马翻，而太守府这里则完全是一派歌舞升平。

王珣于太守府设宴，邀请的不仅是刘縯和冯异，还邀了郡府的官员以及汉中城内的士绅。

大堂内，王珣居中而坐，其他人分坐两旁。在王珣左右两边，还各留下一个空位置。

小吏把刘縯带进来后，立刻一溜小跑地来到王珣近前，在他耳边低声细语了几句。

听闻他的话，王珣的老脸也随之沉了下来，冯异这个人，可真是给脸不要脸，不识抬举！

不过很快他的表情又恢复如常，变回乐呵呵的笑容满面的样子。

他站起身形，向刘縯拱手说道："伯升啊，今日之战，你可是让本府长了见识，伯升之勇，果真名不虚传，我汉中城有伯升在，又岂会怕城外那些区区的蛮贼？"

刘縯拱手施礼，说道："王大人过奖了，今日我方能成功抵御蛮军的攻势，并非伯升一人之功，公孙兄他……"

不等刘縯把话说话，王珣哈哈大笑着说道："伯升过谦了，太过谦了！来来来，伯升，这边坐、这边坐！今日伯升劳苦功高，倘若本官招待不周，那可就是本官的失职了。"

在王珣的热情招呼下，刘縯于他的下手边落座。

267

王珣能说会道，把刘缜夸得简直是天上有，地上无，捧到没边了。

奉承的话，刘缜自然也爱听，不过他心中明镜似的，今日己方能抵御住蛮军的大举进攻，自己起到的作用绝没有冯异那么大，这个首功，他也不敢自居。

他几次想向王珣做出解释，冯异没来不是不给太守面子，而是要去巡查四城的防务。

不过他只要一提到冯异，哪怕是刚起个话头，立刻便会被王珣打断，几次下来，刘缜也不好再说什么了，现在他已看出来，王珣心胸狭隘，小肚鸡肠，毫无容人之量，有这么一个太守，当真是汉中百姓的不幸！

这顿饭之奢华，让刘缜为之咋舌，天上飞的，地下跑的，海中游的，山珍海味，应有尽有，要知道现在的汉中郡，到处都是流民，到处都有饥肠辘辘的百姓，人们就差点人吃人了，而太守府这里，奢华的程度简直比太平盛世还要太平盛世。

朱门酒肉臭，路有冻死骨，莫过于此！

饭局没过多久，王珣又让人叫来歌舞伎助兴，音乐动听，绕梁三日，舞蹈惊艳，翩若惊鸿，但这顿饭吃下来，却让刘缜有食不知味之感。

莽贼无道，百官昏庸，这样的朝廷，又岂能让百姓们不思汉？终有一日，我必推翻莽贼暴政，光复大汉江山！

现在的刘缜，越发坚定了他的信念。

这次又被冯异料对了，蛮军果然有趁夜偷城。蛮兵偷袭的不是北城，而是偷偷绕到了南城，准备打城中守军一个措手不及。

蛮兵的战术也很好理解，白天双方于北城交战得那么激烈，而且己方大营就驻扎在北城外，城内守军的防御重点当然是在北城，与北城相对的南城，防御自然空虚。

不过蛮军不知道守军当中有一位具备将帅之才的冯异，把他们的心思琢磨得一清二楚。

蛮军选择偷袭南城，结果南城这里，偏偏被冯异布下了重兵防守，蛮军的趁夜来袭，是一头撞到了铁板上，非但毫无建树，而且还伤亡了近千人，铩羽而归。

听闻消息的歇图气得暴跳如雷，指天发誓，等攻入汉中城，定要城内鸡犬不留。

翌日，歇图亲自指挥作战，蛮军再次对汉中城展开了大举抢攻。

其实蛮军并不太善于攻城，他们也没有像样的攻城设备，像抛石机、弩床、冲车、箭塔等大型攻城利器，他们是一样都没用，完全靠人力往上硬冲，经过前一天下午和晚上的两场战斗，守军方面也摸清了蛮军的三板斧，应对起来也越来越得心应手。

第二天的交战，相对于第一天，守军的伤亡要小许多，基本已与蛮军的伤亡持平。

连续两天的交战，双方人员都已疲惫不堪。第三天的战斗，蛮军没有再使出全力，采取的是骚扰战术。等到第四天，蛮军的猛攻又开始了。

这是双方开战以来，战斗最为血腥的一天。城外的蛮军如同打了鸡血似的，完全是不要命地向城上攻杀。

只是一上午，蛮军就十几次撕开了守军的防线，攻上城头，不过在刘缜和冯异的拼死抵抗之下，蛮军也都被打下城头。

等到下午，天近傍晚的时候，蛮军又展开了一次全军猛攻，再次一举撕开守军防线，而且有一部分的蛮军甚至都已成功杀下城墙，进入城内。

刘缜把冯异留在城头上，继续抵御攻杀上来的蛮军，他自己率领一队人，进入城内，与蛮军展开巷战。

这场交战之惨烈，刘缜身边的三百余人，最后只剩下十几人，刘缜还是靠着附近的百姓们，才将这股窜入城内的蛮兵全部消灭，战斗当中，百姓们也是死伤了数百人之多。

第四天的交战打完，蛮军依旧未能攻破汉中城城防，无奈退兵。

此时郡城的四千多守军，已经只剩下一千来人，参与协助城防的五千多壮丁，已连五百人都不到了。

作为攻方的蛮军，其伤亡情况也不小，超过了五千人。此时的歇图是真的有些急了。

他本以为打下郡城，只是手到擒来之事，毕竟镇守郡城的主力郡军都已经被他全部歼灭，看守郡城的只是一些义军，说白了，就是一群乌合之众。

可歇图万万没想到，正是这么一群在他眼中的乌合之众，却成了他拿下汉中城的拦路虎，让他久攻不下，且伤兵损将无数。

战斗到了第五天，作为攻方的蛮军已是筋疲力尽，作为守方的守军，业已成为强弩之末。

连日来的鏖战，让刘缤都难以支撑，更何况是其他人。看着城外依旧是人山人海的蛮军，城头上的众人，心中都生出绝望之感。

这一战，究竟要打到什么时候才是个头啊？

城头上的守军望着城外的蛮军绝望，而城外的蛮军望着城头上的守军也是一筹莫展。

就是在这种情况之下，刘秀、盖延、龙渊等人终于赶到了汉中城。

得知己方的背后出现一队敌军，共有三百来人，正一肚子火气无处发泄的歇图立刻下令，命手下大将沙利能前去歼灭这支敌军。

沙利能是歇族猛将，身高八尺，虎背熊腰，皮肤黝黑，相貌也凶恶，宽脑门，短眉毛，大环眼，塌塌鼻，下面一张狮子口，满脸的络腮胡须和刺青，打眼一瞧，像个青面獠牙的怪物似的。

他手持一根狼牙棒，精铁打造而成，起码得有一百斤重，普通人连拿都拿不起来，而在沙利能的手中，这根狼牙棒轻若无物一般。

只三百多人的军队，沙利能完全没放在眼里，他只带了一百多名蛮兵出战。

沙利能是蛮军当中为数不多拥有战马的人，他身材高大，骑着的战马也比其他战马大上一号。

他带着百余名蛮兵，大摇大摆地从蛮军本阵当中走出来，不慌不忙地向刘秀等人行进过去。

双方逆向而行，之间的距离越来越近。等双方不足十米远的时候，相继停止了行进。沙利能向自己左右看看，然后双腿一夹马腹，战马向前又走出几步。

啪！

突然间，对面飞射过来的一支箭矢深深钉在马蹄前的地面上，箭尾的翎羽剧烈震动，发出嗡嗡的声响。

沙利能勒住战马的缰绳，看向对面放箭的张平，眼露骇人的凶光。

盖延向刘秀说道："文叔，我去会会他！"说完话，他正要出列，刘秀急忙拉住盖延的胳膊，说道："巨卿兄，我们有歇桑在手，并不用与敌力战！"

说着话，他回头向李通李轶二人点点头。

李通和李轶会意，跑到队伍中央，把被俘的歇桑带了出来。

张平从队伍中走出两步，用蛮语大声说道："歇族族长在此，尔等还不速速见礼？"

第四十章
勾心斗角

沙利能等蛮人闻言，同是一愣，定睛细看，只见对面的汉人队伍中，正被两名汉中军兵卒推出来的不是己方族长还是谁？

见到族长竟然落到汉中军的手里，蛮兵无不脸色大变，心头骇然，沙利能差点从马上跳下来。

呆愣片刻，沙利能打了个冷战，回过神来，双目圆睁，本就不小的大环眼此时瞪得如铜铃一般，他厉声喝道："立刻放了我们族长！（蛮语）"

张平沉声说道："让歇图出来说话！（蛮语）"

沙利能暴跳如雷，大吼一声，像疯了似的，不管不顾催马向对面的刘秀等人冲了过去。

盖延冷哼一声，持刀迎上前去。沙利能和盖延二人，一个在马上，一个在马下，沙利能持棍砸向盖延，后者也没有退避，横刀向上招架。

当啷！

随着一声巨响，狼牙棒结结实实地砸在长柄刀的刀刃上，迸发出一大团的火星子。

剧烈的碰撞，让沙利能胯下马的两只前蹄高高抬起，几乎都快在地上直立起来，盖延则是双脚摩擦着地面，向后倒滑出一米多远。

两人的硬碰硬，可以说是半斤八两，棋逢对手。

就在沙利能想稳住战马的时候，张平突如其来的一箭直取他的眉心。

双方的距离近，张平的箭又快，沙利能连格挡的时间都没有，他本能反应地向后仰身闪躲。

沙！箭矢几乎是贴着他的脑门掠过。此时战马几乎直立，沙利能在马鞍子上本就有些坐不住，再加上他向后仰身，立刻从马背上翻了下去，落地时，他庞大的身躯发出嘭的一声闷响。

沙利能从地上灰头土脸地站起来，气得哇哇怪叫，他没理会张平，提着狼牙棒向盖延冲了过去。后者也不怯战，抡刀迎战，他二人在地上战成了一团。

这二位，都是以力大无穷而著称，此时战在一起，场面也异常激烈，叮叮当当的铁器碰撞声连成一片，四周的众人都感觉耳膜被震得生痛，不由自主地连连后退。

盖延与沙利能打了三十个回合，两人还是旗鼓相当，不分胜负，张平从箭壶中又抽出一支箭矢，拈弓搭箭，毫无预兆，他猛然又向外射出一箭。

这一箭，他没有射向沙利能，而是射向了对面的蛮兵。

"啊——"随着一声惨叫，一名蛮兵胸口中箭，倒在地上。

正与盖延打得不可开交的沙利能，受手下人惨叫的影响，稍微分了下心。

高手对决，任何的晃神都是致命的。沙利能只是稍微分了下心神，一个没留神，盖延的刀就已劈砍到他的脑袋近前。

沙利能大惊失色，此时再想用狼牙棒挡刀，已然来不及了，他只能全力向下弯腰闪躲。

沙！长刀从他的头顶上方掠过，连带着，将他的头顶削掉一大块头皮。

顿时间，沙利能的头顶血流如注，将他的脸颊染出一条条的血痕，最要命的是，头顶的鲜血一个劲地向他的眼中流淌，遮挡住他的视线。

不过盖延可不管他视线是不是受阻，得理不饶人，又是一刀向他的胸前横扫过去。

沙利能暴叫一声，抽身后退，不过还是晚了半步，胸膛又被刀锋划开一条长长的口子。

连续挨了两刀，虽然伤口都不致命，但已让沙利能无力再战，他虚晃一棍，紧接着，抽身而退，调头就跑。

盖延大喝一声，随后便追，不过他追出不远，只见前方蛮军主力阵营当中又杀出一队人马，再加上刘秀等人在后面连声呼唤，盖延放弃追杀落荒而逃的沙利能，回到本方阵营。

望着沙利能一干人等已跑出好远的背影，盖延颇感惋惜地跺了跺脚，摇头说道："真是可惜，只差一步，未能斩下此贼首级！"

刘秀一笑，递给盖延一条汗巾，说道："巨卿兄辛苦了。"

李通跑到沙利能留下的那匹战马近前，把它牵到刘秀近前，笑道："我们也不算亏，起码缴获了一匹战马！"

刘秀看了看面前的这匹高头大马，从上到下一身黑，只不过在马儿的脑门中央有一撮白毛。刘秀摸了摸马背上的鬃毛，赞道："是一匹好马！"

且说沙利能，他一路逃回到蛮军本阵。

看到败逃回来，头上、身上都是血的沙利能，歇图脸色阴沉，冷冰冰地说道："沙利能，你输了。"

沙利能吞了口唾沫，结结巴巴地说道："歇图，汉中军抓了族长！我们族长现在在他们手里！"

"你说什么？"歇图都怀疑自己的耳朵是不是听错了，他难以置信地扬起眉毛，目不转睛地看着沙利能。

后者一手捂着头顶的伤口，一手捂着胸前的伤口，说道："我看见……我看见族长在那群汉中军当中！"

歇图原本瞪大的眼睛慢慢眯缝起来，眼珠连连转动，过了许久，他的表情渐渐恢复了正常，说道："你受了伤，定然是眼花看错了。"

沙利能身子哆嗦了一下，急声说道："歇图，我可以发誓，我绝对没有看错，而且他们押出老族长的时候，我还没……"

不等他把话说完，歇图厉声喝道："我说你眼花看错了，你没听见吗？"

看着歇图扭曲的五官，寒光四射的眼睛，沙利能激灵灵打个冷战，不敢正视歇图的眼睛，垂下头，支支吾吾地小声说道："我……我……可能、可能真的是看错了……"

这么大的事，歇图相信沙利能不敢扯谎，更不会看错，可歇桑落到汉中军的手里，这件事太严重了，汉中军一定会拿歇桑要挟己方，逼己方退兵。

仗打到现在，汉中城已成为己方的囊中之物，最多再有两三天的时间，己方便可一举攻克汉中城。

等到那时，歇族所赢得的威望，在整个乌戈国里将无人能出其右，自己也必将成为王位最有力的竞争者。

所以，这一战他必须得打下去，而且必须得打赢，谁也不能阻止他，包括他的父亲歇桑。

而且歇图对歇桑的不满已经不是一天两天了，歇桑霸占着族长的位置，什么事情都不管，只图安逸享乐。

如果没有他歇图，歇桑都不知被人推下族长的宝座多少回了，歇桑活着，对于歇图而言就是个巨大的障碍，如果能借助汉中军之手，除掉歇桑，这也不失为一个两全其美之计。

这是歇图坚持不相信歇桑落入汉中军之手的主因。他握紧双拳，深吸口气，侧头喝道："栾提顿、烧戈！"

"在！"随着应话声，两名蛮将出列，向歇图躬身施礼。

"你二人率一千精锐，将后方的那支汉中军给我斩尽杀绝，不留一个活口！记住，是不、留、一、个、活、口！"

"遵命！"这两名蛮将双双答应一声，转身便要走。

"等下！"歇图叫住他二人，向左右看了看，低声说道，"近前说话。"

栾提顿和烧戈先是一怔，而后凑到歇图近前。

后者在他二人的耳边低声细语。等他说完，两人的脸色顿变，又惊又骇地看着歇图。

歇图面无表情，一字一顿地说道："按照我的意思去办，天塌了，自然也有我去顶着！"

栾提顿和烧戈互相看了一眼，暗暗咧嘴，低垂着头，谁都没有立刻说话。

歇图眯缝起眼睛，冷冷问道："怎么？你二人现在连我的话都不听了？"

听闻这话，两人身子同是一震，急忙躬身说道："属下遵命！"说完话，两人一并转身离去。

栾提顿和烧戈都是歇族有名的悍将，同时他二人也是被歇图一手提拔起来的心腹，虽说平日里他俩都唯歇图马首是瞻，但谋害族长这件事太大了，他俩的胆子再大，做起这件事来，心里也是七上八下。

不过歇图的命令已下，两人不得不从。栾提顿和烧戈依照歇图的命令，率领一千精锐蛮兵，离开本阵，直奔刘秀等人那边冲杀过去。

己方刚打跑了一小拨蛮兵，现在又来了一大群蛮兵，举目望去，估计不下一千之众。

李通走到刘秀近前，眉头紧锁地问道："文叔，蛮军这是要做什么？难道他们根本不在乎族长的死活？"

刘秀凝视着迎面而来的那支蛮军，沉默未语。

盖延冷哼一声，说道："活捉歇桑，完全是多此一举，我看这帮蛮人非但不在乎歇桑的死活，而且还恨不得我们能早点杀了歇桑呢！"

他这话倒是让刘秀心中一动。

在乾尤山的蛮军营地里时，可以看得出来，歇桑在蛮族当中还是很有威望的，蛮人也全都唯他马首是瞻，哪怕被活活烧死，都不敢对他的命令有太强烈的反抗，难道到了蛮军这里，歇桑在歇族的威望就不灵了，情况就变得不一样了？

恐怕未必！也许是蛮军当中有人希望歇桑能早点死。

歇桑若死了，最直接的受益者当然就是他的儿子歇图，歇图可以顺势成为歇族名正言顺的族长，而敢于如此明目张胆坑死歇桑的，在歇族里，恐怕也只有歇图了。

想到这里，刘秀心中嗤笑，歇图打的好主意啊，想借用己方之手，帮他除掉歇桑这个最大的障碍。

刘秀想明白事情的缘由，再不犹豫，箭步来到战马前，一个蹬步，飘身上马，紧接着，他向下弯腰，一探手，将歇桑抓起，周围人还没反应过来，刘秀已提着歇桑，把他放在马背上。

"文叔……"在场众人见状同是一惊，不明白他要干什么。

刘秀坐在马上，对众人一笑，自信满满地说道："大家放心，我去退敌！"说着话，他双脚一磕马腹，战马嘶鸣，直奔对面的千余蛮军而去。

见状，龙渊、盖延、张平等人无不大惊失色，齐声喊道："危险——"

第四十一章
功败垂成

只是此时众人再想阻拦刘秀,已然来不及了。

沙利能的战马果然是一匹难得的骏马,即便驮着刘秀和歇桑两个人,奔跑起来依旧仿似离弦之箭。

刘秀家中没有马,只有牛,但他以前也学过骑马,不过以前骑过的马也只比驽马强那么一点,像这样的战马,他还真没骑过。

等马儿跑起来,刘秀感觉自己像飞起来似的,两耳灌风。

只一会儿的工夫,刘秀距离对面的蛮军已只剩下三十来步远,蛮军们纷纷亮出弯刀,只等着刘秀冲到近前,把他碎尸万段。

就在这时,刘秀把原本趴在马背上的歇桑扶正,让他坐在自己的身前,同时大声喊喝道:"歇桑在此,谁敢动手?歇桑在此,谁敢动手?"

他说的汉语,蛮人是听不懂,但蛮人的眼睛都不瞎,皆看到了坐在刘秀身前的族长歇桑。

蛮兵们一个个拿着弯刀,看着战马上的歇桑,呆若木鸡,不知该如何是好,栾提顿和烧戈也看得清楚,坐在马上的那人,不是族长还是谁?

他俩对视一眼,烧戈大声喊喝道:"来敌冲阵,放箭!"

所有的蛮兵,都傻愣愣地站起原地,根本无人拉弓射箭。烧戈心头大急,厉声喝道:"我让你们放箭,你们没听到吗?"

"可是……可是马上的是族长……"站于烧戈身边的一名蛮兵结结巴巴地说道。

"我让你放箭！"烧戈暴怒，一马鞭子狠狠抽在那名蛮兵的肩头，后者向旁踉跄了一步，肩上立刻多出一条血痕。

他低垂着头，身子疼得哆嗦个不停，可就是不敢射出一箭。

他是如此，其他的蛮兵也是如此，根本无人敢对歇桑放箭。

说时迟，那时快，刘秀和歇桑已策马奔到众人近前。

呆站在原地的蛮兵们根本不敢阻拦，人们如同潮水一般向两旁退让，给刘秀的胯下马让出一条人肉通道。

再不出手，真就来不及了！栾提顿和烧戈对视一眼，二人一同大吼一声，抡刀杀向刘秀。刘秀反应也快，抽出肋下的青锋剑，向外格挡。

当啷、当啷！连续两声铁器的碰撞声，刘秀单手持剑，硬生生架住了栾提顿和烧戈两人的重刀。

这太不可思议了！栾提顿和烧戈可是歇族的猛将，力大惊人，骁勇善战，竟然有人能同时招架得住他二人的重刀，而且对方看起来还只是个二十岁左右的年轻人。

他二人的出刀，把歇桑也吓得不轻，在他感觉，这两刀很大程度上就是冲着自己来的。歇桑勃然大怒，厉声喝道："栾提顿、烧戈，你二人想杀我不成？（蛮语）"

这一嗓子，让在场的蛮兵们齐刷刷地向栾提顿和烧戈看过去，同时也让他二人心头一颤，再也攻不出第二刀了。

也就在他二人愣神的片刻，刘秀已催马从他俩身边掠过，继续向前冲去。

接下来，刘秀再没有受到任何人的阻拦，从蛮军的阵头一直冲到阵尾，顺利冲出蛮军的队伍，直奔蛮军本阵而去。

糟了！栾提顿和烧戈回头一看，大惊失色，急忙拨马往回跑，其余的蛮兵们也都跟着他俩奔跑回来。

刘秀带着歇桑，冲到蛮军本阵近前，并没有停下来，而是直接往里闯，同时他不停地喊喝道："歇桑在此，谁敢妄动？歇桑在此，谁敢妄动？"

这一下，不仅仅那一千蛮兵看清楚歇桑了，蛮军本阵的上万人，也都看清楚歇桑被汉中军的兵卒挟持。

顷刻之间，蛮军本阵就如同炸了营似的，人们六神无主，但又不知该如何是好，只能站在原地哇哇地怪叫。

身在蛮军本阵中的歇图，自然也看到了歇桑。

此时的歇图，肺都快气炸了，汉中军这一招强冲，彻底搅乱了他的计划，现在所有人都看到了歇桑落到汉中军的手里，他再下令击杀这支汉中军，恐怕也没人会听自己的了。

歇图抬起手来，指向正策马在己方本阵里狂奔、如入无人之境的刘秀，咬牙切齿地问左右众人道："此人是谁？"

他周围的众人无不满脸的茫然，他们也都不认识刘秀，更不清楚他是何许人也。

歇图从牙缝中挤出一句："我若生擒此人，必活剥他的皮，生抽他的筋！"

人们还以为歇图是想为他的父亲报被俘之仇呢！一个个皆露出义愤填膺之色，纷纷说道："我等誓要生擒此人，为族长一雪前耻！"

他们正说着话，刘秀刚好也看到他们这边。

他不认识歇图，但却能看得出来，歇图的穿着和其他蛮人明显不同，身上披着兽皮的大氅，里面系着交叉的宽皮带，头顶还戴着铁质的圆盔，盔顶弄出两个犄角，在他的身边，有许多蛮军的将领，还有膀大腰圆的护卫。

另外，被他挟持的歇桑也一个劲地向那边看，刘秀更加笃定，位于人群中央，被蛮军众星捧月一般的那个蛮人，就是歇图。

他一拉战马的缰绳，拨转马头，直奔歇图那边奔跑过去。

歇图周围的护卫们急忙护在歇图的四周，看着刘秀，如临大敌。歇图没好气地把挡在自己面前的两名护卫狠狠推开，一对深邃的眼睛，恶狠狠地怒视着刘秀。

距离歇图还有十几步远的时候，刘秀勒紧战马的缰绳，将战马停了下来，他一手牵着缰绳，一手持剑，架在歇桑的脖子上，大声喊道："你等蛮军听着，歇桑在我手里，你们若不想害死自己的族长，就立刻退兵！"

歇图能听得懂汉语，气得脸色铁青，现在他真有把刘秀连同歇桑一并掐死的冲动，可是他不能这么做，尤其是在这么多族人面前。

他强压怒火，深吸口气，朗声说道："你是何人？报上名姓！"

"刘秀！"

刘秀！歇图在心里暗暗念叨刘秀的名字，他沉声说道："你放人，我们就退兵！"

他是真的希望歇桑能立刻去死，但众目睽睽之下，他只能这么说。

刘秀扬头说道："等你们退兵了，我自然会放人！"

"尔等汉人，出尔反尔，毫无信誉，今日你若不肯放人，你也别想离开这里！"

他话音刚落，周围的蛮兵呼啦一声，将刘秀团团围住。

刘秀也不慌张，只是将青锋剑向歇桑的脖颈处压了压，顿时间，鲜血顺着歇桑的脖子流淌出来。

见状，刚刚围拢上来的蛮兵无不脸色大变，人们不由自主地连连后退。

"如果你们不在乎族长的死活，尽管对我出手好了！"说着话，他神态悠闲地环顾四周。

在场的蛮兵蛮将们，无不对刘秀怒目而视，但却没有一人敢轻举妄动。

唉！歇图心中暗叹一声，千算万算，就是漏算了歇桑这头蠢猪，他怎么就不早点死在女人堆里呢？

他闭上眼睛，沉默许久，然后慢慢张开眼睛，说道："我军可先退兵十里，你放了我父亲，之后我们会离开汉中，返回属地。"

刘秀说道："五十里。"

"什么？"

"你们退兵五十里，我再放人！"

"不行！"五十里，这一退一进，少说也得花费一天的工夫，他可没有那么多时间浪费在这上面。

歇图伸出两根手指，说道："二十里，我军最多可退兵二十里！"

"七十里！"

"什么？"

281

"八十里!"

"你……"

"一百里!"刘秀嘴角扬起,看了看坐在自己身前的歇桑,冷笑出声,说道,"这就是和我讨价还价的规矩,你越是要讨价,我就越是要加价,尔等退兵一百里,如若不然,我现在就割下他的首级!"说着话,他当真把青锋剑向歇桑的脖颈又再次压了压。

歇桑脖颈流淌出来的鲜血更多了,他吓得啊的一声惊叫,险些没晕死过去,冲着歇图大声喝道:"退兵一百里!立刻退兵一百里!听到没有?这是命令!"

哎呀,气煞我也!歇图的肺都快炸了,又是气又是憋屈,歇桑成事不足败事有余,而且还胆小如鼠,如何配做族长?

可歇桑偏偏就是族长,还是他的父亲,现在歇图是真没辙了。

如果他真不管歇桑的死活,执意要杀刘秀,别说族人们肯不肯听从他的命令,以后他也别指望继承族长的位置了。

他紧握着双拳,指甲都深深抠入掌心的皮肉里,一字一顿地说道:"好好好,只要你能保证我父亲的安全,我……我军可以退兵百里!"

"歇图,希望你言而有信!"刘秀冲着歇图微微一笑,拨转马头,向蛮军的阵营外跑去。

歇图那副恨不得把他生吞活剥但又拿他无可奈何的样子,让刘秀感觉既有趣,又十分有成就感。

能在蛮军当中如此来去自由,恐怕普天之下,也只有他刘秀了。当然,他完全倚仗着歇桑这枚免死金牌。

在场的蛮兵根本不敢阻拦刘秀,只能眼睁睁看着他带着歇桑,跑出己方本阵。

直至刘秀离开了好一会儿,歇图才算把这口气缓过来。他紧握的双拳慢慢松开,几乎是从牙缝中挤出一句:"撤兵!"

打了这么多天的硬仗,眼瞅着汉中城要被己方攻下来了,结果却要半途而废,在场的众人都很是不甘心,但又没有办法。

蛮兵都像是霜打的茄子,一个个耷拉着脑袋,长吁短叹。

不管蛮军有多不甘心，他们最终还是选择了撤兵。

没有一人敢不顾族长的死活，非要坚持把这场攻城战打完为止，包括歇图在内。

这，便是歇桑的威力！当然，其中也包括了刘秀的远见。

第四十二章
危机缓解

只不过蛮军不是向北撤退,而是绕过汉中城,一路向南行进,看样子,他们是真打算要打道回府了。

蛮军突然撤离战场,这让汉中城内的守军们都有些丈二和尚——摸不着头脑,想不明白蛮军明明已经占据优势,为何还要撤兵呢?难道背地里在酝酿着什么诡计不成?

很快,人们的疑惑便有了答案。

刘縯和冯异正对蛮军的诡异举动进行讨论的时候,一名兵卒急匆匆地跑到他二人近前,激动地大声说道:"刘大人、冯大人,城外来了一支队伍,我们自己人的队伍!"

听闻这话,刘縯和冯异皆露出恍然大悟的表情,难怪蛮军撤退了,原来是己方的增援到了。

刘縯哈哈大笑起来,兴奋地问道:"我方的援军有多少人?"

"看起来,有三四百人的样子。"报信的兵卒小心翼翼地说道。

"什么?"刘縯的大笑戛然而止,只有三四百人,就把一万多人的蛮军吓跑了,这不是开玩笑吗?

刘縯和冯异双双起身,大步流星地走到箭垛前,探头向城下张望。

果然,站于城门前的队伍充其量也就三四百人,看穿着可以判断出来,大部分都是汉中郡军。

冯异眉头紧锁,拍下刘縯的肩膀,语气凝重地说道:"伯升,小心有诈!"

蛮军撤得诡异,不可能是被这三四百郡军吓跑的,蛮军一走,郡军便来到城下,难道是蛮人伪装的?

刘縯向下大声问道:"来者何人?报上姓名!"

身在人群里的刘秀一下子就听出喊话之人是大哥,他喜出望外,从人群里挤出来,仰着头,向城头上大喊道:"大哥,是我,阿秀!"

听闻刘秀的喊话声,刘縯脑袋一晕,差点从城头上一头栽下来。他使劲揉了揉自己的眼睛,定睛细看,站于城下的不是小弟还是谁?

刘縯一蹦老高,用力地抓着冯异的肩膀,激动得大喊道:"是我弟!我弟没死,我家小弟他还活着!哈哈!呜呜!"

冯异认识刘縯这么久了,还从没见过他失态过,而此时的刘縯,一会儿大笑,又一会儿大哭,都分不清他脸上是什么表情了。

刘縯冲着周围的兵卒连声大喊道:"开城门!快开城门!"

冯异还想劝告刘縯,询问清楚了再开城门也不迟,可刘縯就像疯了似的,已不管不顾地直向城下跑去。

蛮军的撤退,让守军们都如同打了鸡血似的,人们合力打开城门。

城门还没有完全打开,刘縯已迫不及待地冲了出去。

刘秀快步上前,说道:"大哥……"

他话音未落,刘縯已快步上前,把他紧紧搂抱住。

其实对于刘秀能不能生还这件事,刘縯没抱多大希望,他已经做了最坏的打算。

此时看到刘秀平安无事地站在自己面前,刘縯激动之情无以复加,差点把刘秀勒得背过气去。

"大哥,我没事!"刘秀能感受到大哥的喜悦和激动,他鼻子发酸,哽咽地说道。

"没事就好,没事就好啊!"过了好一会儿,刘縯才把自己的情绪平复下来,他退后两步,将刘秀上下打量一番。

仔细这么一看,他才发现小弟变得和以前不太一样了。

身材还是那个身材,长相也还是那个长相,说不上来哪里不一样了,但就像是换了个人似的。

这是金液的功效。

那瓶半成品的金液让刘秀伐骨洗髓、脱胎换骨,虽然身材和样貌都没变，但自身的气质已发生根本性的改变，儒雅中透出几分飘逸和华贵，此外，他的皮肤也变得比以前更加白净细腻，富有光泽。

"走，进城里说话！"刘縯拉着刘秀，走进城中。龙渊、张平、盖延等人也都纷纷跟了进来。

他们刚进城，守城的兵卒便再次把城门关闭。

刘縯不解地问道："阿秀，你可知城外蛮军为何会突然撤兵？"

刘秀一笑，回身指了指被李通和李轶押着的歇桑，说道："大哥，蛮军之所以会退兵，功劳都在他身上！"

刘縯顺着刘秀的手指，看向歇桑，打量他片刻，问道："阿秀，这人是？"

刘秀说道："他叫歇桑，是歇族的族长！这次前来进攻郡城的蛮军，都是歇族人，蛮军的首领，正是歇桑的儿子歇图。"

啊？原来如此！难怪蛮军会突然撤兵，原来是阿秀他们把蛮军的族长给擒下了！

刘縯惊讶地睁大眼睛，愣了片刻，他又惊又喜地问道："阿秀，你们是怎么抓到他的？"

刘秀随即把事情的经过向刘縯等人讲述了一遍。

刘縯和冯异听后，无不喜出望外，他俩原以为郡城可能要守不住了，没想到，现在事情出现了这么大的转机。

冯异兴奋地一拍巴掌，神情激动地对刘秀说道："文叔，这次你可是立下了大功，等于是救下全城十万军民的性命！"

刘縯亦是连连点头，现在蛮军的族长落到己方手里，己方也再不用担心蛮军会来继续攻城了！

他们正说着话，忽听身后有人大声唱吟道："太守大人到——"

听闻唱吟声，众人齐刷刷地转头看过去。只见城内快速行来一队骑兵，在骑兵当中还有一辆马车，那正是太守王珣的座驾。

马车在刘秀等人面前停了下来，紧接着，门帘撩起，王珣从车厢里探出头来，看向刘縯和冯异，满脸喜色地问道："听说蛮军撤兵了，可有此事？"

刘縯和冯异面色一正，双双向王珣拱手施礼，齐声说道："王大人,蛮军的确已退兵!"

得到刘縯和冯异二人的亲口确认,王珣兴奋得差点跳起来,在随从的搀扶下,他快速从马车上下来,走到刘縯和冯异近前,难掩脸上的喜悦之情,大笑道:"伯升,这次蛮军兵败,无功而返,你可是居功至伟啊!"

话语间,他连提都没提冯异。

刘縯淡然一笑,欠身说道:"王大人,属下不敢居功,这次蛮军之所以撤兵,皆是我弟刘秀之功!"

"哦?"王珣不解地看着刘縯。

刘縯回头,向刘秀招了招手。

等刘秀走上前来,刘縯提醒道:"这位是汉中太守王大人,阿秀,快快向王大人见礼!"

刘秀拱手施礼,说道:"在下刘秀,见过王大人!"

王珣打量刘秀两眼,看向刘縯,好奇地问道:"伯升,到底是怎么回事?"

刘縯把刘秀刚才讲的话向王珣复述了一遍,最后他含笑说道:"王大人,现在蛮军的族长已落到我方手里,蛮军心存顾忌,再不敢轻易进犯郡城了!"

王珣听后喜出望外,两眼放光地重新打量刘秀一番,笑问道:"你叫?"

"王大人,在下刘秀,字文叔!"

"好好好!"王珣乐得嘴巴合不拢,抚掌大笑,赞叹道,"伯升守城有功,文叔擒贼有功,刘家两兄弟,果真都是人中豪杰啊!"

说着话,他目光越过刘秀,向他背后望去,同时问道:"那个……那个歇桑现在哪里?快让本官看看!"

刘秀转身向李通和李轶点下头。二人押着歇桑,走到王珣近前,躬身说道:"王大人,此人就是歇族的族长,歇桑!"

王珣瞪大眼睛,上一眼下一眼地仔细打量歇桑,看罢之后,他皱了皱眉,语气轻蔑地问道:"此贼,是人是兽?"

听闻这话,王珣的手下人不约而同地大笑起来。歇桑能听得懂汉语，他怒视着王珣，喉咙里发出咕噜咕噜的愤怒声响。

见状，王珣老脸顿时一沉，回头从一名骑兵手中拿过马鞭，对着歇桑劈头盖脸地猛甩了几鞭子。

歇桑双手被捆绑住，既挡不了，又躲不开，脸上被抽出好几条血痕，人也倒在地上，身子佝偻成一团，发出嗷嗷的惨叫声。

出了口恶气，王珣把马鞭扔还给骑兵，向左右说道："把歇桑押回太守府，严加看管！"

他一声令下，走过来两名军兵，把歇桑从地上拽起，拖着就往城内走。

刘秀微微皱眉，转头看向大哥。他和歇图约定好了，蛮军退兵百里后，他便要释放歇桑。

刘縯自然明白小弟的意思，他上前两步，对王珣拱手说道："王大人，阿秀用歇桑要挟蛮军退兵百里，之后便要把歇桑放还给蛮军！"

王珣不悦地说道："放人？绝对不行！蛮军在我郡境内杀烧抢掠，杀人无数，歇桑既然是蛮军族长，他必须得为此付出代价！"

"可是，王大人，阿秀已经许诺于歇图！"言而有信，这是做人的基本准则，无论是刘秀还是刘縯，都十分看重"信"字。

"和未开化的蛮子不用讲言而有信那一套！他们也不配！"王珣看向刘秀，含笑说道，"文叔啊，你与你大哥都是我汉中郡的功臣，今晚，本官要在太守府设宴，为你二人庆功！哈哈！"说完，他又向刘縯和刘秀点了点头，大笑着坐上马车，兴高采烈地回了太守府。

看着王珣马车离去的背影，刘秀说道："大哥，王大人带走了歇桑，等于是让我失信于歇图！"

冯异走上前来，正色说道："文叔，我也不认为我方应该释放歇桑！只要歇桑还在我们手里，蛮军就会心存顾虑，不敢进犯，可我们一旦放了歇桑，蛮军必然还会大举来犯！"

稍顿，他轻轻叹口气，小声说道："说实话，郡城现在已到了无兵可用的险境，很难再顶住蛮军新一轮的攻城！如果今日不是你们及时出现，只怕郡城……"

现已凶多吉少了!

刘秀先是点点头,然后好奇地问道:"大哥、公孙兄,这几天你们是怎么顶住蛮军攻城的?"

第四十三章
落花有意

"说来话长！走！我们到城门楼上，坐下来慢慢谈！"刘缤拉着刘秀，顺着台阶走上城墙。

等上到城墙，刘秀等人无不大吃一惊。整整一大面的城墙，凡目光所及之处，无不血迹斑斑，黑褐色的干涸血迹，随处可见。

"这五天的激战打下来，我方的伤亡已不下万余众。"刘缤感慨万千地说道。

跟着上来的盖延禁不住问道："哪来的上万人？"

刘缤和冯异看向盖延，不解地问道："你是？"

"在下盖延！"

听闻盖延的名字，刘缤和冯异都露出诧异之色。他俩对盖延是只闻其名，未见其人，这次是第一次见面。

"原来是盖大人，失敬失敬！"

盖延面红耳赤地拱手回礼，摇头说道："说来惭愧，身为郡军司马，守城本是我之职责……"结果在蛮军大举攻城的时候，他还被蛮人关押在他们的大营里呢。

冯异体贴地说道："乾尤山之败，并非盖大人之过！"

盖延苦笑，垂头未语。

走进城门楼，刘缤将这几天守城的经过大致讲述了一遍。

他说得轻描淡写，不过刘秀等人都听得惊心动魄，原来为了抵御蛮军的攻城，连城内的壮丁都动用了。

不过壮丁既没有受过训练，也没有战斗经验，甚至连武器都没有，伤亡很大，五天下来，总共折损了数千人之多。

冯异叹了口气，正色说道："现在还能坚持守城的，就剩下我们这一千来人了，文叔，若非你们及时赶回来，后果当真是不堪设想啊！"

虽说城内还有两三万的壮丁可用，但因为这几天的战斗伤亡实在太大，他们业已招不上来新的壮丁。

刘縯恍然想起什么，对冯异说道："公孙兄，马上派人出去打探，看看蛮军是不是真的撤退了，还有，他们撤了多远，具体撤退到了哪里！"

冯异点了点头，挥手叫来几名心腹手下，让他们骑马出城打探蛮军的动向。

刘秀说道："就算蛮军如约撤退百里，也随时可能反杀回来，终究不是长久之计，我们现在得赶紧向京师军求援才是！"

刘縯和冯异对视一眼，前者说道："我们早就派人去向京师军求援了，可一直都是石沉大海，一点消息都没传回来。"

"这不应该啊！"刘秀喃喃说道。汉中城可是京师军的后勤总补给站，对京师军的重要性不言而喻，得知汉中城被蛮军大举进攻的消息，按理说，京师军应该第一时间选择回救才是，除非前方战事吃紧，他们被蛮军死死拖住了，无法回撤。

但以战斗力来说，蛮军对京师军不太能构成威胁啊！

"难道，是消息未能传到京师军那里？"刘秀狐疑地问道。

冯异摇头，说道："我们先后已派出三拨信使，消息不可能传不到京师军那里！"

"这就奇怪了。"刘秀喃喃说道。

他们正说着话，一名军兵跑进城门楼里，说道："刘大人、冯大人，叶家来送饭了！"

见刘秀等人面露不解之色，刘縯含笑解释道："蛮军攻城期间，军中的伙食大多是叶家提供的，我们能守下郡城，叶家也是功不可没啊！"

汉中城内囤积着不少粮食，不过那些粮食可不是汉中郡的，而是属于京师军的，别说刘縯和冯异不敢乱动，即便是汉中郡太守王珣，他也不敢私自动用京师军的一粒粮食。

参与守城的军民近万人,每天要吃要喝,粮食从哪来?

这些天,主要就是靠叶家出粮,又组织全城的百姓为守军做饭,确保了守军没有后顾之忧,可以全力对付城外的敌军。

刘縯站起身形,同时拍了下刘秀,甩头说道:"走,我们去见见叶公!"

他们一行人下了城墙。在城墙附近,围拢着好多人,还有二十多个大木桶,里面热气腾腾的。

在人群旁,站着一男一女,一老一少两个人,刘秀定睛一看,都认识,老的是叶阗,少的是叶清秋。

刘縯和冯异还真不认识叶清秋,这些天来,虽说叶家天天都往这边送饭,但过来的人都是叶阗。

这次突然看到一个姑娘和叶阗站在一起,两人都是面露狐疑之色,刘縯禁不住嘟囔道:"此女是何人?"

刘秀接话道:"大哥,她就是叶清秋,叶家的小姐!"

"哦!原来是她!"刘縯恍然大悟,不过又觉得奇怪,今天叶清秋怎么也来了呢?

冯异看了看刘秀,了然一笑,心中已然明了是怎么回事了。

远远的,看到刘縯等人过来,叶阗迎上前去,含笑说道:"伯升,听说城外蛮军已撤?"

刘縯说道:"蛮军是暂时撤兵了。"他可不敢把话说死,谁都不敢保证蛮军一定不会再来进攻郡城。

叶清秋并没有看刘縯,目光在人群里扫来扫去,当她看到刘秀的时候,眼睛顿时一亮,下意识地向前走了一步,然后看了眼身旁的父亲,迈出去的脚又慢慢收了回去。

她的小动作,叶阗有看到,自家的闺女,她的心思他又哪会不懂?他看向刘秀,故作惊讶道:"文叔,你回城了?几时回来的?"

刘秀擒下蛮军的族长歇桑,成功逼退了攻城的蛮军,这个消息早已在郡城城内传开了,得知消息的百姓们无不欢天喜地,奔走相告,现在几乎全城的百姓都已听说了这件事。

刘秀向叶阗拱手说道:"叶公,我也是刚回城不久。"

叶阗感叹道:"听说你在乾尤山与蛮军交战的时候失踪了,连日来,我这心一直都是悬着的,如今看你安然无恙地回来,我这心也总算可以放回到肚子里了。"

刘秀深施一礼,说道:"让叶公如此挂念,是晚辈之过!"

不知道是不是对刘秀心存好感的关系,叶阗越看这个年轻人越觉得顺眼。

虽说刘秀的家世不怎么样,只是个乡下的农夫,但看他这个人,却完全感觉不出他是个农夫,身上反而有股雍容的大气。

和刘秀又寒暄了几句,叶阗侧了侧身子,说道:"大家都过来吃饭吧!"

叶家提供的饭菜很简单,每人两个蒸饼,外加一勺子的汤。

说起来叶家能为守军提供这么多天的饭,还多亏当初有刘秀的提醒。

若换成寻常的商贾之家,目光短浅之辈,没准会趁此机会,炒高粮价,大发横财。

而叶家能成为在汉中极具影响力的大士族,并非没有原因。

叶家非但没有把囤积的粮食以高价卖出去,反而还无偿地献给守城的军民。

短期来看,叶家是损失了一次发大财的机会,但从长远来看,叶家在汉中的影响力和威望,无疑都得到了大幅的提升。

刘秀也和普通的兵卒一样,领了两个蒸饼和一碗稀汤,坐在城墙附近的台阶上,大口吃起来。

这时,叶清秋走了过来。

李通眼睛尖得很,见她过来,立刻站起身形,转头一瞧,看龙渊和李轶都还坐在刘秀身边,他拍了拍两人,甩头说道:"我们去那边吃!"

龙渊满脸的不解,茫然地看着李通。

李通向叶清秋瞥了一眼,龙渊愣了片刻才回过神来,他干咳一声,立刻起身,迈步向旁走去。

李轶本不想走,难得能有与叶清秋接触的机会,他可不想错过,不过见堂弟目不转睛地瞪着自己，他暗叹口气，无奈地摇摇头，只好跟着起身，和李通一并走开。

没有其他人在场，叶清秋轻松了不少。她在刘秀身边坐了下来，有些不好意思地说道："这些天，家中囤积的粮食也都消耗得差不多了，如果你吃不惯，暂时忍一忍，晚上来我家吃饭。"

刘秀笑了，说道："这样的伙食已经很好了。"平日里，义军的伙食都是粟饼，现在叶家提供的蒸饼，是粟面加上白面，已经比军中的伙食要好多了。

叶清秋问道："文叔，这几天你都去哪了？怎么一点消息都没传回来……"我很担心你！后面的半句话，她没好意思说出口。

刘秀把碗里剩下的汤一口喝干，擦了擦嘴角，说道："我一直都藏在乾尤山里。"

他没有说他进入山洞的事，也不想把那个山洞公布出去，山洞里面没有什么，公布出去，也只会打扰洞府的清静。

"这么多天，你一直都躲在乾尤山？"

刘秀点点头，说道："我在突围的时候受了些伤，后来找到隐蔽之处，一连昏迷了好几天。"

"原来是这样。"当时的情况是怎样，叶清秋没有目睹，但想来一定很凶险。

她话锋一转，说道："这次你抓到蛮军的族长，逼退了攻城的蛮军，可是为汉中立下了大功，只要你愿意留在汉中，一定能在郡府谋个不错的官职。"

以他的功绩，再加上叶家这个助力，她相信，刘秀在汉中的仕途一定能平步青云，甚至将来成为汉中太守都有可能。

叶清秋说出这番话，显然还是太不了解刘秀，刘秀不可能投身于官场，他和大哥刘縯的目标一致，都是一心想着光复汉室，又怎么可能去给王莽做官？

这和他的目标是存在根本矛盾的。

他正要说话，忽听前方一阵混乱，刘秀举目一瞧，只见无数的百姓从大街小巷向城门这边走过来，放眼望去，街上人头攒动，都分不清楚个数，人们手中拿什么的都有，大多都是棍子、菜刀、斧头之类。

　　此情此景，让刘缜和冯异等人也是一惊，众人纷纷迎上前去，问道："诸位，你们这是？"

第四十四章
意气用事

"是刘縯刘伯升！"有认识刘縯的百姓在人群中高呼一声。

人们闻言，纷纷向刘縯拥了过去，到了他近前，七嘴八舌地说道："刘大人，我们是来守城的！""我们是来杀蛮人的！""我们……"

一听人们的吵嚷声，刘縯和冯异这才弄明白他们的目的。

两人对视一眼，不约而同地摇了摇头，感觉又好气又好笑。

当蛮军大举进攻，坚守城防的军民伤亡惨重之时，在城内召集壮丁，简直比登天还难，现在蛮军撤了，城内的百姓们倒是都来了勇气，争先恐后地来参与城防，你们早干吗去了？

刘縯清了清嗓咙，大声说道："大家的心情我能理解，但现在蛮军已经退兵，不再需要这么多人守城了，大家都回去吧！"

回去饿肚子吗？参与守城，能有口饭吃，回到家里能吃什么？

一连数日的封城，城中家家户户的粮食都已吃得差不多了，现在自告奋勇地来守城，既没有危险，又能白吃军粮，何乐而不为呢？

人们根本不愿意离开，纷纷大声嚷嚷道："刘大人，把我们留下吧！"

"是啊，刘大人，就把我们都留下吧！"

百姓们七嘴八舌地哀求，就是死活不肯走，此情此景，让刘縯和冯异也是一筹莫展。

站于一旁的叶阗眉头紧锁，叶家早已把囤积的粮食消耗得差不多了，勉强还够维持一千多人数日的吃食，可现在城内一下子冒出来一两万人要参与守城，就算把叶家的家底都掏光了，也不够这么多人吃的。

再者说，这些数以万计的百姓，摆明了是为了占便宜而来的，如果蛮军真反杀回来，他们跑得比谁都快。

刘縯和冯异尽量安抚百姓们的情绪，劝告他们各回各家，现在守城不再需要这么多人，但不管他二人怎么劝说，根本没人听他俩的，现场的百姓们死后不肯走，把城墙附近的街道堵了个水泄不通，场面也是混乱不堪。

冯异拉着刘縯，退出一段距离，小声说道："伯升兄，这样下去可不是办法，我看我们还得去找王大人，让王大人出面解决这件事！"

刘縯苦笑，问道："王大人怎么解决？"王珣出面，就能把这些百姓劝回家了？

冯异轻叹口气，说道："封城这么多天，百姓家中的粮食早已吃光，人们也是没有办法了，才会赖在这里不走，只要王大人肯开仓放粮，让百姓们能有口饭吃，问题自然迎刃而解！"

刘縯差点笑出来，说道："开仓放粮？公孙兄，你未免也太高估王大人了吧，就算打死他，他也不敢放出一粒粮食！"

他早就看透了王珣这个人，小肚鸡肠，又胆小如鼠，只贪图自己的享乐，根本不在乎旁人的死活。

就这么一个人，你还能指望着他冒着惹怒廉丹的风险，给百姓们开仓放粮？简直是笑话！

冯异眉头紧锁，不再说话。

城中百姓纷纷自告奋勇地参加城防，而且一下子拥出来一两万人那么多，消息自然也传到了太守府。

王珣听后，哈哈大笑起来。

他可不认为百姓们是为了填饱肚子才跑去加入守军的，只认为蛮军被己方吓退了，让城内百姓们士气大振，人们都抱着和蛮军决一死战的心理。

想到这，他反而觉得刘秀擒下歇桑这个举动太多余了，现在有这么多的百姓自发加入守军，就算蛮军不撤，也攻不破郡城的城防，恰恰相反，己方还能趁机多杀不少蛮军，多立下不少战功。

他眼珠转了转，让人把歇桑提过来。

时间不长，两名军兵把歇桑押入大堂。

居中而坐的王珣向下看了看，见到一身污垢血迹的歇桑，他厌恶地皱了皱眉头，阴阳怪气地问道："歇桑，此役之败，你可服气？"

歇桑怒视着王珣，大声喝道："王珣，有种的你就杀了乃公！"

他或许会对刘秀服气，刘秀能潜入山谷大营，把他生擒活捉，能带着他硬闯己方的大军，他或许也会对刘缜、冯异服气，他二人能以劣势之军，抵御己方大军这么多天。但对王珣，他是打心眼里瞧不起，只一个狐假虎威的狗屁文官，如果不是自己落难，他连站在自己面前说话的资格都没有！

王珣眯了眯眼睛，凝视歇桑片刻，哼笑出声，他慢慢站起身形，绕过桌案，走到歇桑近前，缓缓抽出肋下佩剑，用剑身拍打着歇桑的脸颊，皮笑肉不笑地说道："败军之将，死到临头，你还敢逞强？"

"死？哈哈——"歇桑突然仰面大笑起来。

他还真就不怕王珣，在他看来，他借给王珣十个胆子，王珣都不敢杀他。

他歪着脑袋，用眼角余光睨着王珣，傲然说道："你若敢杀我，我歇族大军势必将汉中城荡为平地，让城内鸡犬不留，至于你，王珣，鼠辈！我歇族大军会将你一片片地撕碎、生吞！哈哈——"说着话，他再次大笑起来。

听着歇桑的话，在场的众人脸色一个比一个难看，尤其是王珣，气得脸色铁青，身子突突直哆嗦。

歇桑环视在场众人一眼，嗤笑出声，说道："你们汉人的肉不错，又香又嫩，尤其是汉人的女子，哈哈——"

泥菩萨还有三分土性呢，何况王珣这位堂堂的太守。

他再忍不住，嗷地怒吼了一声，手中剑猛然向前一递，耳轮中就听噗的一声，歇桑的狂笑之声戛然而止，他难以置信地瞪大眼睛，看向王珣。

过了一会儿，歇桑慢慢低下头，只见王珣手中剑业已穿透了自己的胸膛。

他感觉身体里的力气正被迅速地抽干，歇桑重新看向王珣，一字一顿地说道："你竟敢杀我……"

话音未落，他已坚持不住，重重地摔倒在地，发出嘭的一声闷响。

王珣抬腿踩住歇桑的肩膀，把佩剑从歇桑的胸膛内狠狠拔出来，他转头对外面的军兵喝道："来人！将这蛮贼的狗头给我切下来，悬挂于城头之上！"

"是！"随着应话之声，两名军兵从外面走到近前，将歇桑的尸体从地上架起来，拖着往外走去。

王珣甩了甩剑身上的血水，又抽出手帕，将血迹擦拭干净，而后收剑入鞘，对周围众人说道："蛮贼不知死活，竟敢在太守府挑衅本官，诸如此类，死不足惜！"

"大人，下官以为，歇桑的首级不宜悬挂出去，蛮军如果得知歇桑被斩首的消息，可能会再次大举来攻！"一名郡府官员小心翼翼地提醒道。

王珣冷笑一声，说道："本官还怕蛮军不肯回来呢！刚才北城那边传回的消息你们不也听说了吗？又有两万之众的壮丁加入城防，城外的蛮军只剩下区区万人，又何足惧哉？"

郡府的官员们互相看了看，不约而同地连连点头，赞道："原来王大人是故意杀掉歇桑，激怒蛮军，引蛮军再来攻城，如此一来，我方不仅能杀伤更多的蛮军，甚至还有机会将攻城的蛮贼一举歼灭！"

王珣闻言，哈哈大笑起来，这正是他打的如意算盘。

正所谓无知者无畏。

歇桑有所忌惮的刘秀，乃至刘縯和冯异，都不可能杀他，因为他们很清楚杀掉歇桑的后果有多严重。

别看现在城内又冒出两万百姓，信誓旦旦地要加入城防，抵御蛮军，但他们心里明镜似的，倘若蛮军真杀回来，这两万来人的壮丁，立刻就会作鸟兽散，真正能跟着他们做到坚守城池的，其实就眼下这一千来人。

一千多人又如何去抵御一万多人的蛮军？

不过这些事情，王珣是不会想到的，他只看到了又有两万壮丁加入守城的队伍当中,在他眼里,现在的郡城已然是固若金汤,那么留不留歇桑已经毫无意义了。

在王珣这样的心理下,他对歇桑一点没客气,一剑将其刺死,而且还不依不饶地令人斩下歇桑首级,悬挂于城头,似乎生怕蛮军的探子察觉不到歇桑被杀的消息。

太守府的兵卒还特意给歇桑的首级打造了一个木头笼子,然后将歇桑圆滚滚的脑袋放了进去。四名兵卒在王珣的授意下,提着木头笼子,大摇大摆地向北城走去。

这一路上,全城的百姓们都轰动了,无论男女老幼,人们纷纷拥上街头,争先恐后地观望蛮人族长的首级。

街道上人满为患,四名兵卒寸步难行,当他们走到北城的时候,天色都已经黑了下来。

身在城头上的刘縯、刘秀等人都听到城内闹哄哄的,也不知道发生了什么事。

等到那四名兵卒提着木笼子,走到城头上,人们才算看清楚笼子里装的是什么。

刘縯腾地一下站了起来,目不转睛地看着笼子里的断头,下意识地问道:"那是歇桑的脑袋?"

四名兵卒中的一位上前走了几步,来到刘縯近前,拱手施礼,说道:"刘大人,歇桑不知悔改,到了太守府还飞扬跋扈,气焰嚣张,王大人已将其处死,并令我等将此贼的人头悬挂于城头!"

听闻这话,在场众人的脸色无不大变。刘秀、冯异等人也都站了起来,快步上前,定睛细看,笼子里装着的正是歇桑的项上人头。

王珣竟然把歇桑给杀了?众人瞠目结舌,好半晌回不过来神,完全搞不懂王珣的脑子里在想些什么鬼东西。

歇桑在己方的手里,蛮军会有所顾忌,不敢来攻城,现在你把歇桑杀了,不等于是逼着蛮军回来和己方拼命吗?

第四十五章
喜讯传来

在众人怔怔发呆的时候，一名兵卒提着木笼子，走到城门楼前，先是回头看看，比量一下方位，然后拍了拍一处箭垛，问道："刘大人，人头就挂在这里吧！"

刘縯回过神来，看着那名兵卒的眼神，如同在看一个怪物。

冯异激灵灵打个冷战，猛地大叫一声："使不得！"说着话，他疾步上前，大声说道："歇桑被杀的消息一旦让蛮军知晓，蛮军必会反杀回来！"

那名兵卒先是一愣，接着扑哧一声笑了出来，满不在乎地说道："冯大人放心，我们大人早已经算计好了，现在郡城守军有两万之众，而蛮军满打满算，也就一万出头，以一万攻两万，那无异于自寻死路，如果蛮军不怕死，就让他们尽管来攻好了！"

听闻兵卒的话，刘縯和刘秀差点笑出来，苦笑。

得是多蠢的人才能说出这么无知的话？还两万守军？这简直就是笑话！这两万自愿加入守军的百姓，全是来混饭吃的，王珣竟然还把他们当成兵来用？

冯异扶额，沉默片刻，他强压心头的情绪，语气平缓地说道："这位兄弟，现在天色已黑，悬挂出歇桑的人头也毫无意义！"

"可是我们大人已经交代了，今晚必须得把歇桑的人头悬挂出去，等明日天亮，让蛮军的探子能第一时间发现！"

呵！冯异啼笑皆非，仰天长叹了一声，摇了摇头，已经不知再说什么了。

刘縯拉着刘秀,向旁走出一段,小声说道:"阿秀,我看郡城这次肯定要守不住了,你我兄弟,得赶紧找个机会,逃离这个是非之地才是!"

刘秀默然,过了好一会儿,他方喃喃说道:"逃?大哥,我们又能往哪里逃?"

跑得了和尚跑不了庙,别以为他们跑出汉中城就算没事了,以后追究起责任来,他二人以及家人,都吃不了兜着走。

刘縯苦笑道:"可以现在的局势,我们不逃,留下来只有死路一条。"

刘秀眉头紧锁,看了看城内聚集起来的那些百姓们,幽幽说道:"郡城还没到已无人可用的地步,只是人们都缺少与蛮人一战的勇气,真被逼到了绝路上,我想,他们都会与蛮人拼死一搏的!"

刘縯顺着刘秀的视线,看了看城内的百姓们,对他们,他实在不敢抱有太大的希望。

不过阿秀说得也没错,他们根本跑不了,其一是会连累到家人;其二,扔下十万之众的城中百姓,独自逃生,也过不了自己良心的那一关。

四名兵卒把木笼子悬挂在北城门的正上方,而后他们来到刘縯和刘秀近前,含笑说道:"两位刘大人,请随小的到太守府赴宴!"

刘秀没有说话,刘縯点头应了一声好。然后他走到冯异那边,说道:"公孙兄,今晚到太守府赴宴,你可不能再推迟了!"

冯异摇头说道:"我还是不去了。"他怕自己见到王珣之后,会忍不住指着对方的鼻子破口大骂。

刘縯正色说道:"公孙兄,就算你不想吃太守府的这顿饭,可你也得想想,还有两万张嘴在等着吃饭呢!"

冯异心头一震,下意识地看了看城下那些壮丁。人们大多已坐在地上,一个个仰着头,都在眼巴巴地望着城头,似乎正等着他们放饭呢!

他暗叹口气,向刘縯扬了扬下巴,有气无力地说道:"我们走吧!"

刘縯、刘秀、冯异跟随着四名官兵,一同去往太守府。

和上次一样,今晚的太守府也是大摆筵宴,酒菜之丰盛、奢华,令人咋舌。

看着宴会上的饭菜,再想想城中已饿得浑身乏力的百姓,冯异将双手慢慢放到桌下,握紧成拳头。

王珣根本不搭理冯异,甚至连看都不看他一眼,只一个劲地和刘縯、刘秀两兄弟说话。

经过一番寒暄,刘縯主动提出,希望太守府能给守城的军民提供军粮。

他本以为要费一番口舌才能从王珣这里要出粮食,没想到他刚起个话头,王珣就同意了,答应刘縯,会给守军五百石粮食。

当时的一石,相对于现在的一百二十斤。五百石就是六万斤粮食。两万来人若是省着点吃,勉强可以维持三四天。吃饱是不用想了,反正是能让人饿不死。

对于两万多人而言,五百石粮食实在不算多,但王珣能如此大方,已让刘縯很是意外了,他站起身形,向王珣深施一礼,说道:"王大人的这五百石粮食,可是解了守军的燃眉之急啊!"

王珣仰面而笑,向刘縯摆摆手,示意他坐下。他说道:"我想,明日蛮军就能得到歇桑被杀的消息,不出意外,歇图一定会率领蛮军,再次来攻郡城,伯升、文叔,郡城之安危,可就依仗你们两兄弟了!"

既然要让马儿跑,那就不能不让马儿吃草。

能不能将再次来犯的蛮军一举歼灭,王珣可就指望着这两万的壮丁呢,当然要让他们吃饱喝足,好能为他的仕途去卖命。

王珣打的什么算盘,刘縯多少也能明白点,但不管怎么说,军粮的问题总算是暂时得到了解决,统领这两万乌合之众的守军,他也总算具备了那么一点点的底气。

接下来的酒宴,气氛很轻松,大多都是王珣在说话,把蛮军贬得一文不值,又把刘縯和刘秀两兄弟快捧到天上去了。

等散席之后,看刘縯和刘秀的穿着都是又脏又破烂,他还特意让人给他俩每人置办一身行头,谈不上有多华丽,但至少是套新衣,比他二人现在的穿着要好得多。

送他二人出府时,王珣还没忘许诺,只要刘縯能歼灭来犯之蛮军,大功告成之后,他一定向朝廷上疏,推举刘縯为汉中郡都尉。

刘縯在王珣面前表现出一副受宠若惊的样子,连连道谢,不过出了太守府,在返回城北的路上,刘縯对于王珣的承诺嗤之以鼻。

冯异不解地问道:"伯升兄认为王大人不会兑现承诺?"

刘縯嘴角扬起,说道:"无论他会不会兑现承诺,我都不会留在汉中。"

冯异一怔,诧异地看着他。

刘縯淡然一笑,问道:"公孙兄,你认为以当今天下的时局,新莽朝廷还能维持几年?"

冯异闻言,脸色顿变。刘秀则在旁清了清喉咙,小声说道:"大哥,你的酒喝多了。"

虽说刘秀也很欣赏冯异的才干和品质,但他们和冯异毕竟刚认识不久,之间的关系还远远没到无话不谈的地步,再者说,冯异可不是单纯的义军,他在官府可是挂有官职的。

大哥对他推心置腹,但谁又敢保证他不会把大哥的话传出去。

刘縯的性格十分豪爽,也特别爱结交朋友,经过这些天的并肩作战,他早把冯异当成了和自己有过命交情的兄弟,但经刘秀这么一提醒,他也意识到自己在冯异面前说了些不该说的话,他哈哈一笑,挥手说道:"我好像是喝多了,公孙兄,刚才我只是无心之言,你别当真!"

正所谓酒后吐真言,冯异可不认为刘縯刚才说的是醉话。

他下意识地看眼刘秀,与刘縯相比,他反倒觉得刘秀更像是个能成大事的人,小心谨慎,不显山不露水,但却很有城府。

而且刘秀这个人的品德很好,但凡和他接触过的人,无不对他的品行赞不绝口。

他嘴上打个哈哈,把这个话头轻描淡写地带了过去,但是在心里,他可牢牢记住了刘縯的这句话。

翌日,天亮。

歇桑被杀的消息果然第一时间传到了蛮军那里。

按照与刘秀的约定,以歇图为首的蛮军还真就撤退了百里,目前他们就驻扎在郡城以南百里之外的岚镇。

岚镇位于岚河附近，岚河是汉水的一条支流。岚镇的百姓有一千来人，在汉中算是很大的镇子了，不过随着蛮军的到来，全镇的百姓都遭殃了。

偌大的镇子不仅被洗劫一空，而且还被蛮军放的一把大火烧了个精光，全镇的百姓也都成了蛮军的俘虏。

蛮军的营地里，中军帐。

歇图听闻探子来报，歇桑的首级现就悬挂在汉中城的城头上。他愣住好一会儿没有做出反应。因为在他看来，这个消息太匪夷所思了。

汉人抓住了歇桑，可谓占足了先机，起码能立于不败之地，除非汉人的脑子进水了，才会把歇桑杀了呢！

他深吸口气，冷冷凝视着报信的探子，沉声说道："谎报军情，扰乱军心，你可知是死罪？"

探子扑通一声跪在地上，大声说道："小人可以对天发誓，小人所言，句句属实……"

腾！歇图一下子站了起来，双眼放光地盯着探子，一字一顿地问道："汉人当真杀了族长？"

"是的，将军，族长的首级，小人亲眼所见！"

站立在营帐两旁的蛮军将领们，无不瞪圆了双眼，气炸了肝肺，拳头握得嘎嘎作响。

汉人欺人太甚，出尔反尔不说，竟还杀了族长，这般的奇耻大辱，歇族还从未受过！

人们的目光齐刷刷地落在歇图身上，只等他一声令下，己方立刻率领大军，杀回汉中城。

歇图站在那里，好半晌没有说话。他是费了牛九二虎之力，才把体内狂笑的冲动强压下去。

死了！早就该死的歇桑他终于死了！而且还是死在汉人的手里！这简直就是老天对自己最大的眷顾啊！

想到这里，歇图吸了吸鼻子，眼圈突然一红，扑通一声跪到地上，面向汉中城的方向，伏地叩首，放声大哭。

第四十六章
骑兵来袭

在场诸将，也都是眼睛通红，纷纷跪地叩首，呜呜地哭了起来。

一时间，中军帐里哭声一片。

当然了，这些人当中，有谁是真心在为歇桑哭丧，不得而知，但就连歇桑的亲儿子歇图都是在做戏，其他人的心理，也就可想而知了。

不管对于歇桑的死有多高兴，心里有多欢天喜地，但戏份还是得做足的。

跪地大哭的歇图哭着哭着，都背过气去了。周围的诸将急忙上前，又是抹抚前胸，又是拍打后背。

在众人的千呼万唤中，歇图总算幽幽转醒，他环视周围众人，带着哭腔，嗓音沙哑地说道："汉人无信，族长遇害，我若不踏平汉中城，我又岂能对得起族长的在天之灵？"

他这句话，让在场的众人都来了精神，人们急忙擦了擦脸上的泪痕，七嘴八舌地说道："歇图，下命令吧！"

"老族长遇害，现在你就是我们歇族的新族长，这次我们就用汉中城内所有汉人的脑袋来祭天！"

"对！用所有汉人的血祭天！"

歇图在两边众人的搀扶下，慢慢站起身形，他闭上眼睛，缓了片刻，一点点地抬起眼帘，狠声说道："传令下去，全军启程，向汉中城进发！"

人们等的就是他这个命令，随着他一声令下，营帐内的蛮将们齐齐答应一声，快步向外走去。

只顷刻之间，蛮军大营就如同炸了锅似的，号角声四起，到处都有蛮兵收拢营帐的忙碌身影。

一万多人的蛮军，在听闻歇桑被杀的消息后，无不义愤填膺，抱着要血洗汉中城的心理，开始向汉中城方向进军。

汉中城内的军民还不知道，一场巨大的浩劫正在向他们逼近。

只不过令人意想不到的是，这场浩劫才刚刚酝酿出来，就在半路上突然夭折了。

以歇图为首的蛮军浩浩荡荡地直扑汉中城，队伍正往前走着，人们突然听到远方传来轰隆隆的闷雷声。

蛮军将士不约而同地抬头望了望天空，以为要下雨了，可天上晴空万里，一点乌云都没有，这样的天气也不像是要下雨的样子。

歇图自然也听到了闷雷之声，他皱了皱眉，下令全军停止前进。

他从马车里走出来，先是举目望眼天空，然后侧着耳朵仔细聆听。

过了片刻，他打了个冷战，急声说道："不对！是有大队骑兵在向我们靠近！"

他话音刚落，一名蛮兵从队伍后方急匆匆地奔跑过来，到了歇图近前，急声说道："将军，大事不好，我军后方出现敌军！"

歇图以及周围的蛮将们脸色同是一变，前者急忙追问道："来敌有多少人？"

那名蛮兵说道："距离太远，小人看不清楚，不过听声音，敌军的数量不少！"

歇图琢磨了片刻，大声喊喝道："后队变前队，全军迎战！"说着话，他跳上一匹战马，带着周围的一干蛮军将领，急匆匆向队伍后方而去。

在歇图的命令下，蛮军的队伍来了个大调转，后队已然变成了前队。

歇图带着手下人，从蛮军的队伍当中走出来，举目向前观望，的确，来敌距离他们太远，看不清楚对方有多少兵马，但恐怖的是，前方的地平线上扬起一面好长好高好宽的尘土，远远望去，好似一大团的沙尘暴正在迎面刮来。

凝视片刻，歇图眉头紧锁，他眼珠转了转，侧头喝道："把那些汉人俘虏都给我带过来，让他们站在我军阵前！"

蛮军在岚镇抓了一千多名当地的百姓，他们并没有直接杀掉这些百姓，而是打算在进攻汉中城的时候，拿这些汉人百姓充当己方的肉盾，抵御城头上守军的箭。

结果现在后方突然出现敌情，歇图不敢掉以轻心，决定把己方俘虏的汉人百姓们先用上。

时间不长，千余名汉人百姓被蛮军从队伍当中推了出来，让他们站在己方阵列的最前面，一字排开，组成一面肉墙。

千余名百姓，有男有女，有老有少，人们站在蛮军阵列前方，一个个都是脸色煞白，身子哆嗦个不停。

歇图巡视了一圈，嘴角勾起，冷哼一声，说道："如果来者真是敌军，他们在和我军交战之前，就得先从这些汉人的尸体上踏过去！"

他这一招可够毒的，用无辜的百姓做肉盾，这会给对方的士气造成极大的打击。

这时候，远处的"沙尘暴"已越来越近，轰隆隆的闷雷声已越来越响亮，人们甚至感觉自己脚下的地面都在震颤。

无论是歇图，还是其他的蛮军将领，胯下的战马都开始不安分起来，或是一阵阵地嘶鸣，或是用马蹄不断地刨着地面，还有的战马在原地直打转。

望着那面铺天盖地而来的"沙尘暴"，歇图吞了口唾沫，拨转马头，退回到己方阵列当中。其他的蛮军诸将也不敢继续站在队列前，跟随着歇图纷纷退回到本阵。

随着"沙尘暴"的不断接近，那股冲面而来的杀气和压迫感，让人们浑身的汗毛都竖立起来，即便是久经沙场、骁勇善战的蛮军将士，这时候心都提到了嗓子眼，一个个不由自主地吞着口水，擦着掌心里冒出的冷汗。

歇图高声喊喝道："弓箭手，准备放箭！"

随着他的话音，蛮军中的弓箭手纷纷走出队列，在本阵前站了好长一排。人们拈弓搭箭，箭矢齐齐对准前方。

"沙尘暴"更近，距离他们已不足两百步远。

这时候，人们已都能清晰地看到，那根本不是沙尘暴，而是一大队的骑兵，至于这队骑兵总共有多少人，完全看不清楚，铺天盖地，无边无沿，沙尘暴正是骑兵队伍在全速奔跑时扬起的尘土。

定睛细看这支骑兵，人们都是清一色的钢盔钢甲，盔甲上涂着黑漆，头盔的顶端飘扬着红缨。

站于蛮军队列前的百姓们第一时间辨认出来，有些人喜出望外地大声叫道："是京师军！京师军来救我们了！"

很多百姓见来者是京师军，不管不顾地向前跑去，可惜他们还没跑出几步，便被后面蛮军弓箭手无情地射杀在地。

说实话，歇图以前也没见到过这么多的骑兵，更没有和这么多的骑兵对战过，要说心里不怕，那是不可能的。

可是现在再想选择撤退，肯定是来不及了，己方兵卒的两条腿，不可能跑得过战马的四蹄。

歇图深吸口气，眼瞅着对面的骑兵已距离他们不足百步之远，歇图缓缓抬起手来，在空中停顿了片刻，猛然向前一挥，大声喊喝道："放箭——"

他的一声令下，蛮军弓箭手们齐齐把箭矢射了出去。

嗡——

一大面的箭阵在蛮军阵列当中腾空而起。

只见一根根黑色的箭矢挂着呼啸的劲风，飞到空中，又在空中画出一道道美妙的弧线，然后向下急坠。

箭矢一根接着一根地射进骑兵队伍当中，有些箭矢射空，钉在地上，有些箭矢射中骑兵身上的盔甲，叮当作响，还有些箭矢射中了骑兵的战马，马儿向前翻滚，马上的兵卒也被摔出去多远，摔倒的兵卒都来不及从地上爬起，便被身后冲上来的马队践踏过去，活生生地踩成了肉泥。

蛮军的箭阵不可谓不犀利，但对冲锋的骑兵而言，效果有限。

其一是骑兵的数量太多，当真是扯地连天，一眼望不到边际；其二，骑兵的盔甲太精良，如果箭矢不是恰巧射到甲片之间的缝隙，根本就射不透骑兵身上的铠甲。

蛮军的箭阵一轮接着一轮地射入骑兵队伍当中，冲锋的骑兵也时不时地有人连人带马地摔倒在地，但这等力度的攻击，完全阻挡不住骑兵的冲锋。

很快，双方之间的距离已只剩下五十步远，这时候，骑兵们纷纷将身后背着的弩箭摘了下来，拉动弩弦，将弩箭放于弩槽上。

眼瞅着京师军的骑兵距离自己只剩下几十步远，百姓们完全不管背后的蛮军了，人们像发了疯似的向前方的骑兵奔跑过去，边跑边大声叫喊道："军爷，我们是岚镇百姓，我们都是岚镇的百姓……"

岚镇的百姓们以为自己看到了救星，可是他们错了，迎接他们的不是己国大军的救援，而是血腥的屠杀。

骑兵们纷纷扣动弩机悬刀（扳机），只听啪、啪、啪、啪，弩射出弩箭的声响连成了一片。

可怜这些岚镇的百姓们，人们的脸上还带着劫后余生的惊喜和激动，但身子却被扑面而来的弩箭钉成了刺猬。

看着前方的百姓一排接着一排地被骑兵射杀，后面的百姓们连声大喊道："我们不是蛮人，我们是岚镇的百姓，我们都是岚镇的百姓啊……"

没有人听他们的，骑兵的弩箭是一排接着一排地向前飞射。千余名百姓，真正死在蛮军手里的，恐怕连一百人都不到，余下的人，基本都死在骑兵的弩箭之下。

细看地上的尸体，人们身上都是中了十几甚至几十箭，活像刺猬一般，其状惨不忍睹。

这支骑兵不分敌我的杀戮，连蛮军都被深深地震撼到了。他们固然凶残，但还不至于屠杀自己的族人，而眼前的这支骑兵，简直就像从地狱里奔跑出来的妖魔，要吞噬世间的一切生灵。

看着疾速逼近过来的骑兵，前方的蛮军弓箭手们大口大口喘着粗气，不由自主地连连后退。

后方的蛮兵快步上前，在阵营的最前面，用藤盾组成一大面的盾墙，想以此来阻挡迎面而来的骑兵。

天真！

骑戟之下，众生平等！

蛮军以为用藤盾组成的盾墙就能挡住骑兵的冲锋，太天真了！

如果说古代的弓箭手就如同现代军队的特种兵，那么古代的骑兵就如同现代部队的装甲军团。

在平原战场上，在正面交锋的情况下，骑兵完全是碾压步兵的存在。

那些没有被骑兵弩箭射死的百姓们，哪里还敢继续往前跑，纷纷调头往蛮军的阵营跑。但他们跑不进去，蛮军的藤盾完全把他们阻挡在阵营之外。

第四十七章
骑枪之下

百姓们哭喊着死命地拍打着藤盾,希望蛮军能让自己进去,可根本没人搭理他们。

就在他们向蛮军苦苦哀求的时候,背后的骑兵已然到了近前。

骑兵们早已收起弩箭,从战马的得胜钩上摘下长戟,一根根的长戟探出马头,仿佛一根根的离弦之箭。

噗、噗、噗——

长戟先是贯穿蛮军阵营前百姓们的身体,然后直接击穿了藤盾,又贯穿藤盾后的蛮军。在战马惯性的冲击下,骑兵一戟刺穿,往往是连续贯穿两三人的身体。

轰隆!轰隆!轰隆——

战马一匹接着一匹地撞在盾墙上,冲锋的骑兵固然是连人带马地倒地,而对面的蛮军,则是人盾俱碎,甚至有些蛮兵都被撞飞出去多远。

骑兵的马速太快,手中的长戟贯穿敌人的身体后,完全来不及再往外拔,骑兵第一时间丢弃长戟,抽出肋下的佩刀,砍杀周围的蛮军。

交战当中可以看得出来,这支骑兵训练有素,经验丰富,而且装备精良,除了弩箭和长戟外,他们的佩刀也不同寻常。

他们所用的战刀,正是汉刀,也就是环首刀。一米多长,刀身笔直,环首刀也正是唐刀和日本武士刀的鼻祖。

当时的汉刀已经是由精钢打造而成,标准工艺是"卅湅",也就是要经过三十次的锤炼,另外刀刃还采用了当时最为先进的"淬火"

工艺。

这样的汉刀，劈人真就如同切菜一般。蛮军身上的兽皮乃至皮革甲、藤甲，在汉刀面前和纸糊的没什么两样。

双方的交战，骑兵冲阵不是把蛮军的方阵冲开了几个口子，而是如同推土机一般，全面碾压过去。

蛮军布下的盾阵，看似坚固，可在精锐骑兵面前，完全是不堪一击，被碾压个粉碎。

骑兵杀入蛮军阵营当中，简直如入无人之境，见人就砍，逢人就杀，光是被战马活生生踩死的蛮军就已不计其数。

歇族的猛将不少，如沙利能、栾提顿、烧戈等人。

但即便是他们，也同样抵挡不住人山人海的骑兵。沙利能在打倒数十骑之后，自己的身上也插满了弩箭，魁梧的身躯轰然倒地，被随后冲上来的骑兵踏成肉泥。

栾提顿和烧戈等人也都负了伤，无力与骑兵力战，纷纷撤回到歇图近前，他们急声叫道："将军，我们遇到的是汉人的主力骑兵，已经挡不住了，赶快撤吧！"

歇图环顾四周，只见对方的骑兵在己方的阵营里，横冲直撞，锐不可当，有些骑兵都已经是透阵而过，从己方阵营的阵尾又折返回来，继续冲杀。

己方的阵营，已经没有阵型可言，被骑兵冲击成了一盘散沙，到处都能看到惊慌失措的兵卒，到处都有己方族人的尸体，这哪里还是交战，完全是一边倒的屠杀。

歇图慢慢闭上眼睛，眼泪禁不住滴落下来，他仰面朝天，突然抽出肋下的佩刀，猛然横在自己的脖颈上。

见状，周围的众人皆吓得惊呼出声，人们齐齐伸手，死死拉住歇图，急声说道："将军，你不能寻短见！"

"我们歇族不能没有族长啊！"

"如果将军你死了，今日之仇，谁还能帮我们报？"

歇图并没有真的要寻死，只是做做样子罢了。歇桑死了，他还没有正式接任族长的位置呢，就遭遇到这样的惨败，人们对于他的能力必然会有所怀疑，他的寻死其实是以退为进，拉拢人心之举。

他环视在场众人，哀叹道："当初我率两万族人出征，现在又怎能独自逃生？"

"将军，留得青山在，不怕没柴烧！今日之仇，我们来日再报！"烧戈拉着歇图的胳膊，急声说道，"快走！再不走，就真来不及了！"

他话音未落，一队骑兵已向他们这边冲杀过来。

人未到，弩箭先至，歇图周围的护卫们立刻在他身边围成了人墙，噗噗噗，数十支飞射过来的弩箭把几名护卫当场射成了刺猬。

栾提顿大吼一声："你们保护将军先走，我来断后！"说着话，他拨转马头，带着十数名护卫向迎面而来那队骑兵冲杀过去。

说时迟，那时快，只眨眼的工夫，双方便接触到一起。

沙！

一支长戟恶狠狠地向栾提顿的前胸刺来。栾提顿身子向旁一歪，将刺来的长戟闪躲开，当双方战马交错之际，他一刀横扫出去。

噗！

刀锋劈开骑兵肋下的铠甲，一道血箭喷射出来。那名骑兵惨叫一声，栽下战马。栾提顿手持两把弯刀，双脚一夹马腹，马儿长嘶一声，直接冲入骑兵的队伍当中。

双方的战马逆向奔驰，两边不时有长戟向栾提顿猛刺过来。栾提顿不愧是歇族猛将，双刀挥舞开来，上下翻飞，不仅将刺向他的长戟全部挡开，从他身边掠过的骑兵也不时被他的弯刀斩落于马下。

栾提顿一口气向前突进了数十米，砍杀骑兵二十余人。在他的身后，倒下一列尸体。

就在栾提顿大开杀戒，杀红了眼的时候，有两匹战马从他的两侧同时掠过，马上的骑兵各抓着铁链的一头。

栾提顿只注意马上的敌人，没有注意到横着拖来的铁链。战马的两条前腿被这条铁链绊了个正着。

耳轮中就听轰隆一声，栾提顿的胯下马大头朝下仆倒在地，坐在马上的栾提顿，向前飞扑出去五六米远才摔落在地。

栾提顿咆哮着从地上蹦起来，再看他，浑身上下全是尘土，和个土人似的。

嗖嗖嗖！

骑兵的弩箭向他集中飞射过来，栾提顿挥舞双刀，格挡弩箭，叮叮当当，铁器的碰撞声不绝于耳。

栾提顿是人，不是神，是人就有力气耗尽的时候，而骑兵的弩箭则好像永无止境似的。

时间不长，栾提顿的刀只稍慢了半拍，他的大腿和小腹便各中了一箭。栾提顿大吼着将倒在地上已然站不起来的战马提起，用战马的身躯抵挡前方射来的弩箭。

就在栾提顿苦苦支撑的时候，一名骑兵向他直奔过来，刺出的长戟避开战马的尸体，戟头径直地插入他的左肩。

栾提顿闷哼一声，扔掉马尸，双手抓住那根长戟，断喝一声，将战马上的骑兵硬生生掀了下来。

扑通！

骑兵的身躯重重摔落在地，栾提顿将肩头的长戟拔下来，一戟刺穿了那名骑兵的脖颈。

他还没缓过这口气，又一名骑兵冲到他的近前，他把长戟当成棍子来用，一戟杆横扫在栾提顿的脑门上。

啪！

栾提顿庞大的身躯向后踉跄出四五步，才勉强把身子稳住，顿时间，他的脑门血流如注，他的眼前也是一片金星。

噗、噗、噗！只一瞬间，至少有三十支弩箭齐齐钉在他的身上。

栾提顿的身躯好似刺猬似的，插满了箭矢。他嘶吼着向前踉跄了几步，结果第二轮的弩箭又到了。这一拨的弩箭，让栾提顿的身躯变得体无完肤。

他双膝一软，跪坐在地。直到死，他的身躯都没有倒下。

一名骑兵手持汉刀，策马从他身边跑过时，顺势一刀斩下，咔嚓，跪地的尸体人头掉落，鲜红的血水喷出好高。

蛮军遭遇的这支骑兵，正是由廉丹亲自率领的京师军的主力骑兵，足足有一万骑之多。

315

一万骑兵对阵一万步兵，别说蛮军还不太会排兵布阵，即便他们精于布阵，这场仗也不会有任何悬念，只能是一边倒的碾压。

双方的战力相差太过悬殊，已经不是靠布阵所能弥补的了。

廉丹的人品虽然不怎么样，但他的确很会用兵。

人人都以为京师军的主力正在益州的南方作战，谁都没想到，廉丹竟然带着一万骑兵，神不知鬼不觉地折回到益州北部的汉中，杀了蛮军一个措手不及。

这一场狭路相逢的短兵交接，一万多蛮军连点反抗之力都没有，几乎是被廉丹一战全歼，最终逃掉的，只有歇图和百余名心腹和护卫。

这场仗，也让歇图等人真正见识到了汉人正规军的真实战斗力，以前与他们交锋的，只是地方军和义军，与京师军相比，那些军队用乌合之众来形容毫不为过。

等到战斗全部结束，再看战场上，尸横遍野，目光所及之处，大多都是蛮军的尸体，当然了，其中还有那一千多岚镇百姓的尸体。

廉丹指挥下的军队，其凶残的程度与蛮军相比也不遑多让。

只要是廉丹的军队和蛮军打起来，无论在哪，当地的百姓全都跟着遭殃。

廉丹的手下人，根本不管你是蛮人还是汉人，见人就杀，杀完之后就切下人头，拿去领赏。

严格来说，在益州这里，死在廉丹手里的汉人百姓，并不比死在蛮人手里的百姓少多少。

平时他的作风就是这样，现在岚镇百姓和蛮军混在一起，他们还能心慈手软？

在清理战场的时候，蛮军抢来的那些金银珠宝自然都落入廉丹的口袋里，至于战场上的尸体，一律砍下头颅，装上马车，余下的部分，便暴尸荒野了。

一仗打下来，光是用来装载人头的马车，就足足有二十多辆。

与毙敌万余众相比，廉丹手下的骑兵才折损数百人而已。此战可谓大获全胜。廉丹没有在此地多做停留，大手一挥，全军继续向汉中城进发。

廉丹率军进入汉中,并全歼了蛮军主力,消息很快也传进了汉中城。

原本已做好准备,要与蛮军打场血战的刘縯、刘秀、冯异等人都有些反应不过来。他们问回来报信的探子道:"一万多蛮军都死了?"

那名探子激动得连连点头,说道:"都死了!光是蛮军的人头就装了二十多辆车,现在廉将军正率领大军,向汉中城进发呢!"

刘縯吞了口唾沫,问道:"廉丹……廉将军带了多少兵马?"

"看起来有一万骑!"

"伤亡多少?"

"呃,几乎没有伤亡。"

"……"刘縯默然,禁不住暗暗苦笑。

谁能想到,在汉中郡无人能敌,几乎把己方逼入绝境的蛮军,在廉丹一部面前,竟然如此地不堪一击。

第四十八章
刺客突现

一万多蛮军，被廉丹杀了个全军覆没，而且廉丹一部的人数还没有蛮军多。

可怕！刘缜心中感叹，廉丹麾下的军队，着实让人觉得恐怖啊！

当廉丹率领的手下骑兵，来到汉中城的时候，城门已然打开，以王珣为首的郡府官员，包括刘秀、刘缜、冯异等人在内的迎接队伍，都已在城外等候多时了。

看到走在队伍最前面，骑着高头大马，左右跟随众多将领和护卫的廉丹，王珣整了整自己身上的头冠和官袍，然后一溜小跑地迎上前去，拱手施礼，说道："下官王珣，参见廉将军！"

廉丹端坐在战马上，居高临下地看着正躬身施礼的王珣。廉丹和王珣不是初次见面，两人认识好多年了。廉丹在被王莽调到京城之前，担任的是益州牧。

州牧可不是个小官，王莽称帝后，把刺史改名为州牧，职权大了很多，不仅负责监察整个州的官员，而且掌管着整个州的军事大权，堪称是封疆大吏。

若放到现在，其职务相当于军区司令员，外加兼任几个省的第一行政长官。

由于是廉丹的老部下，王珣自然清楚他的脾气，在廉丹面前表现得毕恭毕敬，丝毫不敢怠慢。

他躬着身子，久久没听到廉丹说话，王珣的冷汗冒了出来，心里也是七上八下。

不知过了多久，他才听到头顶上方传来嗯的一声。他正要直起身形，就听廉丹说道："王大人，听说蛮人差点攻陷了汉中郡城？"

王珣激灵灵打个冷战，双腿一软，噗通一声跪到地上，急忙向前叩首。

廉丹冷笑一声，慢悠悠地问道："难道你不知道汉中郡城对于我军的重要性吗？你竟然差点把汉中郡城给我丢了！"

王珣撅着屁股，脑门贴在地上，颤声说道："廉将军有所不知，郡城之所以被困，皆因都尉唐珩之过！唐珩立功心切，犯下冒进之错，在乾尤山惨遭蛮军的埋伏，导致郡军一万多将士全军覆没。若非唐珩失职，郡城不会到无兵可用的地步，更不至于被蛮人打得数次向廉将军求援啊！"

汉中郡的都尉唐珩，当年还是廉丹一手提拔起来的。他眯缝着眼睛，问道："唐珩现在哪里？"

王珣忙道："廉将军，唐珩……已于乾尤山战死了……"

"本帅问的是他的遗体在哪！"廉丹早已听闻唐珩战死的消息。

"已被送回到唐府。"

"哦！"廉丹先应了一声，而后轻轻叹了口气，幽幽说道，"唐珩自幼便熟读兵书，颇具将才，奈何性情太过刚愎自用，倘若他身边能有贤良之士辅佐，也就不会有今日之劫了。"

言下之意，他提拔起来的唐珩并不是个没有能力的人，只因无人辅佐，才会败在蛮人的手里。他这么说，等于是把自己从识人不明的责任里择了出去。

王珣可是官场的老油条，一听廉丹的话锋，他立刻明白了廉丹的心思。他带着哭腔，哽咽着说道："唐大人犯下轻敌冒进之错，最终惨死在蛮人手里，下官也有失职之处，倘若下官能早点看出蛮人的诡计，提醒唐大人，也就……也就不会发生此等祸事了！还请廉将军责罚下官！"说着话，王珣再次向前叩首。

呵呵，王珣这个人还和以前一样，蛮上道的嘛！廉丹阴冷的脸色缓和了一些，挥手说道："行了，王珣，你起来说话吧。"

"谢廉将军！下官多谢廉将军不罚之恩！"王珣颤巍巍地从地上站

起,而后向旁走了两步,欠身说道:"廉将军,下官已经准备好了马车,请将军乘车入城。"

一路狂奔到汉中,廉丹也的确是累了,他点点头,跳下战马,坐进王珣安排的马车里,而后,王珣也急忙跟着坐了进去。

刘秀、刘縯、冯异等人也都在迎接廉丹的队伍当中,不过廉丹根本没往他们这边走,更谈不上说话了。

看着廉丹坐进马车里,刘秀在心里暗暗嘀咕:原来这位就是大名鼎鼎的更始将军,廉丹!

廉丹的年纪不算大,四十出头,身材高大魁梧,略微有些发福。

相貌一般,短眉毛,小眼睛,塌塌鼻,大嘴岔,满脸的络腮胡须。由于出身于秦地的关系,廉丹的身上带着一股子彪悍之气。

以前刘秀听过不少关于廉丹的传言,总结起来主要就两点,一是善战,二是残暴。今日他总算是见到廉丹本人了。

刘縯则是对廉丹的傲慢愤愤不平。

郡城能够守下来,和王珣没多大的关系,完全是他们这些义军在和蛮人拼命,结果廉丹到了之后,没和他们说上一句话,甚至都没看他们一眼,完全当他们义军不存在。

冯异听到了刘縯的低哼声,他意味深长地提醒道:"伯升,廉丹的心胸比王珣还要小!"

但他的权力可比王珣大百倍,所以千万不能在廉丹面前流露出任何不满的情绪,一旦被廉丹嫉恨上,肯定没有好果子吃。

刘縯能听出冯异的话外之音,他深吸口气,握起的拳头也慢慢松开了。

随着马车进城,刘秀、刘縯等人跟在马车的后面,也纷纷往城里走。

城内,街道的两旁站满了围观的百姓,看到廉丹和王珣所乘的马车,人们交头接耳,窃窃私语。

马车里,廉丹盘膝而坐。王珣坐在他的下手边,小心翼翼地倒了一杯茶,递到廉丹面前,献媚地笑道:"将军,这是今年上好的蒙山甘露!"

蒙山甘露产于益州，只不过流落民间的不多，大多都要进贡给皇帝饮用。

廉丹接过茶杯，吹了吹茶沫，慢慢喝了一口，而后舒适地叹了口气，笑道："还是益州的茶好喝啊！"

"是是是，如果将军喜欢，下官这里还备了不少呢！"王珣满脸堆笑地说道。

廉丹放下茶杯，看向王珣，慢悠悠地问道："听说，是义军挡住的蛮人，守下了汉中郡城？"

"呃……"王珣脸色难看，支吾了片刻，他还是无奈地垂首说道，"是……是这样的，将军。"

身为太守，守城本是他的职责，可事实上，这几天的守城之战，他的确没有上过战场，全靠义军和城中百姓在城头上和蛮人拼命，他只是坐享其成罢了。

若是在旁人面前，他或许还能把自己的作为夸大一番，但在廉丹面前，他没这个胆量，只能实话实说。

廉丹白了他一眼，说道："守城之功你都把握不住，竟然让给了无用的义军。"

王珣的头垂得更低，小声说道："还望将军恕罪。"

"随便找个由头，把城内的义军都打发了吧，如此一来，在呈报陛下的奏疏里，就没人和你争功了。"廉丹慢条斯理地说道。

汉中郡城之战，两万蛮军全军覆没，这个功劳可不小，其中大半的功劳自然是在廉丹身上，毕竟他的及时回救，歼灭了蛮军主力，而剩下的这部分功劳，他可不愿意与义军分享。

王珣眼珠转了转，心思一动，面露喜色地说道："将军的意思是，下官当找个合适的机会，把剩下的这些义军都……"说着话，他抬手做了个横切的手势。

廉丹打了个呵欠，说道："主意，本帅是帮你想好了，至于该怎么去做，你自己看着办吧，不用来询问本帅。"

"是是是，下官多谢将军提携！多谢将军提携！"说着话，王珣连连向廉丹叩首。

廉丹嘴角勾起，淡然一笑，重新拿起茶杯，慢悠悠地喝起茶水。

马车正往前走着，突然之间，道路两侧的屋顶上站起数名蒙面人，他们穿着普通百姓的服饰，与常人无异，只不过脸上都蒙着灰色的布巾，在他们手里，端着的都是弩。

数名黑衣人一同向马车射出弩箭。

嗖、嗖、嗖！

箭矢由屋顶上飞射下来，纷纷钉在马车的车板上，发出一连串啪啪啪啪的声响，车板应声而破，弩箭直接射入车厢里。

汉弩的技术已经非常成熟，由一石到六石不等。

一石为一百二十斤。一石弩的威力就已经很大了，像六石弩，那已经属于攻城弩的范畴，能够击穿箭垛，单靠人力拉不开，需要大型的专用器具辅佐。

汉军单兵用的大黄弩，有效射程可达到四百米，换算成步的话，接近三百步远。而弓箭的射程通常是一百步，可以说弩的射程将近弓的三倍。

在战场上弩之所为无法完全取代弓，主要是弩存在一个致命的弱点，就是弩箭的箭尾无羽或者是双羽，在空中飞行时会产生飘移，距离越远，偏差就越大，就稳定性而言，它远远不如弓箭。

就远距离的精准杀伤力而言，弩箭的确不如弓箭，但在近距离的时候，弩箭的优势要远远大于弓箭，这也是汉军大规模装备弩箭的原因。

此时，从屋顶射下来的弩箭，轻而易举地击穿了马车的木板，直接射入车内。

廉丹毕竟是武将，而且还是位久经沙场的老将，听闻动静不对，他第一时间卧倒在车内，顺带着，将同在车里的王珣拉倒在自己身上。

这一轮突如其来的弩箭，把现场的众人都惊呆吓傻了，紧接着，第二轮弩箭又飞射下来，依旧全部射进马车的车厢里。

这一下，廉丹麾下的骑兵们先反应过来，数十名骑兵催马上前，把马车围了一圈，将马车团团护住，与此同时，人们纷纷高声喊喝道："有刺客！捉拿刺客——"

当屋顶上的蒙面人想再次射出弩箭的时候,街道上的骑兵们已都纷纷端起弩,向他们射出弩箭。

有三名蒙面人闪躲不及,被弩箭射中,惨叫着从屋顶上翻滚下来,摔落在地。

第四十九章
捉拿刺客

余下的几名蒙面人意识到没有再出手的机会,纷纷从屋顶的另一侧跳下去,落进小巷子里,拔腿就跑。

呼!

马车的车帘撩开,有一人从里面跳了出来。周围的众人定睛一看,跳出来的这位,正是更始将军廉丹。

只见廉丹的脸上、身上都是血,双目通红,须发皆张,其状好似厉鬼一般。

"将军——"周围的军兵们吓得纷纷惊呼出声。

廉丹脸色阴沉得快要滴出水来,他冲着周围众人喝道:"我没事!给我拿下刺客,不可放跑一人!"

人们仔细打量廉丹,他身上虽有血迹,但却没有伤口,转目向车厢一瞧,里面还躺着一位——王珣。

恐怖的是,在王珣的背上,钉着十多根弩箭,其力道之大,弩箭的箭身过半都没入他的身体里,险些把他的身子射穿,他人趴在车里,已然是一动不动,地上扩散了好大一摊的血迹。

人们愣了片刻,然后齐齐喊喝道:"捉拿刺客,不可放跑一人!捉拿刺客——"

此时的现场,已经乱成了一团,原本看热闹的百姓们,抱着脑袋,四处逃窜,骑兵们连连叫嚷,催促着战马,横冲直撞。

刘秀和刘縯、冯异等人互相看了看,不约而同地抽出肋下佩剑,跟着官兵们一起大喊道:"捉拿刺客——"

他们根本搞不明白是怎么回事，但在这种情况下，哪怕是为了避嫌，他们也得装装样子，做出一副同仇敌忾的样子。

刘秀等人分开惊慌失措的人群，顺着路边的一条小巷子跑了进去。一边往前跑着，刘縯狐疑地问道："是什么人刺杀廉丹？"

盖延眉头紧锁，嘀咕道："该不会是有蛮人混入城中了吧？"

听闻这话，众人心头同是一沉，下意识地加快了步伐。

他们正往前跑着，后面传来急促的马蹄声。停下脚步回头一看，只见一队骑兵也冲进了小巷子里。

刘秀等人纷纷向旁退让，给骑兵让开通道。

当骑兵跑到他们面前的时候，带队的一名队率手指前方右侧的路口，大声喊喝道："你等义军向右侧路口包抄，一旦发现刺客，可大声呼叫！"

"是！"见大哥等人没有搭话的意思，刘秀应了一声。

那名率队没时间和他们啰嗦，带着手下的数十骑冲到前方的十字路口，进入左手边的巷子。

刘秀等人按照那名队率的指示，进入右边的巷子。

冯异说道："廉丹和王珣一同坐的马车，可是刚才，只有廉丹一人出来了。"

刘縯眼眸一闪，小声问道："王珣十之八九是被乱箭射死了？"

冯异没有接话，只点了下头。

刘縯眨了眨眼睛，哼笑出声，说道："不管刺客是不是蛮子，杀了王珣，这也算为民除害了吧？"

在刘縯的心目当中，王珣就是个彻头彻尾的昏官，他也不配做汉中郡的太守，如果王珣真被刺客射杀了，这对于汉中百姓而言，倒是一件喜事。

冯异向四周环视一眼，好在周围没有外人，他低声提醒道："伯升兄慎言！"

他们正往前跑着，忽见前方突然出现三条人影，仿佛离弦之箭似的，横穿小巷子，直奔东面跑去。

刘秀等人先是一怔，紧接着异口同声道："是刺客！"说话之间，众人铆足了全力，向前追了出去。

冯异问道："要不要呼叫骑兵？"

盖延张开嘴巴，正要扯开大嗓门喊叫，刘縯拉了一下他的胳膊，说道："骑兵来了，我们什么功劳都没有了！"

冯异正色说道："这些刺客的身手都不简单，单凭我们这几人，只怕未必能擒得下他们！"

刘縯说道："若能擒下他们，说明是我们的运气好，未能擒下他们，我们也没什么损失，为廉丹做事，又何必太认真？"说完话，他特意深深看了眼冯异和盖延。

他身边的刘秀、龙渊、张平、朱云、李通、李轶等人，要么是亲信，要么也都是经过考验，可以信赖的，只有冯异和盖延算是"外人"。

他说出这番话，也是在试探这两人到底值不值得信任。

刘秀对盖延有救命之恩，自打从乾尤山回到郡城，盖延受到王珣的处分，官职被罢免，之后他便一直跟在刘秀左右，与他形影不离，两人的交情也越来越深厚。

听闻刘縯的话，盖延琢磨了片刻，大点其头，觉得刘縯言之有理，廉丹处事不公，令人寒心，对这样的人，又何必太尽心尽力呢？

冯异则是面无表情，对于刘縯的这番话，他既没有表示赞同，也没有表示反对，当然，他也没有大声叫嚷，把骑兵吸引到他们这边来。

众人听从了刘縯的意见，没有呼叫骑兵，只他们这十来个人去追拿三名刺客。

他们追得紧，很快，跑在前面的三名刺客也察觉到了他们。

正往前飞奔的三名刺客突然扭转回身，他们手中，各端着一把弩。

刘秀眼睛尖得很，看到对方端出弩，他大喊道："小心弩箭！"说话之间，他身形急急向旁闪躲。其余众人的反应也不慢，纷纷向两旁避让。

嗖、嗖、嗖！

三支弩箭从众人的头顶上方飞射过去，人们都清楚地感觉到，一股劲风从自己头上刮过。

刘縯下意识地摸了摸自己的头顶，暗道一声好险，他深吸口气，继续向前追了出去。

前方又是一个十字路口。

那三名刺客突然分散开来，各自跑进一个路口里。

刘縯见状，正要说话，刘秀抢先说道："忠伯、巨卿，你俩跟我去追正前方的那个！大哥，另外的两个交给你们了！"

龙渊和盖延双双答应一声。

刘縯本不放心刘秀，但这个时候也没时间争论了。他带着张平和朱云去追左边的刺客，冯异带着李通、李轶等人去追右边的刺客。

且说刘秀，他带着龙渊和盖延，一路向前飞奔，与前方刺客的距离越来越近。

现在，连龙渊都被刘秀的脚力吓了一跳，他已经使出了全力，可刘秀还始终跑在他的前面，与他的距离一直保持在两米左右。

更令他震惊的是，他此时已无力说话，而刘秀却很轻松，还有余力向前面那位正狂奔的刺客喊话："你要是蛮子，你就认命吧，这次你已是插翅难飞，你要不是蛮子，我们还有的商量！"

很显然，此时的刘秀并没有使出全力。

虽说士别三日当刮目相看，可刘秀在乾尤山只失踪了四天而已，仅仅四天的时间，就能让人发生如此天翻地覆的变化？这也太不可思议了！

龙渊百思不得其解。

前方逃跑中的刺客，回答刘秀的是转身的一弩。

嗖！弩箭的速度太快了，瞬间就飞射到刘秀近前。由于对方是在奔跑，弩箭已没有准头可言，即便刘秀不闪躲，这一箭也射不到他的身上。

不过刘秀倒是想试试弩箭的威力到底有多大。当弩箭要从他身边掠过的时候，他出手如电，一把将弩箭的箭身抓住。

那一刹那，刘秀感觉自己抓住的不像是一支弩箭，正像是一头发疯的蛮牛。

他往前奔跑的身形不由自主地倒退了两步，紧接着一屁股坐到地上。

不过再看他的手里，正紧紧抓着一支弩箭。此情此景，别说龙渊和盖延惊呆了，就连射出弩箭的那名刺客眼中都闪过一抹惊骇之色。

在这么近的情况之下，弩箭的威力都能射穿一寸半厚（三厘米）的车板，而刘秀竟然徒手将弩箭抓住了，这得需要多快的眼力和反应，得需要多大的手劲？

那名刺客看罢，跑得更快了。龙渊和盖延抢步来到刘秀近前，伸手把他从地上拉起，异口同声地问道："文叔，你没事吧？"

刘秀张开手，将弩箭扔掉，他白皙的掌心里，留下两条红色的印记，火辣辣地疼痛。他不以为意地搓了搓掌心，向龙渊和盖延一笑，说道："我没事，继续追！"

龙渊和盖延对视一眼，跟着刘秀继续往前跑。

盖延刚认识刘秀没几天，不知道他以前的实力如何，反正他第一次见到刘秀的时候，后者就已经很厉害了，现在，他对刘秀更是佩服得五体投地。

而龙渊则在暗暗咧嘴，他感觉主公现在的实力，恐怕已在自己之上了。当然，这是一件好事，他只是不明白主公为何会发生这么大的变化。

那名刺客身子轻盈，速度也极快，渐渐地，盖延都已跟不上他们的速度，被远远落在后面。

龙渊使出了吃奶的力气，也仅仅是和刺客的速度持平，唯一能拉近双方距离的，只有刘秀。

刘秀这时候才算真正使出了全力，身形好似一道旋风似的，直向前方的那名刺客刮去。

不用回头看，只听声音，刺客便可以判断出来，身后的追兵正在快速接近自己。

刺客往前奔跑的身形稍微顿了顿，紧接着，他转身持弩，对准了刘秀。

刘秀暗道一声不好，身子一扭，不可思议地横滑了出去。不过对方的弩并没有射出弩箭，他手臂向外一挥，将弩甩了出去，直接砸向刘秀。

弩箭那么快的射速，刘秀尚且能抓得住，更何况砸过来的弩。他站起原地，只稍微一抬手，便把刺客砸来的弩轻松接住。

他下意识地低头看了一眼，弩的机身上刻有"钟元二石"四个字。钟元是制造弩的工匠名字，二石是说明此弩的规格。

第五十章
牵扯进来

一石弩很常见，二石弩就属于军用的，寻常百姓根本得不到，得到了也不敢用，一旦被举报，那就是重罪。

弩制作精良，在棱角等容易磨损的部位，都加装上了铁皮，刘秀一看便认了出来，这是京师军的骑兵专用弩。

也就是说刺客拿着廉丹麾下骑兵的弩，差点把廉丹射杀了。这些刺客到底是什么人，怎么会有京师军的骑兵弩？

刘秀对刺客的身份越发的好奇，他加力继续往前追。就在刺客要逃进一条小胡同的时候，刘秀一挥手臂，将肋下的青锋剑投掷出去。

青锋剑在空中打着旋，耳轮中就听咔的一声脆响，青锋剑几乎是贴着刺客的头侧，钉在胡同口的墙壁上，剑身至少刺进去三寸深，剑柄震颤，发出嗡嗡的声响。

那名刺客被这一剑也惊出一身的冷汗，他刚要伸手去抓剑，刘秀已箭步到了他的身后，探出手臂，去抓刺客的后衣领子。

刺客不敢再去拔剑，身子灵巧地向下一低，躲闪过刘秀的抓扯，紧接着他手臂向后一挥，一团白雾向刘秀的面门砸了过来。

他二人的距离极近，好在刘秀向来谨慎，一直提着小心，他第一时间抬起手掌，挡在自己的面前。

啪！打在他手心上的是一团白灰。白灰在他掌心炸开，溅了刘秀一头一脸。他下意识地倒退了两步，同时忍不住连续咳嗽起来。

趁此机会，刺客抽身跑进了胡同里。当刘秀睁开眼睛再找刺客，已然不见了对方的身影。他把钉在墙壁上的青锋剑狠狠拔下来，迈步走进胡同里。

他一边往前走着,一边侧耳倾听,胡同里很安静,鸦雀无声,完全听不到刺客的脚步声,也就是说,要么刺客没有再跑,要么他就是躲了起来。

刘秀提着剑,正一步步往前走的时候,龙渊追了上来,他气喘吁吁地跑到刘秀身旁,小声说道:"主公!刺客呢?"

"就在这条胡同里!"刘秀语气笃定地说道。

龙渊举目向四周环视了一圈,胡同的两边都是高墙,只不过一边高一边矮,但即便是矮的那一边,墙高也有三米左右。

看罢胡同里的环境,龙渊立刻转身,快步退出了胡同,向左右张望。

刘秀停下脚步,不解地看向站在胡同外的龙渊,问道:"忠伯,怎么了?"

龙渊眉头紧锁地说道:"主公,这里好像是……叶府!"

叶府?刘秀愣了一下,紧接着也退出胡同,仔细打量四周,可不是嘛,这里正是叶府后身的小巷子,当初他来叶府的时候,还在这里见过叶清秋。

刺客该不会逃进了叶府吧?刘秀重新回到胡同里,举目望着叶府的高墙,问道:"忠伯,你说,刺客有可能翻过这堵院墙吗?"

龙渊仰头往上望,缓缓摇头,说道:"若无工具,刺客不可能翻过这么高的院墙!"

叶府的院墙,差不多得有四米高,若是没有攀登的工具,除非背生双翼才能翻越过去。

刘秀收回目光,从胡同的这边一直走到胡同的另一边。

他可以肯定,刺客没有跑出这条胡同,而胡同里又十分干净,没有乱七八糟的摆设,更没有能藏人的地方,所以刺客要么逃进了叶府,要么逃到了隔壁的宅子。

他问道:"忠伯,隔壁的宅子是谁家的府邸,你还记得吗?"

"也是叶家的!"龙渊回道。

见刘秀露出惊讶之色,龙渊说道:"其实这半条街的宅子,都是叶家的！"

要不怎么说叶家是汉中的首富呢！刘秀没怎么关注叶家，龙渊倒是在私下里打听了不少关于叶家的信息。

看来刺客一定是逃进了叶家了！刘秀沉吟片刻，甩头说道："走吧，我们得去见见叶公了！"

龙渊小声问道："主公，要不要先知会廉丹的部下？"

刘秀缓缓摇头，说道："若是让廉丹知道刺客逃进叶家，弄不好叶家也要跟着受牵连。"

刺客不跑进张家、李家，怎么就偏偏跑到你叶家去了，无论在叶府能不能搜出刺客，叶家都会惹一身骚，跳进黄河也洗不清。

正如刘縯所说，为廉丹做事，他们并不用那么尽心尽力。

刘秀之所以要去见叶阗，主要是知会叶阗一声，刺客很可能逃进了他的家里，让他安排护院做好巡查，最好能揪出刺客，省得刺客在叶家伤人。

他俩正往小巷子外面走，盖延也终于追了上来，他呼哧呼哧地喘个不停，见到刘秀和龙渊后，四下张望，气喘吁吁地问道："刺客呢？"

刘秀摇摇头，说道："有可能逃进了叶府，我们进去看看。"

他们三人转到叶府的正门前，门口有家丁正在清扫门廊。看到刘秀三人过来，家丁愣了一下，认出刘秀，连忙放下扫把，快步迎上前来，躬身说道："刘公子！"

刘秀向家丁拱了拱手，说道："小哥可否通禀叶公，就说刘秀求见。"

"好好好，刘公子在此稍候，我这就去向老爷禀报！"刘秀没有架子，对谁都很客气，叶家的家丁对他也很有好感。

家丁噔噔噔地跑进了叶府，时间不长，他从门内出来，对刘秀含笑说道："刘公子，我家老爷有请！"

"有劳了。"

"刘公子客气。"

进入叶府的大厅，叶阗正坐在里面喝茶，见到刘秀进来，他站起身形，含笑上前，拱手说道："今天是什么风把文叔吹到寒舍了？"

叶阗已经听闻廉丹抵达郡城的消息，刘秀等义军自然也要去迎接这位更始将军，现在怎么突然跑到自己家来了？

刘秀先是拱手施礼，而后正色说道："叶公，廉将军在进城的时候，遭遇刺客袭击，我等是追踪刺客才来到叶府的！"

叶阇怔住，追踪刺客到的叶府？他狐疑地问道："文叔的意思是，刺客逃进了我叶府？"

刘秀点点头，说道："刺客是逃进叶府侧身的小胡同里突然失踪的，按照我们的判断，刺客要么逃进了叶府，要么逃到了隔壁的宅子，不过据我所知，隔壁的宅子也是在叶家名下，所以，我们才专门来拜访叶公。"

叶阇闻言，眉头紧锁，目不转睛地看着刘秀。

这么大的事，刘秀不可能扯谎，可是刺客怎么会突然跑进自己家中呢？他沉吟了片刻，心头一颤，连忙追问道："文叔，此事你已经向廉将军禀报了？"

刘秀摇头，正色说道："知道刺客逃进叶府的，现在仅限于我们三人，我们也没打算把此事禀报给廉将军，毕竟这种事情很难解释得清楚。"

叶阇暗暗松了口气，刺杀廉丹，堂堂的更始将军，那还了得？无论是谁，只要和这件事扯上关系，到最后都不会有好果子吃。叶阇向刘秀深施一礼，一躬到地，说道："文叔对叶府之恩，叶某没齿难忘！"

刘秀连忙躬身回礼，说道："叶公太客气了。"他直起身形，正色说道，"刺客身手高强，不容小觑，如若真在叶府，叶府上下都有危险，叶公当赶快对全府进行搜查！"

叶阇连连点头，刺客就算在府内不出手伤人，只要他还躲藏在自家，那就是个巨大的隐患，全府上下随时可能受其牵连。他侧头说道："阿福！"

随着他的召唤声，叶家的管家叶福急忙走上前来，毕恭毕敬地说道："家主！"

"府内可有异动？"

叶福摇摇头，说道："家主，府里风平浪静，并无异动！"

叶阇沉声说道："立刻组织家丁护院，对全府进行搜查，记住，不许错过任何一个角落!"

"是!家主!"叶福答应一声,转身正要往外走。这时候,从大厅的里门走出一人,说道:"大人,不用去搜了,文叔所说的刺客,现就在我们府内!"

听闻话音,在场众人脸色同是一变,不约而同地循声看去。只见从里门走出来的这位,正是叶清秋。

叶阗面露不悦地训斥道:"清秋,你胡说什么,这里没你的事,回你的闺阁去!"

叶清秋转头看向刘秀,后者也正一脸吃惊地看着她。

难道,她恰巧遇到了那个刺客?

其实刘秀并不认为刺客会和叶府有关。叶府和廉丹之间没那么深的瓜葛,更没有必要拿叶家上下百余口人的性命做赌注,去刺杀廉丹。这太蠢了,叶阗不可能做出这样的蠢事。

叶清秋与刘秀对视片刻,扭转回头,对里门那边轻声召唤道:"表姐,你出来吧!"

随着她的话音,过了一会儿,从里门又走出一人。这人穿的是男装,但向脸上看,还是能看出她是个面容清秀的年轻女子。

看到她,刘秀和叶阗不约而同地露出惊色。

刘秀第一时间就辨认出来,她就是撒了自己满头满身白灰的刺客。叶阗则下意识地说道:"若妍?你……你什么时候来的郡城?还有,你……怎么这身打扮?"

没等那名清秀女子说话,叶清秋接话道:"大人,表姐就是刚才刺杀廉丹的刺客!"

原本还坐在椅子上的叶阗不由自主地站了起来,难以置信地看着叶清秋,过了好半晌,他方转头看向清秀女子,问道:"若妍你说,这……这到底是怎么回事?"

那名清秀女子垂下头,嗓音沙哑地说道:"姨丈,我是在为我父母亲报仇!"

"什么?"叶阗一脸的茫然。若妍的爹娘是过世了,不过是死于蛮人之手,要报仇,也应该去找蛮子啊,怎么会去刺杀廉丹呢?

第五十一章
再次相助

　　看到父亲的不解，叶清秋解释道："大人，你还不知道吧，竹山的惨案，蛮人只能算是帮凶，真正的杀人凶手其实是廉丹！"

　　竹山是汉中郡的一个小县，人口不多，不足万人，叶清秋的表姐夏若妍一家就住在竹山。

　　当初京师军刚进益州的时候，有蛮军流窜到竹山一带烧杀抢掠，廉丹得知消息后，立刻派人前往竹山剿灭蛮军。

　　这一仗打下来，蛮军是被京师军打跑了，但竹山县的百姓却死了三千余人，几乎整个县城的人都被斩尽杀绝了，其中便包括夏若妍的一家。

　　当时夏若妍恰巧不在竹山，而是在竹溪的外公家，她才算是侥幸逃过一劫。

　　按照京师军的说法，竹山县的百姓都是被蛮军所屠杀，而实际的情况是，被杀的百姓大多是死在京师军的手里。

　　京师军切下被杀百姓的人头，将其充当蛮军的人头，拿去领功、领赏。夏若妍是听闻噩耗，赶回到竹山，才知晓了这些事。

　　其实这种事，在廉丹麾下的军队中实在是屡见不鲜。廉丹的军队，无论在哪打仗，当地的百姓一定会跟着遭殃。

　　视人命如草芥，以滥杀无辜来充当军功，这在廉丹部队中几乎已成为惯例。

　　百姓们畏惧廉丹到了什么程度？人们特意为廉丹作了一首打油诗。

　　——宁逢赤眉，不逢太师；太师尚可，更始杀我。

赤眉是指赤眉军，这是一支因吃不饱饭才揭竿而起的农民起义军，他们是走到哪抢到哪，所过之地，如同蝗虫过境一般。

太师则是指当朝的太师王匡，他是王莽的第六子，为人残暴，无论到哪，都是豪取抢夺，奸淫掳掠，无恶不作。

更始自然就是指廉丹这位更始将军。王匡就够残暴的了，但就残暴程度而言，王匡在廉丹面前都属小巫见大巫。

通过这首打油诗也能看出廉丹平日里的为人如何。

叶清秋把事情的经过仔细讲述了一遍。大厅里静得鸦雀无声，谁都没有立刻说出话来。

像刘秀、龙渊，以前和廉丹根本没有接触过，只听说此人生性残暴，但具体残暴到什么地步，他们也不清楚。现在听闻叶清秋的话，二人的心头都生出丝丝的寒意。

三千多百姓啊，被廉丹的手下说杀就杀了？

夏若妍抬起头来，环视在场的众人，说道："廉丹是杀害我父母、兄弟姐妹的凶手，难道我不该找他报仇吗？"

"……"大厅里静得鸦雀无声，也不知过了多久，叶阗深吸口气，看向叶清秋，问道："清秋，若妍是何时来的郡城？刺杀廉丹的事，你也参与了？"

没等叶清秋回话，夏若妍抢先说道："姨丈，我早就来了郡城，不过清秋并不知道我在郡城，我也没来找过她，刺杀廉丹之事，和清秋无关。"

说着话，她转头看向刘秀三人，说道："你们要抓刺客，就抓我好了，不要因为我的关系，连累到姨丈一家！"

刘秀暗暗苦笑，刺客逃进了叶府，叶家本就脱不开干系了，现在倒好，刺客还是叶家的亲戚，如果说两者之间毫无瓜葛，无论换成谁都不会相信。

这个道理，刘秀明白，叶阗自然也明白。后者打了个冷战，急忙走到刘秀近前，急声说道："文叔，万万不能把若妍交给官府啊！"

夏若妍一人伏诛是小，连累到叶家满门是大啊！

不能说叶阗自私，贪生怕死，身为家主，他理应要为全家人的性命负责。这件事牵扯的可不是一两条人命,而是叶家满门的一两百口人命!

刘秀眨了眨眼睛,心思快速转动着,过了片刻,他面色一正,向叶阗拱手说道:"表小姐到访叶家,是叶家的私事,与刺客无关。"

说着话,他转头看向龙渊和盖延,问道:"忠伯、巨卿,你俩认为呢?"

龙渊和盖延与刘秀对视片刻,异口同声地说道:"没错!我们是追丢了刺客,恰巧路过叶家,厚着脸皮进来讨碗茶水解解渴,顺便歇歇脚!"

刘秀向他二人笑了笑,点点头,说道:"歇得差不多了,我们也该走了。"说着话,他向叶阗拱手施礼,说道:"叶公,我等还有要务在身,先告辞了!"

叶阗感动得紧紧握住刘秀的手,声音颤抖地说道:"文叔对叶家有大恩啊!"

刘秀说道:"叶公言重了。"说着话,他又看向夏若妍,正色说道:"表小姐的心情,我能理解,但做事情,还需三思而行,量力而为,否则的话,害人害己,悔之晚矣。"

好在这次追捕夏若妍的是他和龙渊、盖延三人,如果换成是廉丹的手下,她慌不择路地逃进叶府,叶家上下还焉有命在?

夏若妍自然也很清楚,自己的举动给叶家带来多大的危机和凶险。她低垂着头,向刘秀俯身一礼。

刘秀不再耽搁,向龙渊和盖延使了个眼色,而后三人一同向叶阗告辞,快速向外走去。

三人走到庭院中时,叶清秋追了出来,叫住刘秀。龙渊和盖延对视一眼,识趣地走出叶府大门,在外面等他。

看着走到自己近前的叶清秋,刘秀问道:"叶小姐还有事?"

叶清秋好奇地问道:"你为何愿意帮助我表姐?"

刘秀含笑说道:"叶小姐是在明知故问。"

"啊?"

"叶小姐决定让表小姐出来露面的时候,就已经笃定,我一定会帮她。"如果叶清秋心里没有这样的把握，她也绝不会让夏若妍出来露面。

叶清秋扑哧一声笑了，小声嘟囔道："你还挺聪明的。"

刘秀说道："叶小姐更聪明，能够琢磨透我的心思。"

"在我心目当中，文叔是位品行出众、心存大义，且绝不会为了趋炎附势而改变自己原则的人。"叶清秋两眼放光地看着刘秀，有感而发道。

她这番话，无疑是给予了刘秀极高的评价。听着叶清秋讲出这番话，看着她晶亮的眼睛，刘秀的心头有那么一刻也为之悸动不已。

如果不是早就有了中意的对象，或许他真的会对叶清秋这样的姑娘心动吧！

他拱手，向叶清秋深施一礼，然后转身向外走去。

叶清秋站在庭院当中，望着刘秀离去的方向，久久都一动没动。

夏若妍走到她的身边，望了一眼大门的方向，轻声问道："清秋，他叫什么名字？"

"刘秀！"

刘秀……

离开了叶府，刘秀三人往回走去。路上，盖延愤愤不平地说道："像廉丹这样的人，竟然能成为更始将军，真是国之不幸啊！"

刘秀拉了下他的衣袖，提醒他小心祸从口出。他说道："不知大哥和公孙兄那边怎么样了，有没有擒下另两名刺客。"

龙渊低声说道："廉丹死有余辜，敢于行刺他的人，也都是大义之士，希望他们都能逃脱掉吧！"

很可惜，龙渊的愿望并没有实现。

这次行刺廉丹的共有十三人，其中三人被当场射杀，另有五人在逃跑的时候被骑兵斩杀，余下的五人，有两人被生擒，另有三人在逃。

不过整个郡城已经被封锁，城门紧闭，城头上站满了廉丹麾下的军兵，城外的人进不来，城内的人也出不去，在逃的那三名刺客也必然还被困在城内。

郡府的官员拿着户册，带着军兵，挨家挨户地进行清点，排查刺客。

等到天近傍晚的时候，一名躲藏起来的刺客被搜查出来，在众多军兵的团团包围下，这名刺客力战而亡。

到了后半夜，另一名刺客被官兵找到，并被官兵生擒活捉。

前面被活捉的两人，都被严刑拷打致死，最后擒下的这名刺客却是个软骨头，真正的大刑还没用在他身上，他就把一切都招了。

他们这些刺客，都是出自于绿林军，首领名叫马武。

其实绿林军只是个统称罢了。今天这里的农民起义了，他们打的旗号是绿林军，明天那边的农民又起义了，同样也是打着绿林军的旗号。

许多自称绿林军的起义军，之间并没有从属关系，有些队伍或许为了共同的利益，合并到了一起，而有些队伍则是各自为政，之间也没什么联系。

他们这批刺客，就是出自于这么一支打着绿林军旗号，队伍也不算壮大，只有百十来人的起义军。

别看这支绿林军的人数不多，战力可不弱，其中不少人都是江湖中的侠士，为首的头领马武更是不简单。

马武字子张，人送绰号"武瘟神"，武艺高强，骁勇善战，手持九耳八环刀，据称至今还未逢过敌手。

这次行刺廉丹的十三人，是十二男，另有一名女子。

那名女子本是给他们做内应，不需要她动手，不过在行动的时候，她还是亲自参与了。目前在逃的最后一名刺客，也正是这名女子。

由于这名女子加入绿林军的时间较晚，身份又很神秘，他对她所知甚少，甚至连她叫什么名字都不清楚。

听完刺客的招供后，廉丹眯缝起眼睛，冷声问道："你们这支绿林军藏身在哪里？"

"在……在竹山附近。"

竹山！廉丹揉着下巴，沉默片刻，问道："你不知道那个女子的名字，你总该知道她长什么样子吧？"

"这……"

"如果你什么都不知道，我留你还有何用？"

那名刺客激灵灵打个冷战，急声说道："小人……小人记得她的模样。"

第五十二章
非我族类

廉丹侧头说道:"找画师来,让画师画出画像!就算是掘地三尺,也要把她给我揪出来!"说着话,他目光一转,看向郡府的户曹,说道:"周综!"

"下官在!"户曹周综急忙出列,向廉丹躬身施礼。

"在全城排查的时候,你可有发现可疑之女子?"

周综想了想,摇摇头,说道:"回禀将军,下官……下官并未发现城内有可疑的女子!"

"废物!"廉丹脸色阴沉地狠声说道,"再给你十个时辰,如果十个时辰之内你还找不到在逃的刺客,我要你的脑袋!"

周综闻言,吓得双腿一软,险些瘫坐到地上。他低垂着头,连连应是,身子哆嗦个不停。

廉丹又狠狠瞪了他一眼,迈步走出太守府地牢。

他回到太守府的大堂,居中而坐,对左右的随从说道:"去,把刘缤、冯异找来见我!"

"是!将军!"一名校尉插手领命,大步流星地向外走去。

时间不长,刘缤和冯异被校尉带了进来。

进入大堂,二人拱手施礼,说道:"小人参见廉将军!"

廉丹的目光在刘缤和冯异二人身上扫了扫,慢条斯理地说道:"听说你们在守城之战中,都立下了大功?"

刘缤拱手说道:"廉将军过奖了,小人不敢居功。"

廉丹淡然一笑,端起面前的茶杯,慢悠悠地喝了口茶水,状似随意地问道："据我所知，守城期间，城中的许多大户都不肯派出家中壮丁参与城防，可有此事？"

刘缜和冯异对视一眼，没太明白廉丹问这话是什么用意。他清了清喉咙，说道："前期，参与守城的壮丁的确不多，但是后来，守城的壮丁已多达两万余众。"

廉丹哼笑出声，说道："刘缜，你说的后来，是蛮军都已退兵了吧？"

"是的。"这是事实，刘缜无法隐瞒。

廉丹不紧不慢地问道："与蛮军打得最激烈的时候，这些壮丁贪生怕死，不敢参与守城，等蛮军退兵了，他们倒是都来了能耐，争先恐后地抢着守城，诸如此类，皆为厚颜无耻之辈，刘缜、冯异，你二人认为当如何处置这些人啊？"

刘缜暗暗皱眉，后来争着守城的那些人，的确是不太厚道，但是人就没有不怕死的，这也是人之常情，他也完全能够理解人们的做法。

现在廉丹要惩处这些人，刘缜觉得有些小题大做了。

他沉吟片刻，说道："廉将军，蛮军攻城期间，给郡城城防造成不小的损伤，许多地方需要清理和修复，小人以为，可征召这些壮丁做劳役。"

廉丹眨眨眼睛，凝视刘缜片刻，目光一转，看向冯异，问道："冯异，你的意见呢？"

冯异正色说道："小人以为，伯升所言甚是。"

"哦。"廉丹轻描淡写地应了一声，幽幽说道，"只是做劳役，这样的惩处，未免也太轻了些吧？若以本将之见，此等厚颜无耻之徒，都当处以极刑，以儆效尤，刘缜、冯异，你二人觉得呢？"

刘缜和冯异身子一震，面露震惊之色。就因为这两万多人没有及时参与守城，就要把他们都杀了？

冯异急声说道："廉将军，他们虽然有过，但，但罪不至死吧？"

"是啊，廉将军，还望廉将军三思！"刘缜跟着说话。

听闻他二人都反对自己的意见，廉丹挺了挺腰身，眼中也随之射出一股冷冰冰的寒光。有那么一刻，刘缜和冯异都感觉到一股寒意从脚底板生出，蔓延至全身。

很快，廉丹扑哧一笑，缓声说道："好，你二人的意见，本将已经知道了。"

听闻这话，刘縯和冯异不约而同地松了口气。还没等他俩说话，廉丹话锋一转，说道："这次本将到汉中城，遭遇刺客袭击，你二人可知这些刺客的来历？"

"小人不知。"

"这些刺客，皆来自于竹山一带的绿林军，他们共有百余人，公然对抗朝廷，谋反作乱，危害百姓，罪无可恕，本将令你二人率城中义军，前往竹山剿灭反贼，不得有误！"

"是，廉将军，小人遵命！"

"张庭！"

"属下在！"一名校尉跨出一步，向廉丹插手施礼。

"你率你部将士，配合义军作战，务必要将反贼一举歼灭！"

"属下遵命！"

廉丹含笑看向刘縯和冯异，柔声说道："好了，你二人回去准备一下，明日一早便动身！"

"小人告退！"刘縯和冯异拱手施礼，而后退出大堂。

等他俩离开，廉丹嗤笑一声，说道："不识好歹的东西。"

竹山的绿林军人数是不多，但战斗力很强，尤其是头领马武，更是骁勇善战，武艺高强。

别看刘縯和冯异麾下的义军有一千来人，但大多是伤兵，其中有好几百的重伤员，连动都动不了，更别说去打仗了。

就义军目前的战斗力而言，还真就未必能打得过竹山绿林军。

廉丹让他二人前去剿灭竹山绿林军，等于是给了他二人一个不可能完成的任务。

但若有张庭和他麾下的一千骑兵配合作战，那么剿灭竹山绿林军就不是什么难事了。

只是廉丹派出张庭一部，可不是真打算让他们配合义军作战的，恰恰相反，他是要张庭率部将绿林军连同义军，一并剿灭。

其实廉丹已给了刘縯和冯异机会。

目前汉中郡的太守王珣、都尉唐珩都死了，正是用人之际，如果刘缜和冯异堪当重用的话，廉丹也不介意把他二人提拔起来。

只是，他二人的表现让廉丹十分失望。

他提出要严惩郡城城内那两万贪生怕死的壮丁，但刘缜和冯异都强烈反对，这只能说明他二人与自己不是一路人，既然不是一路人，对他而言，刘缜和冯异自然也称不上"堪当重用"了。

不能为自己所用，但又立有大功，不能不赏，那么，就让他俩一并去死吧，一了百了。

其实刘缜和冯异都未能理解廉丹的真实意图。

廉丹一开始就说了，城内的大户不肯捐出壮丁参与守城，他的真实目的是要借用此事，敲打一下汉中城的士族豪强，诈出钱来，让自己发一笔横财。

若换成王珣那样的老油条，一定会打蛇随棍上，顺着廉丹的话头往下接，可惜刘缜和冯异都不是会把心思花在这方面的人。

说白了，廉丹的认知没错，刘缜、冯异的确和他不是一路人。

刘缜和冯异前脚刚走，廉丹正要把张庭叫到自己近前说话，这时候，户曹周综便急匆匆地走进大堂，向廉丹汇报一条很重要的消息，叶家多了一位女眷，表小姐夏若妍。

向廉丹禀报的周综情绪激动，话音也比平日里高了几分，连走在庭院里的刘缜和冯异都听得清清楚楚。

两人互相看了一眼，暗暗摇头，看来刺客一事，连叶家都要牵扯进来了，只要廉丹还在汉中城，汉中城便永无宁日。

大堂里的廉丹听闻周综的禀报，他扬起眉毛，问道："叶家？"

周综躬身说道："是叶阒的叶家！"

"哦！"廉丹在益州任过职，自然知道叶阒这个人。

在汉中郡这里，叶家可算是排名第一的大士族了，即便在整个益州，叶家也十分有名气。

廉丹揉着下巴，狐疑道："叶家的表小姐？"

"正是，她叫夏若妍！"

"她是什么时候来的叶家？"

"据通风报信的叶家家仆交代，夏若妍是昨天到的叶家。"

"昨天？"廉丹眯缝起眼睛。他是在昨天遇刺，而夏若妍恰恰是昨天到的叶家。在逃的是一名女刺客，而夏若妍又偏偏是个女的。这未免也太巧了吧？

他问道："周大人的这个消息可靠吗？"

"可靠！绝对可靠！"周综急声说道，"向我报信的人，是在叶家做了十几年的老家仆，很得叶阒的信任，叶家的一些事，别人或许不清楚，但他可是了解得一清二楚。"

"最好是这样。"叶家不仅在汉中根基深，在朝堂上也有关系网，比如叶家和孔永就私交深厚。

孔永是孔子的第十四代孙，为王莽的篡位立下过大功，很得王莽的信任，曾担任过丞相、大司马，只不过因为年事已高，主动请辞，目前赋闲在家。

即便是这样，王莽还特许孔永可随时入宫面圣，参与朝议。

所以叶家不是那么好动的，真惹出了麻烦，廉丹在王莽那边也交代不过去。

但话说回来，如果真能抓到叶家的把柄，而且还是致命的把柄，那么廉丹一次就能赚个盘满钵满，金银珠宝，取之不竭，用之不尽。

廉丹两眼放光，侧头喝道："林羽、明岳！"

随着他的话音，两名校尉跨步出列，向廉丹插手施礼，齐声应道："属下在！"

"立刻集结你二部兵马，随我去往叶府！"

在汉代，校尉是仅次于将军的武官，但将军并不常设，而校尉则是常设官职，在军中的地位十分显赫。

林羽和明岳要提兵，当然得先去往兵营。

站于太守府门口，正与刘缜、冯异说话的刘秀，看着林羽和明岳杀气腾腾地出了太守府，双双翻身上马，扬鞭而去，刘秀一脸的不解，下意识地问道："这是怎么了？出了什么事吗？"

望着林羽和明岳的背影，刘缜无奈苦笑道："看来叶家要倒霉了！"

第五十三章
通风报信

"叶家？"刘秀、龙渊、盖延三人心头同是一惊。刘秀追问道："大哥，到底怎么回事？"

刘縯小声说道："叶家出了奸细，有人告密，说叶家突然来了一位表小姐，很可能就是昨日刺杀廉丹的刺客。倘若叶家没有这个表小姐也就罢了，如果真有这个表小姐，真被廉丹的人搜出来了，叶家这次恐怕是……"说到这里，刘縯摇了摇头。

在他眼中，廉丹就是条疯狗，你不去招惹他，他都要来咬你，叶家倘若真和行刺他的刺客有关，以廉丹的秉性，不把叶家咬死，也得剥下叶家一层皮啊！

冯异有感而发道："在士族当中，像叶家这种能恩惠百姓的，已经不多了！"

刘秀眉头紧锁，他心里很清楚，一旦廉丹真率军去搜查叶家，肯定能把夏若妍找出来，等到那时，叶家可就要毁了。

刘縯摇摇头，有些事情，他也是爱莫能助。他叹口气，说道："我们回去吧，明日还要去往竹山，剿灭当地的绿林军。"

刘秀恍然想起了什么，说道："大哥，我和忠伯、巨卿在外面吃点饭再回去！"

刘縯没有多想，点点头，说道："吃完饭就赶快回来，别在外面闲逛，现在郡城里可是危机四伏啊！"

刘秀点头应道："大哥，我知道。"

目送着刘縯和冯异等人离开，刘秀看了龙渊和盖延一眼，然后急匆匆地向叶府走去。

路上，刘秀对盖延说道："巨卿，我不能眼睁睁看着叶府毁在廉丹的手里，必须得去叶府通风报信，你……可以不用跟来！"

这件事风险太大，刘秀觉得盖延没必要冒这个险。

盖延向刘秀龇牙一笑，说道："文叔，我的命都是你救的，跟你去冒点风险又算得了什么，真要是被廉丹发现了，大不了就和他拼了！反正我孤家寡人一个，无牵无挂，脑袋掉了，碗大个疤瘌！"

刘秀被盖延的话逗乐了，稍顿，他收敛笑容，正色说道："危难之际，叶家肯拿出自家的粮食救济守军和城中百姓，足见叶家之德行，现在叶家有难，我不能坐视不理，袖手旁观！"

盖延点头说道："文叔，我明白！"

刘秀拍了拍盖延的胳膊，再不多话，加快步伐，向叶府赶去。

等快到叶府的时候，刘秀恍然想到了什么，他向四周望望，见不远处有家成衣铺，他快步走了过去，同时问道："忠伯、巨卿，身上带钱了吗？把钱都给我！"

龙渊和盖延不知道他想做什么，但也没有多问，各自拿出自己的钱袋，倒出里面的钱币，递给刘秀。龙渊的口袋里没几个钱，不过盖延的钱倒是不少，毕竟在郡府里做官，每月领到的俸禄也不少。

刘秀走进成衣铺，选了一套最便宜的布衣。价钱不是很贵，当然了，无论是材质和做工，也都很粗糙。这倒也正合刘秀心意。

从成衣铺出来，他们到了叶府，没有走正门，而是绕到了后门。

刚才刘缤已经说过了，廉丹之所以知道夏若妍，皆因叶府内有人告密，若是走正门，告密之人也必然有所察觉，刘秀不敢冒这个险。

可是叶府四米高的院墙，真不是寻常人能翻过去的。

盖延走到院墙下，背靠着院墙，然后拍打两下自己的肩膀。

刘秀会意，他小声说道："我自己进去，你俩在外面等我！"

"小心！"龙渊面色凝重地提醒道。

"嗯。"刘秀答应一声，先是倒退了几步，然后快步向前跑去，到了盖延近前，他身形一跃而起，脚底用力一点盖延的肩头，人又蹿起好高。

他双手探出，啪啪两声，扒住了院墙的墙沿，紧接着，刘秀腰腹用力，向上挺身，顺利翻上墙头，然后依旧是双手扒着墙沿，跳进叶府的院子里。

他这一连串的动作，可谓一气呵成，龙渊在旁看得两眼发直。

盖延一边拍了拍肩头的尘土，一边举目往上望，问道："忠伯，你知道文叔的师父是谁吗？一定是位了不起的高人吧？"

龙渊苦笑，就在两三个月前，主公还只是个会点庄稼把式的农民，哪里有什么师父？他摇头说道："主公没有师父。"

盖延先是哦了一声，接着后知后觉地瞪大眼睛，问道："主公？"

他还真不知道刘秀和龙渊是主从关系。

龙渊对盖延一笑，说道："主公对我也有救命之恩，打那之后，我便拜主公为主了！"

他特意暴露自己和刘秀之间的关系，主要是说给盖延听的。

主公将来若想成就一番大业，身边不能没有帮手，而盖延是个难得的人才，如果他肯投靠到主公麾下，无异于为主公增添了一大助力。

说者有心，听者更加有意。盖延虽然没有立刻接话，但心里已是翻江倒海。

拜刘秀为主公，若是以前，他根本不会产生这样的想法，更别说认真考虑了，但经过这段时间的相处，盖延对刘秀的确生出了许多的敬佩之情。

别看刘秀年纪不大，只二十出头，但却能力出众，做事沉稳，而且虚怀若谷，仁善大义，这样的主公，的确是可遇而不可求。

他心里正琢磨着，龙渊继续说道："巨卿兄还不知道吧，主公乃长沙定王刘发之后，货真价实的汉室后裔。当下王莽篡权，倒行逆施，惹得天怒人怨，民不聊生，试问天下百姓，又有何人心不思汉？王莽不会长久，未来能成就大业者，必为汉室后裔！"

他这番话，让盖延心头一震，心中当即做出了决定，再无半点犹豫。他向龙渊拱手施礼，含笑说道："多谢忠伯提醒，巨卿受教了！"

龙渊脸上的笑容真诚了几分，向他拱手还礼，说道："自家兄弟，何提谢字？"

盖延愣了愣，仰面而笑，说道："自家兄弟，说得好！"说着话，他伸出手来，龙渊随之握住他的手。

且说刘秀，跳进叶府后，向四周环视，这里是一座花园，周围有拱门，有庭院，他不知该往哪边走，更不知道去哪里能找到夏若妍。

他正四下张望的时候，从一侧的拱门里走出来一名年纪不大的小丫鬟。小丫鬟没注意到花园中站有一人，低着头，快步往前走着。

刘秀看到她，眼睛顿时一亮，快步上前，拱手说道："姑娘……"

他突如其来的一声，把小丫鬟吓了一跳，差点叫出声来。好在刘秀手疾眼快，抢先一步捂住小丫鬟的嘴巴，说道："别叫，我不是歹人，我是进来找人的！"

也不知道小丫鬟有没有听见他的话，乌溜溜的眼睛里立刻蒙起一层水雾，眼泪好像断线的珍珠似的，一个劲地往下掉，满脸的惊慌，颤巍巍地看着刘秀。

刘秀暗叹口气，自己长得就那么吓人吗？他低咳了一声，说道："我找曼儿！她是清秋小姐的丫鬟，名叫曼儿，你认识她吗？"

听闻这话，小丫鬟的眼泪突然止住了，诧异地看着刘秀，同时抬手指了指刘秀捂住自己嘴巴的手。刘秀连忙把手放下，躬身施礼，说道："刚才多有冒犯！"

小丫鬟好奇地上下打量着刘秀，怯生生地问道："你认识曼姐姐？你是？"

"在下刘秀！"

小丫鬟的眼睛瞪得更大了，指着刘秀说道："你……你是救了我家小姐的那个刘秀？"

刘秀点了点头，说道："我就是那个刘秀！我有急事，你可以去找你家小姐，也可以去找曼儿，无论找她俩当中的谁，都可以证明我的身份。"

小丫鬟一脸的不解，刘秀已经不是第一次来府上了，以前他都是从正门光明正大进来的，这次怎么突然潜入后院了呢，而且他是怎么进来的？后门明明已经锁上了啊！

她百思不得其解，寻思了片刻，说道："你就站在这里，哪都不许去，我这就去找我家小姐！"

"有劳姑娘了！"刘秀再次拱手施礼。

小丫鬟圆圆的小脸顿时一红，她在叶府只是个身份卑微的小丫鬟，谁都可以对她呼来喝去，何时受过此等的礼遇？

她快速地向刘秀施了一礼，然后噔噔噔地快步跑出了拱门。

等她走后，刘秀松了口气，把背在肩头的包裹打开，从里面拿出那套新买的衣服，放在地上，来回地踩着。

当叶清秋和曼儿闻讯赶到花园里的时候，正看到刘秀还在衣服上踩来踩去呢！

见状，曼儿差点笑出声来，不知道这位刘公子今天吃错了什么药，不仅偷偷潜入叶府，还跟一件衣服过不去。

她边跟着叶清秋走进花园，边清了清喉咙。

刘秀闻声，顿时停止踩踏的动作，转头一瞧，面露喜色，说道："清秋小姐，曼儿姑娘！"

"文叔，真的是你？你……你是怎么进来的？"

刘秀没时间解释了，问道："清秋小姐，你表姐呢？"

"你……你怎么突然问起我表姐了？"叶清秋紧张起来。

刘秀正色说道："叶府内出了奸细，将你表姐的事秘密通知了廉丹，现在廉丹正率军向叶府这边赶过来。"

听闻这话，叶清秋、曼儿还有那个小丫鬟脸色同是大变。曼儿下意识地问道："刘公子，你……你不是在说笑吧？"

叶府内怎么会出奸细呢？表小姐在叶府的事，并没有多少人知道，但凡知道此事的，都是府上的老家仆。

第五十四章
随机应变

"此等大事，我又怎能说笑？"刘秀弯腰把地上的那套衣装捡起，向旁抖了抖尘土，同时说道，"没有时间了，廉丹即刻就到，你们打算怎么做？"

叶清秋业已慌了手脚，乱了心神，她结结巴巴地说道："我……我现在就去通知我爹！"

"恐怕来不及了！"告密者就是叶府中的老人，而且肯定是叶颠十分信任的人，叶府中还能有什么地方是可以藏人，而又不被那个告密者知晓的？

叶清秋颤声问道："文叔，那……那我们现在该怎么办？"

"若是把你表姐藏起来，十有八九藏不住，会被告密者发现，若是把你表姐逐出叶府，只怕你表姐走不了多远，就会被官兵生擒活捉。"

"那……"

"把她交给我，我想办法送她出城！"说着话，刘秀把手中那套已被他踩得脏兮兮的衣装递给叶清秋，说道："去找你表姐，让她换上，然后跟我走！"

稍顿，他又道："还有……"说着话，他上前两步，来到叶清秋身侧，在她耳边低声细语一番。

叶清秋边听边点头，等刘秀说完，她急忙应道："我……我知道了，我会悄悄告诉我爹的！"

"快去吧，没时间了！"

叶清秋留下那个小丫鬟，让他陪着刘秀，她自己带上曼儿，急匆匆地去找夏若妍。

在等她们的时候,刘秀在花园里来回踱步,走了一会儿,见旁边的小丫鬟不时地偷眼瞄着自己,他停下脚步,笑问道:"姑娘,我脸上长花了吗?"

"啊?"

"没有长花,你总看我做什么?"

被刘秀说得面红耳赤,小丫鬟急忙争辩道:"谁……谁总瞅你了?"说完话,她像做错了事似的,低垂下头。

过了一会儿,她又小心翼翼地抬起头,问道:"刘公子喜欢我家小姐吧?"

刘秀笑问道:"何出此言?"

小丫鬟说道:"如果刘公子不是喜欢我家小姐,又怎么会三番五次地出手相助呢?"

刘秀笑了笑,没有再往下接话。

他之所以帮助叶家,主要还是看中叶家的善举,和叶清秋并无多大关系。即便叶家没有叶清秋,他还是会出手帮忙。

没过多久,叶清秋和曼儿带着夏若妍走进花园里。

刘秀定睛一看,夏若妍已经换上他买的那套衣服。衣服是男装,由于被刘秀踩踏了好多遍,看起来脏脏的,夏若妍的头发也梳理成男儿的发髻,打眼一瞧,就是个模样俊秀的小青年。

看罢,刘秀点了点头,说道:"若妍小姐,你在叶府已经暴露,你现在必须得跟我走!"

刚才叶清秋已经向她讲明原因,夏若妍没有任何的迟疑,冲着刘秀重重地点下头,说道:"我一切都听从刘公子的安排。"

昨天她和刘秀见过面,等刘秀走后,叶清秋也向她详细介绍了刘秀这个人。

虽说两人这是第二次见面,但她对刘秀的人品已经有了不少的了解。

刘秀没有再多说什么,他看向叶清秋,说道:"清秋小姐,在下告辞了!"

叶清秋上前一步，轻轻拉住刘秀的衣袖，说道："文叔，表姐就拜托你照顾了。"

刘秀说道："放心吧，我会保护好若妍小姐的。"

叶清秋垂下头，小声说道："你……你也要小心。"

刘秀心头一暖，含笑说道："我会的。"没有时间再多做停留，刘秀正色说道："清秋小姐，我们已没有时间，现在必须得走了。"

"我送你们。"叶清秋带着刘秀、夏若妍，快步向后院的院门走去。

到了院门近前，她拉开门闩，把院门打开一条缝隙，她先探出头，向外望了望。

就在院门的外面，还直挺挺地站着两个人，叶清秋先是被吓了一跳，险些叫出声来，定睛细看，这才认出来，这两人原来是龙渊和盖延。

她缩回头，向刘秀和夏若妍点了下头。

刘秀再不耽搁，推开房门，快步走了出去。当夏若妍要跟出去的时候，叶清秋拉住她，眼中既含着担忧，又有一种说不出来的情愫在里面。

似乎知道表妹的心思，夏若妍一笑，语气轻快地小声说道："放心，我会帮你盯着他的，不会让他被别的女人抢走！"

听闻这话，叶清秋不仅脸红了，连脖子都红了，娇嗔道："表姐——"

"快回去吧！"夏若妍抱了叶清秋一下，而后也走出了后院的院门。

虽说叶清秋既有不舍，又有担心，但的确没有时间再多做话别，她向刘秀和夏若妍挥挥手，心情复杂地看着刘秀一行人快步离去。

她深吸口气，关闭院门，去往前院，找她的父亲叶阒。

刘秀、龙渊、盖延、夏若妍四人，顺着后门外的小巷子，一直走到交叉口，拐进另一条小巷子里。正往前走着，忽听前方突然传来阵阵的马蹄声。

糟了！廉丹的人马到了！龙渊、盖延、夏若妍同是脸色顿变，龙渊和盖延下意识地抬起手来，前者握住肋下的佩剑，后者握住肋下的佩刀。

刘秀反应极快，第一时间摁住他二人的胳膊，制止住两人准备拔出武器的动作。他心思转了转，低声说道："跑！"说着话，他调头往回跑。

龙渊、盖延、夏若妍三人对视一眼，不约而同地跟着刘秀往回跑。

他们三人心里明镜似的，他们的两条腿又怎么可能跑得过马儿的四蹄？

不过他们心里本能地对刘秀产生出无比的信任感，他说跑，他们就跟着他一起跑，他若说战，他们也会毫不犹豫地跟着他一起战！

果不其然，刘秀四人都没跑出这条小巷子，就被后面的骑兵追上了。

"站住！前面的人都给我站住！"随着凌乱的马蹄声，十数名骑兵追上刘秀四人，挡在他们的前面，堵死他们的去路。

紧接着，后面的骑兵也到了，放眼望去，他们至少得有百骑。

刘秀故作疲累的样子，弯着腰身，气喘吁吁，不停地用袖口擦着脑门上的汗珠子。

一名骑兵屯长催马出列，他坐在马上，打量刘秀四人一番，面沉似水地问道："你们跑什么？"

刘秀又喘了两口粗气，方说道："当然是去抓人了！"

"抓人？抓什么人？"

"刺杀廉将军的刺客！"刘秀亮出自己的负章，说道，"我们都是义军，在下刘秀，隶属襄阳义军，曾在乾尤山生擒过蛮军的族长歇桑，为守下郡城立下过汗马功劳……"

他正滔滔不绝地讲着自己的丰功伟绩，骑兵屯长已不耐烦地一把将他手中的负章抢了过去，低头一看，还真是襄阳义军的刘秀。

骑兵屯长脸上的表情并没缓和，沉声问道："你们要去哪里抓人？"

"叶府啊！"

"叶府？你们怎知刺客躲在叶府？"

"这……"

"说！"

"户曹周大人向廉将军报信的时候，我等也刚好在太守府，听说了此事后，我们就……"

"啊！"不等刘秀把话说完，骑兵屯长露出恍然大悟之色，嘴角勾起，似笑非笑地说道，"你们是跑来抢功的！"

说着话，他歪着脑袋上下打量刘秀一番，年纪轻轻，二十出头，浑身上下，也没什么出奇的地方，就是模样生得俊秀了些。

他笑了，气笑的，阴阳怪气地道："刘秀，你这抢功的本事和心思，可真是令人佩服啊，我看你做义军实在是浪费人才了，如果你哪天投靠到将军麾下，将来都得成为我的顶头上司吧？"

刘秀眨眨眼睛，诚惶诚恐地躬身施礼，说道："军爷言重了，草民不敢！"

"哼！"那名骑兵屯长重重哼了一声，甩头喝道，"你也不撒泡尿照一照你们义军是什么东西？滚！不该你管的事，什么时候轮到你插手了？有多远给老子滚多远！"

盖延勃然大怒，抬起头来，怒视着那名骑兵屯长。见状，骑兵屯长用马鞭子一指盖延，喝问道："怎么？你还不服？"

没等盖延说话，刘秀急忙拉住他的胳膊，对骑兵屯长赔笑道："军爷息怒，我们这就走！这就走！"

说着话，他拉着盖延的胳膊，贴着墙边，从骑兵队伍的一侧快步走了过去。

见状，骑兵屯长带头，仰面大笑起来，其他的骑兵们也都跟着哄堂大笑。

"小小的义军，不知天高地厚，也敢厚着脸皮来抢此等大功？简直可笑！"骑兵屯长冷笑一声，向左右一挥手，继续向叶府赶去。

等刘秀一行人走出这条小巷子，看后面没有骑兵追上来，四人不约而同地长舒口气。

这一次，盖延和夏若妍都算见识到了刘秀反应之机敏，明明已经暴露，可他硬是能在瞬息之间想出最佳的方案，三言两语之间便化险为夷。

这种处变不惊的沉稳，遇事果决的机敏，当真是世间罕见。

夏若妍对刘秀感激地说道："多谢刘公子相救之恩。"

刘秀说道:"若妍小姐叫我文叔就好。"稍顿,他问道,"若妍小姐可有去处?"

夏若妍摇摇头,问道:"现在有出城的机会吗?"

盖延接话道:"四城皆已封闭,既不能进,也不能出。"

夏若妍又问道:"若是住客栈呢?"

盖延摇头,说道:"目前全城的客栈都已被清空了,夏小姐若是去住客栈,等于是自投罗网。"

夏若妍默然。出不了城,又没有地方可住,即便她想露宿街头,也势必会被巡逻的官兵缉拿。

见她一筹莫展,刘秀说道:"有一个地方,倒是可做若妍小姐的栖身之所。"

夏若妍眼睛一亮,说道:"文叔可以叫我若妍。文叔说的栖身之所是?"

刘秀一笑,说道:"义军军营。"

第五十五章
自鸣得意

听闻这话，别说夏若妍呆若木鸡，就连盖延和龙渊都被吓了一跳。要把夏若妍带进义军军营？她可是个女人啊！

看出众人心头的疑惑，刘秀淡然一笑，先是指了指夏若妍身上的衣服，然后又弯下腰身，手指在地上一划，将指尖的灰尘向脸上抹了一下，说道："谁又知道她是个女子？"

夏若妍会意，现在她身上穿着男装，再把脸颊弄脏点，陌生人的确难以分辨她是男是女，另外义军管制松散，加上刘秀的大哥刘縯还是义军首领，要藏下她这么一个人，也绝非难事。

她若有所思地点点头，刘秀继续说道："明日一早，义军要去往竹山，剿灭当地的绿林军，这是你出城的唯一机会，也是最佳的机会！"

夏若妍猛然吸了口气，惊讶道："义军……义军要去剿灭绿林军？"

刘秀苦笑，说道："这是廉丹下的命令，义军没有选择，只能遵从。"

抗令不遵，那是死罪。

只是廉丹下这个命令也着实诡异，剿灭绿林军，那不是京师军该干的活吗？为何要交给义军去做？

刘秀虽还没弄明白廉丹葫芦里卖的什么药，不过直觉告诉他，廉丹没安好心。

夏若妍沉默片刻，追问道："只有义军去往竹山？"

"还有廉丹麾下的一部骑兵，有一千人马！"

夏若妍的整个心顿时悬了起来。义军没什么战斗力，但廉丹麾下的骑兵，可是战斗力极强，就连以凶狠彪悍著称的蛮军，在廉丹骑兵面前都如同草芥一般，不堪一击。

她急声说道："竹山县的百姓惨遭廉丹屠杀，很多人都是在家人被杀的情况下才投奔的绿林军！"她也是因为这个才加入的绿林军。

只不过她不想连累到叶家，在绿林军里，真正清楚她身份的人也很少。

刘秀点点头，说道："绿林军里都是些被王莽暴政逼得活不下去的百姓，若是能有机会帮上他们，我自然责无旁贷。"

其实刘秀也未必多欣赏绿林军，虽说绿林、赤眉都是些受生活所迫的起义军，但打家劫舍、杀人越货的丑事也没少做。

只不过绿林、赤眉都是态度鲜明地打着反抗王莽暴政的旗号，在大义上，他们的做法和刘秀的理念是一致的。

无论于公于私，目前刘秀当然都会站在绿林军这一边。

听闻刘秀的话，夏若妍暗暗松了口气，刘秀是刘縯的弟弟，他的态度，完全可以左右刘縯的态度，只要义军是站在己方这边的，对于竹山绿林军而言，这一仗还是有的打的。

他们一行人去往义军军营，暂且不表，且说廉丹一行人，浩浩荡荡地去往叶府。

廉丹还没到呢，他麾下的骑兵已先将叶府团团包围。两千之众的骑兵马队将偌大的叶府围了个里三层外三层，水泄不通。

叶府的仆人们不明白到底发生了什么事，吓得纷纷跑进府内，大门紧闭。

廉丹乘坐马车，来到叶府的大门前，在手下护卫的搀扶下，他走出马车，举目望望叶府的大门，老神在在地说道："叫门！"

两名护卫大步流星地走到叶府的大门前，啪啪啪地使劲拍打着门板，同时大声喝道："开门、开门、开门！廉将军到访，尔等还不速速开门！"

过了好一会儿，外面的护卫们都打算强行把府门撞开了，这时候，就听大门咯吱一声，缓缓打开，叶阒以及十几名护院、家仆从府门内走了出来。

到了外面一瞧，好嘛，目光所及之处都是官兵，黑压压、密匝匝，数不清个数。

叶阗看罢，他的目光落在廉丹的身上，他二人的关系谈不上有多熟，但以前也见过面。叶阗上前几步，正要接近廉丹，左右护卫齐刷刷上前，挡住叶阗，同时把肋下的佩刀抽出一半。叶阗脸色顿变，不由自主地倒退了一步，面露惊色地看着廉丹，问道："廉将军，这是？"

廉丹见状，嘿嘿一笑，分开手下的护卫，走到叶阗近前，说道："叶公，久违了，别来无恙？"

叶阗连忙拱手施礼，说道："小人叶阗，拜见廉将军！"

"叶公不必多礼。"

"不知廉将军突然造访叶府，所为何事？"叶阗满脸好奇地问道。

廉丹心中冷笑，老东西，你还挺能装的，我倒要看看，你能装到什么时候？他乐呵呵地说道："叶公，昨日本将被刺客伏击，不知叶公可有听闻此事？"

"小人听说了。"

"我的部下在追捕一名刺客的时候，发现她逃进了叶府。"

叶阗一愣，紧接着脑袋摇得像拨浪鼓似的，急声说道："廉将军，绝无此事，叶府当中，绝无刺客！"

"是吗？哈哈！"廉丹仰面而笑，说道，"据说叶家的表小姐突然造访叶府，不知可有此事？"

"表小姐？哪一个表小姐？"

"夏若妍！"

听闻廉丹说出夏若妍的名字，叶阗脸色微变，稍愣片刻，连连摇头，正色说道："若妍家中受难，目前她人正在竹溪的外公家，并不在郡城，更不在我叶府，廉将军为何说若妍在我这？"

他娘的！叶阗这个老东西，还真会装啊！廉丹冲着他冷冷一笑，侧头喝道："周大人！"

户曹周综从人群当中小心翼翼地走了出来，到了廉丹身旁，躬身说道："廉将军。"

"你说，夏若妍在不在叶府？"

"这……"周综怯生生地看眼叶阗，见后者也正目不转睛地看着自

359

己,他吓得一缩脖,支支吾吾地没说出话来。

身为郡府的户曹,周综的官职也不算小了,但在汉中,他还真招惹不起叶家。

看他那副胆小怕事的样子,廉丹顿生怒意,大声喝道:"说!"

周综身子一哆嗦,险些没跪坐到地上。他心惊胆战地看眼叶阆,结结巴巴地说道:"回……回禀廉将军,叶家的表小姐就……就在叶府!"

廉丹点了点头,向叶阆一笑,问道:"叶公,你还有何话可说?本将于昨日遇刺,而夏若妍恰恰是昨日到的叶府,逃走的刺客是名女子,夏若妍显然也是女子,本将有十足的理由怀疑,她就是在逃的那名女刺客!"

叶阆眉头紧锁地说道:"廉将军,话可不能乱说,你也不能只听周大人的一面之词。小人已经说得很清楚,若妍根本不在叶府,而是在竹溪的外公家!"

还在嘴硬!廉丹又恨又气,转头怒视着周综,直呼其名地喝问道:"周综,你怎么说?"

周综擦了擦额头的汗珠子,他得罪不起叶家,但更得罪不起廉丹。他吞了口唾沫,举目看向叶阆身边的一名上了年岁的家仆,说道:"陈元,你出来!"

被他点到名字的那名家仆缩了缩脖子,站在原地没敢动。等了一会儿,见叶阆以及周围人的目光都集中在自己身上,他自知藏不住,只能慢吞吞地从人群里走出来,向廉丹和周综深施一礼,说道:"小人陈元,见过廉将军、周大人!"

"昨日,叶家的表小姐来到叶府,而且是男装打扮,神情慌乱,这是你跟本官说的吧?"周综一字一顿地说道。

"我……我……"陈元的目光飘忽不定,脸色一阵白一阵红,手脚都不知道该放哪里好了。

原来是你!当叶清秋告诉叶阆,叶家出了奸细的时候,他本还有些不相信,现在亲眼所见,也由不得他不信了。

叶阆猛地跨前一步,把陈元吓得连忙往周综的身后躲。

周综连忙摆手说道:"叶公有话好说嘛……"

叶阒根本没理他,怒视着陈元,凝声说道:"陈元,我对你不薄,你竟然吃里扒外,诬陷我叶家?"

"我……这……"陈元都不知道该说点什么好了,恨不得找个地方钻进去。

叶阒看向廉丹,脸色阴沉地说道:"廉将军,若妍的确不在我叶府,此事完全是陈元栽赃我叶府,还请廉将军明察秋毫!"

廉丹嘴角勾起,慢悠悠地说道:"陈元是不是栽赃诬陷,搜过叶府,自见分晓。"说着话,他向前一挥手,喝道:"搜查叶府!"

"等下!"叶阒一伸手,把蜂拥而上的官兵拦住,他周围的护院、家丁们也都纷纷上前,张开手臂,拦挡众人。

廉丹扬起眉毛,阴阳怪气地问道:"怎么?叶公是心虚了,不敢让我等搜查?"

叶阒正色说道:"廉将军,我已经再三重申,若妍根本不在我叶府,廉将军不能只听信小人的谗言,无凭无据,就对我叶府展开搜查!"

稍顿,他又一字一顿地说道:"叶家在汉中,也是有头有脸的名门望族,岂能受此羞辱?"

廉丹恨得直咬牙,不过在没有把夏若妍揪出来之前,他还真不好与叶阒撕破脸。他一指陈元,冷笑道:"人证在此,叶公还要狡辩?"

叶阒寸步不让地说道:"只一厚颜无耻的家奴,他的话,又岂可为证?"

廉丹脸色顿时一沉,再不与叶阒废话,振声喝道:"搜查叶府!胆敢阻拦者,杀无赦!"

听闻他的命令,官兵们纷纷把挡在前面的护院们推开,呼噜噜地冲进叶府的大门。

叶阒气得脸色铁青,指着廉丹大声说道:"廉将军,你当真我叶家没人,可随你羞辱了?如果今日你能搜出若妍,我叶阒随你处置,若你搜不出若妍,我叶阒就算亲自去长安,也要告你的御状!"

第五十六章
无功而返

看着怒发冲冠的叶熲，廉丹暗暗皱眉，心里也有些没底了，难道，这个陈元透露的消息是假的？他真的是在诬陷叶家？倘若如此的话，自己可就不好收场了！

想到这里，他侧头说道："林羽、明岳！"

"属下在！"林羽、明岳双双下马，走到廉丹近前，插手施礼。

廉丹一指陈元，说道："你二人带他进去，让他把夏若妍找出来！"

"是！"林、明二人答应一声，揪着陈元的衣领子，把他带进了叶府。

等了足足有半个多时辰，可林羽和明岳还没有出来，廉丹颇感不耐烦，他正准备亲自进去叶府的时候，林羽和明岳终于出来了。

两人的脸色都不太好，看着陈元的眼神，像是要把他生吞活剥了似的，而陈元更是面如死灰，两腿发软，如果不是后衣领子还被林羽死死拽着，估计他连走都走不了了。

林羽和明岳来到廉丹近前，前者将陈元向旁一推，到了廉丹近前，于他耳边小声说道："将军，叶府里没有找到夏若妍！"

真是怕什么来什么！廉丹看了林羽一眼，同样低声问道："都查清楚了？没有漏过任何一处？"

林羽点点头，说道："陈元把叶府的密室都供出来了，可是全府上下，根本就没有他说的那个夏若妍！"

廉丹闻言，感觉脑仁一阵阵地作痛。他向林羽和明岳二人使个眼色，两人会意，重回到叶府内，把搜查叶府的手下官兵统统带了出来。

看着众多的官兵鱼贯走出自家的府邸，叶阒强压怒火，问道："廉将军，你的人可有找到若妍？"

"呃，哈哈——"廉丹错愕了片刻，突然大笑起来，走到叶阒近前，拱手说道，"我就说嘛，叶家乃汉中之望族，朝廷之栋梁，又怎么可能会窝藏刺客？简直是无稽之谈！"

"小人再问廉将军，可有在寒舍找到若妍！"叶阒加重语气道。

廉丹很少有被人质问得哑口无言，如此窘迫的时候，他脸上的干笑僵住，迟疑了片刻，他向叶阒深施了一礼，赔笑道："叶公，这次的确是本将有错，误信了小人的逸言！"

"那么，廉将军是不是也要给小人一个交代呢？"叶阒依旧是面沉似水。

廉丹与叶阒对视片刻，突然之间，他抽出肋下的佩剑，毫无预兆，一剑向旁挥砍出去。

沙！就站于廉丹旁边的周综，连怎么回事都没弄清楚，脖颈被剑锋斩开，就听沙的一声，一道血箭喷射出来。

周综难以置信地瞪大眼睛，他双手死死捂住自己的脖颈，又惊又骇地看着廉丹，嘴巴一张一合，似乎想要说话，但一个字也吐不出来。

廉丹慢条斯理地掏出手帕，擦拭剑身，然后收剑入鞘，对叶阒笑道："叶公，本将皆是受周综这个小人的蒙蔽，刚才有冒犯得罪之处，还望叶公多多海涵。"

看着乐呵呵的廉丹，叶阒以及叶府的众人都禁不住暗暗打了个冷战，谁能想到，就这么一副笑容可掬姿态的廉丹，刚才连眼睛都未眨一下，直接砍杀了郡户曹周综。

"叶公，一切都只是一场误会，叶公不会真往心里去了吧？"

叶阒自然懂得什么叫适可而止。他清了清喉咙，说道："廉将军，希望以后这样的误会能少一点！"

"一定、一定！"廉丹再次哈哈大笑起来，拱手说道，"叶公，今日多有叨扰，我改日再专程来叶府向叶公致歉！"

"廉将军言重了！"

"告辞！"说着话，廉丹转身走上马车，临近车厢之前，他向左右一挥手，喝道："收兵！"

廉丹带着大队人马离开叶府。

看着马车走远的背影，叶阗忍不住长长吁了口气，暗道一声好险！如果不是刘秀及时过来通风报信，并带走若妍，今日之劫，叶府危矣！

就在不远处的陈元见廉丹带人走了，根本没管自己，他悄然无声地连连退后，退出一段距离后，转身就跑。

不过他跑出没两步，便被一名护院追了上来，那名护院手起刀落，一刀斩下陈元的项上人头。

看着仆倒在地的尸体，还有骨碌碌滚出去好远的断头，那名护院呸的一声吐口唾沫，狠声骂道："小人无耻，吃里扒外，死有余辜！"

叶阗看着陈元的尸体，叹了口气，又摇了摇头，挥手说道："把尸体收敛，埋了吧！"

"老爷，这也太便宜陈元这个狗贼了！应该把他丢到城外的乱坟岗喂狗！"

叶阗摇摇头，说道："他终究在叶府做了二十多年，没有功劳也有苦劳。"

对于陈元的告密，叶阗感触良多，正所谓知人知面不知心，现在叶阗不得不重新审视身边的这些人了。

且说刘秀，他和盖延、龙渊带着夏若妍回到义军军营。原本义军是住在城西的郡军大营里，不过随着廉丹一部的到来，义军便被赶到城北的汉中义军大营。

这座位于城北的大营，和当初他们建在城外的大营比起来也没有好多少，同样是破破烂烂，混乱不堪。

唯一的区别在于，以前的营地里是人满为患，闹哄哄的如同菜市场，而现在的营地，则是冷冷清清，凄凉得仿佛一座无人的鬼营。

不过在营地的大门口，还是设有几名站岗的义军守卫。守卫认识刘秀、盖延、龙渊，见到他们回来，含笑和他们打着招呼。

守卫自然也有看到夏若妍，不过她此时穿着男装，脸上还沾着泥巴，黑一道白一道的，也看不清楚她的模样长相。守卫以为她和刘秀是一起的,也没有多加盘问,很干脆地放了行。

进入营地,刘秀把夏若妍交给盖延和龙渊,让他俩为她安排一处住的地方。现在营地里面没剩下多少人,伤兵比健康的人还多,空着的营帐有不少。

刘秀自己则去找大哥刘縯。刘縯住的营房,就是一座有独立院落的茅草屋,屋里可谓家徒四壁,除了睡人的草甸子,就只有一张破旧不堪的桌子。

他进来时,刘縯在屋里,冯异、朱云、张平、李通、李轶等人也都在。

众人围在桌旁,盘膝而坐,正大眼瞪小眼地盯着桌上铺着的地图。

听闻脚步声,众人扭头一瞧,见来人是刘秀,李通站起身形,关切地问道:"文叔,你去哪了?怎么才回来?"

刘秀向李通笑了笑,拍拍他的胳膊,表示自己没事。他走到桌前,定睛一看,原来是竹山县的地图。

这张地图也不知道是从哪弄来的,画工十分粗糙,如果上面没有竹山县的字样,根本辨认不出这是一张地图。

刘秀看向刘縯和冯异,问道:"大哥、公孙兄,你们真的要为廉丹卖命,去和绿林军拼命?"

冯异轻叹口气,颇感无奈地说道:"这一仗,不是我们想打就打,不想打就可以不打,廉丹命令已下,我们又能如之奈何?"

如果他们是单独行动,那还好说,关键的问题是,与他们一同前往的还有张庭,以及张庭麾下的一千兵马。

刘秀幽幽说道:"投靠绿林军的,都是生活不下去的百姓,而参加义军的,大多也都是生活不下去的百姓,皆为受生活所迫的同命之人,难道就因为廉丹的一道命令,我们之间便要自相残杀?"

冯异默然,朱云和张平连连点头,表示刘秀言之有理。李通接话道:"伯升兄、公孙兄,文叔说得没错,这一战,我们不该帮廉丹去打!"

"这不是该不该的问题,而是我们不得不去做的问题!"冯异苦笑道。他也不愿意去和绿林军打仗,但廉丹的命令,谁又敢违背?

就在这时,门口有人接话道:"大家有没有想过,绿林军为何会在竹山？"

听闻话音，在场众人同是一愣，齐刷刷地向房门那边看去。

从外面走进来三人，其中的两人大家都很熟悉了，是盖延和龙渊，另外的一人，则是个满脸泥巴的年轻人。

众人都没见过这名青年，看她从外面进来，人们不约而同地站起身形，同时抬起手来，摸向腰间的武器。

旁人不认识这名青年，刘秀自然认识，她正是女扮男装的夏若妍。

他看向盖延和龙渊，以眼神询问他二人，为何把她带过来了。龙渊无奈地向刘秀摇摇头，表示自己未能拦住她。

见屋子里的众人都满脸戒备地盯着自己，夏若妍把心一横，开门见山地说道："我就是昨日行刺廉丹未果，逃走的那名女刺客！"

此言一出，在场众人脸色同是一变。

她是女人？而且还是那个被廉丹下了死命令，无论如何都要缉拿归案的女刺客？众人还没回过神来，她又补充了一句："我叫夏若妍！"

"你……你是怎么进来的？"刘縯难以置信地看着她。

这里可是义军大营，今昨两天，义军也有配合廉丹的部下一同捉拿刺客来着，她跑进义军大营，岂不是在自投罗网？

没等夏若妍说话，刘秀将事情的原委仔仔细细地向在场众人讲述了一遍。听完他的话，人们才知道，原来刘秀背着他们，在暗中做了许多的事。

等刘秀讲完，夏若妍接话道："廉丹率军进入汉中时，曾有一支蛮军在竹山作乱，蛮军的兵力只千余人，廉丹派出两万大军来竹山围剿。这些在竹山作乱的蛮军基本被廉丹的部下杀光，可是在报功请赏的时候，廉丹的部下却交出五千颗人头，谎称剿灭了五千蛮军，可蛮军只有千余人，那多出来的三千多颗人头是从哪来的？你们知道吗？"

第五十七章
说服众人

人们大眼瞪小眼地看着夏若妍，茫然地摇摇头。

夏若妍眼圈一红，哽咽着说道："多出的那三千多颗人头，皆为竹山当地的百姓，廉丹的部下将竹山百姓几乎屠杀殆尽，却称当地百姓皆死于蛮军之手，他们砍下百姓的人头，充当蛮人的首级去向朝廷领赏……"

说到最后，她已是哭得泣不成声，在这些人头当中，便包括她的父母，她的兄弟姐妹们。"蛮人欺我，固然可恶，可廉丹更是猪狗不如的畜生、禽兽！"

在场的众人，没有去过竹山，更没有亲身经历当时的场景，不过即便是听夏若妍的讲述，都听得触目惊心，毛骨悚然。

那不是三个人、三十人、三百人，而是三千多人！三千多条人命啊！

刘縯握紧拳头，身子不由自主地哆嗦着，他猛然一拳砸在桌案上，耳轮中就听咔嚓一声脆响，小木桌顷刻之间支离破碎，散落了一地。

他脸色气得铁青，挥手说道："廉丹不仁，视我等如猪狗！这一仗，谁爱打谁打去，我绝不会去和绿林军作战！"

冯异拍拍刘縯的胳膊，以示安抚。

他也不愿意给廉丹这样的人卖命，不愿意去和绿林军打仗，但还是那句话，这件事根本不是他们自己能决定的，以他们现在的身份，是人在矮檐下，不得不低头，只有听从命令的份儿！

他深吸口气，对夏若妍意味深长地说道："竹山百姓的遭遇，我们既同情，也感悲愤，可是我们也有自己的难处……"

他话音未落，刘秀突然开口问道："若妍，竹山绿林军有多少人？"

夏若妍看着刘秀，没明白他为何这么问。她怔怔地说道："有一百来人。"

刘秀哦了一声，看向刘𬙋和冯异，若有所思地说道："竹山绿林军只一百来人，廉丹派张庭率一千兵马足以将其剿灭，又为何要动用我们义军？而且还是让义军做主力、打头阵，张庭一部只是做策应和配合作战，难道，廉丹认为他麾下骑兵的战斗力尚且不如我们义军？"

众人面面相觑，经刘秀这么一说，他们心里再仔细琢磨一番，还真是这么回事，廉丹部署的剿灭竹山绿林军之战，义军完全是多余的，甚至可以说义军是京师骑兵的累赘。

没有义军在场，京师骑兵反倒更容易放开手脚，展开骑兵最擅长的冲阵。有义军在场，骑兵还要回避自己人，难免会束手束脚。

人们只是觉得刘秀言之有理，但冯异却听出了刘秀是话里有话，有弦外之音。他问道："文叔，你想说的是？"

刘秀话锋一转，问道："大哥、公孙兄，你俩和廉丹见面时，感觉他对你二人的印象如何？"

刘𬙋和冯异莫名其妙地对视了一眼，印象如何？感觉也就那样吧，廉丹傲慢又自负，眼高过顶，又哪会把他们这些不入流的义军看在眼里？

冯异摇摇头，说道："感觉上，似乎不怎么样。"

刘秀眼眸一闪，幽幽说道："倘若是这样，那廉丹派出张庭一部的目的可就不简单了。"

冯异心头一动，追问道："文叔此话怎讲？"

刘秀正色说道："在守卫汉中郡城的战斗中，大哥和公孙兄都是立有大功的，这一点，全城的百姓都有看到，谁都抹杀不了。如此大的功劳，朝廷自然也要做出封赏，如果廉丹对大哥和公孙兄印象不好，自然不会让你俩走上仕途，那么，最好的办法就是在朝廷颁布封赏之前，先将你二人连同所有的义军除掉。"

啊？在场众人无不倒吸口凉气，面露惊色，呆呆地看着刘秀。

刘秀说道："如此一来，也就解释了廉丹为何要派义军这个累赘，和京师骑兵一同去剿灭竹山绿林军了,而且还是让义军打头阵!当义军和竹山绿林军厮杀到一起的时候,张庭一部若是趁乱而上,不分敌我地展开骑兵冲阵,后果……可想而知。"

骑戟之下,众生平等。被骑兵践踏过去,哪里还能剩下活人,就算没死在长戟、军刀之下,也得被战马的蹄子活生生地踩成肉泥了。

刘秀的这番话,让在场众人同时从脚底板升起一股寒气,瞬间扩散到全身,直冲脑门。

李轶脸色煞白,结结巴巴地说道:"我们……我们对郡城是有功的,廉……廉丹不会这么对我们吧?"

"以廉丹的残暴,还有什么事情是他做不出来的?义军是抵御蛮人、镇守汉中郡城的英雄,即便是廉丹,想要除掉我们,也很难找到合适的理由,如果我们是在剿灭绿林军的战斗中战死了,再没有比这更合适、更名正言顺的理由了。"

刘秀是通过廉丹派义军去剿灭竹山绿林军这个诡异的举动,得出后面这一连串的推论,至于他的推论究竟是对是错,他自己也不清楚,不过他的话,却让在场众人的心里都没底了。

即便是一再表示他们没有办法,只能遵从廉丹命令的冯异,这时候也垂下头,沉默不语。刘秀的话是很危言耸听,但不代表完全没有这种可能性。

"哈哈——"已经愤怒到极点的刘縯突然哈哈大笑起来,笑了好一会儿,他方收敛笑声,一字一顿地凝声说道,"廉丹老贼,不想给我等活路,我去与他拼命!"

"大哥!"

"伯升兄!"

刘秀等人急忙把气急的刘縯拉住。冯异眉头紧锁地看着刘縯,急声说道:"伯升兄,你现在去找廉丹拼命不等于去送死吗?"

稍顿,他又看向刘秀,语气沉重地说道:"就算廉丹图谋不轨,要置我等于死地,我们又有什么办法?"

刘秀眼珠转了转,说道:"要破廉丹的诡计,只有一个办法!"

众人心头一动,刘縯问道:"阿秀,你有什么好办法?"

"如果绿林军不在竹山，我们过去扑了个空，没有仗可打，廉丹欲借刀杀人的计谋也就迎刃而解了。"刘秀正色说道。

冯异的眼睛顿时一亮，不过很快又黯淡下来，说道："若是按照文叔的办法，我们得派人先一步赶到竹山，找到绿林军，劝告他们赶快撤离，可是竹山那么大，我们派去的人又去哪里找他们？即便侥幸找到了，他们也未必会听我们的话啊！"

刘秀一笑，转头看向身旁的夏若妍，说道："公孙兄忘了若妍姑娘了吗？若妍姑娘就是出自于竹山绿林军，只要若妍姑娘能先我们一步赶回去，必然可以劝退竹山的绿林军！"

夏若妍立刻跟着点头，正色说道："只要我能先一步赶到竹山，肯定可以劝动马大哥，让他带着兄弟们转移到隐蔽之处！"

刘縯眨眨眼睛，琢磨了片刻，说道："这倒不失为一条良策！"说着话，他看向冯异，问道："公孙兄，你觉得阿秀的办法如何？"

冯异眼珠转了转，含笑说道："看来，我们现在需要一匹快马！"

显然，他也认同了刘秀出的这个主意。

他们若在别的地方，想弄到一匹快马，太难了，但是在汉中郡城内想要弄到快马，并非难事，这个问题叶家自然会帮他们解决。

事后，刘縯派朱云前去叶家，让叶家为义军捐献一匹可作战用的战马，对此，叶阗连犹豫都没犹豫，大手一挥，给义军捐献了三匹战马。

当时乐得朱云嘴巴都合不拢。

刘縯和刘秀等人又商量了许久，把计划彻底敲定了下来，众人的商议才算告一段落。

这时候天色都已黑了下来，刘縯对众人说道："时间不早，大家都回去早点休息！"

众人相继起身，纷纷向刘縯告辞。刘縯还特意叮嘱刘秀，务必要给夏若妍安排一处安全稳妥的地方。刘秀含笑说道："大哥放心吧，我去处理！"

"嗯！"刘縯点了点头，又含笑拍了拍刘秀的肩膀，把他送出房间。

送走刘秀一行人后，他看向一旁的张平，问道："敬之，你有没有觉得，阿秀和以前似乎变得不太一样了？"

在刘縯的心目当中,小弟虽然不像二弟那么老实巴交,但也是个很本分的人,可现在的小弟,精明得好像修炼成精的老狐狸,而且身手也变得十分了得。

仔细想想,自从参加义军,前来益州之后,小弟完全像脱胎换骨,变了个人似的,有时候刘縯都禁不住在心里暗暗琢磨,眼前的这个小弟真的还是自己的小弟吗?

刘縯不知道的是,自从刘秀服食了金液之后,整个人的确是脱胎换骨了,不仅身体变得比以前强壮许多,就连头脑也变得比以前更加聪慧和灵敏,旁人看不明白的事,他往往能看得很透彻。

看着一脸担忧的刘縯,张平难得地笑了,说道:"阿秀一直都不是等闲之辈!"

张平平日里不太爱说话,但他绝对是个细心的人,能注意到很多常被人忽视的细节。

就拿刘秀经常去集市打探天下事来说,连刘縯都不知道,但张平却很清楚。

通过这件小事上也能看得出来,刘秀可没有打算一辈子都待在春陵这个小村子里,做个普普通通的农夫,而是胸怀大志,对未来充满了构想和企图心。

只不过刘秀是个很能沉得住气的人,或许说他的城府极深,从未对任何人表露过自己的心思,一直在苦等一个可以让自己大展拳脚的机会。

而这次的益州之行,恰恰给了刘秀发挥的空间。

刘秀能在兵荒马乱的益州一鸣惊人,张平丝毫未感到意外。

张平是个什么样的人,刘縯自然再清楚不过,听闻他对小弟的评价后,刘縯苦笑,忍不住摇了摇头,感叹道:"我这个做大哥的,恐怕还远不及敬之你了解我自己的弟弟啊!"

"伯升兄是志在四方!自然会忽略家中的一些小事情。"张平笑道。

第五十八章
拦路打劫

翌日早上，天蒙蒙亮，以张庭为首的一千名骑兵就来到了义军军营的门口。

听闻消息，刘缜急忙集结义军，从营地里跑了出来。

张庭坐在马上，打量着从军营里跑出来的义军。

人们都没有军装，穿什么的都有，杂乱无章，而且用的武器也是乱七八糟，一个个的歪瓜裂枣，张庭看罢，颇有些哭笑不得，就这么一批人，竟然能顶住两万蛮军的攻城，也着实匪夷所思。

时间不长，刘缜和冯异从人群里跑出来，到了张庭近前，双双插手施礼，异口同声道："属下刘缜（冯异），参见张大人！"

张庭的目光在他二人身上一扫而过，又看了看正在列队的数百名义军，问道："刘缜，不是说有一千多人的义军吗？现在怎么只这么点人？"

刘缜正色说道："回禀张大人，在守城之战中，义军弟兄伤亡惨重，目前还能拿起武器战斗的，已经都在这里了！"

"呵！"张庭笑了，嗤笑！他点了点头，说道："行了，既然人都到齐了，那就走吧！"反正和绿林军作战的也不是你们。他在心里又嘀咕了一句。

两军合一，义军在前，骑兵在后，总共一千五百来人，浩浩荡荡地去往东城。

到了东城城门，走在前面的义军立刻被守城的官兵挡了下来。

现在是非常时期，汉中郡城早已封城，没有廉丹的手谕，谁都出不去。

刘缜和冯异哪有什么手谕，他二人正向城门守军解释的时候，张庭带着十多名部下和护卫，快马奔了过来。到了近前，他问道："怎么回事？为何还不开城门？"

看到张庭来了，刘缜立刻跑上前去，愤愤不平地拱手说道："张大人，守城的弟兄们说我们没有廉将军的手谕，不得出城！"

张庭老脸一沉，看向守军中为首的一名军候，从腰间亮出自己的腰牌，在军候面前晃了晃，喝道："知道我是谁了吧？休要再啰嗦，打开城门！"

"张大人，属下得要看到将军手谕才……"

他话还没说完，张庭已一马鞭抽了过去，耳轮中就听啪的一声脆响，那名军候被抽得连退了好几步。张庭质问道："你连我张庭都不认识了吗？"

目前守城的守军也都是廉丹麾下的骑兵，他们自然认识校尉张庭。

被打的军候连大气都没敢吭一下，缩着脖子，向手下人连声说道："开城门！快开城门！给张大人放行！"

有张庭在场，守军对出城的义军连盘查都没盘查，目送着人们一个接着一个地走出城门，其中便包括混在刘秀等人中间的夏若妍。

廉丹恐怕连做梦都想不到，夏若妍会跟着义军，神不知鬼不觉地混出汉中郡城。

顺利出了城，刘秀、夏若妍等人无不暗暗松了口气。

等走出一段距离，朱云牵着一匹马走了过来，他把缰绳递给夏若妍，低声说道："夏小姐，趁现在，赶快走！"

夏若妍刚要去接战马的缰绳，手立刻又缩了回去，她皱着眉头问道："张庭一部就在后面看着呢！我若是骑马走了，你们怎么向张庭解释？"

朱云正色说道："夏小姐不用管那么多，伯升兄自有办法圆过去！"

刘秀冲着夏若妍点点头，提醒道："夜长梦多，若妍姑娘快走吧！"

夏若妍沉吟片刻，向刘秀、朱云点下头，然后再不犹豫，接过战马的缰绳，飘身上马，对刘秀说道："今日之恩，若妍来日必报！"

说完话，她双腿用力一夹马腹，催马跑了出去。

有一人突然快马加鞭地跑出了义军队伍，走在后面的张庭听到了手下的报信，他特意让人找来刘缜，让他解释刚才骑马出去的人是谁。

刘缜一笑，说道："张大人，那是我们刚才派出去的斥候！兵法有云，大军未动，斥候先行……"他摇头晃脑地向张庭讲起了兵法。

张庭听得头疼，那他娘的是兵马未动，粮草先行！只学了个一知半解，还敢在我面前卖弄？他心烦地向刘缜摆摆手，说道："行了行了，我知道了。"

刘缜咧嘴笑道："小人也是吃一堑长一智，上次我们遇到蛮军的埋伏，就是因为未提前派出斥候，现在小人可不会再上这个当了！"

张庭白了他一眼，不耐烦地挥手说道："好了，你回去吧！"

"是！小人告退！"刘缜向张庭躬身施礼，然后回到义军的队伍里。

从郡城到竹山，和郡城到锡县的距离差不多，只一天的路程而已，如果没有义军这个累赘，只张庭一部的话，只需半天足以赶到。

一路走来，刘缜也像模像样地不时派出斥候，打探前方的环境。等天色渐渐暗下来的时候，队伍终于进入竹山境内。

竹山县以前的人口就不多，经过蛮军和廉丹一部的野蛮屠杀，以及县内百姓的逃难迁徙，全县境内已没剩下多少人，进入竹山县后，能明显感受到当地的凄凉。

即便是在官道上，也是人迹罕见。

他们的目标是先到县城，在县城休息一晚，等到翌日天亮，再寻觅绿林军的踪迹。可他们还没到郡城，只是在半路上，路边的树林里突然杀出一哨人马，拦挡住他们的去路。

这些人都是普通百姓的打扮，人数并不是很多，满打满算，也就二十来人。

领头的这位，身材高大魁梧，向脸上看，国字脸，黑面膛，浓眉毛，小眼睛，塌鼻梁，大嘴岔，络腮胡须一根根地立着，像钢针似的，满脸的横肉，相貌凶恶，好似熊瞎子成了精。

"停、停、停！都给乃公停下！"为首的黑脸汉子站在官道的正中央，冲着对面的义军大声吆喝着。

义军众人面面相觑，不过还是停下了脚步。刘縯、冯异从人群中走出来，向前方的那二十来人看了看，皱着眉头问道："你们是什么人？为何拦住我等去路？"

"嘿嘿！"黑脸大汉咧嘴一笑，说道，"此路是我开，此树是我栽，要想从此过，留下买路财！"

哟！这是碰到山匪打劫的了！刘縯和冯异对视一眼，差点笑出来。

如果是过往的行人，你们出来打劫，倒也正常，可己方是数百名义军，还有一千名京师骑兵，你们这二十来人还敢出来打劫，这不是找死吗？

刘縯强忍着笑意，扬头说道："尔等休要自寻死路，现在让开，还可活命，若是不肯让……"

黑脸大汉完全没把刘縯等人放在眼里，双手向后一背，傲然问道："我若不让路，你又待如何？"

"尔等人头落地！"

"哈哈——"黑脸汉子仰面大笑，说道，"有本事，你尽管使出来就是，乃公今天倒要看看，你是怎么让我们人头落地的！"

这真是良言难劝该死的鬼啊！刘縯被对方的话激起了火气，他刚要迈步上前，旁边有人说道："伯升兄，杀鸡焉用宰牛刀！此贼就交给我吧！"

随着话音，盖延提着长刀，从人群当中走了出来，直奔对面的黑脸大汉而去。

黑脸大汉也不怯战，向后面勾了勾手指头，一名二十多岁的青年抱着一口九耳八环刀，来到黑脸大汉近前，将刀向前一递。

青年双臂才能抱起的这口九耳八环刀，黑脸大汉单手便轻松拿了起来，他一只手提着刀，简直轻若无物一般。

见状，刘縯等人暗暗皱眉，这个黑脸的丑鬼，力气可不小啊！

刘秀冲着盖延的背影提醒道："巨卿，小心！"

盖延点了下头，继续向前行进。

很快，盖延和黑脸汉子便走到了一起。他二人的身材都很魁梧雄壮，而且两人都是用刀，站在一起，仿佛俩门神似的。

黑脸大汉歪着脑袋，上下打量盖延一番，说道："乃公刀下不死无名鬼，阁下报个名号吧！"

"盖延盖巨卿！"

"哦！我道是谁！原来是做了蛮人俘虏的那个屁蛋盖巨卿！"

听闻这话，盖延眼珠子都红了。做过蛮人的俘虏，这可算是他一辈子的耻辱和污点。他之所以会被罢官，战败还只是个次要因素，做了俘虏才是主因。

现在黑脸大汉拿这件事挖苦他，以盖延火暴的脾气，不气炸才怪呢！他哇呀呀大叫一声，怒吼道："乃公要你的脑袋！"说话之间，他抡刀就劈。

黑脸大汉可不是只有嘴上功夫，眼瞅着盖延的一刀来势汹汹，他面无惧色，横起手中的九耳八环刀，向上硬架。

当啷啷——

这一声巨响，仿佛晴空炸雷。不管是那二十几名山匪，还是对面的义军，人们无不捂着耳朵，面露痛苦之色。

硬碰硬的一刀，盖延和黑脸大汉谁都没有被震退，看起来好像是半斤八两。

但盖延是主动出击的一方，黑脸大汉则是被动招架的一方，这种情况下的半斤八两，实则是黑脸大汉要更胜一筹。

见对方的力气非但不输盖延，甚至比盖延还要大，观战的刘秀又是吃惊，又是担心，人也不由自主地上前了一步。

这时候，随着一阵急促的马蹄声，张庭带着手下人赶了过来。

看着前方业已打成一团的二人，张庭眉头紧锁地问道："这是怎么回事？"

刘缤说道："张大人，前面有山匪拦路，巨卿前去迎敌！"

"山匪？"张庭的眉头皱得更深，举目观望着战斗中的二人，他嘟囔道："从哪冒出来的山匪？"

第五十九章
求战为虚

且说对战中的盖延和黑脸大汉,两人一口气打了十余个回合,在这十几个回合当中,大多都是盖延攻,黑脸大汉守,看起来盖延是占尽了优势。

不过十几个回合过后,黑脸大汉突然展开了凌厉的反击。

他单手抡起九耳八环刀,上下翻飞,不仅速度快,而且每一招都是力大无比,刀锋划过空气时,即便是距离好远的刘秀等人都能清楚听到刺耳的嗡嗡声。

叮叮当当!

盖延在挡下对方二十几刀的连续抢攻后,体力耗损严重,逐渐呈现出不支的迹象,人也不由自主地一退再退。

虽说盖延并不至于立刻落败,但想取胜的希望已很渺茫。

刘秀生怕盖延伤在对方的刀下,不敢再等下去,他大喝一声,抽出肋下的青锋剑,快步奔跑了过去。人还没到,他先喊喝道:"巨卿,退!"

正在交战的盖延不明白怎么回事,听闻刘秀的叫喊,他虚晃一招,向后跳跃,退出战场。他刚退下来,刘秀便从他的身边一闪而过,顺势一剑挥出。

当啷!

青锋剑正撞上追砍盖延的九耳八环刀上,空中炸出一团火星子,刘秀和黑脸大汉各自倒退了一步。

刘秀吐出一口浊气,侧头对盖延说道:"巨卿,你先退下,我来会会他!"

还没有分出胜负，盖延本不愿意下场，但刘秀已经顶上来了，他没法子，只能心不甘情不愿地退了下去。

黑脸大汉打量着站在自己面前的这位青年，脸上流露出诧异之色。

这个青年看起来高高瘦瘦的，并不像有多大力气的样子，可刚才他竟然能接下自己的重刀，这太不可思议了。

他深吸口气，刚要冲上前去，可转念一想，他开口问道："来者通名，乃公刀下，不死无名鬼！"

"刘秀！"刘秀没有多余的废话，直截了当地报上自己的名字，他也没问对方的名字，提着青锋剑，径直地向黑脸大汉走了过去。

刘秀？他就是刘秀？黑脸大汉暗吃一惊，还没等他反应过来，原本向他缓缓走来的刘秀突然单脚一踩地面，整个人仿佛离弦之箭似的，向黑脸大汉直射了过去。

好快的身法！黑脸大汉完全是出于本能反应地向前劈砍一刀，打算把迎面扑来的刘秀砍退。

结果他迎面砍出去的刀竟然不可思议地砍空了，向前直扑的刘秀，身形匪夷所思地画出一条弧线，让过黑脸大汉的重刀，闪到他的身侧，一剑直取他的侧脖。

黑脸汉子大惊，他急忙向下弯腰，沙，剑锋几乎是贴着他的头皮掠过，险些把他的发髻切下来。

这一下，黑脸大汉对刘秀可不敢再有任何的轻视之意，他打起十二分的精神，和刘秀战在一起。

在后面观战的刘缜，心都悬到了嗓子眼，浑身的肌肉绷紧，手也不自觉地握住剑柄，佩剑被他抽出了一半。

同样观战的张庭可远没有刘缜那么紧张，看着与黑脸大汉打得不分上下的刘秀，他抬手一指，问道："此子何人？"

刘缜说道："是我弟刘秀！"

张庭吃惊地看眼刘缜，难怪他此时如此紧张，原来这人就是他的弟弟，那个据说仅凭一己之力便擒下蛮族族长的刘秀刘文叔！

看着拼杀中的刘秀，他暗暗点头，此人的武艺的确非同一般，如果投入军中，有个三年五载的磨炼，必成大器，只可惜，他从一开始就走错了路，加入的是义军！

张庭虽然不是什么好人，但也是有爱才之心的，对于刘秀即将到来的命运，他也只能在心里道一声可惜。

刘秀和黑脸大汉的交战，和刚才的情况差不多，刚开始都是刘秀在抢攻，黑脸大汉并不着急反击，只是一味地被动防守。

只不过刘秀的抢攻要比盖延凌厉许多，主要是他的身法快，出招也快，常常把黑脸大汉逼得手忙脚乱。

可过了二三十个回合后，黑脸大汉也渐渐适应了刘秀的打法，开始进行反击。

双方针尖对麦芒的较量，这才算刚刚开始。

黑脸大汉抓住一个机会，一口气向刘秀连攻了九刀，刘秀的身子仿佛鬼魅似的，时而在左，时而在右，如果实在闪躲不开，就用青锋剑硬接对方的九耳八环刀。

就在刘秀铆足全力，要与对方一决雌雄的时候，黑脸大汉的大刀力劈华山地砍落，直取刘秀的头顶，后者横剑向上招架。

当啷！黑脸大汉的九耳八环刀结结实实地砸在刘秀的青锋剑上，不过两人都没有收回兵器，一个是往下压，一个是往上顶，开始较量起力气。

突然之间，刘秀感觉剑锋上的压力一下子消失了，举目一看，黑脸大汉还是一副龇牙咧嘴在施力的样子，他暗暗皱眉，没等他想明白怎么回事，耳边传来对方低低的说话声："在下马武马子张！"

刘秀心头一惊，难以置信地看着黑脸大汉，马武马子张？他就是夏若妍提到的绿林军头领？

没等刘秀接话，黑脸大汉继续道："若妍已经把一切都告诉我了！"

"那你们怎么还不走？"刘秀心头大急，按照原计划，夏若妍给他们通风报信，他们及时撤离竹山，让己方扑个空，如此一来，廉丹的诡计也无从施展了。

黑脸大汉没有回答刘秀的疑问，反问道："今晚你们会在哪里驻扎？"

"不出意外，会在县城！"

"县城的东北角有一家客来客栈，今晚子时，我们就在那里见面，有要事相商！"说完话，他突然收刀，横斩刘秀的腰身。

后者竖立青锋剑招架，当啷，随着九耳八环刀被弹开，刘秀紧接着补了一剑，直取黑脸大汉的胸膛。

黑脸大汉侧身闪躲，但稍慢了一点，就听沙的一声，他胸前的衣襟被挑开一条口子，黑脸大汉连退了数步，低头一瞧，冲着刘秀大叫道："姓刘的，你给乃公等着！"说完话，他向身后的手下人一挥手，喊道："撤！"

他一声令下，那二十几名山匪一窝蜂地跑进树林里。见状，刘缜大喜，挥剑喝道："追！"

义军正要追进树林里，刘秀急忙制止住众人，说道："不可！穷寇莫追！难道大家都忘了乾尤山之败？"

乾尤山之战，汉中军正是因为贸然追进山林当中，才中了蛮军的埋伏，几乎全军覆没。

听闻刘秀的话，原本要追进山林中的义军无不脸色顿变，原本迈出去的脚步也急忙收了回来，并向后连退。

张庭也不认为己方有去追杀几个山匪的必要。他向刘缜说道："行了，既然那几个不长眼的山匪已跑，我们还是快点赶路吧，天马上就黑了！"

刘缜先是看眼刘秀，而后向张庭点点头，率领义军，继续往县城方向进发。

天黑。

义军和骑兵的队伍刚好抵达县城。

竹山县的县城是一座小城，现在，这座小城已然变成了一座死城，城内黑漆漆的，一点光亮都没有，进入城中，冷冷清清，声息皆无，连个人影子都看不到。

而在街道上，墙壁上，还能看到已然干涸发黑的血迹。虽说城内的尸体早已被清理干净，但空气中似乎还弥漫着血腥味和腐臭味。

自打进入城中，无论是义军还是京师骑兵，都禁不住连连打寒战。城内的一切都太诡异也太恐怖了，让人心里不由得阵阵发毛。

刘縯和冯异找到张庭，问道："张大人，我们今晚……今晚就住在城内吗？"

张庭清了清喉咙，故作镇定地说道："城内很好啊，城中无人，这么多的空房子，可以随便我们住！"

刘縯和冯异对视一眼，谁都没有接话。

张庭一笑，说道："好了，我们在竹山县也只是住一宿，明日剿灭绿林军后，便可返回郡城了。"

"张大人所言极是！"

住在空无一人的竹山县城，张庭的心里也很不舒服，但他不能在义军面前表现出惧意，硬着头皮也得在这里住下来。

他慢条斯理地说道："刘縯，今夜的巡逻，就交由你们义军了。"

刘縯欠身说道："小人遵命！"

张庭满意地点点头，之后他在县城的中央选了一家最大的客栈，他手下的一千骑兵，要么是跟着他住在客栈里，要么是住在客栈的周边。

至于义军该住在哪里，刘縯没有硬性规定，让大家随便去住。

但即便如此，人们也都是住在客栈附近，毕竟京师军都在这里，他们离京师军近一点，心里也更有底些。

刘縯和刘秀等人选择了一间酒馆，可惜酒馆里早已被搬空，里面既没有酒，也没有吃食。

等安顿妥当之后，刘縯把刘秀叫到自己近前，小声问道："阿秀，今天你为何阻止我们去追杀那些山匪？"

刘秀向四周看了看，凑到刘縯近前，低声说道："大哥知道那个黑脸的汉子是谁吗？"

"不是山匪吗？"

"他就是马武！"

"是他？"刘縯先是一愣，而后大吃一惊，他就是竹山绿林军的头领，马武马子张？

"他是来和我们接头的！我和他打斗的时候，他告诉我，今晚子时，去县城东北角的客来客栈和他见面！"刘秀在刘縯耳边细语道。

刘縯眉头紧锁，沉声说道："真是岂有此理！不是已经通知他们了吗，让他们赶紧撤离竹山，他们怎么还留在这里？"

对此刘秀也很不解，但他和马武接触的时间有限，无法询问太多。他说道："既然马武一群人没有撤走，想来一定是有很重要的事需要他们留下来处理！"

"还有什么事情能重要过掉脑袋？"刘縯不满地连连摇头。

"大哥，今晚我们要不要去见他？"刘秀问道。

第六十章
接头为实

刘縯沉默了片刻，无奈地摇摇头，说道："要去见！也不能不见！"

他必须得弄清楚以马武为首的竹山绿林军为何还要留在竹山。他们想死不要紧，但不能连累到义军这几百口人啊！

"好在张庭把巡城的活儿交给我们义军了，如此一来，我们晚上去见马武也方便了许多。"

想去想来，难怪那个黑脸汉子武艺那么高强，连盖延都不是他的对手，后来之所以会被阿秀挑破了衣服，应该也是他故意为之。

刘縯暗暗挑起大拇指，武瘟神马武，果真名不虚传啊！

当晚，天近子时的时候，刘縯、刘秀两兄弟，带着冯异、盖延、龙渊、李通、李轶、朱云、张平等人，去往约定好的那家客来客栈。

客来客栈并不难找，位于县城的东北角，这是此地最大的一家客栈，门脸豪华又大气，十分醒目。

到了客栈近前，众人停下脚步，向四周看了看，而后刘縯对龙渊、朱云、张平三人说道："你们留在外面守着，稍有风吹草动，立刻来报！"

见三人点了头，刘縯、刘秀等人走到客栈的门前，刘縯伸手轻轻推了下房门。随着吱扭一声，房门缓缓开了。

刘縯眯了眯眼睛，一手握住佩剑的剑柄，然后提步走了进去，刘秀、盖延等人紧随其后，走了进来。

客栈里没有点灯，黑漆漆的一片，就在众人向四下张望的时候，刘秀突然跨前一步，看着客栈最里面的角落，沉声说道："出来！"

刘縯等人顺着刘秀的视线看过去，黑咕隆咚的，什么都看不见。不过刘秀却盯着漆黑的角落，眼睛眨也不眨一下。

就在众人颇感莫名其妙的时候，只听角落里传来沙沙沙的脚步声，一条黑影在黑暗当中慢慢浮现出来。

见状，众人也都跟着紧张起来，肋下的佩剑都抽出了一半。

"哈哈——"那黑影突然发出笑声，语气轻快地说道，"文叔好眼力！"

随着话音，黑影彻底从阴暗的角落里走出来，借着门外射进来的月光，人们定睛一看，这位正是傍晚他们遭遇的那个山匪头领。

黑影走到众人近前，站定，特意摊了摊自己空空的双手，让他们都看清楚，他手里没有武器。

他含笑说道："诸位不必紧张，我们不是敌人！"说着话，他又扬头道："客人到了，大家都出来吧！"

随着他的话音，从通往二楼的台阶上，走下来一行三人。在这三人当中，有一人刘秀等人都认识，正是夏若妍，另外的两人，除了冯异，他们都没见过。

走在前面的这位，身材魁梧，五官端正，浓眉大眼，鼻直口方，相貌威严，威武雄壮。后面的那位，身材相对矮小，生得獐头鼠目，其貌不扬。

看清楚那位容貌威严的汉子，冯异不自觉地睁大眼睛，面露惊讶之色，脱口说道："次况兄？"

那名威严汉子被人叫出了名字，也是明显一怔，露出错愕之色，他对上冯异的目光，看罢，又惊又喜道："公孙兄！"

他二人谁都没想到，竟能在竹山县城遇到老熟人。

见刘縯和刘秀等人都不解地看着自己，冯异连忙解释道："伯升兄，这位是我的旧识，铫期铫次况！"

听闻铫期铫次况这个名字，刘縯没什么反应，刘秀却下意识地说道："你是铫期？"

铫期看向刘秀，在他印象中，自己不认识这个青年，难道他还认识自己不成？

看出他的疑问，刘秀含笑说道："次况兄为父奔丧，守孝三年，至孝之名，闻于天下！"

冯异和铫期都是颍川郡人氏，他二人认识，并不让人意外，而刘秀之所以听过铫期的名号，全依仗于他在老家耕田时的副业，刘打听！

刘秀经常往返于集市，接触三教九流，在贩卖粮食之余，就是打听天下之事。

铫期在颍川郡的确很有名气，但出了颍川，知道他的人并不多，起码刘縯和李通、李轶都没听说过他，但刘秀却知道有他这么一号人。

他不仅知道铫期这个人，而且还知道他为父守孝三年。他这一开口，立刻便博得了铫期极大的好感。

后者急忙拱手作揖，正色说道："至孝之名，次况愧不敢当！"

冯异从震惊中反应过来，他诧异地问道："次况兄为何会在竹山？怎么还和……"还和绿林军搞到一块去了？后半句话，他没好意思问出口。

在他看来，铫期和绿林军不仅不该在一起，而且还是死敌。铫期可不是普通百姓家出身，他的父亲铫猛乃桂阳郡太守，铫期出自于根正苗红的官宦之家。

铫期看向冯异，问道："公孙兄可知家严为何亡故？"

见铫期问话时目现精光，冯异把"病故"二字吞了回去，缓缓摇头，表示不知。

铫期说道："家严乃被王莽所害！"

"啊？"冯异还真不知道竟有这等事。

铫期凝声说道："荆州受灾，民不聊生，朝廷赈灾不力，各级官员中饱私囊，家严曾向朝廷上疏，弹劾荆州牧胡仑侵占赈灾粮食，王莽非但不惩治贪官，反而听信谗言，斥责家严，陷害忠良。家严并非病故，而是被王莽昏君，被胡仑等一众狗官活活逼死的！"

冯异默然，这种事情，在当今的官场上已是屡见不鲜。铫猛是个好官，可惜的是，这样的好官，在新莽朝廷里根本没有生存的空间。

当所有人都在随波逐流，谋求一己私利的时候，突然有一股清流冒出来，不被众人踩死才怪呢！

黑脸大汉马武见刘秀和冯异还认识铫期,哈哈笑道:"既然大家都是老相识,就别在这里站着了,走,我们去里面叙旧!"

说着话,他向众人摆摆手,带头向酒馆的里面走去。

冯异和铫期走在一起,两人也是许久不见,有很多的话想谈。

夏若妍走到刘秀近前,含笑说道:"文叔!"

刘秀向她点了下头,问道:"夏姑娘路上可还顺利?"

夏若妍说道:"很顺利,这次真不知该如何感谢文叔的鼎力相助!"

刘秀笑道:"夏姑娘不必客气,说起来,我们也是在帮自己!"

"不管怎么样,若妍还是要感谢文叔的救命之恩!"说着话,她向刘秀施了一礼。

刘秀搀扶住她的胳膊,说道:"夏姑娘客气了!"

走在前面的铫期回头看眼刘秀,低声问道:"公孙兄,这位便是刘秀?"

冯异含笑点点头,同样小声问道:"次况兄以为如何?"

"不错!"铫期回了两个字。

铫期生得威严,为人也严肃,能被他评价为不错,已经很不容易了。

马武见过刘秀后,对他的武艺赞不绝口,夏若妍从郡城逃回来后,对刘秀的人品赞不绝口,似乎但凡和刘秀接触过的人,都对他称赞有加。铫期还真挺好奇,刘秀到底是个什么样的人。

刚才刘秀听了自己的名字,竟然一口就能说出自己为父守孝三年的事,这个人的见识之广,消息之灵通,令人咋舌。他沉默了片刻,又补充了一句:"很不错!"

冯异闻言笑了,他对刘秀的看法与铫期一样。

别看平日里刘秀不显山不露水,似乎只是生活在大哥的庇佑之下,但每逢关键时刻,他总能做出重要的决定,而事实证明,他的决定往往都是正确的。

如果把一个人按深度来比喻的话,刘縯可能是一口井,或者是一条江河,而刘秀则更像是深不可测的大海。

马武把众人领进酒馆的酒窖里,令刘縯等人吃惊的是,酒窖里竟然囤积了数以百计的酒坛子,而且都是没开过封的。

看着众人惊讶的表情,马武露出得意之色,说道:"这些酒水,都是我在县城里收集来的!怎么样,数量够多吧?"

马武这个人,不爱财,不爱权,唯独贪恋杯中之物。他可以一天不吃饭,但绝不能一天不喝酒。

他的话把在场众人都逗乐了,气氛也轻松了不少。在酒窖当中,马武等人点亮了蜡烛,众人纷纷席地而坐。

经过一番的寒暄和相互介绍,刘秀知道那个其貌不扬的瘦小汉子名叫铫真,和铫期没有亲戚关系,而是铫府的家仆,两人年纪相仿,既是主仆关系,也是从小到大的玩伴、挚友。

刘縯最先切入正题,他面色一正,看向马武,说道:"子张兄,你麾下有多少人?"

马武想了想,说道:"有一百来人。"

刘縯问道:"子张兄认为,这一百来人能否抵挡得住一千骑兵?"

别说一千骑兵,即便是一百骑兵,一个骑兵冲阵过去,这一百来人也剩不下几个了。

马武明白刘縯问话的用意,是责问自己为何得到了夏若妍的报信,还留在竹山没有走。马武环视在场众人,说道:"我认为,这次我们若是撤离了竹山,等于是丧失了一次绝佳的机会。"

刘縯暗暗皱眉,问道:"什么绝佳机会?"

"全歼张庭一部的机会!"马武一字一顿地说道。

刘縯看着马武,眨眨眼睛,突然哈哈大笑起来,说道:"全歼张庭一部?子张兄,你可能没听清楚我的话,张庭一部是一千骑兵!"

他特意加重"骑兵"二字。那不是一千步兵,更不是一千的乌合之众,而是最骁勇、最凶悍的京师骑兵!

第六十一章
明争暗斗

马武淡然一笑,说道:"在平原作战,骑兵的优势才能发挥到最大,可这里是哪?是竹山县城,若是在县城里打巷战,骑兵还有什么优势可言?"

刘缤摆了摆手,就算打巷战,骑兵没有了冲锋的优势,变成了一千步兵,双方的战力相差也太过悬殊。

京师军的兵卒,完全是一个人可以当成两个人来用。

每一名京师兵身上都装备了战弩,这一千兵可以随时变成一千弩手,你就算拼死顶住了他们的箭射,冲到他们近前,这一千兵又可以立刻变成一千名经验丰富、骁勇善战的近战兵。

面对着身经百战、武装到牙齿的京师军,你三五个人去打人家一个兵都费劲,你还要一个人去打人家十个?这不是开玩笑吗?

冯异、盖延、李通、李轶也都是面色凝重,认为马武要全歼张庭一部太过于异想天开,完全不现实。

就在众人皆沉默不语的时候,刘秀突然开口说道:"若想全歼张庭一部,也并非一点机会都没有!"

听闻这话,众人的目光齐刷刷地落到刘秀身上。

刘秀说道:"若是义军站在绿林军这一边,双方的兵力就不是一百对一千,而是六百对一千,相差没有那么悬殊!"

马武闻言,眼睛顿时一亮。这正是他把刘秀等人找来的原因,只不过这话他还没有说出口,刘秀倒是主动提出来了。

刘秀继续说道:"另外,我们还有一个最大的优势,我们和京师军现在还是友军,京师军对我们义军完全无防备之心,倘若义军和绿林军能里应外合,定可杀张庭一部一个措手不及,胜算自然大增!"

马武看着刘秀的眼睛变得更亮,真没想到,己方打的主意,刘秀竟然都想到了。

刘𬙂、冯异等人吸了口气,倘若真这么做的话,就像刘秀所说,全歼张庭一部的确有很大的机会。

刘秀转头看向马武,说道:"若能全歼张庭一部,最大的战利品,就是那一千匹战马,不知子张兄要如何分配这一千匹战马?"

马武愣了愣,含笑说道:"如果伯升兄和文叔贤弟想要的话,我可以一匹马都不留,全部送给两位,以及义军弟兄们!"

他此言一出,连刘𬙂都为之心动不已。一千匹战马啊,战场之上,一千匹战马的战斗力能抵得过好几千人呢。说白了,在战场上,人命都没有马命值钱。

有了这一千匹战马,自己的手里等于拥有了雄厚的本钱,回到南阳老家,揭竿而起,完全可以组建出一支拥有极强战斗力的骑兵!

不过刘秀听了马武的话,却笑了,摇了摇头,说道:"子张兄这么说就太没有诚意了吧!"

马武一怔,不解地问道:"所有的战利品,我们绿林军统统不要,皆可让给义军兄弟,难道这还叫没有诚意?"

刘𬙂也是疑惑不解地看着刘秀,不明白他何出此言。

刘秀正色说道:"子张兄应该很清楚,这一千匹战马,我们一匹都带不走!"

众人闻言,脸色皆为之一变,齐刷刷地看向马武。

马武眼珠转了转,故意装糊涂,笑问道:"文叔贤弟以为等事成之后,我们绿林军会突然反水,向你们义军发难?"

说着话,他嘭嘭地拍着自己的胸脯,振声说道:"我马子张可以对天发誓,绝不会做出此等忘恩负义之事,否则天诛地灭,让我死无葬身之地!"

刘秀笑了,摇头道:"子张兄会不会反水,我不知道,我只知道,我们若是带走了京师骑兵的战马,别说一千匹,哪怕就是一匹,一旦被人发现，告到廉丹那里，这就是掉脑袋的死罪，义军上下，谁都别想活。所以，子张兄很慷慨，但子张兄心里也应该很明白，你此时的慷慨，对于我们义军而言，一点用都没有，我们什么都带不走。"

古代正规军的战马都是有专属印记的，烙印在马臀上，即便有人捡到了战马，若拿到集市上去贩卖，立刻就会被发现、被举报。

在军队里，战马比人命值钱得多，偷窃、贩卖军马，被抓到就是个死。

听完刘秀这番话，众人才算反应过来，马武究竟打的是什么鬼主意。

他找己方联盟，欲全歼张庭一部，而且大方地提出不要任何战利品，承诺会将所有战利品都让给己方，等于是白白出力打仗。

听起来是够大方，可实际上，他这是假大方，因为他心里很清楚，己方既带不走一匹战马，也拿不走一件兵器和盔甲装备，到最后这些战利品都会是他的。

刘縯心头火起，腾的一下站起身形，对马武说道："我们义军以真心待你，而你却如此算计我义军，既然如此，我们之间也没什么好谈的了，我们明日就在战场上见分晓！"

马武不以为然地耸了耸肩，说道："若是真上了战场，谁死谁活还不一定呢！伯升兄，你认为张庭一部真的只是来督战的吗？"

刘縯脸色一沉，正要说话，马武转头看向刘秀，嘿嘿地笑了两声，问道："文叔贤弟，你不要战利品，那你想要什么？大家都是聪明人，就直接开门见山地把话说清楚吧！"

刘秀点了点头，突然抬手指了下马武。

等了一会儿，没有听到刘秀往下说话，马武不解地问道："文叔贤弟可是有难言之隐？"

"我已经回答子张兄了。"

"你说了什么？"

刘秀再次指了指马武，含笑说道："我要你啊！"

"什么？"这时候，马武也被刘秀说蒙了，回手点着自己的鼻子，问道，"我？"

刘秀说道："想让我们义军配合你们绿林军行动，全歼张庭一部，可以，不过我们有个条件，也是唯一的条件，子张兄需拜在我大哥麾下，尊我大哥为主公！"

他这番话，在场众人同是一惊。

马武也不自觉地站了起来，目瞪口呆地看着刘秀。

刘秀含笑说道："子张兄说所有的战利品都会让给我们，而我们又恰恰带不走这些战利品，到最后，这些战利品也只能交由子张兄来保管，这又怎么能算是让给我们呢？若子张兄投靠到我大哥麾下，从此以后大家都是自己人，那么子张兄才算是真正兑现了承诺，并没有失信于人！"

他这话，让马武差点吐血，马武这辈子，最看重两样东西，一个是酒，一个就是信字。

他原本打的主意是，以献出所有的战利品为诱饵，来换取义军与己方的里应外合，好全歼这支以张庭为首的一千骑兵。

等到事后，当义军发现他们带不走这些战利品的时候，为时已晚，己方既可以白白捡个大便宜，又没有失信于人。

毕竟东西我不是不给你们，而是你们拿不走，那可就怪不得我了！

现在他打的鬼主意被刘秀全部点破，让马武反而骑虎难下，进退维谷。

如果现在他不接受刘秀的条件，便显得他一开始就是在用诈，如若接受了刘秀的条件，自己的头顶上平白无故地多了一个主公，那不是吃饱了撑的吗？

马武的脸色变幻不定，转头看向铫期。就头脑而言，铫期可比他精明得多，马武的很多鬼点子，其实都是铫期帮他想出来的。

铫期眨眨眼睛，仰面大笑起来，他看向刘秀，说道："文叔贤弟，让我们拜你们刘家兄弟为主公，倒也不是不可以，不过，究竟是拜兄为主公，还是拜弟为主公，可就得由我们自己来决定了。"

稍顿，他又一本正经地说道："我看文叔贤弟就很不错，聪慧过人，能文能武，依我之见，我等拜文叔贤弟为主公再合适不过，子张，你说呢？"

马武不知道铫期打的是什么鬼主意，不过他对铫期说的话，拥有本能的信任感，听完他的话，马武大点其头，说道："没错！次况的意思，就是我马子张的意思！"

铫期用的这招，叫兄弟阋墙。你不是拿我们的话来压我们，非要我们拜刘縯为主公吗？那我们就偏偏要拜你刘秀为主公，让你们弟强兄弱，兄弟之间出现矛盾，如此一来，你刘家兄弟招揽我们的代价就太大了。

其实铫期也不是真想看到刘家兄弟出现内讧的那一幕，他就是想看看我使出这一招之后，你刘秀又如何来破解！

刘秀心思急转，只沉默片刻，淡然一笑，说道："大哥与我，一奶同胞，同血同脉。先父病故，家中无主，长兄为父。连我都是我大哥的，何况是我的部下？若子张兄、次况兄真愿拜在我刘秀门下，我欢迎，我相信大哥也会欢迎！"

说着话，他转头看向刘縯。刘縯大笑，拍着刘秀的肩膀，傲然说道："吾弟若能招收天下豪杰于门下，自然是人中龙凤，我这做大哥的，又岂能不与有荣焉？"

如果兄弟之间以前不太和睦，还真有可能被铫期的刚才那番话引出猜忌之心，不过刘縯和刘秀的感情极深，而且刘秀刚才的话也让刘縯颇受感动。

其实仔细想想，自从自己加入义军，进入益州以来，小弟嘴上从来没有说过什么，但一直在用实际行动给予自己最大的支持。有弟如此，夫复何求？

看着刘縯和刘秀兄弟情深的场景，铫期暗道一声惭愧，他站起身形，向刘縯和刘秀各施一礼，说道："刚才次况冒犯了，还望伯升、文叔莫要怪罪。"

刘秀拱手回礼，然后笑呵呵地问道："次况兄可是做出决定了？"

马武和铫期都是世间难得一见的奇才，如果他俩肯投靠到大哥麾下，对于大哥而言，将会是无比巨大的助力。

现在难得有机会可以把他二人拉拢过来，刘秀的心激动得都快从嗓子眼里蹦出来，他无论如何也不能放过这个机会。

铫期沉吟片刻，突然屈膝跪地，向前叩首，同时说道："次况拜见两位主公！"铫期对刘秀头脑的聪慧以及反应的机敏，是打心眼里佩服，如果要他拜刘家兄弟中的一位为主公，他一定选刘秀。不过他也确实担心弟强兄弱，将来有可能导致兄弟阋墙的情况发现，所以他此时才说是拜他二人为主公。

第六十二章
恨意种子

马武见铫期突然拜了刘縯和刘秀为主公,他不由得怔住了。他清了清喉咙,小声说道:"次况……"

他的小声,在地窖里异常清晰,是个人就能听见。

铫期说道:"伯升、文叔,皆非池中之物,将来必成大业,此时不投,又等待何时?"

别看马武是竹山绿林军的头领,但他对铫期的话一直都是言听计从。听闻他此言,马武也不再犹豫,跪地叩首,学着铫期的话,说道:"子张拜见两位主公!"

铫期的能耐有多大,刘縯没见过,不过马武的能耐,他可是亲眼所见。

见他二人都肯拜自己为主公,刘縯喜出望外,跨前一步,一手托一个,说道:"子张、次况不必多礼,快快请起!"

在刘縯伸手相托的时候,马武和铫期不约而同地看了对方一眼,两人心有灵犀,暗暗施劲。

刘縯托他二人的动作稍微一僵,不过脸上依旧带着笑意,硬是把跪地不起的二人给托了起来。

虽说马武和铫期并没有使出全力,甚至连五分力气都不到,但刘縯能一手一个,把他二人同时托起来,这份臂力也着实够骇人的了。

马武和铫期在心里暗暗点头,刘家兄弟,果然厉害,大哥天生神力,小弟天资聪慧。马武和铫期投靠刘家兄弟,可以说这让刘家兄弟的实力,有了一个质的飞跃。

要知道马武和铫期这两个人都是能单枪匹马做猛将、统率三军做统帅的当世豪杰。

在中国的传统门神当中，有很多不同时期的名将，其中便有这两位的一席之地，"武瘟神"马武马子张，"汉太岁"铫期铫次况，都是较为常见的门神。

值得一提的是，后来铫期不仅是刘秀麾下的大将，而且还做过刘秀政权特务机构的负责人，对外打探敌情，对内监察百官，可谓位高权重，深得刘秀的信任。

马武和铫期的关系很好，但有意思的是，马武是南阳人，铫期是颍川人，前文已经提过，将来刘秀麾下主要就是两大派系，一个是南阳系，一个是颍川系，而马武和铫期正是分属这两个派系。

刘秀目光一转，看向冯异，问道："公孙兄，我们与绿林军联手之事，你认为如何？"

在场的众人，唯一还没有明确态度的就剩下冯异了。

盖延已经选择投靠刘秀，李通、李轶兄弟也因为"刘氏复兴，李氏为辅"的谶语，愿意辅佐刘縯、刘秀兄弟，马武、铫期拜刘家兄弟为主公，现在只剩下冯异的态度还让人琢磨不透。

而冯异的态度又恰恰至关重要。

虽说刘縯是义军的首领，但那只是名义上的，现在这五百多人的义军，襄阳义军没剩下几个人，大多是冯异的部下，他们会不会接受与绿林军联手，铤而走险地去对付张庭一部，冯异的态度自然是决定性因素。

趁此机会，刘秀也想让冯异表明他的态度，明确他的立场。

在场众人的目光齐刷刷地落在冯异身上。冯异低垂着头，沉默未语。

他和刘縯、刘秀乃至马武、铫期、盖延、李通等人都不一样，他是有官职在身的人，虽说官不大，但终究还是官员。

如果参与到这件事里，他等于是彻底走上了谋反的道路。

冯异沉默的时候，众人谁都没有说话，静等他的表态。

酒窖里，静得鸦雀无声，落针可闻。也不知过了多久，冯异缓缓抬起头来，环视在场众人一眼，最后目光落在刘秀身上，问道："文叔，事后我等当如何？"

杀了廉丹麾下的一千骑兵，这可不是件小事，必然会引来廉丹的疯狂报复，就义军和绿林军这点人，于正面战场交锋，还不够廉丹一部塞牙缝的。

刘秀已然想好了应对之策，他对上冯异的目光，问道："公孙兄想听听我的谋划？"

冯异一开始还没反应过来，下意识地点点头，他当然得先听听刘秀到底是怎么谋划的，再决定自己要不要加入其中。

刘秀一笑，再次问道："公孙兄当真要听？"见冯异正要接话，他又说道，"公孙兄一旦听了我的谋划，可就再没有退出的可能了。"

啊，原来在这等着我呢！冯异这才恍然大悟，为何刘秀一再问自己要不要听。他琢磨了片刻，把心一横，做出决定，说道："文叔，你说吧！"

刘秀深深看眼冯异，点了点头，把众人聚拢到自己近前，将自己的谋划一五一十地讲出来。

第二天，清晨。

京师军和义军吃过早饭，离开竹山县城，去往绿林军的住地。

在来竹山之前，那名被擒的刺客就已经交代了绿林军的老巢。

大军浩浩荡荡地赶到绿林军的老巢后，却扑了个空，这里早已是空无一人，连东西都被搬光了。

张庭大怒，气急败坏地下令，放火烧山，把绿林军的老巢连同整座山林，全部烧掉。

这一把大火，将整座山林烧得浓烟滚滚，火光冲天。

大军正在山下观望着山上火势的时候，突然有探子跑来禀报，南面二十里外发现绿林军踪迹。

张庭闻言大喜，急忙下令，全军向南进发，务必要追上逃走的绿林军。

赶路时的张庭，不断地向义军发令，加快行军速度。

可是张庭一部都骑着马，而义军只是靠两条腿，他们又怎么可能跑得过骑兵。

不管张庭怎么催促，义军的速度仍无法让他满意，但他又不好亲率骑兵去打头阵，只能耐着性子跟在义军的后面。

当他们追到发现绿林军的地方时，这里只剩下几堆篝火余烬，显然，绿林军在这里刚刚生火吃过饭，而且走得还挺从容，甚至是把篝火熄灭了才离开的。

本就憋着一肚子火气的张庭，肺都快气炸了。看地上的痕迹，绿林军是往东面逃走的，他立刻下令，继续追敌。

刘縯和冯异气喘吁吁地来到张庭近前，二人抹了一把脸上的汗珠子，边喘着粗气边说道："张大人，让兄弟们歇歇吧，兄弟们实在是跑不动了！"

二十多里的急行军啊，连马儿都会累，更何况是人？

张庭恶狠狠地瞪了他俩一眼，怒声说道："歇？若不是被你们拖累，绿林军又岂能逃掉？你二人还好意思提在此地停歇？立刻追敌，不得有误，倘若延误战机，格杀勿论！"

刘縯和冯异吓得一缩脖，再不敢多言半句，回到义军队伍里，传令众人，继续追敌。

义军不是正规军，没有接受过太强化的训练，人们能坚持到现在已经很不容易了，结果现在连歇都不让歇，还要继续赶路，去追击绿林军，众人的心里都积满了怨气。

不过看着和他们同样汗流浃背、累得脸色泛白的刘縯和冯异，人们心里也清楚，这个命令肯定不是刘縯和冯异下的，一定是京师军下的。

京师军都是骑兵，他们有马可骑，自然不累，但你也不能不管我们义军的死活啊。

这次的追击，义军的速度更慢，一是人们的心里有抵触情绪，其二，体力也着实坚持不住了。

张庭对义军的速度自然大为不满，向周围的手下人传令，督促义军，全速行进。

他所谓的督促，可不是喊喊口号，张庭麾下的骑兵冲入义军当中，挥起马鞭子，死命地抽打周围的义军。鞭子抽打在人们身上的噼啪之声不绝于耳。

"快一点！都他娘的别磨蹭了，再快一点！"

鞭子的抽打声，骑兵的叫骂声，义军的惨叫声，一时间连成了一片。挨了鞭子的义军，对京师军的愤怒和恨意，都已到了爆发的边缘。

而这正是刘秀想要的。

由上而下的命令，让义军弟兄去和京师军作战，人们未必有这个胆量，即便不得不遵从刘𬙋和冯异的命令，只怕也会出人不出力，无法做到全力以赴。

只有让他们发自内心地憎恶京师军，愤恨京师军，他们在和京师军作战的时候才能百分百地使出全力。

京师军倒是也配合刘秀。此时的京师军已完全不把义军当人看了，就像在驱赶一群牲口，为了逼迫他们全速行进，挥舞着鞭子，死命地往他们身上抽打。

义军当中也有脾气火暴之人，当一名大汉连续挨了好几鞭子后，他实在受不了了，停下脚步，当骑兵的马鞭子再次抽到他身上时，他猛地一抬手，将马鞭子抓住，扬起头，怒视着骑在马上的骑兵。

那名骑兵被他的眼神吓了一跳，沉声喝道："松手！听到没有？我让你松手！"

那名义军汉子也不说话，更没有松手，死死抓着马鞭子，眼中跳跃着怒火，直勾勾地瞪着对方。

就在他二人僵持不下之时，一名骑兵冲了过来，人马未到，长戟先至。耳轮中就听噗的一声，长戟的锋芒贯穿那名义军大汉的胸膛，将其直接刺翻在地。

义军的忍耐已经到了极限，此时见到己方的一名兄弟无缘无故地被骑兵杀了，人们再忍不住，纷纷把身上的武器抽了出来，那名杀人的骑兵正要拨转马头跑回去，周围的义军一拥而上，将他从战马上硬拽了下来。

暴怒的义军纷纷举起手中的武器，正要往下砸落，猛然间，就听有人暴吼一声："住手！"

人们循声望去，只见张庭在众多骑兵的护卫下，骑马跑了过来。

与此同时，刘𬙋和冯异二人也从人群当中挤了出来，看到地上义军兄弟的尸体,他二人又惊又骇,不知道到底发生了什么事。

附近的义军将事情的经过一五一十地讲述了一遍。刘縯和冯异听后,亦是义愤填膺,双双向张庭看去,说道:"骑兵无缘无故杀我义军弟兄,张大人总该给我们义军弟兄一个交代吧?"

第六十三章
厚此薄彼

张庭闻言，嗤之以鼻，不就是死了一个义军吗，这还算是个事？

不过看到在场的义军都用愤怒到极点的目光瞪着自己，张庭也意识到事态有可能会失控，现在还不是撕破脸的时候。

他看向杀人的部下，慢条斯理地说道："滥杀义军，其罪当罚，抽一百马鞭，以儆效尤！"

一百马鞭，这个惩处说重不重，说轻也不轻，主要得看执刑者的心态如何。

如果执刑者是往死里打，一百马鞭足以把人抽死，如果执刑者故意放水，一百鞭子抽完，受刑之人还能活蹦乱跳的。

张庭说责罚杀人者一百马鞭，义军众人心中就算有不满，也都忍了下去，毕竟这个责罚也不算轻。

可当骑兵开始执刑的时候，义军众人无不气炸了肝肺，七窍生烟。

杀人者挨鞭子的时候，连身上的盔甲都没被卸下来，执刑之人拿着鞭子，慢悠悠地抽打着杀人者背后的铠甲，周围的嬉笑之声不绝于耳。

这不是在执行军法，更像是在做游戏。

刘縯和冯异阻拦住暴怒的义军众人，冯异意味深长地感叹道："人为刀俎，我为鱼肉，如之奈何！"

周围的义军弟兄闻言，无不眼圈泛红，满脸的悲痛之色。

这只是双方在行军路上的一段小插曲，但这段小插曲却在义军众人的心里埋下了愤怒的火苗和仇恨的种子。任何一个外因，都有可能把这股濒临爆发的力量引爆。

义军和骑兵向东又追出二十里,依旧是扑了个空,连绿林军的人影子都没看到。

看绿林军留下的痕迹,又是向北跑了,张庭还要下令追击,但义军实在是跑不动了,很多人躺在地上,已经累到虚脱,任凭骑兵的马鞭子落在自己身上,就是无法再从地上站起了。

刘縯和冯异再次找上张庭,请求原地休整。看义军的人的确是不行了,张庭无奈之下,也只好下令,原地稍作休息,然后继续赶路,追击绿林军。

经过短暂的休息,根本没有缓过乏的义军众人,再次起程,向北行进。

当他们追击到县城北部的时候,天色已然黑了下来,至于绿林军,依旧没有出现在人们的视野当中。

这一天他们基本没干别的,一直在跑,差不多是把竹山县城绕了一大圈。

眼瞅着天色已要大黑,张庭无奈,只能下令收兵,返回县城。

在回去的路上,张庭的嘴巴也没闲着,一直都是骂骂咧咧,埋怨己方受了义军的拖累。

张庭对义军的态度,直接影响到他手下人对义军的态度。张庭对义军大为不满,导致他手下骑兵对义军的态度也越发的恶劣,肆无忌惮。

进入县城时,刘縯和冯异来找张庭,提出今晚换成骑兵来守夜,义军弟兄跑了一整天,太辛苦了。

张庭闻言,差点气乐了,你义军跑了一整天很辛苦,难道自己手下的弟兄们就不是跑了一整天,他们就不辛苦了?张庭想都没想,断然拒绝了刘縯和冯异的请求。

刘縯和冯异正与张庭商议的时候,刘秀急匆匆地跑了过来,大声说道:"大哥,我们在那边发现……"话到一半,他看眼张庭,把后半句话咽了回去。

张庭有听到刘秀的喊声,举目一瞧,见刘秀正在转身往回走,他大声喊道:"刘秀,你站住!过来!"

刘秀已然迈出去的脚步又慢慢收了回来,然后慢吞吞地走到张庭近前,耷拉着脑袋,小声说道:"张大人。"

张庭问道:"刚才你说发现了什么?"

"没……没什么……"刘秀支支吾吾地说道。

张庭冷冷哼了一声,说道:"隐瞒军情不报,你可知是何罪?"

刘秀身子一震,急忙抬头说道:"张大人,我可没有隐瞒军情!"

"那你说,你刚才发现了什么?"张庭凝视着刘秀。

"是……是……一家酒馆!"刘秀嘟嘟囔囔地说道。

张庭翻了翻白眼,但转念一想,又觉得不对劲。县城里有那么多家酒馆,这又有什么好稀奇的,至于让刘秀急匆匆地来找他大哥,大呼小叫的吗?

他眼珠转了转,嘴角勾起,问道:"刘秀,你是不是在酒馆里发现了什么?"

"这……"

"说!"

"有……有酒!"刘秀缩着脖子说道。

张庭先是一怔,而后扑哧一声笑了出来,随口问道:"有多少?"

"很……很多的酒!"

"很多又是多少?"

"起码……起码得有数百坛!"

"多少?"张庭怀疑自己的耳朵是不是听错了,竹山县还藏有数百坛的酒,这怎么可能呢?

整个县城都已人去楼空,而且不知被洗劫了多少遍,怎么可能还会有这么多的酒保存下来?

"数百坛!"

"在本校尉面前扯谎的后果,你应该很清楚。"张庭一字一顿地警告道。

刘秀急声说道:"小人没有扯谎,小人所言,句句属实。"

"那好,你现在就带我去看!"张庭还真不相信刘秀说的话。

刘秀一脸的无奈和失望，不甘不愿地带着张庭等人，去往昨晚他们和马武等人约见的那家酒馆。

在刘秀的引路下，张庭带着护卫走进酒馆的酒窖中。进来之后，看到酒窖里堆积如山的酒坛，张庭等人也都被吓了一跳，没想到，刘秀这小子还真没扯谎，这里储藏的酒坛，当真有数百之多。

张庭一脸的惊讶，问道："这里怎么会有这么多的酒？"

他身边的一名护卫走上前去，抓起一坛酒，拍开封泥，拆开封口，先是低头闻了闻，然后用手掬出一把酒水，灌进口中。回味片刻，他眼睛一亮，对张庭喜笑颜开地说道："大人，是好酒啊！"

张庭不动声色地点点头，他转过头来，一本正经地问刘秀道："刘秀，你是怎么发现这里的？"

刘秀清了清喉咙，说道："我来这里，本是想找些吃的，没想到发现这里有座隐蔽的酒窖，而且里面还藏有这么多没开过封的酒！"

张庭老神在在地嗯了一声，漫不经心地说道："现在酒水难得，你能找到这么多坛酒，也算是立了一件功劳，挑两坛拿去吧！"

刘秀下意识地看眼刘缜和冯异，小心翼翼地说道："张大人，义军弟兄……"

没等他把话说完，张庭打断道："义军弟兄的那一份，我当然也不会忘。"说着话，他看向刘缜和冯异，说道："走的时候，你们搬走五坛吧！"

数百坛的酒，分给刘秀两坛，分给义军五坛，总共才给了他们七坛。

刘缜和冯异自然心有不甘。刘缜干咳了一声，说道："张大人，兄弟们自打进入益州作战以来，还没喝过一顿酒……"

他话说到一半，张庭便不耐烦地说道："现在我不是已经分给你们五坛了吗？"

可义军有五百多号人，你这五坛酒够干什么的？

张庭白了刘缜一眼，说道："别忘了，你们义军今晚还有巡城的任务，万一饮酒误事，出了纰漏，连我都保不住你们！"

见刘缜还要说话，张庭一挥手，说道："好了，不必为了这点小事再争来争去，伤了彼此之间的和气。"

当下天灾连连，粮食年年歉收，人都吃不饱饭，哪里还有余粮去酿酒？

别说义军喝不到酒，就连张庭以及他的部下们，也是许久没有闻过酒香味了，现在这么大的一块肥肉落入自己手中，他又怎会轻易让出去？

能分给义军总共七坛酒，已经是在割他的肉了。

出了酒馆，张庭立刻命令手下骑兵，把酒窖里的酒统统搬运到客栈里，今日辛苦了一整天，正好可以拿这些酒解解乏。

今晚的竹山县城，可谓冰火两重天。

京师骑兵在张庭下榻的客栈内外，推杯换盏，谈笑风生，而义军这边则是冷冷清清，凄凄惨惨，每个人只分得了一个碗底的酒水，说实话，都不够人们一口喝的。

一名义军喝光了碗中的那口酒水，一下把手中碗摔了个稀碎，义愤填膺地说道："这日子没法过了！"

京师军根本不把他们当人看，想骂就骂，想打就打，想杀就杀。

再这么下去，估计他们没有死在战场上，也得死在京师军的手里，即便没有被杀，也得被活活累死！这名义军的举动立刻引起了周围众人的共鸣，人们纷纷摔了手中的酒碗，齐刷刷地看向人群中央的冯异，七嘴八舌地说道："冯大人，我们当初跟着你参加义军，千里迢迢跑来益州，可不是来受这份窝囊气的！"

"是啊，冯大人，我们在京师军眼里连畜生都不如，这仗我们还怎么打？"

朱云阴阳怪气地说道："怎么？都后悔参加义军了？后悔也来不及了！现在你们想回家，那就是临阵脱逃，只要被抓住，那就是个死！"

"可我们留在这里，早晚也是个死！今日之事，云哥没有看到吗？被杀的那位兄弟，他犯了什么错？"

朱云耸耸肩，说道："现在这世道，过一天是一天吧，眼睛一闭，谁都不知道还能不能再看到明天的太阳！"

他说得轻描淡写,但众人却听得悲从心来,想想那些战死的弟兄们,再想想自己现在的处境,许多义军忍不住蹲在地上,呜呜地大哭起来。冯异眼睛一瞪,振声喝道:"都鬼哭鬼叫什么?"

《网络文学名家名作导读丛书》已出版书目

第一辑：

辰东与《遮天》/ 肖惊鸿 著

骷髅精灵与《星战风暴》/ 乌兰其木格 著

猫腻与《将夜》/ 庄庸 著

我吃西红柿与《吞噬星空》/ 夏烈 著

血红与《巫神纪》/ 西篱 著

第二辑：

子与2与《唐砖》/ 马文运 著

林海听涛与《冠军教父》/ 桫椤 著

忘语与《凡人修仙传》/ 庄庸 安迪斯晨风 著

希行与《诛砂》/ 肖惊鸿 薛静 著

zhttty与《无限恐怖》/ 周志雄 王婉波 著

第三辑：

天蚕土豆与《斗破苍穹》/ 夏烈 著

萧鼎与《诛仙》/ 欧阳友权 著

耳根与《一念永恒》/ 陈定家 著

蝴蝶蓝与《全职高手》/ 张慧伦 张丽军 著

蒋胜男与《芈月传》/ 肖惊鸿 主编

第四辑：

更俗与《楚臣》/ 西篱 著

烽火戏诸侯与《剑来》/ 庄庸 著

梦入神机与《点道为止》/ 周志强 李昕 著

无罪与《剑王朝》/ 许苗苗 著

乱世狂刀与《圣武星辰》/ 房伟 著

第五辑：

任怨与《神工》/ 马季 著

唐欣恬与《恩将求抱》/ 汤俏 著

解语与《盛世帝王妃》/ 乌兰其木格 著

暗魔师与《武神主宰》/ 陈海 著

六道与《汉天子》/ 禹建湘 著

第六辑：

怀愫与《庶得容易》/ 王玉玊 著

安静的九乔与《我在红楼修文物》/ 桫椤 著

墨书白与《山河枕》/ 许苗苗 著

三水小草与《还你六十年》/ 王文静 著

关心则乱与《知否？知否？应是绿肥红瘦》/ 肖惊鸿 李伟元 著

图书在版编目（CIP）数据

六道与《汉天子》/禹建湘著． -- 北京：作家出版社，2023.5

（网络文学名家名作导读丛书）

ISBN 978-7-5212-2254-8

Ⅰ.①六… Ⅱ.①禹… Ⅲ.①网络文学-长篇小说-小说研究-中国-当代　Ⅳ.①I207.425

中国国家版本馆CIP数据核字（2023）第055507号

六道与《汉天子》

作　　者：禹建湘
责任编辑：王　烨　袁艺方
装帧设计：天行云翼·宋晓亮
出版发行：作家出版社有限公司
社　　址：北京农展馆南里10号　　邮　　编：100125
电话传真：86-10-65067186（发行中心及邮购部）
　　　　　86-10-65004079（总编室）
E-mail:zuojia@zuojia.net.cn
http://www.zuojiachubanshe.com
印　　刷：中煤（北京）印务有限公司
成品尺寸：152×230
字　　数：360千
印　　张：26.25
版　　次：2023年5月第1版
印　　次：2023年5月第1次印刷
ISBN 978-7-5212-2254-8
定　　价：48.00元

作家版图书，版权所有，侵权必究。
作家版图书，印装错误可随时退换。